增补诗词读写笔记

笠澤叢書目錄

《笠泽丛书》清嘉庆己卯许梿写刻叶德辉周越然递藏本

增补诗词读写笔记

王铁麟 著

同济大学出版社·上海
TONGJI UNIVERSITY PRESS · SHANGHAI

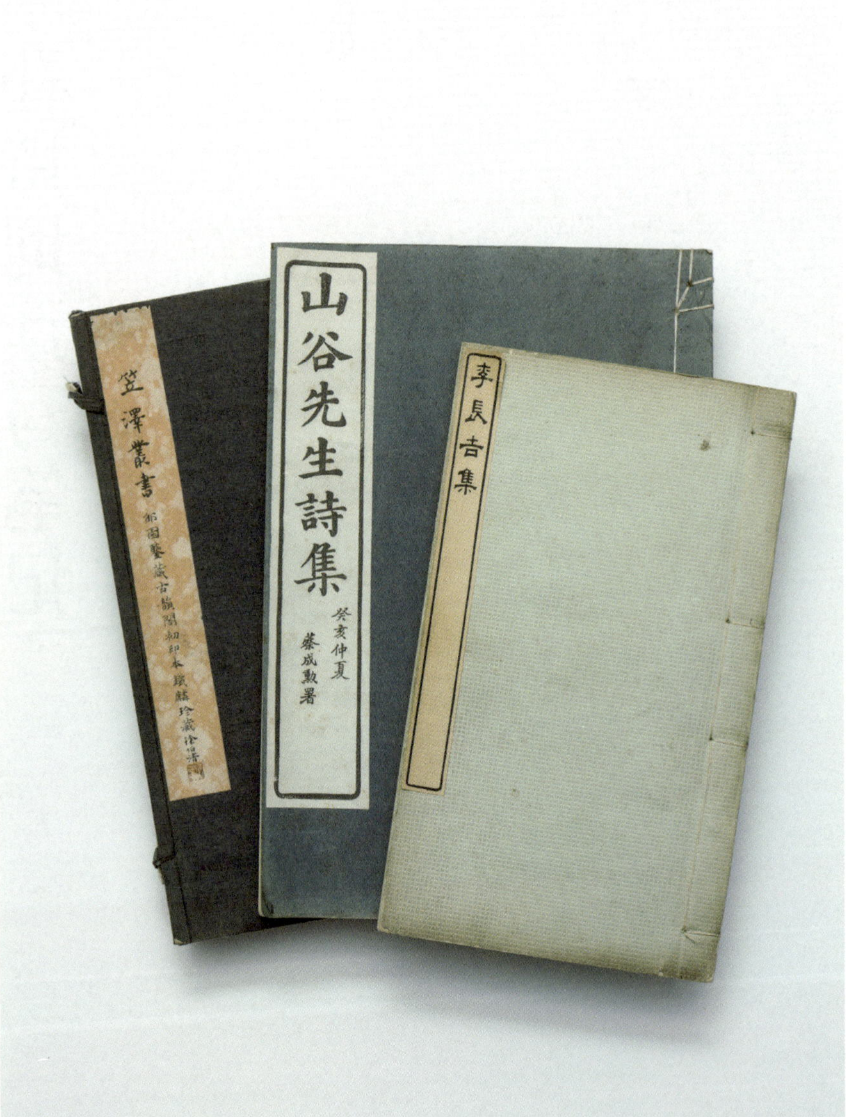

古籍书封

目录

此而後詞義可尋讀者不可以不察也

帝高陽之苗裔兮朕皇考曰伯庸攝提貞于孟陬兮惟庚寅吾以降陬側鳩反又子侯反降叶乎攻反○此章賦也德合天地稱帝高陽顓頊有天下之號也顓頊之後有熊繹者事周成王封爲楚子居於丹陽傳國至熊通始僭稱王徙都於郢是爲武王生子瑕受屈爲卿因以爲氏苗裔遠孫也苗者草之莖葉根所生也裔者衣裾之末衣之餘也故以爲遠末子孫之稱也朕我也古者上下通稱之皇美也父死稱考伯庸字也屈原自道本與君共祖世有令名以至於已是恩深而義厚也攝提星名隨斗柄以指十二辰者也貞正也孟始也陬隅也正月爲陬蓋是月孟春昏時斗柄指寅在東北隅故以爲名也降下也原又自言此月庚寅之日已始下母體而生也

皇覽揆余于初度兮肇錫余以嘉名名余曰正則兮字余曰靈均覽一作鑒余下一無于字○賦也皇皇考也覽觀也揆度也初度之度猶言時節也肇始也錫賜也嘉善也正平也則法也靈神也均調也高平曰原故名平而字原也正則靈均各釋其義以爲美稱耳礼曰子生三月父親名之二十則使賓友冠而字之故字雖朋友之職亦父命也

紛吾既有此内

兩當軒集卷第一

武進黃景仁著

古近體詩八十三首

初春 癸未年起

未覺氈爐煖旋懷柑酒新池臺平入夜原野渺含春物外欣然意風前現在身中宵感幽夢冰雪尙嶙峋

舟中詠懷

旦發極清曠夕眺俄幽亙沙迷歸浣蹤葉積返樵徑白水寒較明昏霧薄將凝動搖虛舟賞超越滄洲興同調閒巖岑秦越罕投贈長歌闋以再傾耳誰與應殊悲生事薄聊覺野情勝中宵風鶴聲淒肅彌孤聽

《两当轩集》清咸丰八年家塾校刊本

格律与形式

01

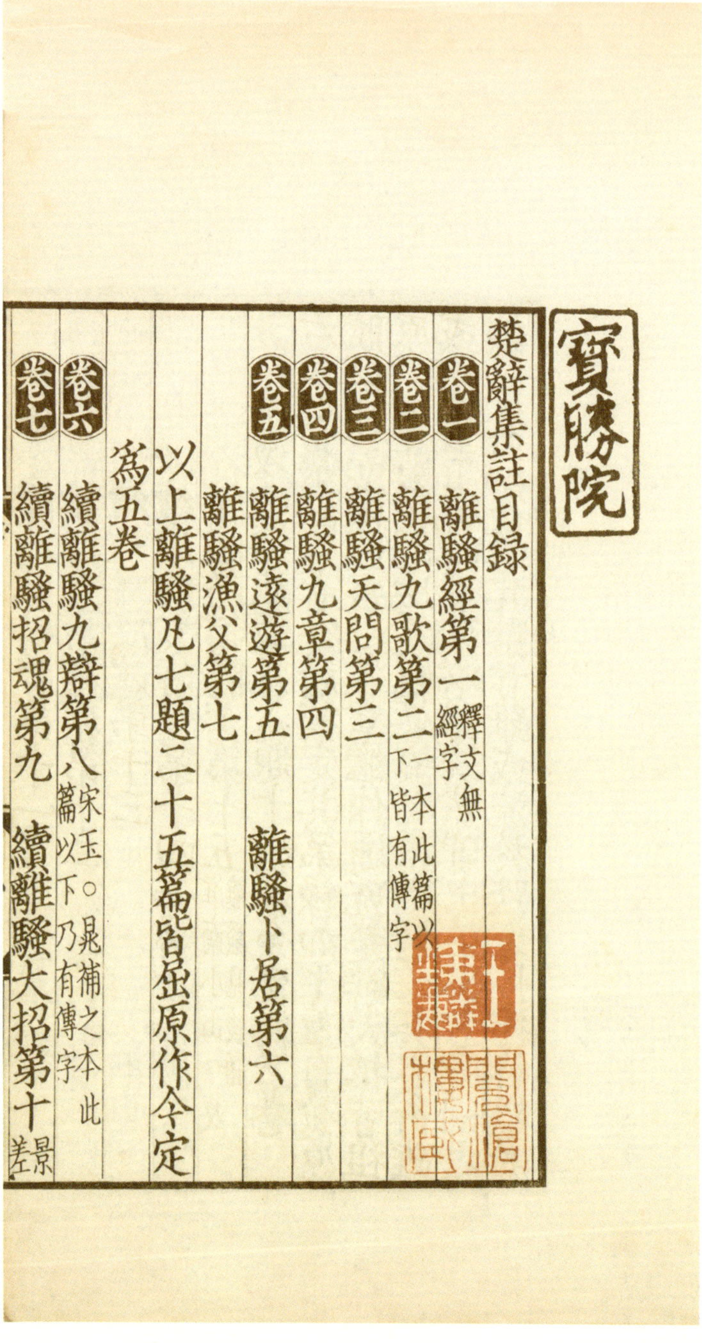
寶勝院

楚辭集註目録

卷一 離騷經第一 釋文無經字

卷二 離騷九歌第二 一本此篇以下皆有傳字

卷三 離騷天問第三

卷四 離騷九章第四

卷五 離騷遠遊第五 離騷卜居第六

離騷漁父第七

以上離騷凡七題二十五篇皆屈原作今定爲五卷

卷六 續離騷九辯第八 宋玉○晁補之本此篇以下乃有傳字

卷七 續離騷招魂第九 續離騷大招第十 景差

《古逸丛书之九·楚辞集注》清杨守敬覆元本

说起诗，人人都会想起情感的抒发与传递，的确，这就是诗的可爱之处与魅力所在。但是，诗从存在的那一天起，就让这种传递根植于一种不容置疑的形式框架之内，这一框架就是格律。

诗与散文是有原则性不同的，除了文学的内涵之外，具体的不同就在于形式的各异。古人将诗纳入韵文范畴，与散文共同组成了中国古代文体的全部，即两大分类，其中诗的格律化形成是与散文形式上的最大差异。

其实，中国诗歌从一开始出现在广袤的中华大地上，就有了似乎约定俗成的规律。这种规律不是哪位圣人发明的，就如中国文字是由一代又一代先民的智慧传递而形成的一样，中国古代诗歌对形式的依赖贯通整个历史时期。

为叙述方便，这里将诗的格律分成广义和狭义两种。

广义格律可以概括为三个要素，即押韵、规律音步和连绵字的运用。文学史上最早出现的《诗三百》与《楚辞》，乃至较前者更早出现的散句式的诗歌语言，几乎都包含有这三个概念。

广义格律的押韵，泛指诗句的最后一字归属同一韵母。所谓诗是韵文的一种，其最重要的根据亦在于此。

音步，指的是诗句中的词与词组在句读中的规律安排。如“关关雎鸠，在河之洲。窈窕淑女，君子好逑”，除第二句应定为“一三”句式外，其余均为“二二”式音步。而我们不可能将这些“二二”式句子，念成“一三”或“三一”式的句读，如那样，就变成“关—关雎鸠”“窈—窕淑女”“君子好—逑”的诵读笑话了。

所谓连绵字，是在早期诗歌中就已成熟的一种组词方式。它可以通过三种方式存在。一为叠韵式，即两个字的韵母相同，而且单字不可独立使用。如前引“窈窕”两个字都押“ao”韵，且不可将“窈”与“窕”

分开独用。二为双声式，即两个字的声母相同，同样，也不可将两字分开独立使用。如“参差荇菜，左右流之”中“参差”二字的声母归属于同一个“c”音，且不可将“参”与“差”分开独用。三为同音式，这个概念又称叠字，即同声母、同韵母的同一单字相叠使用，如前引“关关”和《诗三百》中大量出现的案例。

以上三个要素从《诗三百》乃至更早就开始大量运用，且形成格式，一直延续到整个旧体诗即古典诗歌时期的结束。我们可称之为诗格律化的广义理解，亦即中国古典诗歌的广义格律。

然而，中国古典诗歌史上的格律化也就是所谓的“形式密码”，并不真正指向上述内容，它有其特指的内涵，这就是专业内外泛称的诗词格律（词是后起的文学形式，容后再叙），我们将之称为狭义格律，即中国古典诗歌史上专称的诗律，又称近体诗律。它的整个出现过程由粗到细、由朦胧到清楚，从魏晋到隋末，大致走过了三百余年，方始尘埃落定。其内涵比广义格律可要复杂得多，其中笼罩着一层又一层不可彻解的雾障，令人爱而无奈、望而却步，“形式密码”之谓即缘于此。从唐迄清，独立研究近体诗律的著作与个人不胜枚举。

为叙述方便，我们将广义格律称为自由律动，将狭义格律称为规则律动。

四声与平仄

先民们创作的感情结晶在长期的演进过程中经历了一次又一次的形式变迁。以下先就传统诗歌（又称旧体诗）作一简单的形式分类。

传统诗歌	古体诗	四言诗
		杂言诗
		五言古诗（含古绝、乐府）
		七言古诗
	近体诗	五言绝句
		七言绝句
		五言律诗
		七言律诗
		五言排律
		七言排律

如上表所示，传统诗歌是由古体诗和近体诗两大类组成的。古体诗由四言、杂言向五言、七言逐渐过渡，要补充的是，两汉乐府诗一般包含在杂言诗和五言诗之内。近体诗由五言绝句、七言绝句（俗称五绝、七绝）、五言律诗、七言律诗（俗称五律、七律）和五言排律、七言排律组成。

从文学史看，诗的演进是一个渐变和交叉的过程。一般来说，从四言发展到律诗受制于时间的渐进，但唐以后的不少文人又喜欢将古体诗作为自由吟唱的载体（唐后古体又称新古体，在表现样式上与唐前古体有很大不同）。这就说明，当诗的某一样式发展到相对稳定的时候，诗人们的心灵吟唱可以是不受当时代诗体拘束的。西汉五言诗繁茂时期，突然出现了曹操的四言诗；中唐格律诗已成很大规模，白居易的新乐府和七言古诗却又成为吟唱的主流。唐后诗人在形式利用的空间上已有完全的余地（这也可视为唐诗发展的一个主要原因），所以，就形式而言，无论是古体还是近体的创作，都出现了极至。传统诗歌在形式上已经成熟。

前面提到，诗由形式的自由律动进而发展到规则律动，这就是诗的格律化。诗的格律化与否是诗歌史上就形式而言的分水岭。泛言之，古体诗是诗的自由律动时期，近体诗则是诗的规则律动时期。

律，指声律、音律，就文字的三要素而言，是指文字形成的第一要素，即为“音”。汉字的音在现代析为四声，即阴平、阳平、上声和去声；在古代以及旧体诗创作中，也为四声，但具体所指却是平声、上声、去声和入声。传统诗歌规则律动的本质是指平、上、去、入四声按一定规律在诗句中进行变化的方式，而自由律动则不受四声变化的限制。这样，古体诗和近体诗在形式上，除字数之外，又出现了声调组合的不同质的要求。而这种不同质的要求表现为古体诗与近体诗的最大不同：古体诗不受四声限制，近体诗则成为四声的奴隶。

传统诗歌的吟诵是其一门与生俱来的艺术，至今不仅中国，甚至在日本都有供吟诵的所谓和歌。传统诗歌吟诵之所以成为艺术，固然有诗歌内容的因素，但不可否认的是汉字的四声音质所发挥的重要作用。我们可以认为，传统诗歌的自由律动阶段是汉字四声音质的自由组合期，而规则律动阶段则是汉字四声音质的规则组合期。那么，什么是汉字的四声音质呢？

现代汉语的四声是古代汉语四声的延续与组合的简化，这主要是指古代汉语的四声除了由现代汉语中阴平、阳平合而为一的平声字以及上声字、去声字外，还比现代汉语多了一个入声字。而入声字的有无成为古今汉语声调的最大相异点。

现代汉语中的普通话没有入声字，因为它是以北方话为基础音的，而古今北方话中基本没有入声字。那么，古代北方人是如何完成规则律动的创作的呢？我认为，这涉及一个书面创作的熟练过程。

分辨平、上、去、入四声传统方法在清代是这样表示的：“平声平道莫低昂，上声高呼猛烈强。去声分明哀远道，入声短促急收藏。”（《康熙字典·等韵·分四声法》）。前人画鼓图，形象地以击打鼓的不同部位而辨析平、上、去、入四声：击打鼓心（即圆心），声音为阴平。以下依序按半径比例击打，则分别出现阳平、上、去声。最后击打鼓皮与鼓木相结合的鼓边，即为入声。

据记载，王力教授每上第一节格律课，必寻一位扬州籍的学生，让他用乡音大声读“立刻”“迫切”两个词，原因就在于这是南方音中两个典型的入声词。

“入声短促急收藏”，提示入声音质的最大特点应在吐出即止的短音上。如“月”“石”“日”“笃”“落”五字，现代吴语均读为入声，而普通话中则分别读为去声、阳平、去声、上声和去声。

在规则律动中，将四声合并后析为两大部，即平声和仄声。平声含阴平和阳平，仄声则包括上声、去声和入声。但上述“石”字，如按现代汉语的标准读音则应归为平声（阳平）。

在接受并理解传统诗歌的格律特点之前，亟待弄清楚的就是入声的特质以及它与现代四声的关系。总之，现代人如用普通话念传统诗歌，是读不出入声字音的，但它却归属于仄声字。我们如要复原并再现旧体诗的规则律动，就必须将现代汉语中的入声字识别出来，将之还原到仄声字的归属中。这一点，持南方音者较持北方音者远为容易。

当代传统诗歌爱好者中有不少人喜爱京剧和昆曲。京剧唱念中一般来说是不出现入声字的，但不排除今天所能听到的早期唱片，如谭鑫培、余叔岩和言菊朋的个别唱、念中有入声字音。这是因为京剧唱念在形成阶段曾受湖广音的影响，而湖广音是有入声的。又如麒派创始人周信芳的唱腔和口白，时而杂有短促有力的入声字音，这也是受他本人所持南方音影响的缘故。所以当时以北京、天津人为主的戏迷们曾一度排斥周的唱念，说他是“海派”。如仔细寻绎，在目前风靡舞台的程派名剧《锁麟囊》的唱段中，我们也可发现入声的痕迹。今人观赏昆曲南北流派的不同演唱，则更能体味到这一点。南昆如蔡正仁、岳美缇、华文漪等的唱念中，入声字明白不误地出现。《牡丹亭·游园》“皂罗袍”中“那春归怎占的先”中“的”字，《玉簪记·情挑》“懒画眉”之“月明云淡露华浓，欹枕愁听四壁蛩”中“月”“壁”二字，都清楚地发入声，丑行有时则干脆直用苏白。而北昆在唱念中一般就不会出现入声字了。

这里并不是赞成用具备入声字的南方话念近体诗。今日电视、广播中出现的旧体诗朗诵有时实在令人不敢恭维，古今字声的不同导致甚至从诗歌一诞生就具有的押韵要素也消失了，而主持人还在一味称赞诗的音律是何等优美，这不能不说是一种高雅的滑稽。同样，这一问题在词的诵读中，尤其是以入声押韵的词作诵读中，表现得更为明显。如李清照《声声慢》，以入声押韵构成的短促的气声效果，在现代汉语式诵读中消失殆尽。那么，有人要问：该如何办呢？我个人认为，在诵读和教学中可区分是专业性的还是非专业性的。如系前者，似可强调入声字的存在，让听众和学生可以感受到传统诗词的声调艺术。如系后者，可仍以普通话作常规处理。

平仄的清楚认定是理解和学习传统诗歌的前提。而在平仄的概念中最难让现代人理解并掌握的就是仄声中的入声，因为它仅是历史的存在，现代汉语已经将它开除出籍了。

近体诗律四大法则

懂得了传统诗歌的分类、古今字音归类的异同，已经对近体诗有了一个大致的认识，即近体诗是有规则的音律组合。那么这个规则究竟是什么呢？——是格律，是近体诗的“粘”“对”法则。说它是近体诗的灵魂一点也不夸张。

从南朝到隋直至进入唐代，诗歌在形式上经历了一次质变，从自由到严肃、从无律到有律。而这个“律”即格律，在后人的各类著作中始终是被视为“玄学”而存在的，明清两代更是将之神化，以致今人仍视之为畏途。传统诗歌是我国全民心仪的文化遗产，从欣赏到创作，不少爱好者都走过这条路，但其中很多人最后失败了，其原因多在于对格律概念认知的模糊。

近体诗乃至词的格律是人类文明的结晶，是自由体古诗发展的必然结果。无论阅读、欣赏还是进一步跨进创作的圈子，都必须彻底弄懂诗词格律的全部内涵。

为行文方便，本节仅叙述近体诗的格律特征，词律容待后文介绍。

平仄是一对反义词，仄是“不平”的意思。平仄字声在诗句中的规则变化，形成近体诗格律的重大特征。

近体诗格律包含四大法则，简称“四大律”，即本句律、粘对律、押韵律和回避律。

本句律，是指平仄两种字音在一句中交替变化的安排规律。具体可概括为：二四不同、二六同。以七言绝句为例（后同），如第一句的第二字为仄声，则同句第四字必为平声，第六字则仍为仄声。如式一。

式一：

1　2　3　4　5　6　7，1　2　3　4　5　6　7。

　　●　　○　　●

1　2　3　4　5　6　7，1　2　3　4　5　6　7。

按：本书以●代仄声，以○代平声，以◎代平声押韵，以△代仄声押韵。

粘对律，分指“对”和“粘”两个概念。“对”指第二句的第二字必须与第一句的第二字相反。如第一句的第二字为仄，则第二句的第二字应为平。如式二。

式二：

1　2　3　4　5　6　7，　1　2　3　4　5　6　7。

　●　　○　　●　　○

1　2　3　4　5　6　7，　1　2　3　4　5　6　7。

“粘”指第三句的第二字必须与第二句的第二字相同。如第二句的第二字是平，则第三句的第二字也一定为平。如式三。

式三：

1　2　3　4　5　6　7，　1　2　3　4　5　6　7。

　●　　○　　●　　　○

1　2　3　4　5　6　7，　1　2　3　4　5　6　7。

　○

第四句的第二字则与第三句再次构成“对”的关系。如第三句的第二字为平，则第四句的第二字反之为仄。如式四。

式四：

1　2　3　4　5　6　7，　1　2　3　4　5　6　7。

　●　　○　　●　　　○

1	2	3	4	5	6	7，	1	2	3	4	5	6	7。
	○							●					

“对”是字音相反，“粘”是字音相同。此时可根据本句律将第二、三、四句标记完整。如式五。

式五：

1	2	3	4	5	6	7，	1	2	3	4	5	6	7。
	●		○		●			○		●		○	
1	2	3	4	5	6	7，	1	2	3	4	5	6	7。
	○		●		○			●		○		●	

押韵律，是指第二、四句（即偶句）最后一字必须按照韵表押韵（韵表依据另叙），而押韵字一定为平声。如式六。

式六：

1	2	3	4	5	6	7，	1	2	3	4	5	6	7。
	●		○		●			○		●		○	◎
1	2	3	4	5	6	7，	1	2	3	4	5	6	7。
	○		●		○			●		○		●	◎

近体诗第一句末字可押韵，也可不押韵；七言诗第一句以押韵为好，如不押韵则一定要用仄声。而第三句的末字一定不能押韵，且一定要用仄声。如式七。

式七：

1	2	3	4	5	6	7，	1	2	3	4	5	6	7。
	●		○		●	◎		○		●		○	◎
1	2	3	4	5	6	7，	1	2	3	4	5	6	7。
	○		●		○	●		●		○		●	◎

回避律，是指近体诗一定要避开的平仄安排。它的内容是避“三平调”（又称“平三连”）、“三仄调”（又称“仄三连”）、“孤平”、“孤仄”四种平仄状态。

三平调，指一句的最后三个字（即第五、六、七字）连用三个平声；三仄调，指一句的最后三个字连用三个仄声；孤平，指一句中出现两个仄声字中间夹一个平声；孤仄，指一句中出现两个平声字夹一个仄声。以上四种现象均不可在近体诗中出现。由此得出式八。

式八：

1	2	3	4	5	6	7，	1	2	3	4	5	6	7。
●	●	○	○	●	●	◎	○	○	●	●	●	○	◎
1	2	3	4	5	6	7，	1	2	3	4	5	6	7。
○	○	●	●	○	○	●	●	●	○	○	●	●	◎

式八即为七言绝句标准式之第一种，诗律学称之为“七言仄起首句入韵式”。

“仄起”指第一句第二字为仄声，“首句入韵”指第一句的最后一个字随偶句入韵。

仍以七言绝句为例，按本句律，得出式九。

式九：

1	2	3	4	5	6	7，	1	2	3	4	5	6	7。
	○		●		○								
1	2	3	4	5	6	7，	1	2	3	4	5	6	7。

复以粘对律，得出式十。

式十：

1	2	3	4	5	6	7，	1	2	3	4	5	6	7。
	○		●		○			●					
1	2	3	4	5	6	7，	1	2	3	4	5	6	7。
	●							○					

再用本句律，得出式十一。

式十一：

1	2	3	4	5	6	7，	1	2	3	4	5	6	7。
	○		●		○			●		○		●	
1	2	3	4	5	6	7，	1	2	3	4	5	6	7。
	●		○		●			○		●		○	

用押韵律，得出式十二。

式十二：

1	2	3	4	5	6	7，	1	2	3	4	5	6	7。
	○		●		○	◎		●		○		●	◎
1	2	3	4	5	6	7，	1	2	3	4	5	6	7。
	●		○		●	●		○		●		○	◎

最后用回避律，得出式十三。

式十三：

1	2	3	4	5	6	7，	1	2	3	4	5	6	7。
○	○	●	●	●	○	◎	●	●	○	○	●	●	◎
1	2	3	4	5	6	7，	1	2	3	4	5	6	7。
●	●	○	○	○	●	●	○	○	●	●	●	○	◎

式十三是七言绝句标准式的第二种，称为“七言平起首句入韵式”。

如果将七言绝句标准式第一种之首句第七字定为仄声，即首句不入韵，那么，就出现了七言绝句标准式的第三种，如式十四，称为“七言仄起首句不入韵式”。

式十四：

1	2	3	4	5	6	7，	1	2	3	4	5	6	7。
●	●	○	○	○	●	●	○	○	●	●	●	○	◎
1	2	3	4	5	6	7，	1	2	3	4	5	6	7。
○	○	●	●	○	○	●	●	●	○	○	●	●	◎

同样，如果将七言绝句标准式第二种之首句第七字定为仄声，即首句也不入韵，则出现七言绝句标准式的第四种，如式十五，称为“七言平起首句不入韵式”。

式十五：

1 2 3 4 5 6 7， 1 2 3 4 5 6 7。

○ ○ ● ● ○ ○ ● ● ● ○ ○ ● ● ◎

1 2 3 4 5 6 7， 1 2 3 4 5 6 7。

● ● ○ ○ ○ ● ● ○ ○ ● ● ● ○ ◎

至此，近体诗中七言绝句的标准式推导全部完成。以下按各标准式依次选录七言绝句二首供参照比较。

七言绝句标准式第一种，七言仄起首句入韵式。

白莲池泛舟（七绝） 唐 · 白居易

白藕新花照水开，红窗小舫信风回。

●●○○●●◎ ○○●●●○◎

谁教一片江南兴，逐我殷勤万里来。

○○●●○○● ●●○○●●◎

月（七绝） 唐 · 李商隐

过水穿楼触处明，藏人带树远含清。

●●○○●●◎ ○○●●●○◎

初生欲缺虚惆怅，未必圆时即有情。

○○●●○○● ●●○○●●◎

七言绝句标准式第二种，七言平起首句入韵式。

客中作（七绝） 唐 · 李白

兰陵美酒郁金香，玉碗盛来琥珀光。

○○●●●○◎ ●●○○●●◎

但使主人能醉客，不知何处是他乡。

●●●○○●● ●○○●●○◎

按：标准式第三句第三字为平声，而此诗为仄声；标准式第四句第一字、第三字分别为平声和仄声，而此诗为仄声和平声。均合律，因为没有违背粘对法则和各种避让法则。后同此理。

望天门山（七绝） 唐 · 李白

天门中断楚江开，碧水东流至此回。

○○○●●○◎ ●●○○●●◎

两岸青山相对出，孤帆一片日边来。

●●○○○●● ○○●●●○◎

按：标准式第一句第三字为仄声，此诗为平声。均可。

七言绝句标准式第三种，七言仄起首句不入韵式。

赠江客（七绝） 唐 · 白居易

江柳影寒新雨地，塞鸿声急欲霜天。

○●●○○●● ●○○●●○◎

愁君独向沙头宿，水绕芦花月满船。

○○●●○○● ●●○○●●◎

按：标准式第一句第一字、第三字分别为仄声和平声，此诗为平声和仄声；标准式第二句第一字、第三字分别为平声和仄声，此诗为仄声和平声。均可。

宫词（七绝）　唐·王建

合暗报来门锁了，夜深应别唤笙歌。

●●●○○●●　●○○●●○◎

房房下著珠帘睡，月过金阶白露多。

○○●●○○●　●●○○●●◎

按：标准式第一句第三字为平声，此诗为仄声；标准式第二句第一字、第三字分别为平声和仄声，本诗为仄声和平声。均可。

七言绝句标准式第四种，七言平起首句不入韵式。

漫成五章（其一）（七绝）　唐·李商隐

生儿古有孙征虏，嫁女今无王右军。

○○●●○○●　●●○○○●◎

借问琴书终一世，何如旗盖仰三分。

●●○○○●●　○○○●●○◎

按：标准式第二句第五字应为仄声，此诗为平声，出现了“孤仄”现象。“孤仄”在近体诗中应回避，尤其在句子后半部分（如位于句中第二字则可不计）。此诗因“王右军”三字属专名无法改变，故成此式。今人尽量避免为宜。

江南逢李龟年（七绝）　唐·杜甫

岐王宅里寻常见，崔九堂前几度闻。

○○●●○○●　○●○○●●◎

正是江南好风景，落花时节又逢君。

●●○○●○●　●○○●●○◎

按：标准式第二句首字为仄声，此诗为平声，则又出现“孤仄”现象，因在句子前半，可不计。标准式第三句第五字、第六字应分别为平声和仄声，此诗却为仄声和平声，表面看，出现了近体诗的大忌“孤平”，但前人对此格式已有定论，认为七绝第三句或七律第七句如系仄起仄收句，即“●●○○○●●”，则第五字、第六字的平仄可互换，即为“●●○○●○●”。这种句式在尾字以仄声急收的前提下，前面辅以平声的舒缓声调，能使字声的顿挫更显强烈。此式在盛唐之前鲜见，但中晚唐以后却渐为成熟诗人所惯用，可视为正格。后人也有视为“拗句”者，但不反对其频繁出现。

以下续录七言绝句标准式第四种之变格数首以供参照。

金谷园（七绝）　唐·杜牧

繁华事散逐香尘，流水无情草自春。

○○●●●○◎　○●○○●●◎

日暮东风怨啼鸟，落花犹似坠楼人。

●●○○●○●　●○○●●○◎

淮中晚泊犊头（七绝）　宋·苏舜钦

春阴垂野草青青，时有幽花一树明。

○○○●●○◎　○●○○●●◎

晚泊孤舟古祠下，满川风雨看潮生。

●●○○●○●　●○○●●○◎

饮湖上初晴后雨（七绝）　宋 · 苏轼

水光潋滟晴方好，山色空蒙雨亦奇。

●○●●○○◎　○●○○●●◎

欲把西湖比西子，淡妆浓抹总相宜。

●●○○●○●　●○○●●○◎

秋夜闻笛（七绝）　元 · 萨都剌

何人吹笛秋风外，北固山前月色寒。

○○○●○○●　●●○○●●◎

亦有江南未归客，徘徊终夜倚阑干。

●●○○●○●　○○○●●○◎

对七言绝句四种标准式的介绍到此告一段落。但选录的例诗也提供了若干与标准式不尽相符的情况，对此，我们应如何看呢？首先，诗是诗人感情宣泄的产物。其次，近体诗的格律是诗歌艺术发展到一定阶段形成的一种规范，没有诗，就不会有近体诗的格律；反之，近体诗格律的形成与逐渐成熟又对诗歌艺术的音律美产生了极大的促进作用，也由此催生了词与曲。创作近体诗，第一必须考虑合律，但在声与情不可调和的情况下，偏之于情而偶尔疏于律是可以接受的。当然这种"偶尔"也有轻重之分：孤平与三平调、三仄调应竭力回避，孤仄则稍可放松，一般仅限七言第二字。至于粘对法则，则应绝对遵守，否则近体诗的格律也就不存在了。

近体诗除七绝外，还有五绝、七律、五律与排律。

对五言绝句格律的认定可从七言绝句入手。如将七言绝句四种标准式每一句的第一、二字除去，即成五言绝句四种标准式，如下。

五言绝句标准式第一种，“五绝平起首句入韵式”。

1 2 3 4 5， 1 2 3 4 5。

○ ○ ● ● ◎ ● ● ● ○ ◎

1 2 3 4 5， 1 2 3 4 5。

● ● ○ ○ ● ○ ○ ● ● ◎

五言绝句标准式第二种，“五绝仄起首句入韵式”。

1 2 3 4 5， 1 2 3 4 5。

● ● ● ○ ◎ ○ ○ ● ● ◎

1 2 3 4 5， 1 2 3 4 5。

○ ○ ○ ● ● ● ● ● ○ ◎

五言绝句标准式第三种，“五绝平起首句不入韵式”。

1 2 3 4 5， 1 2 3 4 5。

○ ○ ○ ● ● ● ● ● ○ ◎

1 2 3 4 5， 1 2 3 4 5。

● ● ○ ○ ● ○ ○ ● ● ◎

五言绝句标准式第四种，“五绝仄起首句不入韵式”。

1 2 3 4 5， 1 2 3 4 5。

●●○○● ○○●●◎

1 2 3 4 5， 1 2 3 4 5。

○○○●● ●●●○◎

五绝四种标准式除不适用“二六同”外，其他均与七绝限律一致。如第一种第二句第一字改仄为平，第二种第一句第一字、第三句第一字、第四句第一字仄、平、仄分别改为平、仄、平，第三种第一句第一字改平为仄、第二句第一字改仄为平，第四种第三句第一字改平为仄、第四句第一字改仄为平，均为合律。

掌握诗律，谨记：不违律，即为合律。

五言绝句四种标准式依次各举一例如下。

细雨（五绝）　唐·李商隐

帷飘白玉堂，簟卷碧牙床。

○○●●◎ ○●●○◎

楚女当时意，萧萧发彩凉。

●●○○● ○○●●◎

马诗（二十三）（五绝）　唐·李贺

武帝爱神仙，烧金得紫烟。

●●●○◎ ○○●●◎

厩中皆肉马，不解上青天。

●○○●● ●●●○◎

感年華之易邁借錦瑟以發端
思華年三字一篇之骨三四賦
思也五六賦華年也末仍結歸
思字○諸家皆以為悼亡之作

愚按此悼亡之詩也首聯借素
女鼓五十弦之瑟而悲泰帝禁
不可止以發端言悲思之情有
不可得而止者次聯則悲其遽
化為異物腹聯又悲其不能復
起之九原曰思華年曰追憶指
趣曉然何事紛紛附會乎亡
友湘衡亦主余說欽光亦以為
悼亡之詩與喜意合云莊生句
取義於鼓盆也但云生不云喜
義山詩意為詞權郤所未喻

此悼亡詩也意亡者善彈此故
睹物思人因而託物起興也瑟
本二十五絃弦斷而為五十絃
矣故曰無端也取斷弦之意也
一弦一柱而接思華年二十五
而殁也胡蝶杜鵑言已化去也
珠有淚哭之也玉生烟已葬也
猶言埋香瘞玉也此情豈待今

李義山詩集卷上

何焯義門 硃筆
朱彝尊竹垞 墨筆
紀昀曉嵐 藍筆

吳江朱鶴齡箋註　武林沈厚塽輯評

錦瑟

此篇乃自傷之詞騷人所謂美人遲暮也莊生句言付之夢寐望帝句言待之來世滄海藍田言埋蘊而不得自見月明日暖則清時而獨為不遇之人尤可悲也　之以錦瑟終之以弄泥合二詩觀之則吾謂自傷者更無可疑矣　義山集三卷猶是宋本相傳舊次始

錦瑟無端五十絃周禮樂器圖雅瑟二十三絃頌瑟二
十五絃飾以寶玉者曰寶瑟繪文如
錦日錦瑟漢書郊祀記泰帝使素女鼓五十絃瑟悲帝
禁不止故破其瑟為二十五絃或曰呂氏春秋云朱襄
氏作五絃瑟以采陰氣以定羣生瞽叟乃拌五絃為十
五絃之瑟命之曰大章舜立乃益八絃以為二十三絃
之瑟此詩五十絃當倒其文為十五絃與下思華年相
應一云五十疑作廿五正用素女事廿人汁切音入古
人書二十字多併省為廿顏之推稽聖一絃一柱思華
賦中山何夥有子百廿但詩家罕用
言其思歷亂　訴其情哀苦
年莊生曉夢迷蝴蝶莊子昔者莊周夢為望帝春心託
蝴蝶栩栩然蝶也
水經注來敏本蜀論望帝者杜宇也從天下女子
杜鵑朱利自江源出為宇妻遂王於蜀號曰望帝蜀王

李義山詩集　卷上　一

上一紅　上一青

《李义山诗集辑评》清同治九年广州倅署三色套印本

微雨（五绝）　唐 · 李商隐

初随林霭动，稍共夜凉分。

○○○●●　○●●○◎

窗迥侵灯冷，庭虚近水闻。

○●○○●　○○●●◎

问刘十九（五绝）　唐 · 白居易

绿蚁新醅酒，红泥小火炉。

●●○○●　○○●●◎

晚来天欲雪，能饮一杯无？

●○○●●　○●●○◎

七律原则上是七绝的一倍延伸。以七绝标准式第一种推断，按照“粘”的原则，七律第五句的第二字同第四句（即七绝末句）的第二字、第五句的第七字必须为仄声，余类推。

依据七绝四种标准式延伸而生的七律四种依次举例如下。

游山西村（七律）　宋 · 陆游

莫笑农家腊酒浑，丰年留客足鸡豚。

●●○○●●◎　○○○●●○◎

山重水复疑无路，柳暗花明又一村。

○○●●○○●　●●○○●●◎

箫鼓追随春社近，衣冠简朴古风存。

○●○○○●●　○○●●●○◎

从今若许闲乘月，拄杖无时夜叩门。

○○●●○○●　●●○○●●◎

湖上即事（七律）　宋·陈起

波光山色两盈盈，短策青鞋信意行。

○○○●●○◎　●●○○●●◎

葑草烟开遥认鹭，柳条春早未藏莺。

○●○○○●●　●○○●●○◎

谁家艳饮歌初歇，有客孤舟笛再横。

○○●●○○●　●●○○●●◎

风景无穷吟莫尽，且将酩酊乐浮生。

○●○○○●●　●○○●●○◎

除夕（七律）　明·金銮

还忆去年辞白下，却怜今夕至黄州。

○●●○○●●　●○○●●○◎

空江积雪添双鬓，细雨疏灯共一楼。

○○●●○○●　●●○○●●◎

世难久拚鱼雁绝，家贫常为稻粱谋。

●●●○○●●　○○○●●○◎

归来故旧多凋丧，愁对东风感旧游。

○○●●○○●　○●○○●●◎

登快阁（七律）　宋·黄庭坚

痴儿了却公家事，快阁东西倚晚晴。

○○●●○○●　●●○○●●◎

落木千山天远大，澄江一道月分明。

●●○○○●●　○○●●●○◎

朱弦已为佳人绝，青眼聊因美酒横。

○○●●○○● ○●○○●●◎

万里归船弄长笛，此心吾与白鸥盟。

●●○○●○● ●○○●●○◎

五律认定亦同于五绝与七绝之关系，即将七律首二字去除可得。以下依次举例。

桐柏观（五律） 宋·赵师秀

山深地忽平，缥缈见殊庭。

○○●●◎ ○●●○◎

瀑近春风湿，松多晓日青。

●●○○● ○○●●◎

石坛遗鹤羽，粉壁剥龙形。

●○○●● ●●●○◎

道士王灵宝，轻强满百龄。

●●●○● ○○●●◎

野望（五律） 宋·周弼

春日晚荒荒，平沙极渺茫。

○●●○◎ ○○●●◎

楼欹三面水，城卧数条岗。

○○○●● ○●●○◎

白草吴京甸，黄桑楚战场。

●●○○● ○○●●◎

长江俱不问，一片泻斜阳。

○○●●● ●●●○◎

送人之浙东（五律） 元·萨都剌

我还京口去，君入浙东游。

●○○●● ○●●○◎

风雨孤舟夜，关河两鬓秋。

○●○○● ○○●●◎

出江吴水尽，接岸楚山稠。

●○○●● ●●●○◎

明日相思处，惟登北固楼。

○●○○● ○○●●◎

意行（五律） 元·周权

约略三家市，溪回野路分。

●●○○● ○○●●◎

轻暾晞竹露，宿雨落松云。

○○○●● ●●●○◎

山寺依岩见，村舂隔坞闻。

○●○○● ○○●●◎

欣欣农事集，聊得狎鸥群。

○○○●● ○●●○◎

按：五律和五绝首句以不入韵为多，与七绝和七律相反。以上四例以第三、四例为多见。

七言排律与五言排律多为七律与五律十句及以上的不定句延伸。七言排律很少见，杜甫诗集中也只见三四首。现录一首于下。

清明二首（之一）（七言排律）　唐·杜甫

朝来新火起新烟，湖色春光净客船。

○○○●●○◎　○●○○●●◎

绣羽衔花他自得，红颜骑竹我无缘。

●●○○○●●　○○○●●○◎

胡童结束还难有，楚女腰肢亦可怜。

○○●●○○●　●●○○●●◎

不见定王城旧处，长怀贾傅井依然。

●●●○○●●　○○●●●○◎

虚沾焦举为寒食，实藉严君卖卜钱。

○○○●○○●　●●○○●●◎

钟鼎山林各天性，浊醪粗饭任吾年。

○●○○●○●　●○○●●○◎

按：第十一句第五字、第六字平仄互易，亦承七绝、七律格。

五言排律如下例。

赵德麟饯饮湖上舟中对月（五言排律）　宋·苏轼

老守惜春意，主人留客情。

●●●○●　●○○●◎

官馀闲日月，湖上好清明。

○○○●●　○●●○◎

新火发茶乳，温风散粥饧。

○●●○● ○○●●◎

酒阑红杏暗，日落大堤平。

●○○●● ●●●○◎

清夜除灯坐，孤舟擘岸撑。

○●○○● ○○●●◎

逮君帻未堕，对此月犹横。

●○○●● ●●●○◎

按：第一句第四字孤平，第二句第四字孤仄，两句相连互看，亦为一格。

对仗与押韵

近体诗的平仄规律是严整的，每个字的声调定位组合成它们的格律。然而，就律诗而言，在声调之外还有一层美丽的外衣，那就是律诗的对仗。

对仗不同于对偶，它是修辞学中的对偶手法与诗律学中的规则律动的成功组合。现代修辞学与汉语诗律学共同为对仗的产生构筑起了完整概念的平台。如果要说，去除前文述及的律诗的粘对法则后，对仗剩下的就是完整的修辞概念，这句话是可以成立的。现在，我们可以用修辞学中的对偶概念清楚解释律诗除平仄规律外的特殊修辞问题。

无论是五律还是七律，以及据此延伸的五言排律和七言排律，在它们进入第三、四句时都必须采用对偶手法，也就是说，第四句的句型结构和词类必须与第三句完全对应。五律、七律要求第三、四句对偶，第五、六句对偶，首末两联不限；对偶的第三、四句称颔联，第五、六句称颈联。五言、七言排律则除首末两联之外，其他奇、偶句均要求对偶，可谓无一例外。

前文所引例诗都符合这一规定。古人就此有十分复杂的分类和避忌，但现在看来，只要符合律诗的平仄规律以及广义的（即现代修辞学）对偶原则就可以了，不必拘泥。

前人规整美丽的对偶句可谓美不胜收，任何一位诗歌爱好者都能背诵出不少，此录十组，并作说明。

草枯鹰眼疾，雪尽马蹄轻。（五律　唐·王维《观猎》）

“草”“雪”均为名词，“枯”“尽”均为形容词，“鹰眼”“马蹄”均为偏正式名词，“疾”“轻”均为形容词。出句“草枯”、对句“雪尽”同属主谓短语；出句“鹰眼疾”、对句“马蹄轻”亦属主谓短语。

三峡楼台淹日月，五溪衣服共云山。（七律　唐·杜甫《咏怀古迹》）

“三峡”“五溪”，名词相对；“楼台”“衣服”，名词相对；“淹”“共”，均为动词；“日月”“云山”，亦为名词相对。从全联看，出对句均属主谓句型。

此日六军同驻马，当时七夕笑牵牛。（七律　唐·李商隐《马嵬》）

“此日”“当时”，时间副词相对；“六军”“七夕”，名词相对；“同驻马”“笑牵牛”，均为偏正短语（此视“驻”“牵”为动词；如视“驻马”“牵牛”为名词，亦可，但须同时将“同”“笑”视为动词）。

萼绿华来无定所，杜兰香去不移时。（七律　唐·李商隐《重过圣女祠》）

“萼绿华”“杜兰香”，名词相对；“来”“去”，动词相对；“无定所”“不移时”，均可视为动宾短语。此联“萼绿华来”“杜兰香去”

均属变型，因为一般七字句为“二二三”节奏，此为“三一三”节奏。原因很简单，“萼绿华”“杜兰香”均是人名，不能改动。

岭上晴云披絮帽，树头初日挂铜钲。（七律　宋·苏轼《新城道中》）

“岭上”“树头”，名词相对；“晴云”“初日”，名词相对；“披絮帽”“挂铜钲”，均为动宾短语。

开门半山月，立马一庭霜。（五律　元·方夔《早行》）

“开门”“立马”，动宾短语相对；“半山月”“一庭霜”，偏正短语相对。

弓刀夜月三千骑，灯火秋风十万家。（七律　元·迺贤《秋夜有怀明州张子渊》）

“弓刀”“灯火”，名词相对；“夜月”“秋风”，名词相对；“三千骑”“十万家”，均属偏正短语。

残叶黄灯下，古座青苔间。（五律　明·高启《支遁庵》）

“残叶”“古座”，名词相对；“黄灯下”“青苔间”，均属偏正短语。

绿萝僧院孤烟外，红树人家小阁西。（七律　明·佘怀《由画溪经三箬入合溪》）

“绿萝僧院”“红树人家”，名词相对；“孤烟外”“小阁西”，偏正短语相对。

青山倒影水连郭，白藕作花香满湖。（七律　明·梵琦《晓过西湖》）

“青山”“白藕”，名词相对；“倒影”“作花”，名词相对；“水连郭”“香满湖”，主谓短语相对。

律诗的对仗是律诗创作中的重要环节，声调与修辞的相互作用往往使作品焕发出神奇的艺术光彩，这是近体诗美轮美奂的内涵之一。在众多的传统诗歌形式中，它的存在具有不可替代的唯一性。

由律诗的对仗又引出一个几乎家喻户晓的概念——对联。对联是纯文学与民俗学的成功结合体，从唐、五代时期用它替代挂在门户上的桃符起，对联就作为民间习俗中唯一具备浓重文人气息的一种实用文学形式，登上了中国传统文化的舞台，代代相及，绵延至今，这不能不说是中国文化乃至世界文化的一个奇迹。那么，对联与律诗的关系究竟应如何理解呢？

所有律诗的颔联与颈联均可称是完整的对联。每首规范的五言律诗和七言律诗，均各产生五言对联和七言对联两副。由此可知，五言、七言对联是律诗的完整产物，它的内质必须完全符合律诗也即近体诗的创作规律。

律诗颔联、颈联的出句被称为上联，对句则称为下联。因律诗格律的限定，上联末字必为仄声，下联末字必为平声，这是五言、七言对联从律诗独立出去之后应强调的第一个特点。其次，上下联各自本句中的平仄组合与二者之间的“对”的原则是绝不可以随意更动的，这取决于它与律诗之间早已形成的类似母子的亲密关系。

在现实生活中，除规范的五言、七言对联外，还有少于五言的四言联、少于七言的六言联，以及多于七言的长联。对于它们的格律要求又是如何呢？

四言联和六言联除需恪守上下联末字分别为仄声、平声的规则外，可安排上下联双平、双仄的对立组合，如四言的“○○●●”与“●●○○”、“●○○●”与“○●●○”，六言的“●●○○●●”

与“○○●●○○”、“○●●○○●”与“●○○●●○”等。如有变化，当尽量避免孤平、弧仄和三平调、三仄调的出现，以求不破坏最基本的声律要求。

至于多于七言的长联，在创作过程中应量力而为，因为它同样要求创作者在处理上下联的本句与对句的平仄关系时，注意声音的独立互换，即严密控制如“●○●○●”等形态的出现，同时尽量安排符合规范的双平、双仄互换格式，遵循粘对法则中“对”的规定。当然，因长联实际已突破五言、七言的字句规定，所以在一定情况下，可以向词的句式靠拢。但鉴于对联与律诗间的亲子关系远远高于近体诗与词的血缘关系，对联无条件或尽量向律句靠拢永远是对联创作者和研究者需坚持的首要原则。

近体诗的押韵原理一如传统的诗歌样式，用现今的理念去审看，应是句末韵母相同。但是就近体诗而言，与其独特的粘对法则、避忌规定配套而来的用韵原则却是自成规模的。无论五言、七言，其入韵字都必须遵循韵书的规定。

现存最早的韵书是隋陆法言的《切韵》残本。其书分平声五十七韵、上声五十五韵、去声六十韵、入声三十四韵，共二百零六韵。唐孙愐的《唐韵》和宋陈彭年的《广韵》，都沿用了它所分的韵部。因为分韵过细，不便使用，宋淳祐间（1241—1252年），江北平水刘渊编《壬子新刊礼部韵略》，始合并常用的韵部为一百零七部，称为“平水韵”。清张玉书奉敕于康熙十三年（1674年）编撰《佩文韵府》，又将韵部合并为一百零六部，每部以一代表字为韵目，简化为《佩文诗韵》，也就是现在俗称的“诗韵”。元明以前，多用二百零六韵；元明以后，基本以平水韵为准。唐前古体诗不在其内。

在近体诗中，押韵是否到位直接影响到对整篇作品成败的评价。前文已述及，近体诗偶句必须押韵、首句可押韵亦可不押韵，但押韵的字必须严格限制在平声的某个韵部中。如果违反了这一规定，则谓之“出韵”，它与失“粘”、失“对”一样，均为近体诗创作的大忌。

为叙述方便，先将《佩文诗韵》一百零六部列目如下。

上平声十五部：东冬江支微鱼虞齐佳灰真文元寒删

下平声十五部：先萧肴豪歌麻阳庚青蒸尤侵覃盐咸

上声二十九部：董肿讲纸尾语麌荠蟹贿轸吻阮旱潸铣筱巧皓哿马养梗迥有寝感琰豏

去声三十部：送宋绛寘未御遇霁泰卦队震问愿翰谏霰啸效号箇祃漾敬径宥沁勘艳陷

入声十七部：屋沃觉质物月曷黠屑药陌锡职缉合叶洽

平声分为上下，仅为记忆方便，非有他故。近体诗写作均须押平声韵。北人习诗，吐音没有入声，以致四声难辨，唯一的办法就是熟读平声三十韵部所包含的常用字，剩下的也就是仄声字了。历史上的一些著名诗人，如辛弃疾、李清照、王士祯等，均系北人，他们用字也无非熟能生巧而已。

本书书后附有《诗韵常用字表》，对照韵表不难发现，三十部平声韵中，有的韵部含字多，且多常用字，称“宽韵”；有的则少，且少常用字，称“窄韵”，又称“险韵”。前者如“东”“冬”“鱼”“灰”“真”“寒”“先”“歌”“阳”“尤”等，后者如“江”“佳”“肴”“盐”“咸”等。用宽韵入诗的人多，诗歌亦显得平稳大气。用窄韵成功者，另出一格，不少人认为历史上韩愈是比较有代表性的；但从整部诗歌发展史来看，以“窄韵”“险韵”而成名篇传颂古今的，还是极少。《红楼梦》中曹雪芹假薛宝钗对史湘云说的一段话值得咀嚼：

> 这里宝钗又向湘云道：“诗题也别过于新巧了。你看古人中，哪里有那些刁钻古怪的题目和那极险的韵呢？若题目过于新巧，韵过于险，再不得好诗，倒小家子气。诗固然怕说熟话，然也不可过于求生。头一件，只要立意清新，措词就不俗了。”（《红楼梦》第三十七回）

即使韩愈，他的窄韵也一般用于五言、七言古体，而很少见于近体诗。韩愈脍炙人口的诗篇如《左迁至蓝关示侄孙湘》《别盈上人》《晚春》《落花》《芍药》《奉和虢州刘给事使君三堂新题二十一咏》等，都以宽韵入诗，而绝无险字可寻。

又如诗的移情作用，就特定的汉字载体而言，其义与音的随俗性决定着它与读者之间的亲和力，而用窄韵和险字，除了特殊需要和逞奇之外，后果往往冲淡了作品这方面的力量，也就不必要了。

另有，读音相似的韵部，在近体诗押韵时是否可以通用呢？如“东”与“冬”、“真”与“文”、“萧”与“肴”等。按旧说，答案是否定的；但在今人，也不必字字拘泥，如有助于传情达意，稍予通融，亦无不可。事实上，古人也已这么做了。再从韵书的发展过程来看，从《切韵》到《佩文诗韵》，从二百零六韵到一百零六韵，其变化有一个过程，从唐迄宋及至明清，守一韵而成藩篱也不符合实际。如以一百零六韵去衡量唐人诗，自不会有问题，但倒置一下，以唐人韵去鉴定元明诗呢？那么“出韵”的概率应是不会低的。诗律固然是近体诗的灵魂，其平仄、粘对法则直接影响到作品的艺术性，但就字韵的标准而言，在谨守《佩文诗韵》之外，亦应允许偶尔以同韵母字互用，这与七律首句可以通韵的立场是一致的。

明月非暗投鄒陽書曰明月之珠夜光之璧以暗投人於道衆莫不按劍相眄者無因而至前也公意以湯譬憲宗以劍譬己以借前籌屬三賢者明月之珠非投暗矣

暮行河堤上

暮行河堤上四顧不見人衰草際黃雲感歎愁我神夜歸孤舟卧展轉空及晨謀計竟何就嗟嗟世與身

夜歌

此歌及前暮行河堤上詩皆作於德宗貞元中時彊藩悍將可爲朝廷憂公方歎計謀之未就雖欲憂之非所力也

《韩昌黎集》清江苏书局覆明东雅堂本

唐后古体诗的声调变化

作为旧体诗的另一大类，古体诗在诗史中占有极高的地位。先不论在近体诗产生之前，它已屹立于诗歌之林；即便在近体诗产生之后，它仍能以不折不挠的姿态与它的后起兄弟一争高低。前人称近体诗产生前的古体诗为“古体”，《诗经》以后直至唐前均属此；称近体诗产生后的古体诗为“新古体”，即唐（含唐）以后的古体诗。

唐前古体是没有平仄限制的，用韵宽泛，它们是传统诗歌中的自由主义战士，其自然、朴实、重内容、轻形式的主观追求同样赢得无数后人的青睐与崇仰。我们能说《诗经》《楚辞》缺乏感染力吗？我们能说汉魏乐府诗，陶渊明、谢灵运的诗歌，其艺术成就逊于近体诗和唐后新古体吗？

格律由宽疏到严谨是一个渐变的过程。不同时代的文化制约因素形成不同时代的文化差异，包括诗歌的外部形式。我们欣赏并研究中国古代诗歌时，绝不能轻视自由律动时期在诗史上的作用。它的创始性、普及性以及用自己的乳汁哺育了后代文人诗的伟大功勋是不可磨灭的；它的朴实、它的高度凝练以及对先民意识的独特概括，更是中国诗歌的另外一份宝藏，永远值得后人珍视。

唐后古体的情况就不大相同了。在近体诗律日渐成熟并以决然之势冲击旧有形制的大势下，唐后古体较之唐前古体发生了变化。首先，唐后古体的押韵与近体诗合二为一了，先沿《切韵》《广韵》，而后平水韵，渐成事实。其次，唐后古体在平仄安排中虽然完全不受粘对法则的束缚，然而在诗句的某些所在，如七言古诗的最后三字，时有不是规矩的规矩出现。如下例。

西山诗和者三十余人再次前韵为谢（七古）　宋·苏轼

朱颜发过如春醅，胸中梨枣初未栽。

○○◎　○●◎

丹砂未易扫白发，赤松却欲参黄梅。

○○◎

寒溪本自远公社，白莲翠竹依崔嵬。

○○◎

当时石泉照金像，神光夜发如五台。

○●◎

饮泉鉴面得真意，坐视万物皆浮埃。

○○◎

欲收暮景返田里，远溯江水穷离堆。

○○◎

还朝岂独羞老病，自叹才尽倾空罍。

○○◎

诸公渠渠若夏屋，吞吐风月清隅隈。

○○◎

我如废井久不食，古甃缺落生阴苔。

○○◎

数诗往复相感发，汲新除旧寒光开。

○○◎

遥知二月春江阔，雪浪倒卷云峰摧。

○○◎

石中无声水亦静，云何解转空山雷。

○○◎

欲就诸公评此语，要识忧喜何从来。

○○◎

愿求南宗一勺水，往与屈贾湔余哀。

○○◎

全诗押上平声十灰韵，除第二句“初未栽”的“未”字、第八句“如五台”的“五”字为仄声外，其余偶句末三字全部为平声。这绝非巧合，而是新古体的一大特征，本篇尤其典型。再如韩愈的七古名篇《石鼓歌》，全篇六十六句，奇句第五字除极个别例外，均为仄声字，这也是新古体之外所罕见的。

当然，唐后古体也有一如唐前古体者，无论平仄还是押韵，均不受制约。这是后人用前人体，亦如今人用近体诗创作一样。中华文化，煌煌大韵，贻我今人，可谓厚矣。我们尽可以用理性的目光去审视前人的形形式式，在知情、理解与熟悉的基础上继承、发展与创新。

唐后古体多长篇巨制，一韵到底有之，中途转韵者亦有之。后者以平仄互换追求参差的语音感觉，不可谓不是一种新的尝试；唐前古体偶尔亦有转韵者，但少成规模，且无整体安排。唐张若虚的《春江花月夜》，全诗平声起韵，大部分句子呈平仄规律互换，诵读起来抑扬顿挫，更见诗情，堪称七言古诗转韵的典范。其他如唐白居易的《琵琶行》《长恨歌》，乃至清吴梅村的七古长篇《圆圆曲》等，无不是以中途换韵来取得声情并茂的奇特效果。而近体诗对于此，就显得无能为力了。

圆圆曲（七古）　清·吴伟业

鼎湖当日弃人间，破敌收京下玉关。

◎　　　　◎

恸哭六军俱缟素，冲冠一怒为红颜。

◎

红颜流落非吾恋，逆贼天亡自荒宴。

△　△

电扫黄巾定黑山，哭罢君亲再相见。

△

相见初经田窦家，侯门歌舞出如花。

◎　◎

许将戚里箜篌伎，等取将军油壁车。

◎

家本姑苏浣花里，圆圆小字娇罗绮。

△　△

梦向夫差苑里游，宫娥拥入君王起。

△

前身合是采莲人，门前一片横塘水。

△

横塘双桨去如飞，何处豪家强载归。

◎　◎

此际岂知非薄命，此时只有泪沾衣。

◎

薰天意气连宫掖，明眸皓齿无人惜。

△　△

夺归永巷闭良家，教就新声倾坐客。

△

坐客飞觞红日暮，一曲哀弦向谁诉。

△　△

白皙通侯最少年，拣取花枝屡回顾。

△

早携娇鸟出樊笼，待得银河几时渡。

△

恨杀军书底死催，苦留后约将人误。

△

相约恩深相见难，一朝蚁贼满长安。

◎ ◎

可怜思妇楼头柳，认作天边粉絮看。

◎

遍索绿珠围内第，强呼绛树出雕阑。

◎

若非壮士全师胜，争得蛾眉匹马还。

◎

蛾眉马上传呼进，云鬟不整惊魂定。

△ △

蜡炬迎来在战场，啼妆满面残红印。

△

专征箫鼓向秦川，金牛道上车千乘。

△

斜谷云深起画楼，散关月落开妆镜。

△

传来消息满江乡，乌桕红经十度霜。

◎ ◎

教曲伎师怜尚在，浣纱女伴忆同行。

◎

旧巢共是衔泥燕，飞上枝头变凤凰。
◎

长向尊前悲老大，有人夫婿擅侯王。
◎

当时只受声名累，贵戚名豪竞延致。
△　△

一斛明珠万斛愁，关山漂泊腰肢细。
△

错怨狂风飏落花，无边春色来天地。
△

尝闻倾国与倾城，翻使周郎受重名。
◎　◎

妻子岂应关大计，英雄无奈是多情。
◎

全家白骨成灰土，一代红妆照汗青。
◎

君不见馆娃初起鸳鸯宿，越女如花看不足。
△　△

香径尘生乌自啼，屧廊人去苔空绿。
△

换羽移宫万里愁，珠歌翠舞古梁州。
◎　◎

为君别唱吴宫曲，汉水东南日夜流。
◎

全诗每四句、六句或八句一转韵，平仄互换，读来音韵铿锵，节奏强烈，呈规律性极强的长短音交错排列。这种格式由张若虚开创，迄白居易入佳境，至吴梅村进入绝佳状态，成就了唐后古体诗形式上的最大特色。

历代诗评有主张唐后古体诗有严正的格律规范的，亦有主张完全没有规则限制的，这是对一个问题的两极观点，都失之偏颇。实际上，三平调也好，四句一组、平仄互转也好，唐后古体诗呈现的形式风貌，既是对唐后（含唐）近体诗格律的一种解放，同时也是对自己进行的一种恰如其分的约束，并非全无规则的。退一万步，即使上句所述均不存在，但在押韵问题上，唐后古体还是恪守诗韵规定，严格存在于历史的文本中。基于此，它，不是严格意义上的自由律动。

诗的体制各有长短，各呈姿态。传统诗歌中的近体与古体、古体中的新旧之分，是时代与诗人之间客体与主体互相交融产生的结果。它们以其各不相同的独特个性装点着诗歌的百花园。从形式上（含格律）去认识它们，靠拢它们，这是读诗的第一步，而要走好这第一步也是颇不容易的。多少年来，诗评家们为这第一步的走法费尽心力，有清一代甚至达到高峰，他们称诗学为“玄学”，将不可知的神秘外衣披到了诗歌身上。民国肇始，“五四”继起，在反对封建文化的口号声中，旧诗遭到冷落，而代之以新的白话诗。然而新诗诸君不久就发现，有那么一点规范，创作出的东西似乎比没有规范好读一点、易放到人心里去一点，于是就有了徐志摩、闻一多、冯至等对新诗格律的探索。然而谈何容易，几千年的积累又岂是一朝之功可以替代，新诗的格律化始终是水中的月亮，泛着空灵的光影而不见实际。于是诗的指向又开始渐渐回归，传统诗歌热稍稍回升。新诗需要发展，它必须首先学会从先人的艺术百花园中寻得养分和不败的果实，让这些千百年来已被世人熟悉并一致称之为美的精灵，来教会它如何将今天的思维在美丽的光影下融化，进而凝成新的更为光彩的尤物。抛弃传统，而后又企图找到一条新的生存之路，必将陷事物主体于迷惘之中。

词的源起与特质

唐代的诗歌艺术，无论从格律还是内容上都已经达到了千百年来的极至，也许它已感到些许的疲惫与困惑，它必须从自身的裂变中寻得新的生命，来维持并发展先民的情感载体，于是，一个新的宁馨儿——词，悄悄地来到人间，它与自己的母体——诗和音乐一起，努力挣脱母体的束缚而独立存在于世人的案头。于是，词诞生了。

史传，最早孕育词这一文学样式的创作者，是世人皆知的盛唐诗人李白。李白幼时曾受西南音乐的影响，唐开元、天宝年间流落荆楚，路过鼎州沧水驿楼，登楼远眺，思乡之情油然而生，遂以故乡之曲调填入新词，名之曰《菩萨蛮》。“菩萨蛮”是“骠直蛮”或“符诏蛮”的音译，原为缅甸古乐。最早的词脱胎于民间音乐由此可备一例。

菩萨蛮　唐·李白

平林漠漠烟如织，寒山一带伤心碧。暝色入高楼，有人楼上愁。
玉阶空伫立，宿鸟归飞急。何处是归程，长亭更短亭。

词调是音乐曲调的名称，调从一开始就与音乐相倚恋，这当然是不争的事实。《旧唐书·音乐志》上说：“自开元以来，歌者杂用胡夷里巷之曲。”但从诗律角度来分析《菩萨蛮》，除第四句外，均为五言、七言律句，其最重要的结论仍是词与诗的连承关系。我们说，词是诗的宁馨儿，是一点也不错的。

李白以后，如张志和、韦应物、王建、刘禹锡、白居易等，均以诗为经，以乐为纬，织就了一批词的先行篇章。如下。

调笑词　唐·韦应物

胡马，胡马，远放燕支山下。跑沙跑雪独嘶，东望西望路迷。迷路，迷路，边草无穷日暮。

竹枝词　唐·刘禹锡

山桃红花满上头，蜀江春水拍山流。花红易衰似郎意，水流无限似侬愁。

忆江南　唐·白居易

江南忆，最忆是杭州。山寺月中寻桂子，郡亭枕上看潮头。何日更重游？

上引《调笑词》《竹枝词》《忆江南》均为音乐曲调名，与文字内容无涉。同样如前叙，其中六言、七言句多为律句，词承诗而来的事实再次获得证明。

李白之后到唐末五代，著名的词人先后有温庭筠、韦庄、欧阳炯、李珣、孙光宪、冯延巳、李璟、李煜等，后二人即是中国词史上颇负盛名的“南唐二主”。词，在诸多文人的努力下，倚恋音乐，终于大踏步地走上了文学的殿堂。它为诗催生，最后成为与诗并提的一种重要的文学样式。

词与诗，尤其是与近体诗，有着密不可分的血缘关系。它们之间的亲情从词这一文学样式出现的最初一刻就产生了。词初生于近体诗格律极为成熟的时期，词的最初创作者大多是声名卓著的诗人。词与诗的血缘关系还表现在词与诗一样，必须接受严格的格律限制，即句中的平仄规范和句末的押韵规则。

其相异处是词个性特点的主要体现，大致可概括为以下一些方面：调名、分片、长短参差、押词韵、用词谱等。

第一，每首词都有一个表示音乐性的调名，称为“词牌”或“词调”。词调依曲为名，与词的内容无涉。“调有定句，句有定字，字有定声”，即每个词调都有其规定的句、字、声。如《如梦令》规定为七句，每句的字数分别为六、六、五、六、二、二、六，每字的平仄声亦须按规定填入。如下例。

如梦令　宋·李清照

昨夜雨疏风骤，浓睡不消残酒。试问卷帘人，却道海棠依旧。

●●●○○●　○●●○○●　●●●○○　●●●○○●

△　△　△

知否？知否？应是绿肥红瘦。

○●　○●　○●●○○●

△　△　△

按：△为仄声入韵处。

第二，一首词大多分为数片，每片为一段。词以两片为最常见，如《贺新郎》《虞美人》《木兰花》《满江红》《浣溪沙》《鹧鸪天》《永遇乐》《清平乐》《点绛唇》《菩萨蛮》《踏莎行》《念奴娇》《临江仙》《满庭芳》《好事近》《相见欢》《卜算子》《西江月》《水调歌头》《钗头凤》《六州歌头》《鹊桥仙》《诉衷情》《蝶恋花》等。下以《临江仙》为例。

临江仙　宋·晏几道

梦后楼台高锁，酒醒帘幕低垂。去年春恨却来时。落花人独立，微雨燕双飞。　　记得小蘋初见，两重心字罗衣。琵琶弦上说相思。当时明月在，曾照彩云归。

按：两片间留两字空。后同。

小令不分片，仅为一片，如上引《如梦令》。慢曲、长调多至三四片。三片的词如《瑞龙吟》《绕佛阁》《兰陵王》《戚氏》等，较两片的词要少得多。下以《兰陵王》为例。

兰陵王·丙子送春　宋·刘辰翁

送春去，春去人间无路。秋千外，芳草连天，谁遣风沙暗南浦。依依甚意绪？漫忆海门飞絮。乱鸦过、斗转城荒，不见来时试灯处。

春去，谁最苦？但箭雁沉边，梁燕无主，杜鹃声里长门暮。想玉树凋土，泪盘如露。咸阳送客屡回顾，斜日未能度。

春去，尚来否？正江令恨别，庾信愁赋，苏堤尽日风和雨。叹神游故国，花记前度。人生流落，顾孺子，共夜语。

四片的词数量最少，如《莺啼序》《胜州令》。《莺啼序》为现存最长的词调，共240字。如下例。

莺啼序　宋·赵文

东风何许红紫，又匆匆吹去。最堪惜、九十春光，一半情绪听雨。到昨日、看花去处，如今尽是相思树。倚斜阳脉脉，多情燕子能语。

自怪情怀，近日频懒，忆刘郎前度。断桥外、小院重帘，那人正柳边住。问章台、青青在否？芳信隔、梦魂无据。想行人，折尽柔条，滚愁成絮。

闲将杯酒，苦劝羲和，揽辔更少驻。怎忍把、芳菲容易委路。春还倒转归来，为君起舞。寸肠万恨，何人共说，十年暗洒铜仙泪，是当时、滴滴金盘露。思量万事成空，只有初心，英英未化为土。

浮生似客，春不怜人，人更怜春暮。君不见、青楼朱阁，舞女歌童，零落山丘，便房幽户。长门词赋，沈香乐府，悠悠谁是知音者，且绿阴多处修花谱。殷勤更倩啼莺，传语风光，后期莫误。

第三，词的句式参差不齐，为长短句（从上引作品已可了解）。它们押韵的位置较近体诗亦大不相同。词中韵位常是音乐停顿处，音乐节奏不同、停顿不同，则韵位也不同。举例如下。

苏幕遮　宋·周邦彦

燎沉香，消溽暑。鸟雀呼晴，侵晓窥檐语。叶上初阳干宿雨，水面

△　△

清圆，一一风荷举。　故乡遥，何日去？家住吴门，久作长安旅。五月

△　△

渔郎相忆否？小楫轻舟，梦入芙蓉浦。

△　△

该调为上片七句四韵位，下片七句四韵位，仄声入韵。

菩萨蛮　宋·朱淑真

山亭水榭秋方半，凤帏寂寞无人伴。愁闷一番新，双蛾只暗颦。

△ △ ◎ ◎

起来临绣户，时有疏萤度。多谢月相怜，今宵不忍圆。

△ △ ◎ ◎

该调为上片四句四韵位，第一、二句均仄声入韵，第三、四句转平声入韵；下片四句四韵位，第一、二句转另一仄声入韵，第三、四句转另一平声入韵。全篇凡四转韵，八韵位，每两句为一韵部。

第四，词的字声配合较近体诗更为严密，有些词调不仅限定平仄，更限定句子的四声。如下例。

永遇乐·京口北固亭怀古　宋·辛弃疾

千古江山，英雄无觅，孙仲谋处。舞榭歌台，风流总被，雨打风吹去。斜阳草树，寻常巷陌，人道寄奴曾住。想当年，金戈铁马，气吞万里如虎。　元嘉草草，封狼居胥，赢得仓皇北顾。四十三年，望中犹记，烽火扬州路。可堪回首，佛狸祠下，一片神鸦社鼓。凭谁问，廉颇老矣，尚能饭否？

末句（又称煞句、歇拍）四字前两字为仄平，后两字不仅限定为仄声，更限制为去声和上声。这在近体诗律中是绝对没有的，原因当然要归之于词调与音乐的关系。

第五，词调与音乐相关，音乐堪称抒发人生情感的最佳载体，词调亦有其文情，即词调的基本感情旨归。如《声声慢》，该调的基本文情是哀伤痛郁，所以词史上就不见有人用它去表现欢乐的感情；再如《满江红》，其基本文情是激越畅达，如以之表现悲哀或欢快的情绪亦属不伦不类；其他如《沁园春》《永遇乐》《水调歌头》等，均具有集中的感情内涵，绝不是任何内容均可填入的。

判断词调的文情，有人说可大致根据字句的声韵。如用韵位置疏密均匀，则声情平和宽舒；反之，则声情过慢或过急。再如词调多规范的律句，则声情安详；反之，少律句而多拗句（指不合近体诗律的句子），则声情郁劲而险仄。上说可参考。从词史的大量创作实践来看，词调的文情定位仍然是十分复杂的，这也许与词虽“依曲定调”，但在发展中又渐渐背离了音乐而成为独立的文学样式有关。

第六，词调依传统说法大致可分为四类：令、引、近、慢。

令，一般认为出于唐人酒令。宋刘攽《中山诗话》：“唐人饮酒，以小令为罚。”令有字句不多的小调短曲，称小令，如《调笑令》《如梦令》《卜算子令》等；有出自大曲而字数较多的，如《甘州令》《百字令》《凉州令》等。

引，本是古代琴曲的名称，宋人取唐五代小令，增加声腔，翻为新曲，称为引。如王安石《千秋岁引》即以旧曲《千秋岁》翻新。以下录王安石《千秋岁引》和欧阳修《千秋岁·罗衫满袖》作一比较。

千秋岁引·秋景　宋·王安石

别馆寒砧，孤城画角，一派秋声入寥廓。东归燕从海上去，南来雁向沙头落。楚台风，庾楼月，宛如昨。　无奈被些名利缚，无奈被他情担阁，可惜风流总闲却。当初谩留华表语，而今误我秦楼约。梦阑时，酒醒后，思量着。

千秋岁　宋·欧阳修

罗衫满袖，尽是忆伊泪。残妆粉，馀香被。手把金尊酒，未饮先如醉。

△　△　△　△

但向道，恹恹成病皆因你。　离思迢迢远，一似长江水。去不断，来无际。

△　△　△　△

红笺著意写，不尽相思意。为个甚，相思只在心儿里。

△　△

《千秋岁引》为两片（双调）八十一字，上下片各八句五仄韵。《千秋岁》为两片七十一字，上下片各八句五仄韵。前篇多七字句，后篇多五字句，但三字句在两首词中均有一定分量。

近，又称近拍，如《诉衷情近》《郭郎儿近拍》《隔莲浦近》等，字数与引差不多。

慢，指慢曲，即乐曲节奏缓慢的曲子。它的特点是字句长、韵位稀。如《木兰花慢》《雨中花慢》《浣溪沙慢》等。

明嘉靖二十九年（1550年），顾从敬在其编选的《类编草堂诗馀》中，首次提出按词调长短划分小令、中调、长调的方法。按顾说，五十八字以内为小令，五十九字至九十字为中调，九十一字以外为长调；引和近大多定为中调，慢为长调，令则大多为小令，但亦有归入长调和慢词者。这一分类虽说太为牵强，但易为一般人所接受，所谓“流俗易解，又能括众题也”（清宋翔凤《乐府馀论》），因此，对后世影响殊深。

第七，诗要押韵，词同样要押韵，词与诗均须遵循约定的守则。词韵是从诗韵，即从《广韵》、平水韵及民间语音演化而来的。唐宋人作词大多沿用或依傍诗韵。作词用韵，可以四声通押，也可间押方音，在应用上，比诗韵要宽得多。词韵是在创作实践中渐渐趋向成熟而自成体系的。清沈谦在考究前人用韵的规律后，将词韵分为十九部，用平水韵目来表示词韵的分合，应该说是词韵组合的功臣。至道光元年（1821 年）戈载《词林正韵》出，则变平水韵分合为《广韵》分合，其他基本仍沿承使用。今天，填词创作仍以沈、戈二书为押韵的规范用书。

现以平水韵目将词韵十九部排列如下（详见附录《词韵常用字表》）。

第一部：平声东冬；上声董肿；去声送宋。

第二部：平声江阳；上声讲养；去声绛漾。

第三部：平声支微齐，又灰半；上声纸尾荠，又贿半；
去声寘未霁，又泰半、队半。

第四部：平声鱼虞；上声语麌；去声御遇。

第五部：平声佳半，灰半；上声蟹，又贿半；
去声泰半、卦半、队半。

第六部：平声真文，又元半；上声轸吻，又阮半；
去声震问，又愿半。

第七部：平声寒删先，又元半；上声旱潸铣，又阮半；
去声翰谏霰，又愿半。

第八部：平声萧肴豪；上声筱巧皓；去声啸效号。

第九部：平声歌；上声哿；去声箇。

第十部：平声麻，又佳半；上声马；去声祃，又卦半。

第十一部：平声庚青蒸；上声梗迥；去声敬径。

第十二部：平声尤；上声有；去声宥。

第十三部：平声侵；上声寝；去声沁。

第十四部：平声覃盐咸；上声感俭豏；去声勘艳陷。

第十五部：入声屋沃。

第十六部：入声觉药。

第十七部：入声质陌锡职缉。

第十八部：入声物月曷黠屑叶。

第十九部：入声合洽。

以上第一部至第十四部为平上去声，第十五部至第十九部为入声。这是根据词不同于诗的押韵规定而制定的。

使用词韵必须注意几点：首先，不能跨部用韵；其次，严格按照词调押韵的平仄规定，规定用平声押韵的词调绝对不能用仄声，反之亦然；再次，在仄声押韵中，同韵部的上去声可通押；最后，入声必须独立押韵，不可杂以上去声，这点与诗律有很大的差异。

词调用韵有一韵到底的，分平声不换韵和仄声不换韵两种。常用的前者如《鹧鸪天》《临江仙》《浪淘沙令》《八声甘州》《浣溪沙》《水调歌头》《满庭芳》《诉衷情》《汉宫春》《沁园春》《唐多令》等；后者如《卜算子》《醉花阴》《念奴娇》《贺新郎》《点绛唇》《渔家傲》《青玉案》《千秋岁》《水龙吟》《蝶恋花》《齐天乐》等。亦有独押入声、一韵终篇的，如《忆秦娥》《兰陵王》《雨霖铃》《暗香》《疏影》等。平仄换韵，其声情有如诗歌中的古体，如与七言新古体较为相似的有《菩萨蛮》《虞美人》《更漏子》等。还有一种情况是近体诗律中绝对没有的，即平仄互押，如《西江月》，但押韵字仍须同一韵部。

第八，词的句式有别于诗，是因为词是长短句，而诗绝大多数为统一句式。词的句式最短为一字句，如《十六字令》的首句，但较为少见。同样属于一个字的一字豆，系朗读时情感节奏的小停顿，又称“领”字，往往用去声，如“但”“渐”“看”“更”“正”“对”“望”“恨”“尚”“叹”“料”“又”等。其中有虚词，也有实词中的动词，它们常与三至七个字相连，组成“上一下三”至“上一下七”的四字句至八字句。龙榆生先生十分重视一字豆即领字的作用，称之为全篇的“关纽”。

最常见的是“上一下四”式五字句，如：

有暗香盈袖（宋·李清照《醉花阴》）

问此意年年（宋·晏几道《归田乐》）

又酒趁哀弦（宋·周邦彦《兰陵王》）

其他如“上一下五”式六字句：

算没个、人传与（宋·黄庭坚《望江东》）

如“上一下六”式七字句：

便认得琴心相许（宋·贺铸《薄幸》）

纵妙手能解连环（宋·周邦彦《解连环》）

再如“上一下七”式八字句：

看爽气朝来三数峰（宋·辛弃疾《沁园春》）

是何年青天坠长星（宋·吴文英《八声甘州》）

词的长短句引发词句个性的多异性。除领字的突出作用外，每种句子，即从三字句到最长的十一字句，其句子中的节奏组合都呈多种变化。如八字句，除上引“上一下七”式外还有“上三下五”句式，如：

更那堪、冷落清秋节（宋·柳永《雨霖铃》）

恨古人、不见吾狂耳（宋·辛弃疾《贺新郎》）

九字句常有“上六下三”和“上三下六”句式，分别如：

几度小窗幽梦手同携（宋 · 姜夔《江梅引》）

浪淘尽千古风流人物（宋 · 苏轼《念奴娇》）

十一字句常为“上六下五”和“上四下七”句式，分别如：

不知天上宫阙，今夕是何年（宋 · 苏轼《水调歌头》）

不应有恨，何事长向别时圆？（宋 · 苏轼《水调歌头》）

其他如五字、七字句的句式基本同近体诗，从音韵上看，有律句也有拗句，含领字者除外。四字、六字句则“二二”句式和“二二二”句式较为多见。六字句“二二二”句式如：

惹破画楼轻扇（宋 · 周邦彦《过秦楼》）

惟有垂杨自舞（宋 · 叶梦得《贺新郎》）

古体诗中也有六言诗体，词的六字句式基本与其相似。

第九，近体诗恪守平仄粘对法则，词则依谱填字，填词而无谱，则不成其为“中国诗词”中的“词”。词的字声是受词谱绝对限制的，这是因为词调的最早产生往往是乐曲的催化，先有曲才有调，有调再而有依曲而歌的词。其中重要的是按律制谱，再而才是依谱填词。

词谱随着词作为独立文学样式的存在而渐渐脱离于歌唱，仅仅对填词者起到规范句法、平仄和押韵的作用。但仅这一功能，已须读者和创作者人手一函。

词谱据说始于明人张綖的《诗馀图谱》。康熙二十六年（1687 年）宜兴万树所著《词律》二十卷问世，共收词调六百六十个，正体另体共一千八十余例。这是词谱的划时代著作。遗憾的是该书所收诸体未注平仄，填词者须将例词自注平仄后，再依声填字。从这个意义上说，有些像今天的练习册，其中字声考订疏漏之余常见错误。

至康熙五十四年（1715 年），王奕清等人在政府的主持下，合编刊成《钦定词谱》，共收词调八百二十六个，计两千三百零六体。不仅内容大大超过万著，更为词人欢迎的是每体例词旁均以黑白圈注平仄，每调下再注明词调之来源、句法之异同。执此一函，大致可窥词之流变和词的格律规范了。

有人问，先有谱还是先有词？我认为，先有曲，再有词，再编词谱，再依谱填词；词而谱，谱而词，如此循环，才成就了文学中词的全部。

大型的专业词谱如《词律》《钦定词谱》，小型的便携式词谱则有舒梦兰的《白香词谱》、龙榆生的《唐宋词格律》，以及王力《诗词格律》后的附录《诗韵常用字表》。王力的经典著作《汉语诗律学》中有关词谱的收订是煞费苦心的，也有很高的学术价值，但因查看费力，多年来似乎很少有人使用，一般的爱好者更是渺不知其所以，故若不为研究今人对词学的贡献，王氏词谱可不涉及。为填词和熟悉各体词并及流变，《钦定词谱》是最好的选择，坊间诸种则不必顾及。

以上九点仅以形式而言。如就词与诗的文学差异论，表现更是纷繁多变。这一内容将在后文的叙述中逐渐展开，让具体文本说话，以便于理解。

但在此，必须加一句话：词从一开始，并在相当长一段时期内，是音乐的、民间的、开放的。时至今日，广大中青年诗词爱好者中仍有不少人特别寄情于词，其原因也许即在于此。

忆江南　唐·白居易

江南好，风景旧曾谙。日出江花红胜火，春来江水绿如蓝。能不忆

○○●　○●●○◎　●●○○○●●　○○○●●○◎　○●●

江南。

○◎

平仄特点：五言、七言均为律句。第四句第三字可换仄声，第五句第一字可换仄声。

句式特点：二一，二三。二二三，二二三。二三。第三、四两句对偶。单调，二十七字。

用韵特点：五句三韵，平韵到底。韵位中，声情多平和。

渔歌子　唐·张志和

西塞山前白鹭飞，桃花流水鳜鱼肥。青箬笠，绿蓑衣，斜风细雨不

○●○○●●◎　○○○●●○◎　○●●　●○○　○○●●●

须归。

○◎

平仄特点：七言均为律句。第一句第一字可换仄声，第二句第三字可换仄声，末句第三字可换平声。

句式特点：二二三，二二三。一二，一二，二二三。第三、四两句对偶。单调，二十七字。

用韵特点：五句三韵，平韵到底。韵位密，易表现活泼、跳跃情绪。

崑山句形容聲之高下句聲之幽十二門前二句聲之和故使景色亦和也夢入二句歎其伎之神如嵇夜授廣陵散於鬼意倚句使吳剛亦來聽不知久也即白露沾衣意

一之一

李憑箜篌引

吳絲蜀桐張高秋。空山凝雲頹不流。聲遏之也。江娥啼竹素女愁。聞之而然也。李憑中國彈箜篌。倒點題。崑山玉碎鳳凰叫。形容聲。芙蓉泣露香蘭笑。亦聞之使然。十二門前融冷光。帝京門十二也古樂府琅琊王歌篇有長安門十二之句。二十三絲動紫皇。女媧鍊石補天處。石破天驚逗秋雨。聲激之使然。夢入神山教神嫗。老魚跳波瘦蛟舞。吳質不眠倚桂樹。疑作吳劉。露腳斜飛溼寒兔。結三句皆夢中所見

雕

殘絲曲

吳正子云言晚春之景

调笑令　唐·王建

团扇，团扇，美人并来遮面。玉颜憔悴三年，谁复商量管弦。弦管，

○△　○△　●○●○○△　●○○●○◎　○●○●●◎　○△

弦管，春草昭阳路断。

○△　○●○○●△

平仄特点：第三、四、五句均为拗句。末句第一字可换仄声。

句式特点：一一，一一，二二二。二二二，二二二。一一，一一，二二二。第一、二句为叠句。第六句颠倒上句第五、六两字，第七句与第六句相叠。单调，三十二字。

用韵特点：共八句，前三句押仄韵，共三韵。第四句转平韵，第五句与第四句同押平韵。第六、七、八句再转另一仄韵，共三韵。凡三仄韵、二平韵、三仄韵。句句入韵，平仄互转频繁，易表现活泼、跳跃情绪。

如梦令　宋·李清照

昨夜雨疏风骤，浓睡不消残酒。试问卷帘人，却道海棠依旧。知否？

●●●○○△　○●●○○△　●●●○○　●●●○○△　○△

知否？应是绿肥红瘦。

○△　○●●○○△

平仄特点：以六言律句为主，且全部为仄起仄收式。第一、二、三、四、七句第一字均可平仄互换。

句式特点：二二二，二二二。二三，二二二。一一，一一，二二二。第五、六句为叠句。单调，三十三字。

用韵特点：七句六韵，仄韵到底，韵位密，易表现活泼、激动情绪。

乌夜啼　南唐·李煜

林花谢了春红，太匆匆。无奈朝来寒雨晚来风。　胭脂泪，留人醉，

○○●●○◎　●○◎　○●○○○●●○◎　　○○△　○○△

几时重？自是人生长恨水长东。

●○◎　●●○○○●●○◎

平仄特点：上下片，九字句后七字皆为律句。

句式特点：二二二，一二，二二二三。　二一，二一，二一。二二二三。双调，三十六字。

用韵特点：上片三句三平韵。下片四句中第一、二句押仄声韵，第三、四句按上片平韵押韵，二平韵。韵位密，且有仄声韵相杂，声情平中见拗。

该调又名《相见欢》。

临江仙　宋·陈与义

忆昔午桥桥上饮，坐中多是豪英。长沟流月去无声，杏花疏影里，

●●●○○●●　●○○●○◎　○○○●●○◎　●○○●●

吹笛到天明。　二十余年如一梦，此身虽在堪惊。闲登小阁看新晴，古今

○●●○◎　　●●○○○●●　●○○●○◎　○○●●●○◎　●○

多少事，渔唱起三更。

○●●　○●●○◎

平仄特点：上下片五言、七言均为律句。

句式特点：二二二一，二二二。二二一二，二三，二三。　二二一二，二二二。二二一二，二三，二一二。双调，六十字。

用韵特点：上下片均为五句三平韵。一韵到底。韵位中，声情平和。

点绛唇　宋·晏几道

花信来时，恨无人似花依旧。又成春瘦，折断门前柳。　天与多情，

○●○○　●○○●○○△　●○○△　●●○○△　　○●○○

不与长相守。分飞后，泪痕和酒，占了双罗袖。

●●○○△　○○△　●○○△　●●○○△

平仄特点：上下片五言均为律句。

句式特点：二二，一二二二。二二，二二一。　二二，二一二。二一，二二，二三。双调，四十一字。

用韵特点：上下片共九句，七仄韵。一韵到底。韵位密，声情较急促。

浣溪沙　前蜀·韦庄

惆怅梦余山月斜，孤灯照壁背窗纱。小楼高阁谢娘家。　暗想玉容何

○●●○○●◎　○○●●●○◎　●○○●●○◎　　●●●○○

所似？一枝春雪冻梅花，满身香雾簇朝霞。

●●　●○○●●○◎　●○○●●○◎

平仄特点：上片第一句为七言仄起平收律句，第二句为对句，第三句同第二句。下片第一句为七言仄起仄收式律句，余同上片。此调完全从七绝变化而来。

句式特点：二二三，二二三，二二三。　二二三，二二三，二二三。双调，四十二字。

用韵特点：六句五韵，平韵到底。上片三句三平韵，下片三句二平

韵。韵位密，但因平声用韵，声情以舒缓平和为主。

霜天晓角　宋·范成大

晚晴风歇，一夜春威折。脉脉花疏天淡，云来去，数枝雪。　胜绝，

●○○△ ●●○○△ ●●○○○● ○○● ●○△　●△

愁亦绝，此情谁共说。惟有两行低雁，知人倚、画楼月。

○●△ ●○○●△ ●●●○○● ○○● ●○△

平仄特点：上下片五言、六言均为律句。

句式特点：二二，二二一。二二二，二一，二一。　一一，一二，二二一。二二二，二一，二一。双调，四十三字。

用韵特点：上片五句三仄韵，下片六句四仄韵，第一、二句亦可以五言平起律句代之成一韵，这样，下片亦同上片为三仄韵。

菩萨蛮　南唐·李煜

花明月暗笼轻雾，今宵好向郎边去。刬袜步香阶，手提金缕鞋。

○○●●○○△ ○○●●○○△ ●●●○◎ ●○○●◎

画堂南畔见，一向偎人颤。奴为出来难，教君恣意怜。

●○○●● ●●○○△ ○●●○◎ ○○●●◎

平仄特点：上片第一、二句为七言律句，第三句为五言律句，第四句第一、三字可平仄互换。下片四句均为五言律句。

句式特点：二二三，二二三。二三，二三。　二三，二三。二三，二三。双调，四十四字。

用韵特点：上片第一、二句仄声入韵，第三、四句转押平声。下片

第一、二句再转仄声入韵，第三、四句又转平声入韵。八句八韵，凡四转韵，计二仄韵、二平韵，再二仄韵、二平韵。韵位平仄相间，声情顿挫抑扬，复归平和。

采桑子　宋·欧阳修

轻舟短棹西湖好，绿水逶迤，芳草长堤，隐隐笙歌处处随。

○○●●○○●　●●○◎　○●○◎　●●○○●●◎

无风水面琉璃滑，不觉船移，微动涟漪，惊起沙禽掠岸飞。

○○●●○○●　●●○◎　○●○◎　○●○○●●◎

平仄特点：上片七言平起仄收式律句、七言仄起平收式律句各一，下片同。

句式特点：二二三，二二，二二，二二三。　　二二三，二二，二二，二二三。双调，四十四字。

用韵特点：上下片各三平韵，一韵到底。韵位较密，声情因押平声尚见舒缓。

卜算子　宋·陆游

驿外断桥边，寂寞开无主。已是黄昏独自愁，更著风和雨。

●●●○○　●●○○△　●●○○●●○　●●○○△

无意苦争春，一任群芳妒。零落成泥辗作尘，只有香如故。

○●●○○　●●○○△　○●○○●●○　●●○○△

平仄特点：上下片六个五言句、两个七言句均为仄起律句。

句式特点：二三，二一二。二二二一，二三。　二一二，二二一，二二三，二三。双调，四十四字。

用韵特点：上下片均为四句二仄韵，一韵到底。韵位中，声情平缓。

更漏子　宋·晏几道

柳丝长，桃叶小，深院断无人到。红日淡，绿烟轻，流莺三两声。

●○○ ○●△ ○●●○○△ ○●● ●○◎ ○○○●◎

雪香浓，檀晕少，枕上卧枝花好。春思重，晓妆迟，寻思残梦时。

●○○ ○○△ ●●●○○△ ○○● ●○◎ ○○○●◎

平仄特点：上片两组三字句各平仄相对，下片两组三字句各平仄相对。上下片六言为仄起律句，末句均为五言平起拗句，第四字孤仄，不能改动。

句式特点：二一，二一，二二二。二一，二一，二三。 二一，二一，二二二。二一，二一，二三。双调，四十六字。

用韵特点：上片前三句两仄韵，后三句转两平韵。下片前三句两仄韵（可同上片仄韵，亦可），后三句转两平韵（可同上片平韵，亦可不同）。韵位密，声情活跃中带稳重。

好事近　宋·秦观

春路雨添花，花动一山春色。行到小溪深处，有黄鹂千百。

○●●○○ ○●●○○△ ○●●○○● ●○○○△

飞云当面化龙蛇，夭矫转空碧。醉卧古藤荫下，了不知南北。

○○○●●○○ ○●●○△ ●●●○○● ●●○○△

平仄特点：全篇第一句与末句分别为五言仄起平收和仄收律句。下片第一句（过拍）为七言平起平收律句，第二句第四字孤平。

句式特点：二一二，二二二。二二二，一二二。　二二一二，二一二，二二二，三二。双调，四十五字。

用韵特点：上片四句二仄韵，下片四句二仄韵。一韵到底。韵位中。因此调习惯入声独押，故声情稍见急促。

清平乐　宋 · 晏殊

红笺小字，说尽平生意。鸿雁在云鱼在水，惆怅此情难寄。

○○●△　●●○○△　○●●○○●△　○●●○○△

斜阳独倚西楼，遥山恰对帘钩。人面不知何处，绿波依旧东流。

○○●●○◎　○○●●○◎　○●●○○●　●○○●○◎

平仄特点：上片五言、六言、七言均为仄起律句。下片六言除第三句外均为平起律句，第三句为仄起律句，第四句第一字与第三字平仄可互换。

句式特点：二二，二三。二二三，二二二。　二二二，二二二。二二二，二二二。双调，四十六字。

用韵特点：上片四句四仄韵，下片四句三平韵。韵位密，声情上片急促，下片转舒缓。

眼儿媚　宋 · 王雱

杨柳丝丝弄轻柔，烟缕织成愁。海棠未雨，梨花先雪，一半春休。

○●○○●○◎　○●●○◎　●○●●　○○○●　●●○◎

而今往事难重省，归梦绕秦楼。相思只在，丁香枝上，豆蔻梢头。

○○●●○○●　○●●○◎　○○●●　○○○●　●●○◎

平仄特点：上片第一句第五字为孤仄，第二句为五言仄起平收律句。

第三、四句第二、四字为先平后仄，末句第二、四字为仄平（入韵）。下片同上片。

句式特点：二二一二，二三。二二，二二，二二。　二二三，二一二。二二，二二，二二。双调，四十八字。

用韵特点：上片五句三平韵，下片五句二平韵，一韵到底。韵位中，声情宽平和缓。

西江月　宋·张孝祥

问讯湖边春色，重来又是三年。东风吹我过湖船，杨柳丝丝拂面。

●●○○○●　○○●●○◎　○○○●●○◎　○●○○●△

世路如今已惯，此心到处悠然。寒光亭下水连天，飞起沙鸥一片。

●●○○●●　●○●●○◎　○○○●●○◎　○●○○●△

平仄特点：上片六言分别为仄起、平起、仄起律句，第三句为平起七言律句。下片与上片同，第二句第一字可为平声。

句式特点：二二二，二二二。二二一二，二二二。　二二二，二二二。二二一二，二二二。双调，五十字。

用韵特点：上片四句二平韵，下片四句二平韵，韵部同上片。上片末句与下片末句转押仄声韵。韵位密，声情从容潇洒。

醉花阴　宋·李清照

薄雾浓云愁永昼，瑞脑销金兽。佳节又重阳，玉枕纱橱，半夜凉初透。

●●○○○●△　●●○○△　○●●○○　●●○○　●●○○△

东篱把酒黄昏后，有暗香盈袖。莫道不消魂？帘卷西风，人比黄花瘦。

○○●●○○△　●●○○△　●●●○○　○●○○　○●○○△

平仄特点：上下片五言、七言均为律句。

句式特点：二二三，二三。二三，二二，二三。　二二三，一四。二三，二二，二三。双调，五十二字。

用韵特点：上片三仄韵，下片三仄韵，一韵到底。韵位中，声情尚平和。

踏莎行　宋·秦观

雾失楼台，月迷津渡，桃源望断无寻处。可堪孤馆闭春寒，杜鹃声里
●●○○　●○○△　○○●●○○△　●○○●●○○　●○○●
斜阳暮。　驿寄梅花，鱼传尺素，砌成此恨无重数。郴江幸自绕郴山，为
○○△　　●●○○　○○●△　●○●●○○△　○○●●●○○　●
谁流下潇湘去？
○○●○○△

平仄特点：上下片七言均为平起律句。四字句上下片同，二、四字异声即可。

句式特点：二二，二二，二二三。二二三，二二三。　二二，二二，二二三。二二三，二二三。双调，五十八字。

用韵特点：上片五句三仄韵，下片同上片，一韵到底。韵位中，声情跌宕回旋。

浪淘沙　南唐·李煜

往事只堪哀，对景难排。秋风庭院藓侵阶。一任珠帘闲不卷，终日
●●●○◎　●●○◎　○○○●●○◎　●●○○○●●　○●

谁来。　　金锁已沉埋，壮气蒿莱。晚凉天净月华开。想得玉楼瑶殿影，

○◎　　○●●○◎ ●●○◎ ●○○●●○◎ ●●●○○●●

空照秦淮。

○●○◎

平仄特点：上下片五言、七言均为律句。

句式特点：二三，二二。二二三。二二三，二二。　二三，二二。二二三。二二三，二二。双调，五十四字。

用韵特点：上片五句四平韵。下片五句四平韵。韵位密，声情平稳中见凄清。

鹧鸪天　宋·李元膺

寂寞秋千两绣旗。日长花影转阶迟。燕惊午梦周遭语，蝶困春游落

●●○○●●◎ ●○○●●○◎ ●○●●○○● ●●○○●

拓飞。　　思往事，入颦眉。柳梢阴重又当时。薄情风絮难拘束，飞过

●◎　　○●● ●○◎ ●○○●●○◎ ●○○●○○● ○●

东墙不肯归。

○○●●◎

平仄特点：上片为典型的七言仄起首句入韵式绝句。下片第一、二句为三字句相对，第三、四、五句为七言仄起首句入韵式的第二、三、四句。

句式特点：二二一二。二二一二。二二二一，二二二一。　一二，一二。二二一二，二二一二，二二二一。双调，五十五字。

用韵特点：上片四句三平韵，下片五句三平韵，一韵到底，韵位中密，声情宽舒。

玉楼春　宋·周邦彦

桃溪不作从容住，秋藕绝来无续处。当时相候赤阑桥，今日独寻黄

○○●●○○△　○●●○○●△　○○●●●○○　○●●○○

叶路。　烟中列岫青无数，雁背夕阳红欲暮。人如风后入江云，情似雨馀

●△　　○○●●○○△　●●●○○●△　○○○●●○○　○●●○

粘地絮。

○●△

平仄特点：上下片均为七言律句。

句式特点：二二三，二二三。二二三，二二三。　　二二三，二二三。二二三，二二三。双调，五十六字。

用韵特点：上片四句三仄韵，下片同上片。韵位密，一韵到底，声情短促。

有人说，该调为“两首七言仄韵绝句”，这话是错误的。其一，绝句属近体诗，而近体诗是没有押仄声韵的；其二，上下片的第三句均与第二句失粘，这也是近体诗包括绝句绝对不可能发生的。

虞美人　南唐·李煜

春花秋月何时了，往事知多少。小楼昨夜又东风，故国不堪回首月

○○○●○○△　●●○○△　●○●●●○◎　●●●○○●●

明中。　　雕栏玉砌应犹在，只是朱颜改。问君能有几多愁？恰似一江

○◎　　○○●●○○△　●●○○△　●○○●●○◎　●●●○

春水向东流。

○●●○◎

平仄特点：上片第一句第三字可换仄声，第三句首字可换平声。第四句后七字为平起平收律句。下片可同上。

句式特点：二二三，二三。二二三，二二二三。 二二三，二三。二二三，二二二三。双调，五十六字。

用韵特点：上片第一、二句押仄声韵，第三、四句转押平声。下片同上片，但韵部须变换，呈规律性四转韵。韵位密，声情和缓中显拙拗。

夜游宫　宋 · 陆游

雪晓清笳乱起，梦游处、不知何地？铁骑无声望似水。想关河，雁

●●○○●△ ●○● ●○○△ ●●○○●●△ ●○○ ●

门西，青海际。 睡觉寒灯里，漏声断、月斜窗纸。自许封侯在万里。

○○ ○●△ ●●○○△ ●○● ●○○△ ●●○○●●△

有谁知？鬓虽残，心未死。

●○○ ●○○ ○●△

平仄特点：上下片七言末三字为三仄调，不可改动。上下片三言、四言句平仄全同，不可易。

句式特点：二二二，二一，二二。二二一二。一二，二一，二一。二三，二一，二二。二二一二。一二，一二，一二。双调，五十七字。

用韵特点：上片七句四仄韵，下片七句四仄韵，一韵到底。韵位中，声情沉郁中见跌宕。

小重山　宋 · 李清照

春到长门春草青。红梅些子破，未开匀。碧云笼碾玉成尘，留晓梦，

○●○○○●◎ ○○○●● ●○◎ ●○○●●○◎ ○●●

惊破一瓯春。　花影压重门。疏帘铺淡月，好黄昏。二年三度负东君，

○●●○◎　○●●○◎　○○○●●　●○◎　●○○●●○◎

归来也，著意过今春。

○○●　●●●○◎

平仄特点：上片两个七言句，一为仄起，一为平起；两个五言句，一为平起，一为仄起。以上皆为律句。第二句第三字可用平声。下片第一、二句分别为仄起和平起律句，第四句为七言平起律句，末句为五言仄起律句。

句式特点：二二二一。二二一，一二。二二一二，一二，二二一。二一二。二一二，一二。二二一二，一二，二一二。双调，五十八字。

用韵特点：上片六句四平韵，下片六句四平韵，一韵到底。韵位中，声情宽平。

临江仙　宋·晁冲之

忆昔西池池上饮，年年多少欢娱。别来不寄一行书。寻常相见了，犹道

●●○○○●●　○○○●○◎　●○●●●○◎　○○○●●　○●

不如初。　安稳锦衾今夜梦，月明好渡江湖。相思休问定何如。情知

●○◎　○●●○○●●　●○●●○◎　○○○●●○◎　○○

春去后，管得落花无？

○●●　●●●○◎

平仄特点：上下片五言、七言多为律句。上片第二句第三字可为仄声，下片第二句第一字应为平声。

句式特点：二二二一，二二二。二二二一。二二一，二二一。

二二二一，二二二。二二二一。二二一，二二一。双调，六十字。

用韵特点：上下片均为五句三平韵。韵位中，声情多平稳宽舒。

鹊踏枝　南唐·冯延巳

谁道闲情抛掷久？每到春来，惆怅还依旧。日日花前常病酒，不辞镜

○●○○○●△　●●○○　○●○○△　●●○○○●△　●○●

里朱颜瘦。　河畔青芜堤上柳，为问新愁，何事年年有？独立小桥风

●○○△　○●○○●●△　●●○○　○●○○△　●●●○○

满袖，平林新月人归后。

●△　○○○●○○△

平仄特点：以七言律句为主。上片第一句、第三句第一字可换仄声，第五句第一字可换平声。下片第一句第一字、第三字第一字可换仄声，末句第三字应换仄声。

句式特点：二二三，二二，二三。二二三，二二三。　二二三，二二，二三。二二三，二二三。双调，六十字。

用韵特点：上片四仄韵，下片四仄韵，一韵到底。韵位密，声情较急促。

该调又名《蝶恋花》。

一剪梅　宋·李清照

红藕香残玉簟秋。轻解罗裳，独上兰舟。云中谁寄锦书来？雁字回时，

○●○○●●◎　○●○○　●●○◎　○○○●●○○　●●○○

月满西楼。　花自飘零水自流。一种相思，两处闲愁。此情无计可消除，

●●○◎　○●○○●●◎　●●○○　●●○◎　●○○●●○○

才下眉头，却上心头。

○●○○ ●●○◎

平仄特点：上下片七言均可作律句看。四字句多以两平两仄出现。

句式特点：二二三。二二，二二。二二三，二二，二二。　二二三。二二，二二。二二三，二二，二二。双调，六十字。

用韵特点：上下片均为六句三平韵，一韵到底。韵位中，声情平和。

渔家傲　宋 · 王安石

平岸小桥千嶂抱，柔兰一水萦花草。茅屋数间窗窈窕。尘不到，时时

○●●○○●△ ○○●●○○△ ○●●○○●△ ○●△ ○○

自有春风扫。　午枕觉来闻语鸟，欹眠似听朝鸡早。忽忆故人今总老。

●●○○△ ●●●○○●△ ○○●●○○△ ●●●○○●△

贪梦好，茫然忘了邯郸道。

○●△ ○○●●○○△

平仄特点：上下片七言均为律句。

句式特点：二二三，二二三。二二三。二一，二二三。　二二三，二二三。二二三。二一，二二三。双调，六十二字。

用韵特点：上下片各五句五仄韵。韵位密，声情跳跃自然。

青玉案　宋 · 曹组

碧山锦树明秋霁。路转陡、疑无地。忽有人家临曲水。竹篱茅舍，酒旗

●○●●○○△ ●●● ○○△ ●●○○○●△ ●○○● ●○

沙岸，一簇成村市。　凄凉只恐乡心起。凤楼远、回头漫凝睇。何处今宵

○●　●●○○△　　○○●●○○△　●○●　○○●○△　○●○○

孤馆里？一声征雁，半窗残月，总是离人泪。

○●△　●○○●　●○○●　●●○○△

平仄特点：上片两个七言句各为七言平起和仄起式律句，第一句第一字可为平声，第七句为五言仄起律句。下片两个七言句并后三句与上片同。

句式特点：二二一二。一二，一二。二二一二。二二，二二，二一二。　　二二二一。二一，二一二。二二三。二二，二二，二三。双调，六十八字。

用韵特点：上下片均为七句四仄韵，一韵到底。韵位中，声情平直稍见低徊。

天仙子　宋·张先

水调数声持酒听，午醉醒来愁未醒。送春春去几时回？临晚镜，伤

●●●○○●△　●●●○○●△　●○○●●○○　○●△　○

流景，往事后期空记省。　沙上并禽池上瞑，云破月来花弄影。重重

○△　●●●○○●△　　○●●○○●△　○●●○○●△　○○

帘幕密遮灯，风不定，人初静，明日落红应满径。

○●●○○　○●△　○○△　○●●○○●△

平仄特点：上片第一、二、六句均为七言仄起律句，第三句为七言平起律句。下片同。

句式特点：二二二一，二二二一。二二二一，一二，一二，二二一二。

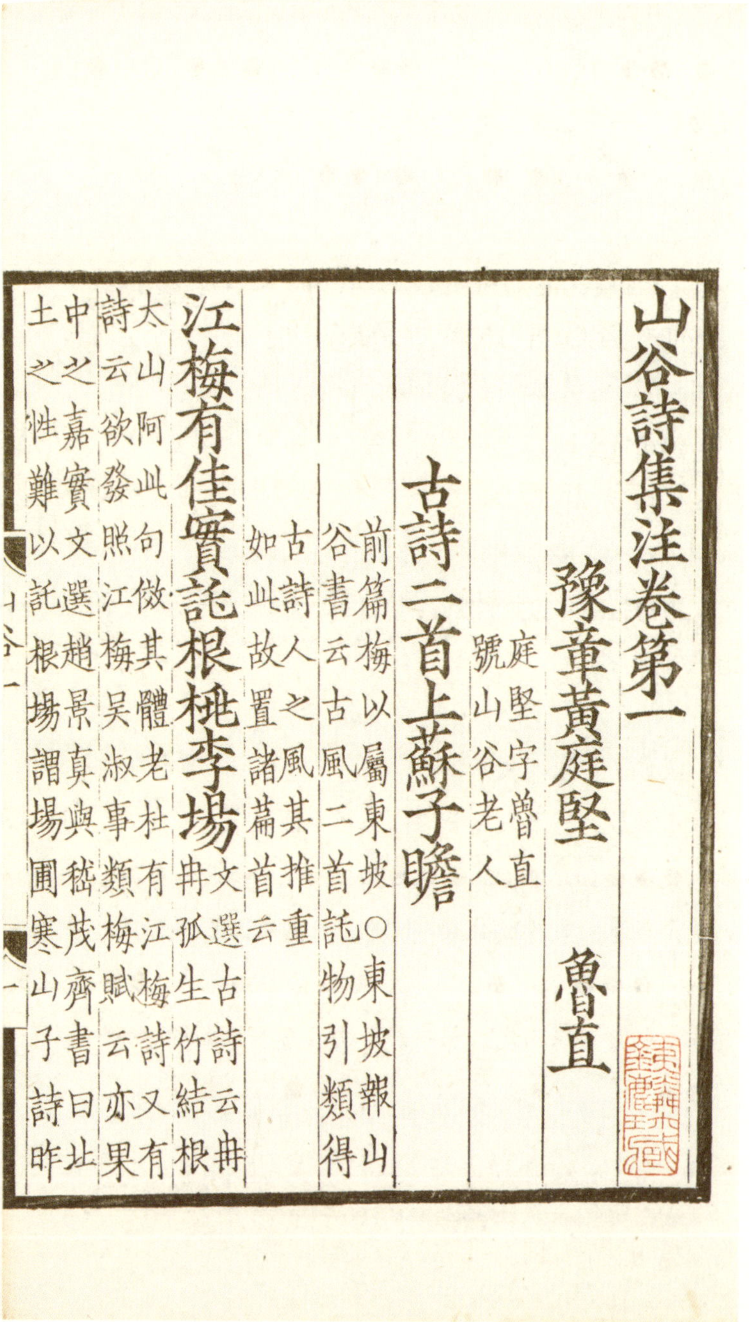
山谷詩集注卷第一

豫章黃庭堅　魯直

庭堅字魯直號山谷老人

古詩二首上蘇子瞻

前篇梅以屬東坡○東坡報山谷書云古風二首託物引類得古詩人之風其推重如此故置諸篇首云

江梅有佳實託根桃李場文選古詩云冉冉孤生竹結根太山阿此句倣其體老杜有江梅詩又有詩云欲發照江梅吴淑事類梅賦云亦果中之嘉實文選趙景真與嵇茂齊書曰北土之性難以託根場謂場圃寒山子詩昨

《山谷诗集注》清光绪己亥刊大字本

二二二一，二二一二。二二三，一二，一二，二二一二。双调，六十八字。

用韵特点：上下片均为六句五仄韵，一韵到底。韵位密，声情较急促，稍见洒脱跌宕。

江城子　宋·苏轼

老夫聊发少年狂。左牵黄，右擎苍。锦帽貂裘，千骑卷平岗。为报倾

●○○●●○◎ ●○◎ ●○◎ ●●○○ ○●●○◎ ●●○

城随太守，亲射虎，看孙郎。　酒酣胸胆尚开张。鬓微霜，又何妨！持节

○○●● ○●● ●○◎　●○○●●○◎ ●○◎ ●○◎ ○●

云中，何日遣冯唐。会挽雕弓如满月，西北望，射天狼。

○○ ○●●○◎ ●●○○○●● ○●● ●○◎

平仄特点：七言均为律句。上片七言平起平收、仄起仄收各一句，下片同。

句式特点：二二三。一二，一二。二二，二三。二二三，一二，一二。　二二三。一二，一二。二二，二三。二二三，一二，一二。双调，七十字。

用韵特点：上下片各五平韵，一韵到底。韵位密，声情平和中稍有粘着。

粉蝶儿　宋·辛弃疾

昨日春如十三女儿学绣，一枝枝不教花瘦。甚无情便下得雨僝风僽，

●●○○●○●○●△ ●○○●●○△ ●○○●●●●○○△

向园林铺作地衣红绉。　而今春似轻薄荡子难久。记前时送春归后，把春

●○○○●●○○△　○○○●○●●●○△ ●○○●○○△ ●○

波都酿作一江醇酎。约清愁杨柳岸边相候。

○○●●●○○△ ●○○○●●○○△

平仄特点：全篇七至十字句均为拗句。

句式特点：二二二二二，三二二。三三二二，三二二二。 二二二二。三二二，三三二二。三二二二。双调，七十二字。

用韵特点：上片四句四仄韵，下片四句四仄韵，一韵到底。韵位密，声情宛转。

该调多为长句，诵读时不完全如韵位密的短句词调。

隔浦莲近拍　宋·周邦彦

新篁摇动翠葆，曲径通深窈。夏果收新脆，金丸落，惊飞鸟。浓霭迷

○○○●●△ ●○○○△ ●●○○● ○○● ○○△ ○●●

岸草。蛙声闹，骤雨鸣池沼。　水亭小，浮萍破处，檐花帘影颠倒。纶巾

●△ ○○△ ●●●○△ 　●○△ ○○●● ○○○●○△ ○○

羽扇，困卧北窗清晓。屏里吴山梦自到。惊觉，依然身在江表。

●● ●●●○○△ ●●○○●●△ ○△ ○○○●○△

平仄特点：全篇五言、七言均为拗句。六字句中第二、四、六字也多不合近体诗律。四字句见平仄平衡。

句式特点：二二二，二一二。二一二，二一，一二。二一二。二一，二一二。　二一，二二，二二二。二二，二二二。二二一二。一一，二二二。双调，七十三字。

用韵特点：上片八句六仄韵，下片八句六仄韵，一韵到底。韵位密，声情急促稍见执拗。

祝英台近　宋·辛弃疾

宝钗分，桃叶渡，烟柳暗南浦。怕上层楼，十日九风雨。断肠点点

●○○ ○●△ ○●●○△ ●●○○ ●●●○△ ●○●●

飞红，都无人管，更谁劝、啼莺声住？　鬓边觑。试把花卜归期，才

○○ ○○○● ●○● ○○○△ ●○△ ●●○●●○ ○

簪又重数。罗帐灯昏，哽咽梦中语：是他春带愁来，春归何处？却不解、

○●○△ ○●○○ ●●●○△ ●○○●○○ ○○○△ ●●●

带将愁去。

●○○△

平仄特点：上片第六句第二字孤平，末句第四、五、六字三平声。下片第二句第三字孤平，第七句三平一仄。

句式特点：二一，二一，二三。二二，二三。二二二，二二，一二，二二。　二一，二二二，二三。二二，二三。二二二，二二，一二，二二。双调，七十七字。

用韵特点：上片八句四仄韵，下片八句五仄韵，一韵到底。韵位疏，声情拗缓稍带凄清。

满江红　宋·柳永

暮雨初收，长川静，征帆夜落。临岛屿，蓼烟疏淡，苇风萧索。几许

●●○○ ○○● ○○●△ ○●● ●○○● ●○○△ ●●

渔人飞短艇，尽将灯火归村落。遣行客、到此念回程，伤漂泊。　桐江好，

○○○●● ●○○●○○△ ●○● ●●●○○ ○○△ ○○●

烟漠漠。波似染，山如削。绕严陵滩畔，鹭飞鱼跃。游宦区区成底事？

○●△ ○●● ○○△ ●○○○● ●○○△ ○●○○○●●

平生况有云泉约。归去来，一曲仲宣吟，从军乐。

○○●●○○△ ○●○ ●●●○○ ○○△

平仄特点：上下片七言对句均为七言仄起律句。

句式特点：二二，二一，二二。一二，二二，二二。二二三，二二三。一二，二三，一二。　二一，一二。一二，一二，一四，二二。二二三，二二三，一二，二二一，二一。双调，九十三字。

用韵特点：上片八句四仄韵，下片十句五仄韵，一韵到底。韵位较疏，声情下片较上片短促。此调仄韵常用入声字。姜夔有平韵《满江红》，是他的自度曲，后人少用。

水调歌头　宋·苏轼

明月几时有？把酒问青天。不知天上宫阙，今夕是何年。我欲乘风

○●●○● ●●●○◎ ●○○●○● ○●●○◎ ●●●○

归去，又恐琼楼玉宇，高处不胜寒。起舞弄清影，何似在人间？　转朱阁，

○● ●●○○●● ○●●●◎ ●●●○● ○●●○◎ ●○●

低绮户，照无眠。不应有恨，何事长向别时圆？人有悲欢离合，月有阴

○●● ●○◎ ●○●● ○●○●●○◎ ○●○ ○●● ●●○

晴圆缺，此事古难全。但愿人长久，千里共婵娟。

○○● ●●●○◎ ●●○○● ○●●○◎

平仄特点：第三、四句合为十一字句，第五字孤平。第八句第四字孤平。下片第四、五句合为十一字句，第二字孤平，第六字孤仄。

句式特点：二二一，二三。二二二，二一二。二二二，二二二，二三。二三，二三。　一二，一二，一二。二二，二二三。二二二，二二

二，二三。二三，二三。双调，九十五字。

用韵特点：上片八句四平韵，下片九句四平韵，一韵到底。韵位较疏，声情平和宽缓。

满庭芳　宋·周邦彦

风老莺雏，雨肥梅子，午阴嘉树清圆。地卑山近，衣润费炉烟。人静

○●○●　●○○●　●○○●○◎　●○○●　○●●○◎　○●

乌鸢自乐，小桥外、新绿溅溅。凭栏久，黄芦苦竹，拟泛九江船。　年年，

○○●●　●○●　○●●◎　○○●　○○●●　●●●○◎　　○◎

如社燕，飘流瀚海，来寄修椽。且莫思身外，长近尊前。憔悴江南倦客，

○●●　○○●●　○●○◎　●●○○●　○●○◎　○●○○●●

不堪听、急管繁弦。歌筵畔，先安簟枕，容我醉时眠。

●○●　●●○◎　○○●　○○●●　○●●○◎

平仄特点：基本为律句。上片第三句第四字、第六句第二字，及下片第六句第二字、第七句第二字孤仄均不能易。

句式特点：二二，二二，二二二。二二。二三。二二二，二一，二二。二一，二二，二三。　一一，一二，二二，二二。二三，二二。二二二，二一，二二。二一，二二，二三。双调，九十五字。

用韵特点：上片十句四平韵，下片十一句五平韵，一韵到底。韵位疏，声情舒缓。

八声甘州　宋·叶梦得

故都迷岸草，望长淮依然绕孤城。想乌衣年少，芝兰秀发，戈戟云横。

●○○●●　●○○○○○●○◎　●○○○●　○○●●　○●○◎

坐看骄兵南渡，沸浪骇奔鲸。转眄东流水，一顾功成。　千岁八公山下，

●●○○○● ●●●○◎ ●●○○● ●●○◎　○●●○○●

尚断崖草木，遥拥峥嵘。漫云涛吞吐，无处向豪英。信劳生空成今古，

●●○●● ○●○◎ ●○○○● ○●●○◎ ●○○○○○●

笑我来何事怆遗情。东山老，可堪岁晚，独听桓筝。

●●○○●●○◎ ○○● ●○●● ●●○◎

平仄特点：上片第二句除第一字和第六字外，均为平声。下片第六句除首、末字外，均为平声。上下片五字句除三处应作一字豆和四字句看，余皆为律句。

句式特点：二一二，一二二一二。一二二，二二，二二。二二二，二一二。二二一，二二。　二二二，一二二，二二。一二二，二一二。一二二二，一二二一二。二一，二二，二二。双调，九十七字。

用韵特点：上片九句四平韵，下片十句四平韵，一韵到底。韵位中，声情平和沉稳。

暗香　宋·姜夔

旧时月色，算几番照我，梅边吹笛？唤起玉人，不管清寒与攀摘。何逊

●○●△ ●●○●● ○○○△ ●●●○ ●●○○●○△ ○○

而今渐老，都忘却、春风词笔。但怪得、竹外疏花，香冷入瑶席。　江国，

○○●● ○●● ○○○△ ●●● ●●○○ ○●●○△　○△

正寂寂。叹寄与路遥，夜雪初积。翠尊易泣。红萼无言耿相忆。长记曾

●●△ ●●●●○ ●●○△ ●○●△ ○●○○●○△ ○●○

携手处，千树压、西湖寒碧。又片片、吹尽也，几时见得。

○●● ○●● ○○○△ ●●● ○●● ●○●△

平仄特点：本调是姜夔的自度曲，多拗句，填词者不得改拗为平。上片第二句、第九句首字，下片第三句、第十句首字，用去声。

句式特点：二二，一二二，二二。二二，二二三。二二二，一二，二二。一二，二二，二三。　一一，一二。一二二，二二。二二，二二三。二二二，二一，二二。一二，一二，二二。双调，九十七字。

用韵特点：上片九句五仄韵，下片十句七仄韵，一韵到底。下片第六句“忆”读入声。此调应以入声入韵。韵位中，声情拗涩艰郁。

声声慢　宋·晁补之

朱门深掩，摆荡春风，无情镇欲轻飞。断肠如雪，撩乱去点人衣。朝来

○○○●　●●○○　○○●●○◎　●○○●　●●●●○◎　○○

半和细雨，向谁家、东馆西池。算未肯、似桃含红蕊，留待郎归。　还记

●○●●　●○○　○●○◎　●●●　●○○○●　○●○◎　○●

章台往事，别后纵青青，似旧时垂？灞岸行人多少，竟折柔枝。而今恨

○○●●　●●●○○　●●○◎　●●○○○●　●●○◎　○○●

啼露叶，镇香街、抛掷因谁。又争可、妒郎夸春草，步步相随。

○●●　●○○　○●○◎　●○●　●○○○●　●●○◎

平仄特点：上片三个六字句，计一个律句、两个拗句。下片六字句除换头外，均为拗句，不可易换。

句式特点：二二，二二，二二二。二二，二二二。二二二，一二，二二。一二，一二二，二二。　二二二，二三，一三。二二二，二二。二二二，一二，二二。一二，二三，二二。双调，九十九字。

用韵特点：上片九句四平韵，下片九句四平韵，一韵到底。韵位中疏，声情宽平。另有仄韵体，以李清照“寻寻觅觅”为代表，韵位、声情皆异。

念奴娇　宋·苏轼

大江东去，浪淘尽，千古风流人物。故垒西边，人道是、三国周郎

●○○●　●○●　○●○○○△　●●○○　○●●　○●○○

赤壁。乱石崩云，惊涛拍岸，卷起千堆雪。江山如画，一时多少豪杰！

●△　●●○○　○○●●　●●○○△　○○○●　●○○●○△

遥想公瑾当年，小乔初嫁了，雄姿英发。羽扇纶巾，谈笑间、樯橹灰飞

○●○●○○　●○○●●　○○○△　●●○○　○●○　○●○○

烟灭。故国神游，多情应笑我、早生华发。人生如梦，一樽还酹江月。

○△　●●○○　○○○●●　●○○△　○○○●　●○○●○△

平仄特点：上片第二句第二字、末句第五字均不得改仄声，下片首句第二、四字均为仄声，不得任换。末句第五字孤平。

句式特点：二二，一二，二二二。二二，一二、二二二。二二，二二，二三，二二，二二二。　二二二，二三，二二。二二，二一。二二二。二二，二三、二二。二二，二二二。双调，一百字。

用韵特点：上片九句四仄韵，下片十句四仄韵，一韵到底，韵位中，声情激昂稍带力度。亦有押平声韵者。

本调又名《百字令》。

琵琶仙　宋·姜夔

双桨来时，有人似、旧曲桃根桃叶。歌扇轻约飞花，蛾眉正奇绝。春

○●○○　●○●　●●○○○△　○●○●○○　○○●○△　○

渐远、汀洲自绿，更添了几声啼鴂。十里扬州，三生杜牧，前事休说。

●●　○○●●　●○●●○○△　●●○○　○○●●　○●○△

又还是宫烛分烟，奈愁里匆匆换时节。都把一襟芳思，与空阶榆荚。

●○●○●○○　●○●○○○●○△　○●●●○○　●○○○△

千万缕、藏鸦细柳，为玉尊起舞回雪。想见西出阳关，故人初别。

○●● ○○●● ●●○●●○△ ●●○●○○ ●○●△

平仄特点：上片第二句第二字孤平，第五句第四字孤平，第八句第二字孤平，末句第三字孤平。下片首句（过拍）第二字孤平，第二句作一七句式读、第七字孤平，第五句第二字孤仄，第七句第三字、第六字孤平，第八句作二四句式读，第四字孤仄。以上孤平、孤仄处都不得改动。

句式特点：二二，二一、二二二。二二二，二一二。一二、二二，三二二。二二，二二，二二。　三二二，一二二一二。二二二，一二二。二一、二二，三二二。二二二，二二。双调，一百字。

用韵特点：上片十一句四仄韵，下片九句四仄韵，一韵到底。押入声，但因韵位中疏，声情颇回荡抑扬，并见缠绵。

水龙吟　宋·秦观

小楼连苑横空，下窥绣毂雕鞍骤。朱帘半卷，单衣初试，清明时候。

●○○●○○ ●○●●○○△ ○○●● ○○○● ○○○△

破暖轻风，弄晴微雨，欲无还有。卖花声过尽，斜阳院落；红成阵，飞

●●○○ ●○○● ●○○△ ●○○●● ○○●● ○○● ○

鸳甃。　玉佩丁东别后，怅佳期、参差难又。名缰利锁，天还知道，

○△ ●●○○●△ ●○○ ○○●△ ○○●● ○○○●

和天也瘦。花下重门，柳边深巷，不堪回首。念多情但有、当时皓月，

○○●△ ○●○○ ●○○● ●○○△ ●○○●● ○○●●

向人依旧。

●○○△

平仄特点：上片首句第四字孤仄，第二句为平起仄收律句、第一字可换平。下片第九句首字须用去声。本调多四字句。除三平一仄外，以二平或二仄连用为多。

句式特点：二二二，二二三。二二，二二，二二。二二，二二，二二。二三，二二，一二，一二。　二二二。一二，二二，二二，二二，二二，二二，二二。一二二，二二，二二。双调，一百零二字。

用韵特点：上片十二句四仄韵。下片十一句五仄韵。一韵到底。韵位较疏，声情多清远。

石州引　宋 · 贺铸

薄雨收寒，斜照弄晴，春意空阔。长亭柳蓓才黄，倚马何人先折。烟

●●○○ ○●●○ ○●○△ ○○●●○○ ●●○○○△ ○

横水漫，映带几点归鸿，平沙销尽龙荒雪。犹记出关来，恰如今时节。

○●● ●●●●○○ ○○○●○○△ ○●●○○ ●○○○△

将发。画楼芳酒，红泪清歌，便成轻别。回首经年，杳杳音尘都绝。欲

○● ●○○● ○●○○ ●○○△ ○●○○ ●●○○○△ ●

知方寸，共有几许新愁，芭蕉不展丁香结。憔悴一天涯，两厌厌风月。

○○● ●●●●○○ ○○●●○○△ ○●●○○ ●●●○△

平仄特点：上片第五句第五字须平声，第七句第五、六字均须平声，不得擅改。第八句为七言平起律句，第三字可改仄。末句首字用去声。下片第六句第五字须平声，第八句第五、六字均须平声，不得擅改。第九句为七言平起仄收律句。

句式特点：二二，二二，二二。二二二，二二二。二二，二二二，二二三，二三，一二二。　一一，二二，二二，二二。二二、二二二。

二二，二二二，二二三。二三，二三。双调，一百零二字。

用韵特点：上片十句四仄韵，下片十一句四仄韵，一韵到底。韵位中，声情婉曲跌宕。

此调又名《石州慢》。

永遇乐　宋·苏轼

明月如霜，好风如水，清景无限。曲港跳鱼，圆荷泻露，寂寞无人见。

○●○○　●○○●　○●○△　●●●○　○○●●　●●○○△

枕如三鼓，铿然一叶，黯黯梦云惊断。夜茫茫，重寻无处，觉来小园行遍。

●○○●　○○●●　●●●○○△　●○○　○○○●　●○●○○△

天涯倦客，山中归路，望断故园心眼。燕子楼空，佳人何在，空锁

○○●●　○○○●　●●●○○△　●●○○　○○○●　○●

楼中燕。古今如梦，何曾梦觉，但有旧欢新怨。异时对，黄楼夜景，为

○○△　●○○●　○○●●　●●●○○△　●○●　○○●●　●

余浩叹。

○●△

平仄特点：四字句除上片第三句外，均少孤平，常为二平二仄或二仄二平，间有三仄一平和三平一仄。六字句多律句。

句式特点：二二，二二，二二。二二，二二，二三。二二，二二，二二二。一二，二二，二二二。　二二，二二，二二二。二二，二二，二三，二二，二二，二二二，二一，二二，二二。双调，一百零四字。

用韵特点：上下片各十一句四仄韵，一韵到底。韵位较疏，声情宽舒清远。

望海潮　宋·秦观

梅英疏淡，冰澌溶拽，东风暗换年华。金谷俊游，铜驼巷陌，新晴细

○○○● ○○○● ○○●●○◎ ○●●○ ○○●● ○○●

履平沙。长记误随车。正絮翻蝶舞，芳思交加。柳下桃蹊，乱分春色到

●○◎ ○●●○◎ ●●○●● ○○○◎ ●●○○ ●○○●●

人家。　西园夜饮鸣笳。有华灯碍月，飞盖妨花。兰苑未空，行人渐老，

○◎ 　○○●●●◎ ●○○●● ○●○◎ ○●●○ ○○●●

重来是事堪嗟。烟暝酒旗斜。但倚楼极目，时见栖鸦。无奈归心，暗随

○○●●○◎ ○●●○◎ ●●○●● ○●○◎ ○●○○ ●○

流水到天涯。

○●●○◎

平仄特点：上下片六言句均为平起平收式。四字句变化较多，应随谱而定。领字一字豆与四字组成的五言应作四言句看，不属五言句。七言末句均为平起律句。

句式特点：二二，二二，二二二。二二，二二，二二二。二一二。一二二，二二。二二，二二一二。　二二二。一二二，二二。二二，二二，二二二。二二一。一二二，二二。二二，二二一二。双调，一百零六字。

用韵特点：上片十一句五平韵，下片十一句六平韵，一韵到底。韵位中，声情宽舒平稳。

摸鱼儿　宋·晁补之

买陂塘、旋栽杨柳，依稀淮岸江浦。东皋嘉雨新痕涨，沙觜鹭来鸥聚。

●○○ ○○○● ○○○●○△ ○○○●○○● ○●●○○△

堪爱处。最好是，一川夜月光流渚。无人独舞。任翠幄张天，柔茵藉地，
○●△ ●●● ●○●●○○△ ○○●△ ●●●○○ ○○●●
酒尽未能去。　青绫被，莫忆金闺故步。儒冠曾把身误。弓刀千骑成何事，
●●●○△　○○● ●●○●●△ ○○○●○△ ○○○●○○●
荒了邵平瓜圃。君试觑。满青镜，星星鬓影今如许。功名浪语。便似得
○●●○○△ ○●△ ●○○ ○○●●○○△ ○○●△ ●●●
班超，封侯万里，归计恐迟暮。
○○ ○○●● ○●●○△

平仄特点：上下片多拗句。孤平、孤仄处均不得易换。

句式特点：一二，二二，二二二。二二三，二二二。一二。二一，二二三。二二。一二二，二二，二三。　二一，二二二。二二二。二二三，二二二。一二。一二，二二三。二二。一二二，二二，二一二。双调，一百一十六字。

用韵特点：上片十句六仄韵，下片十一句七仄韵，一韵到底。韵位中密，声情稍见短促。

贺新郎　宋·叶梦得

睡起流莺语，掩苍苔、房栊向晚，乱红无数。吹尽残花无人见，惟有
●●○○△ ●○○ ○○●● ●○○△ ○●○○○○● ●●
垂杨自舞。渐暖霭、初回轻暑。宝扇重寻明月影，暗尘侵，尚有乘鸾女。
○○●△ ●●● ○○○△ ●●○○○●● ●○○ ●●○○△
惊旧恨，遽如许。　江南梦断横江渚，浪粘天、葡萄涨绿，半空烟雨。
○●● ●○△　○○●●○○△ ●○○ ○○●● ●○○△

无限楼前沧波意，谁采蘋花寄取？但怅望、兰舟容与。万里云帆何时到？

○●○○○○● ○●○○●△ ●●● ○○○△ ●●○○○○●

送孤鸿、目断千山阻。谁为我，唱《金缕》。

●○○ ●●○○△ ○●● ● ○△

平仄特点：上下片第四句均属拗句，下片第九句第六字不得改仄。

句式特点：二三。一二，二二，二二。二二三，二二二。一二，二二。二二三，二一，二三。一二，一二。　　二二三。一二，二二，　二二。二二三，二二二。一二，二二，二二三，一二，二三，一二，一二。双调，一百一十六字。

用韵特点：上下片各十句六仄韵，一韵到底。韵位中，声情清远稍带凄凉。从历代此调内容看，如调名喜庆的除辛弃疾一首外几乎没有。

兰陵王　宋·周邦彦

柳阴直，烟里丝丝弄碧。隋堤上、曾见几番，拂水飘绵送行色？登临

●○△ ○●○○●△ ○○● ○●●○ ●●○○●○△ ○○

望故国，谁惜。京华倦客。长亭路，年来岁去，应折柔条过千尺。　闲寻

●●△ ○△ ○○●△ ○○● ○○●○ ○●○○●○△ ○○

旧踪迹。又酒趁哀弦，灯照离席。梨花榆火催寒食。愁一箭风快，半篙

●○△ ●●●○○ ○●○△ ○○○●○○△ ○●●○● ●○

波暖，回头迢递便数驿，望人在天北。　凄恻，恨堆积。渐别浦萦回，

○● ○○○●●●△ ●○●○△ ○△ ●○△ ●●●○○

津堠岑寂。斜阳冉冉春无极。念月榭携手，露桥闻笛。沉思前事，似梦

○●○△ ○○●●○○△ ●●●○● ●○○△ ○○○● ●●

里，泪暗滴。

● ●●△

平仄特点：上片第五句、第十一句均为七言律句之变格，即第五、六字平仄互易。另出现多处拗句，如中片第三句第三字孤平、下片第四句第三字孤平等，均不得改为律句。中片第二句首字、末句首字和下片第三句、第六句首字均用去声。下片末二句六字连用仄声，均不得变化。

句式特点：二一，二二二。二一，二二，二二三。二三，一一。二二。二一，二二，二二三。 二三，一二二，二二。二二三。一二二，二二，二二三。一二二。 一一，一二。一二二，二二，二二三。一二二，二二。二二，一二，一二。三叠，一百三十字。

用韵特点：上片九句七仄韵，中片八句五仄韵，下片十句六仄韵。韵位参差，疏密不一。声情拗涩多变。

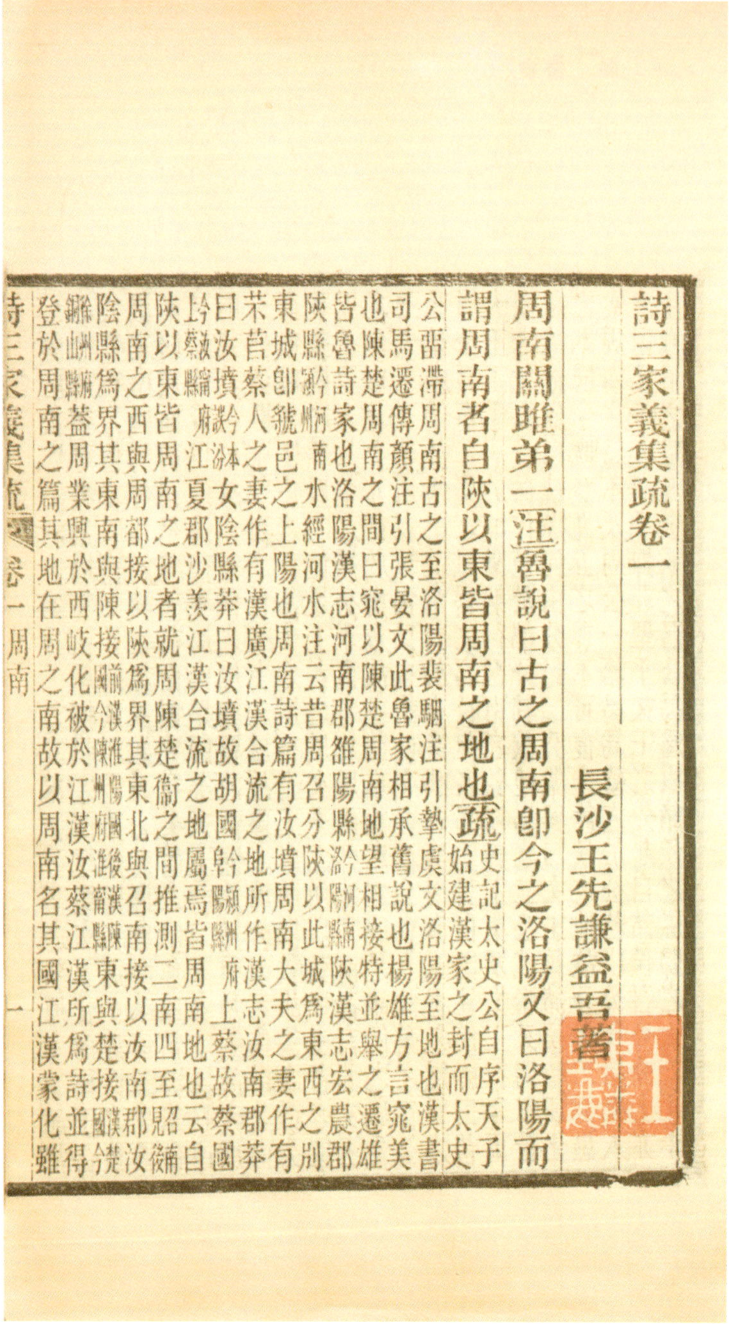
詩三家義集疏卷一

長沙王先謙益吾著

周南關雎弟一【注】魯說曰古之周南卽今之洛陽又曰洛陽而謂周南者自陝以東皆周南之地也【疏】史記太史公自序天子始建漢家之封而太史公留滯周南古之至洛陽裴駰注引摯虞文洛陽至地也漢書司馬遷傳顏注引張晏文此魯家相承舊說也楊雄方言宛美也陳楚周南之間曰宛以陳楚周南地望相接特並舉之遷雄皆魯詩家也洛陽漢志河南郡雒陽縣今河南府洛陽縣陝漢志宏農郡陝縣今河南陝州水經河水注云昔周召分陝以此城爲東西之別東城卽虢邑之上陽也周南詩篇有汝墳周南大夫之妻作有芣苢蔡人之妻作有漢廣江漢合流之地所作漢志汝南郡莽曰汝墳今汝寧府女陰縣莽曰汝墳故胡國今安徽潁州府上蔡故蔡國今河南汝寧府上蔡縣江夏郡沙羨江漢合流之地屬焉皆周南地也云自陝以東皆周南之地者就周陳楚衛之間推測二南四至昭論周南之西與周都接以陝爲界其東北與召南接以汝南郡汝陰縣爲界其東南與陳接東與楚接蓋周業興於西岐化被於江漢汝蔡江漢所爲詩並得登於周南之篇其地在周之南故以周南名其國江漢蒙化雖

詩三家義集疏 卷一 周南 一

清王先谦《诗三家义集疏》光绪虚受堂刊本

形式密码的破译，应已为传统诗词的爱好者打开了这扇神秘的大门，然而，门里面的风景却仍是繁花炫目，令人不知所以。诗词文学性的生命特征在形式存在的前提下放射着奇异的光芒，这是先民留给后人的不朽瑰宝，是美丽、睿智的艺术精灵，更是诗词文学的中心内涵。其丰赡的内容和千变万化的表现哺育着一代又一代的中国人，令其在怡情养性、含咏韵律之中感受国家、民族情怀，体会生命的欣快、苦涩、无奈与悲凉。文学的大爱情结始终是中国诗词的核心，它比格律显得更重要，因为诗词毕竟是文学，不是平与仄的游戏；是人生，不是数码的推理。

只有懂得形式，又能细致地参详内容，才能进入诗词的殿堂，进而浏览、熟悉、徜徉与吮吸。

于是新的一章即将开始，序幕拉开，与先民的对话就要展开，那种惊艳的感觉也许会伴随着阅读的始终。

初起的歌

诗经 · 陈风 · 东门之池（四言诗）

东门之池，可以沤麻。彼美叔姬，可以晤歌。
东门之池，可以沤纻。彼美叔姬，可以晤语。
东门之池，可以沤菅。彼美叔姬，可以晤言。

诗经 · 陈风 · 月出（四言诗）

月出皎兮，佼人僚兮。舒窈纠兮，劳心悄兮。
月出皓兮，佼人懰兮。舒忧受兮，劳心慅兮。
月出照兮，佼人燎兮。舒夭绍兮，劳心惨兮。

也许初读时会有些许的语言隔阂，然而静心寻绎，不难不直觉到扑面而来的爱的袭击。《东门之池》是一首男女相会的歌，男主人公祈望与他所爱的姬家三姑娘（叔，此指排行第三，参见清王先谦《诗三家义集疏》）一起唱歌，有商有量倾吐衷肠。

在《月出》中，我们看到的则是月下怀人。作者隐约含蓄地描绘出月下女子的美丽风姿和思人未见的心焦。通读几遍，也许会感到悦耳与赏心，因为它是上古情诗中的佼佼者。

这两首都可以说是中国最早的诗歌之一，美丽与个性的差异让它们及其所属的《诗经》成为中国诗词的最早风景。

《诗经》以诗歌总集的身份出现在中国文学史上，这是中国的又一个第一。它应该不同于在它之前出现的一些句子和句群，如：

日出而作，日入而息。凿井而饮，耕田而食。帝力于我有何哉？（《康衢击壤歌》）

元首明哉，股肱良哉，庶事康哉！（《尚书·益稷》）

元首丛脞哉，股肱惰哉，万事堕哉！（《尚书·皋陶谟》）

卿云烂兮，糺缦缦兮。日月光华，旦复旦兮。（《尚书·大传》）

苟日新，日日新，又日新。（《大学》）

当然，此前也有个别短句已具备诗的内涵，如：

断竹，续竹；飞土，逐宍！（《弹歌》）

短短八字，翻成白话可以这么读：“断了，箭竹；削一根接上，箭竹。尘土扬起，为获得那兽身的肉！”作品表达上古先民的生活状态，仅选取了一个小小的视角，由动作而环境，然后直接进入主题。这个场景也许就是我们常说的“野性的呼唤”，早期人类艰辛的生产斗争在八个字中获得了表现。不仅如此，如从今天的诗歌学角度看，本篇已初备中国诗歌注重押韵的典型特征。作品共四句，第一、二、四句入韵，且均为入声，更有助于勇武、果断的情绪抒发。这种用韵方式已形同唐后近体诗的押韵习惯，而在当时，无论从创作实践还是理论研究看，都是没有任何东西可供借鉴的。另外，汉诗精髓中最需注意的适意、顿挫、轻重等，已然在本篇出现，成为诗与音乐紧密结合的标杆，也可将其看成是后来常说的“节奏”。节奏是中国诗歌诵读的灵魂。汉文字单字单音的特征、五声交响的韵味，是世界任何其他文字、任何其他艺术载体都无法比肩的。无节奏不成其为诗的理念也因此而诞生，逐渐成为诗词创作、欣赏和研究的重要内容。今天，新诗式微已呈必然之势，其节奏和用韵的无序与任性是主要原因之一。

《诗经》出现了，它的成诗年代在公元前 11 世纪至公元前 6 世纪，亦即西周初年至春秋中期。从完整的诗的概念看，《诗经》已具备了诗歌文学的多种特征，即人性和社会多元因素的表述、人物典型性格的还原塑造、意象的主观认定与选择，以及原始修辞与音乐、节奏的关系等。《诗经》是中国诗歌之源，西汉前称之为《诗》或《诗三百》。

诗经 · 周南 · 关雎（四言诗）

关关雎鸠，在河之洲。窈窕淑女，君子好逑。
参差荇菜，左右流之。窈窕淑女，寤寐求之。
求之不得，寤寐思服。悠哉悠哉，辗转反侧。
参差荇菜，左右采之。窈窕淑女，琴瑟友之。
参差荇菜，左右芼之。窈窕淑女，钟鼓乐之。

本篇是《诗经》的第一篇，也是现存古代典籍中集中展示人类情爱生活的滥觞。国人第一次在文学作品中找到了迄今为之羡慕并心向往之而不能至的“淑女”形象。

《诗经》以其现实内容展现先民生活的众生态，是中国文学的典型范例，更是中国文化发生学的一个经典符号和标志。

本篇以三章作一全篇。第一章以诗歌学中的所谓“比”“兴”开端。“比”“兴”是与另一个概念“赋”一起在《诗经》中出现，并最早被典籍《周礼·大师》肯定的基础创作手法，三者统称为“赋比兴”，与匡划《诗经》内容和大致风格的另外三个字“风”“雅”“颂”一起，被儒家经典定义为“诗六义”。从今天的理解看，“比”即比喻，古今无所分歧。问题在于“兴”，千百年来，众说纷纭，并有“兴”“观”“群”“怨”之说。其实“观”“群”“怨”涉及的是诗歌的社会意义，与作为写作手法的“兴”是两种概念。中国古代诗评理论的逻辑链相较创作经常是失衡的，一直到清后期才稍有改观。“兴”说到底是与联想颇为相似的一种创作思维方式。它由诗人对客观事物的强烈感受，产生层层递进式的触发思维，诗人主体在思维递进中寻找与客体表面体征直接或间接有关、甚至表面看来并无关联的同质载体，进而栖息在主体思维的一个关键节点。这种理解听起来有点玄，实际上，它是中国诗歌创作技巧构成中的一个大亮点，诗歌的跳跃式思维经常是靠它才有了美丽、准确、真实而又梦幻似的结果。本篇第一章第一、二句用的就是这一手法。

一对纯情鸟在河中绿地快乐鸣叫，相互舔理着潮湿的羽毛，时而还会扭颈深情地相望。主人公被眼前这爱的画面深深吸引，他由纯情鸟的鸣声、欢快时的动作以及环境的舒适祥和，想到了要寻找自己思维中渴望已久的那块幸福绿洲，在那里与一位心仪女子琴瑟相和、风雨相拥。据《史记》记载，《诗经》三百零五篇是孔子从三千多首民歌、宗庙祭祀歌中编选删定的。如此说成立，则孔子在编定过程中最后决定将本篇置于三百零五篇之首，自有其睿智的人生思考。婚姻家庭、爱情人生是社会安定和谐的基础。夫妇恩爱、男女相悦而不逾礼，是儒家文化的一个基点。《诗经》以爱，尤其是男女之爱，奠定了中国诗歌文化的主题之一，让数千年中国文学始终不渝地在爱河中吟唱，已不限于诗、词、曲。它最终催生了诗歌长河中的情感内容乃至《西厢记》《牡丹亭》《红楼梦》这样的文学奇迹。

孔子曾有这样的说法："《关雎》乐而不淫，哀而不伤。"（《论语·八佾》）《关雎》快乐而不越矩、哀痛而不伤感。这里的"哀"指的又是什么呢？在一派爱的气氛里，似乎无法解释为何会有"哀"字出现。其实，孔子已经从无数婚姻的发生、延续再到结束的过程中看到了隐藏其中的不幸与坎坷。而无数历史事实证明，圣人的这一判断是明智的。之后两千余年，我国情爱诗歌中感伤内容频繁出现，反复告诫沉浸在爱河中的恋人，爱是幸福的，但往往也会与痛苦相伴。

第二章写作手法与第一章基本相似，以"荇菜"在水中无序流动起兴，描状追求"淑女"过程的艰苦卓绝，以及屡遭对方矜持对待的难以表达的不安与苦闷。最后一章再以"荇菜"起兴，但已到达追求的"左右"逢源的境地，艰苦卓绝终有焕然成就，完成人生大愿。

三章回环叠唱，这是民歌尤其是古代早期民歌的表现形式。其中叠韵连绵词（两字韵母相同）和双声连绵词（两字声母相同）的组合运用，更增添了朗读、歌唱的节奏感和愉悦程度。

诗人以"雎鸠"和"荇菜"的动态内涵，如鸣叫、左右分流、自由采摘的系列动作，完成了主体意念的总体释放，为以后中国诗词的创作思维作出了巨大的贡献，其中，诗歌创作中对意象的成功运用，本篇也作出了近乎示教的引导。《诗经》三百零五篇中的相当篇什所起到的创作标杆作用，引发今后中国诗坛出现一个又一个迭起的高潮，在此过程中也充分展示了先民美丽、聪慧、坚毅、守礼如仪的风姿。

诗经·邶风·静女（杂言诗）

静女其姝，俟我于城隅。爱而不见，搔首踟蹰。

静女其娈，贻我彤管。彤管有炜，说怿女美。

自牧归荑，洵美且异。匪女以为美，美人之贻。

一个美丽的女孩，在城墙的一角约“我”相会。开篇直击主题，这里没有“比”与“兴”，有的是大胆的心理刻画与“爱而不见”的徘徊与无奈。

美丽女孩最终出现了，大方地送了男子一件红色的管状纪念品，闪烁的红色光芒让男子爱不释手，他喜欢物，更爱赠物的人，物美人丽，物人相映，男子醉了。继而女孩又从郊外采了初生的茅草（荑），那新生的滋润象征了女孩健康的身心，男子拈弄着大自然和爱侣的恩赐，说出了自己的心里话：“荑草真漂亮，因为这枝草是她送的。”全篇情爱互动，人物动作、变化心理交叉写来，构成一幅描状小儿女的纯情画面。

本篇在写法上用了“比”，但未见“兴”的痕迹，说明“比兴”一词是可以合也可以分的。本篇用“彤管”和“荑”比喻女孩的漂亮、清纯与朝气，这就成就了以后中国诗词以柔美女子为主要描状对象的文学事实。

诗经·卫风·硕人（节选）（四言诗）

硕人其颀，衣锦褧衣。齐侯之子，卫侯之妻。

东宫之妹，邢侯之姨，谭公维私。

手如柔荑，肤如凝脂，领如蝤蛴，齿如瓠犀。

螓首蛾眉，巧笑倩兮，美目盼兮。

全篇共四章，这里选了第一、二两章。第一章用了“赋”即铺陈的手法，集中交代了卫庄公夫人庄姜的显赫身份：身材修长、披着考究风衣的庄姜夫人是齐庄公的女儿、卫庄公的妻子、齐太子的妹妹、邢侯的姐姐。涉史的内容用“赋”是创作首选。继而，第二章刻意描状夫人的美貌，则是《诗经》中不可忽略的一段经典。其中手、肤、颈（蝤蛴，指天牛幼虫，白而长，喻颈子白而细长）、齿（瓠犀，指瓠瓜之籽，白而整齐）、额（螓，指方额的蝉）、眉（蛾，指蚕蛾，喻细长的双眉），五句六比喻，突出庄姜夫人的静态美丽。再加上接连动态出现的口颊间的美好之貌和黑白分明的美媚眼睛，形成一幅美妇人的特写肖像，庄姜夫人的贵族气质、风度也由此获得渲染，“巧笑倩兮，美目盼兮”更成为中国文学中描写美女笑容和流连美目的典型用词。手法仍然是“赋”，但从句子与单独组词看又是用了贴切的“比”。“赋”“比”连用，是本篇写作的一个特点。

诗经·郑风·狡童（杂言诗）

彼狡童兮，不与我言兮。维子之故，使我不能餐兮。

彼狡童兮，不与我食兮。维子之故，使我不能息兮。

“兮”字，一般出现在《诗经》成书三百年后属长江流域的楚国歌辞中，集中体现为《楚辞》。这里“兮”的出现则可说明春秋时代属黄河流域的郑地已存在该字。从本篇看，它是语助词，仅起表达感情的辅助作用，较以后在《楚辞》中的用法要简单得多。

本篇是一位女子的歌，她在一个人发牢骚，原因是她喜欢的“狡童”不肯与她说话，使她饭也吃不下，觉也睡不着。

在中国文学的发展进程中，托言女子或真是女子创作的恋情诗很有“市场”，仅《诗经》中也不在少数，以后《楚辞》、两汉乐府五言诗乃至煌煌唐韵都有，更不论用字宽泛、传情至深的宋词了。但本篇两章寥寥三十八个字，仅写心理，却让一位娇憨纯情的女孩形象夺纸而出，确实是女性诗中的精品。漂亮男孩，不与女孩说话，也许是因有事难以脱身，女主人公又何必生这么大的气、发这么大的火呢？这样的女孩也许会令人不安，但那种娇憨之态，那种至纯至真的个性，恰会增添她的女性魅力，更何况她把心里话逢人便说！我想，如果她的父母在身边，会将这个傻孩子一把抱在怀里！以心理刻划人物，从而使人物呼之欲出，是艺术欣赏者长久不衰的重要关注点。汉魏六朝时期借女性之口言感情苦闷的作品应以本篇为先则。

此处两章，文字上整体重复，仅上章“言”“餐”与下章“食”“息”二字不相同。叠章重唱也是上古诗歌的一个重要特征。

诗经·郑风·褰裳（杂言诗）

子惠思我，褰裳涉溱。子不思我，岂无他人？狂童之狂也且！

子惠思我，褰裳涉洧。子不思我，岂无他士？狂童之狂也且！

前篇是一个女孩的心理独白，这里却是言之凿凿的说话了：你想我，就提起裙（上古男子着裙）渡过河来；不想我，难道我就没有人爱？傻瓜中的傻瓜啊！

古代女子不见得就是我们平常所想的那么柔弱、听话与无助，把她们惹火了，发出来的声音也是蛮好听的。本篇的语言在现实生活中也颇多见，小儿女谈情说爱时经常蹦出的几句话，怎么突然就成就了经典？是的，经典源于生活，源于生活中无穷的观察和细心的积累。用生活语言（含动作）塑造了一个敢爱、率性、顽皮、口无遮拦的女孩，是本篇的成功之由。这就是上古的恋歌！

同前篇，本篇共两章，仅上章“溱”“人”与下章“洧”“士”不同。

诗经 · 郑风 · 野有蔓草（四言诗）

野有蔓草，零露漙兮。有美一人，清扬婉兮。邂逅相遇，适我愿兮。

野有蔓草，零露瀼瀼。有美一人，婉如清扬。邂逅相遇，与子偕臧。

全篇两章。诗从一开始，就出现表现环境特征的意象，蔓草上的点点露水告诉读者这是一个清晨。美人来了，清纯、气高，但又处处透出婉约的内质。相遇非所约，也许是缘分，一见如故，是我意中的人！

第二章以叠唱基本重复第一章的内容，但故事又稍稍有了发展，互为钟情的一对小儿女已找到一个幽僻之处，在喁喁对话了。

作者将不期而遇安排在清晨，应有自己的寓意，清扬婉约之女朝气袭人，其性格正与时段相合。诗歌作品在安排主人公活动的时间、空间时，均会考虑时空环境与人物性格、活动的互补关系。文学是写人的，景与物的一切铺垫都不能忘记为主人公的全心服务。

本篇两次提到“零露”，状露多貌。“露”剔透晶莹的样子与“清扬”女孩也许有“比”的关系存在。至于读者的感受能否被牵扯过去，那就是见仁见智的问题，毕竟，作品二度创造的主体已不是作者，而是读诗的人。

诗经·小雅·北山(杂言诗)

陟彼北山，言采其杞。偕偕士子，朝夕从事。王事靡盬，忧我父母。

溥天之下，莫非王土；率土之滨，莫非王臣。大夫不均，我从事独贤。

四牡彭彭，王事傍傍。嘉我未老，鲜我方将。旅力方刚，经营四方。

或燕燕居息，或尽瘁事国。或息偃在床，或不已于行。

或不知叫号，或惨惨劬劳。或栖迟偃仰，或王事鞅掌。

或湛乐饮酒，或惨惨畏咎。或出入风议，或靡事不为。

《诗经》中“雅”的部分多为中等阶层知识分子或这一层面仕途中人的内心独白。在他们的作品中已不太能看到如前所引的男女纯情与天朗气清。对小官吏们迫于生计不想低头却不得不低头情形的描状，也成为《诗经》的一个重要看点。

从第一章登山采杞联想到王事之难、为官之艰。全篇均统一于首二句的起兴之下，呈逐段铺陈排列之状，也就是所谓的“赋”。“赋”“兴”结合，是本篇的写作手段。

第一章言从王事与忧父母之矛盾，第二章言低层与高层官员付出劳力之不均，第三章言低层官员年富力强奔走四方，第四、五、六章是对高层官员不知民间疾苦、只事享乐的控诉。

孔子谓：“学而优则仕。”读书人青灯苦读，以登上仕途为人生最大的愿望。但一朝功名成就，遇到的、看到的甚至自己要担当的，却是一种尴尬、不满和愤怒。我“尽瘁事国”，你“湛乐饮酒”；我“惨惨劬劳”，你“出入风议”，同为朝臣，何来状态之如此不同耶？诗人的牢骚是一般仕人与贵族官员的矛盾所在，成为以后两千多年社会统治阶层永远消除不了的症结。诗人愤而呼、怒而诗，开启了中国诗歌中一般知识分子饱受高层压迫、劳瘁终生却不得施展抱负、实现人生理想的愤世之作。受短句诗的节奏影响，这样的诗篇在表达情感和具体声韵技巧上尚不能与两汉魏晋乐府、五言诗相比，更不可能拥有煌煌唐韵的煽情力量，但言而有怒、愤而又止的诗情效果还是能让人在读后感到一丝悲凉与凄惶。

本篇在押韵上呈跳跃状，这是由早期诗歌尚无格律规范造成的，即便到了两汉、魏晋时期仍时有发生。第一章“杞”“事”，第三章“彭”“傍”“刚”“方”，第四章“床”“行”，第五章“号”“劳”“掌”，第六章“酒”“咎”，逐章独立押韵。当然，这是从现代汉语的诵读感觉而来的，而先秦古韵应另有一番样式。就韵的问题我始终认为：即便是中古后的近体诗，在对其作品以目前泛用的一百零六部平水韵为标准进行诵读时，遇到与今天读音相异太大的，亦要考虑实际诵读之效果而采取另法。如是经典作品可向古音靠拢；如是今人创作则应回避在今读中同韵部而韵母不同的字，另择他字，以求全篇诵读之和谐。这一问题，在以后的文字中还会涉及，这里先作一个铺垫。

诗经 · 小雅 · 伐木（节选）（四言诗）

伐木丁丁，鸟鸣嘤嘤。出自幽谷，迁于乔木。
嘤其鸣矣，求其友声。相彼鸟矣，犹求友声。
矧伊人矣，不求友生？神之听之，终和且平。

本篇共有三章，此处选第一章。这也许是士人宴饮时唱的歌。鸟从幽谷飞向高大的乔木，鸣声不绝，为求其友，目的是御侮求生。诗人从这一情景想起人类之爱，鸟犹有求友之心，而“矧伊人矣，不求友生？”如是这样，未免太过分了吧。愿神保佑人类和平永康，和谐长乐。

全篇情感平和雍容，是典型的“比兴”写法。以“嘤嘤”之鸟比人类，又以“幽谷”“乔木”让人联想到低和高两种生存状态。鸟犹懂得“乔迁”之快乐，何况人类呢？

第二句末字“嘤”与末句“平”押平韵，中间杂以“谷”“木”入声韵。平仄互转亦丰富了后世的押韵样式，尽管这时的它还是不规则的。

诗经 · 小雅 · 采薇（节选）（四言诗）

昔我往矣，杨柳依依。今我来思，雨雪霏霏。

行道迟迟，载饥载渴。我心伤悲，莫知我哀。

本篇共有六章，这里摘选的是最后一章。

这是《诗经》中极富盛名的一首抒情诗，用了截然相反的两个自然意象，表达了今非昔比的痛苦心理。诗人也许是一名下层军吏，为抵抗玁狁（即秦汉时的匈奴）入侵，在一个风和日丽的日子慷慨出征，“杨柳依依”的景象使得他意气风发、信念倍增。日复一日，年复一年，艰辛危险的战地生活终于结束了，他期望回归故乡与家人团聚。然而，返乡的路程是那么遥远，饥渴交加，身体已不是往日的状况了，更令人难过的是，家乡几乎没有人认识他，包括家人都陌生地望着他，仿佛面对的是一个从没见过面的天外来客。

这首描状征人心理的诗，是中国边塞诗之祖。其中，“依依”“霏霏”两组叠韵字的对比运用，对应不同的人物心理，起到强化人物时段思绪、营造悲剧气氛的重要作用。最后两句是作者绝望的诉说，包含了对战争、对人生、对社会乃至对天地自然的复杂情感。世间痛苦没有比得不到他人（更遑论家人）的理解更严重的了。

这是一首抒情诗，但更是一组几近崩溃绝望的心理独白。

诗经·周颂·丰年（杂言诗）

丰年多黍多稌，亦有高廪，万亿及秭。为酒为醴，烝畀祖妣。以洽百礼，降福孔皆。

这是一首秋收后酬神赛会时奏的乐歌。朱熹说：“此秋冬报赛田事之乐歌。盖祀田祖、先农、方社之属也。言其收入之多，至于可以供祭祀、备百礼，而神降之福将甚遍也。”（宋朱熹《诗集传》）

“稌”，音图，即稻。“高廪”，高大的仓库。“秭”，指万万亿。“烝”，进奉。“畀”，给予。“孔”，大。“皆”，“嘉”或“佳”的谐音。

周颂多为祭祀的歌，风格雍容肃穆，气息祥和，表现出一种贵族特有的风度。但从艺术水平来看，它距离与风、雅部分距离较大。诗歌不能用来表现人物、表现生活，不从细节出发择取自然万象融入作品，成为意象，从而达到表达人生情感的目的，在艺术上应是不可取的。从文学角度看，读《诗经》一般不涉及“颂”，此存一例，仅作为一种了解，毕竟，它对文化学、史料学、古文献学还是作出了重要的贡献。

楚辞·离骚（节选）（杂言诗）

帝高阳之苗裔兮，朕皇考曰伯庸。
摄提贞于孟陬兮，惟庚寅吾以降。
皇览揆余初度兮，肇锡余以嘉名。
名余曰正则兮，字余曰灵均。
纷吾既有此内美兮，又重之以修能。
扈江离与辟芷兮，纫秋兰以为佩。
汩余若将不及兮，恐年岁之不吾与。

朝搴阰之木兰兮，夕揽洲之宿莽。
日月忽其不淹兮，春与秋其代序。
惟草木之零落兮，恐美人之迟暮。
不抚壮而弃秽兮，何不改乎此度？
乘骐骥以驰骋兮，来吾导夫先路！

《离骚》是《楚辞》中最具代表性的篇什。《楚辞》出现在《诗经》之后三百年，相对作品多集中在黄河流域的《诗经》，《楚辞》的诞生地却在长江流域。前者是北方的歌，后者是南方的歌。前后三百年，祖国大地孕育出了伟大、朴直、瑰丽而梦幻似的歌，这是中华文化之象征，更是中华民族的骄傲与自豪。先民们的歌唱将我们一次又一次带回他们的时代，引领我们进入他们的空间，体验或完成他们喜悦、痛苦以及爱与恨的种种感情变化。对社会的体认与对梦幻的痴想是现实的《诗经》与浪漫的《楚辞》给中华民族的一份文化大礼，两千多年来，导引了多少人文奇迹的发生与发展。因此，人们常说，《诗经》和《楚辞》是中国文学的生命之源，就像黄河、长江是我们的母亲河一般。

三百年前的短句歌行、重章叠句的回环咏唱，变化为延伸数个节奏的杂言诗；更自由、更恣情的抒发，扩大了诗歌的音乐内涵和表现力度；那些梦幻般的想象、瑰丽的布景和对人生无奈的直白、爱情的叩问，似是而非，一直在读者的心间跳跃。如果说《诗经》是一匹稳步健行的马，那么《楚辞》就像一只脱弦的兔，它奔跑跳跃，茫然四顾，时而静如处子，像个姑娘；时而又一蹿而过，不知所终。它可爱、美丽但又弱小，孤单而无助。即便难得挣扎一下，也是霎那间的晃动，很快即以悲剧而息影，如《九歌·国殇》。《楚辞》在斑斓的色块铺陈中完成了自我的人生悲鸣。它的主要作者屈原就是其中的主角,《离骚》也是中国署名诗歌的第一首。

这首中国古典诗歌中最长的抒情诗，开端就给人一种人生回顾的震撼。“离”者，罹也，指遭遇；“骚”者，忧也，指不幸。大气磅礴的开头，自我介绍的矜持与适度，完全体现了作者灵魂的高贵、内心的纯洁与无暇。“内美”与“修能”之结合，是先天忠贞与天才的结合，忠乎其心，能乎其身，作者如此的自我评价从开始就让人物个性显现无疑。

《诗经》中的“比”同样在《楚辞》中发扬光大。“扈”，披；“江离”，即江蓠，一种香草，即以芎；“辟”，同僻，幽；“芷”，香草名，即白芷，与后文的“木兰”“宿莽”等同，皆为香草。作者借披戴香草为喻，表现自己善于博采人世一切美好的事物来光亮自己的内心。以香草美人为喻体，成为屈原乃至《楚辞》其他作者的一种习惯的写作手段，对诗歌的美化和推进纯文学的进展发挥了不可低估的作用。后世，任何一位有成就的诗人都会不同程度地效仿屈原这一手法，中唐的李贺可以说是一位典型，当然，其喻指的深度还不能与屈原相比。草木零落，美人迟暮，同样用来比喻生命时间的疾速，人生无奈的悲哀。作者希望乘“骐骥”以“驰骋”，做时代的先导。

全段意象丰富，语言晓畅美丽。从第九句而下，一气读来，如饮醴酪。其中第十句“能”读如“耐”，与下文“佩”字押韵；第十六句“莽”读如“米”，与上文“与”字押韵。全段中间两句一韵，部分四句一换韵，最后八句偶句押韵，一韵到底（入声）。平仄互间，琳琅悦耳。中国诗歌从一开始就具备的声音、节奏特质造就了其诗乐相合的文化特点。孔子说：“始于诗，立于礼，成于乐。”（《论语・泰伯》）以诗与乐贯穿人生的说法绝非不可理解。当然，他说的“诗”是指狭义的《诗经》，但我们也可从泛指理解。

在再三吟咏的过程中，我们是否感受到诗句节奏出现一字停顿的特点？如“扈”“纫”“汨”“恐”“朝”“夕”“惟”“乘”“来”等字，其中“扈”“纫”“恐”“乘”可作一般及物动词理解，其余会不会令人想起一千多年后宋词的领字？唯一的不同是后者多为去声字，而《楚辞》时代还做不到，但此中透生出的一点消息，已经可以告诉人们，诗歌的传承与发展是环环相扣的，一个新事物的出现往往可以从她的母体甚至从她的远祖处找到基因。

楚辞·九歌·湘君（节选）（杂言诗）

君不行兮夷犹，蹇谁留兮中洲？
美要眇兮宜修，沛吾乘兮桂舟。
令沅湘兮无波，使江水兮安流！
望夫君兮未来，吹参差兮谁思？

桂棹兮兰枻，斫冰兮积雪。
采薜荔兮水中，搴芙蓉兮木末。
心不同兮媒劳，恩不甚兮轻绝。
石濑兮浅浅，飞龙兮翩翩。
交不忠兮怨长，期不信兮告余以不闲。

《楚辞》中表现爱情的诗篇在早期的杂言诗或骚体诗中是十分令人注目的。本篇摘自《楚辞·九歌·湘君》，描状的是女神湘夫人思念男神湘君的复杂的心理活动。用字美丽、婉转，人物悲情、委屈恍在眼前。

开篇直述自己（女神）对湘君犹豫不按时前来赴约的不满，“你为谁留在中洲，不能移驾？”湘夫人为了这一刻的到来早已精心打扮了一番，“美要眇”，指盛装后“眯目媚视貌”（闻一多《怎样读九歌》）。乘上桂木做的船，在沅湘平稳的江面上直行无阻，失落的是一路望不见恋人的影子，于是只得吹起参差（古代长短不齐的一种多管乐器），聊解相思之念。

节选第二部分，“薜荔”本生陆地，却想采之于水中；“芙蓉”原生于水中，却欲得之于陆上，以此反常状态比喻徒劳无所得，一切行为均陷于混乱。湘夫人反思自己，双方感情基础并不稳固，即使有媒人拉拢，最后也是空忙一场。写自思、自解，也写极度失落的揪心之痛。

接着，湘君仿佛出现了，但却隐于浅浅石濑的那一边，一眼望去排场仍是那么大、那么考究，称得上是“飞龙翩翩”。但是最后传来的话却是“我没有闲工夫”。女神失望了，甚至于愤怒了，她斥责对方“交不忠”，不履约却寻找托辞。这位被诳骗的女神，也许就是一个纯情的女孩，为自己的爱人修饰打扮、扬旗出发，得到的却是一个难以接受的结果。作者以女主人公的自白，表现了女性对爱情的极度渴望和爱情之梦被催醒后的难言之痛。

《楚辞》表现南方女性的大胆率性、敢爱敢恨的性格特征十分准确到位，这与《诗经》同样题材表现的整体风格有很大的不同。时代、地域与个性塑造的三维建构使读者从一个文学平台缓步走向另一个文学平台，而其中呈现的后者与前者的同质，则是后人向前人学习的结果；不同质，即是后人在进步，在努力挣脱原来的自我，希冀完成新一轮的蜕变。《楚辞》在题材、结构、立意、表现方法上较《诗经》有很大的进步（如同样用“比”，后者范围扩大了，本体与喻体之间的共同点多元化了，这就给读者以更多的思考），而其中多元句式的运用、“兮”字在句中的穿插，都是过去以四言短句为主的北方歌诗所不常见的，对调节朗读节奏、提高上古时期诗乐合一的目标是一种促进。

另外，提一个有趣的问题。本篇与《九歌》中的下一篇《湘夫人》在结尾部分都有一个令人欣慰的结果，即“时不可兮再约，聊逍遥兮容与”。本篇女思男，未果；下篇男思女，亦未成功，传说中的配偶神之间发生了不幸的爱的症结，但是，她（他）们最终却共同选择了“逍遥”“容与”（自由徘徊的样子）的面向阳光的生活态度。这在长达数千年的中国爱情诗坛上也是一个异数，所谓“拿得起，放得下”也。可见诗歌内容的多元、人物性格之多变，是中华文学长虹常在的重要原因之一。

刘勰在《文心雕龙·物色》篇中曾说：“屈平所以能洞鉴风（代指《诗经》）骚（代指《楚辞》）之情者，抑亦江山之助乎？”强调的是无论是“风”还是“骚”，之所以能在艺术上获得成功，关键在于宇宙大自然的恩赐。从《诗经》的“赋”“比”“兴”到《楚辞》的香草美人，我们读到的美丽精华，无不是作者从大千世界观察发现进而创造合适意象的结果。“江山之助”，助生了一代又一代的诗人与诗篇。近百年来艺术圈人士多强调生活是灵感之来源，“风骚”即最早最经典的成功范例。

朴素自由的吟唱

先秦的诗歌开创之役已告结束，刘汉政权继短暂的秦朝之后统一江山，四言、杂言歌咏随着汉王朝的整肃渐渐演变出以五言为主的所谓乐府诗歌和非格律学意义上的五言古体诗。于是整个两汉时期，乃至魏晋南北朝（前 202—589 年），都以上述诗歌形式为诗坛主体。中国文学出现了以早期长短句的形式为代表的乐府诗篇，和基本没有形式束缚，颇为自由的、较四言短句和骚体诗更为整齐的五言歌唱，前后跨时约八百年。

汉乐府·有所思（杂言诗）

有所思，乃在大海南。

何用问遗君，双珠玳瑁簪，用玉绍缭之。

闻君有他心，拉杂摧烧之。摧烧之，当风扬其灰。
从今以往，勿复相思，相思与君绝！
鸡鸣狗吠，兄嫂当知之。妃呼豨！
秋风肃肃晨风飔，东方须臾高知之。

这是一首表现情变的诗，为汉《铙歌十八曲》中的一篇，约作于西汉。《铙歌十八曲》最早著录于南朝梁沈约《宋书·乐志》。余冠英认为："大约铙歌本来有声无辞，后来陆续补进歌辞，所以时代不一，内容庞杂。其中有叙战阵，有纪祥瑞，有表武功，也有关涉男女私情的，有武帝时的诗，也有宣帝时的诗，有文人制作，也有民间歌谣。"（余冠英《乐府诗选》）

中国自古崇尚歌诗音乐，采诗制度成就了《诗经》。汉仍旧例，至武帝时设立了乐府机构，以李延年为协律都尉，选诗延请司马相如等数十人，其中也不排斥到民间征集歌诗以充吟咏演唱之需。《铙歌十八曲》即为乐府之一种。汉乐府内容多样，因常有"新声变曲，闻者莫不感动"（《汉书·外戚传·李夫人传》），在中国诗史上享有很高的地位。我国古代最长的叙事诗《孔雀东南飞》便属汉乐府中的杂曲歌辞。

本篇描状女子爱恨交杂不能释的纠结与痛苦。先是用玉带饰绕玳瑁簪，准备赠送给在"大海南"的心上人，突然闻其变心，便一举焚毁了准备已久的定情物。"当风扬其灰"，表现恨之切。然而，行动已毕，真实的内心世界却不能一下参同到"与君绝"的内心誓言中去。她还在犹豫、彷徨，作感情的两难挣扎：天快亮了，兄嫂知道了我这样的决绝行为会怎么看我？鸡叫狗吠之前，我必须作最后的情感选择。女孩茫然地披着"肃肃北风"，叹了一口气。在汉乐府中，提到兄嫂始终是家长权威的一种表现，未嫁女子的担忧与畏惧是合乎常理的。

诗篇并不长，但结构清楚的三个层次，呈情感完全的曲线进行式：从热烈的爱，到自焚定情物，直到爱恨交织。在跌宕的起伏中，人物性格被塑造得十分真实。全篇无一赘笔，这对后来铺叙性的诗歌影响较大，而作品结构的有序，则是成功的主要因素。

汉乐府·上邪（杂言诗）

上邪！我欲与君相知，长命无绝衰。
山无陵，江水为竭，冬雷震震，夏雨雪，
天地合，乃敢与君绝！

这又是《铙歌十八曲》中的作品。看得出，本篇仍出自民间，诗中女子为爱而发出的自誓几令人窒息！前人有说，本篇应是前录《有所思》的续篇，说出了女孩天亮前未考虑好的话。如作这样理解，作品又进入了一个更完备的性格层次，爱、恨、徘徊与决绝之誓更完整地成就了女主人公的文学典型。

全篇以五种自然界绝无可能出现的现象，表示女子也绝无可能与情人分手。其言之烈、其情之坚、其心之诚、其状之悯，真令人读后喘息不得，吁叹连连。这是一种朴实的真爱，正因为真，也就成其大。中国民间歌诗中的真实精神始终如一地催化着以后的文人诗，让情感题材在真情实爱中完成作者与读者的共同创造。元曲《窦娥冤》中窦娥临刑前的呼叫亦本于此。

汉乐府·江南（五古）

江南可采莲，莲叶何田田。鱼戏莲叶间。
鱼戏莲叶东，鱼戏莲叶西，
鱼戏莲叶南，鱼戏莲叶北。

这首是北宋郭茂倩编撰的《乐府诗集》相和歌辞中的相和曲，即一人唱、众人和，前三句为主唱，后四句或以一人和，亦可四人叠唱。这是汉代最典型的民间歌唱。

写鱼的诗，在以往也出现过，如“鱼在在藻，依于其蒲”（《诗经•小雅•鱼藻》），但怎么读，也不如本篇写得那么活灵活现。“鱼藻”写的是依傍着水中蒲草的静态的鱼，而呈现在我们面前的江南鱼儿可是一群灵动、顽皮的自然生灵，更重要的是，我们的目光穿透鱼儿，看到了一群可爱的江南女孩，她们娇美婀娜的身影自由地穿梭于莲叶中间，与鱼儿共嬉，忽而南北，忽而东西。在汉乐府中，对女子美好情态的描写始终是一个永恒主题。写鱼儿东西南北的穿行，也正是为了凸现采莲女的异样风采，正为此，本篇赢得千百年来读诗人的青睐。

写人，从字面看又不涉及人，或不太涉及人，这是中国诗歌从早期就已出现的写作手段。大千世界，万物万象，诗人均可采之为己所用，这就是意象的营造。唐代诗歌会臻盛到那种程度，就技巧而言，巧用意象为其中一大原因。

汉乐府·长歌行（五古）

青青园中葵，朝露待日晞。
阳春布德泽，万物生光辉。
常恐秋节至，焜黄华叶衰。
百川东到海，何时复西归。
少壮不努力，老大徒伤悲。

这是《乐府诗集》相和歌辞平调曲中的一首。

全篇情感积极，是乐府诗中不可多得的励志诗。前四句正写，状人生坦途，感谢雨露之恩。从“园葵”沐得“朝露”，引出蒙受“德泽”之万物光彩焕发。后四句从表面看，情绪低落，但这是对正写的反衬，其意义在于对正写的更有力的突出。秋天到了，青翠的绿叶也会变黄，水复东流，人生不再，一切都在于抓紧做自己该做的事，尽人生快乐的营造，作人生应有之贡献。末二句已成为警醒人生的格言：少年荒嬉，老大徒生伤感，夫复何用?

清王尧衢在《古唐诗合解》中说：“春和布泽，万物俱生光辉，殆秋节至而黄叶衰，其色焜黄矣。人生盛年之难再，不犹是乎！故又百川东游，不复西归为比，而叹少壮蹉跎，至老大而自伤者，其徒然耳。”深获诗人主旨。

全诗以首二句起兴，在乐府诗中也是较常见的手法。

汉乐府·饮马长城窟行（五古）

青青河畔草，绵绵思远道。
远道不可思，宿昔梦见之。
梦见在我傍，忽觉在他乡。
他乡各异县，展转不相见。
枯桑知天风，海水知天寒。
入门各自媚，谁肯相为言?

客从远方来，遗我双鲤鱼。
呼儿烹鲤鱼，中有尺素书。
长跪读素书，书中竟何如?
上言加餐饭，下言长相忆。

两篇均属《乐府诗集》相和歌辞中的相和曲。最早见于《文选》，是古乐府中较著名的作品。

“青青”篇中主人公是一位女性，她痴痴地在想念远走异乡的丈夫。“河畔”“远道”分别是往日缠绵的路口和与丈夫惜别的地方。她待在那儿，已不知思绪飞向何处。天晚了，沉沉睡去，突然见到丈夫就在自己身边，然而睁开眼睛，又是一场梦！梦见他“展转”四方，归家无日。“枯桑”“海水”两句是比喻，指自己的心情就如枯桑感受风吹，浸海水觉得天冷；风吹桑落，天冷水冰，自己心中的苦只有自己知道。至于希望谁会来送上一席安慰的话，则又是奢求。“入门”指他人团聚，“各自”享受恩爱，而自己已是无人关顾的弃女了。

这首诗用“比”，用顶针格的修辞法（三句、五句、七句末二字各承上句末二字），直言思妇心绪，十分动人。

“客从”篇用铺陈手法展现从获得书信到读得书信的全过程。鲤鱼传书，不是指将信藏在真的鱼腹里，“双鲤鱼”指藏书信的鱼形木函，分上下两片，一底一盖，故称为“双”，书信即放在其中，亦取“鱼水之欢”的意思，所以这种传递书信的方式也就仅限于夫妇之间。此处“烹”可解为解开鱼形木函的带子。古代通讯落后，有夫君来书，欢欣鼓舞，爱而敬之，“长跪”读书信也描状了获信者的激动。诗的最后两句，写尽了世间一切恩爱夫妻间的至真叮嘱：多吃点，我们永远相爱！时隔千年之上，今日读来，仍是唏嘘不已，这就是爱的永恒。

从诗歌反映的内涵来说，“客从”篇尽管只有八句四十个字，但确是颇为标准的叙事诗。中国古代诗歌以抒情为主，叙事诗的主流地位始终没有出现过。这也许是文人诗占据诗歌主导地位的缘故，巷间里陌的故事士大夫阶层应是不感兴趣的，因此，像这样率真的歌吟更值得后人用心去感悟。当然，汉乐府中同样的体裁还是可寻得踪迹的。受此影响，偶尔我们也会从自由吟唱时代文人署名的五言诗中发现他们向民歌汲取营养的例证——《孔雀东南飞》就很能说明问题。

董娇娆（五古）　汉·宋子侯

洛阳城东路，桃李生路旁。
花花自相对，叶叶自相当。
春风东北起，花叶正低昂。
不知谁家子，提笼行采桑。
纤手折其枝，花落何飘飏。
请谢彼姝子，何为见损伤？
高秋八九月，白露变为霜。
终年会飘堕，安得久馨香？
秋时自零落，春月复芬芳。
何时盛年去，欢爱永相忘。
吾欲竟此曲，此曲愁人肠。
归来酌美酒，挟瑟上高堂。

本篇作者有名而无考。《乐府诗集》归入杂曲歌辞类。“董娇娆”应为女子名，唐人诗中曾作美人用，疑为歌姬之泛称。如温庭筠《题柳》：“香随静婉歌尘起，影伴娇娆舞袖垂。”又《怀真珠亭》：“珠箔金钩对彩桥，昔年与于见妖娆。”“娇娆”者，均应从本篇而来。

作品的写作方法颇为奇特，通过折花人与花儿对答的方式描状了花儿想在“春月复芬芳”的盛年享受一度“欢爱”的渴望，但现实是花儿已折，青春长逝。这是花的悲哀，更是残花的比拟对象——美女董娇娆的悲哀。

全篇的问答脉络清晰可见。花儿问折花人：你为何要伤害我？折花人回答：到了白露为霜的秋天，你就要飘堕到死亡的低谷，那时，还有什么馨香存在呢？花儿进阶回答：秋天的我，是要败落，但等到来年的春月，芬芳又会再来，我亦会重获生命。只是青春苦短，一旦失去，旧日对我的眷恋也就长逝不再了。

作品通过三度问答，将残花无依寡助的绝望情态表现得如此令人扼腕。人说美人迟暮，伤如之何！然而美在“花花自相对，叶叶自相当”的盛年，也要横遭夭折，这又是怎样的一种绝望？何况即使重生，享受到的也仅是一霎时的“欢爱”，“盛年”一去，仍遭零落。女子，甚至仍是光彩照人的漂亮女子都作如是想，那么，普通女子又将陷入何种生活状态和感情深渊呢？诗人将人花互写，以花写人，以花比人，花的厄运正是美少女的现实，难怪连作者也不忍写下去了。

两汉乐府多的是情感真挚、感人肺腑的内心独白，“何时盛年去，欢爱永相忘”的忧心是中国长时期男权社会的遗痛。旧时女子的难忘伤痛，留给今天的，仍是深沉的郁结和反思。

将物赋以人的性格作人、物对话的描写方式，在中国诗歌中是一种传统。它能给人以生命的互动和理念的交流，而使主题更趋深化。诗篇的最后提出及时行乐，这不是颓废，而是绝望中对“盛年”生命的向往与追求，它，也许并不完全属于男子。

用花的人格化语言，将花的自尊自爱的心理表达得淋漓尽致。以物状人，是将意象发挥到最大艺术化的一种表现方式，从《诗经》开始迄唐宋达到极至。

汉乐府·怨歌行（五古）

新裂齐纨素，鲜洁如霜雪。

裁为合欢扇，团团似明月。

出入君怀袖，动摇微风发。

常恐秋节至，凉风夺炎热。

弃捐箧笥中，恩情中道绝。

《乐府诗集》载入相和歌辞楚调曲，题为班婕妤作，非是，应为本篇所咏主题与班婕妤身世稍有吻合之处。班婕妤在汉孝成帝初即选入后宫，不久获宠，并曾有身孕，产下男孩，虽数月后亡，仍得宠如故，后因赵飞燕姊妹谗言，恐遭祸，退居东宫，作赋自悼。从《汉书·外戚传》所列班婕妤的事迹来看，此女稳重大气，为人低调感恩。本篇哀怨颇盛，风格与所赋不见相同，且班婕妤虽一度有失宠事，亦未遭成帝摒弃，帝死后任陵园职，后亦葬园中。由此分析，本篇仍是一首出自中等以上家庭的怨妇之歌（或男子代拟也未尝不可）。以纨扇设喻，揭示女子始见宠爱终遭遗弃的命运。“鲜洁无霜雪”是女子禀性的写照，“动摇微风发”喻见宠时的状态，然而“凉风”代替了“炎热”，“恩情”也难逃“弃捐”的结局了。

有人评此篇是与屈原《橘颂》一样的咏物诗，但从题意看，此说不一定能成立。两汉乐府诗歌与南朝民歌中以物喻男女之情的作品不在少数，视之为情爱主题似更恰当些，本篇题目中一个“怨”字可为提示。钟嵘《诗品》评此诗“团扇短章，辞旨清捷，怨深文绮，得匹妇之致”，更是从情字出发的。

咏物诗以描摹物态为主，旁及寄托；寄托言情则以摹情为主，而仅以物为寄情的平台，本篇当属后者。

上山采蘼芜（五古）

上山采蘼芜，下山逢故夫。
长跪问故夫，新人复何如？
新人虽言好，未若故人姝。
颜色类相似，手爪不相如。
新人从门入，故人从阁去。
新人工织缣，故人工织素。
织缣日一匹，织素五丈余。
将缣来比素，新人不如故。

这是一位被遗弃的女子在道旁与故夫的一段问答。可以想见弃妇在发出第一问时的内心挣扎，而那位男子却平静地将新旧二妇作了从容貌到能力的大致比较。等到弃妇发出痛苦的第二问：既然“不相如”，又为何要让“新人从门入，故人从阁去”呢？女主人公的语气并不重，但从满腹委屈的问话中，我们仿佛看到了可怜女子的泪眼婆娑。汉代女子困于家庭枷锁虽不至如中古以后，但被男子休去仍是深感揪心的。想不到的是，一味矜持的男子却详细地从劳力的付出大小和所获价值将新人旧人作了详细的对比，结论是新人不如旧人。这句话涉及的社会性是千百年来婚姻家庭爱情的常议命题，其结论也是言犹在耳、事犹在目的。但既然新不如旧，却为什么偏偏旧去新来几乎成为不幸家庭与婚姻关系的常态呢？诗篇触及的封建女子的精神状态和封建男子自傲、自尊却又心有悔意的文学典型是值得我们思考的。从作品也能看出当时中下阶层家庭的生活状况。

全篇重在用对话表现人物形象。女子的话表面礼让，实际却句句有刺。男子虽回答有自，却让人感到站在面前的是一个标准的市井俗人。

前人张琦认为作品用了“比兴”，实际意义在于讽刺“末世录才，大都尔尔”。结论颇偏颇，要说是“比兴”，那还是将它看成是“赋”更实际一些。全篇只有十六句八十个字，写了从上山到下山、有问有答并出结论的全过程。

汉代民间五言诗大多情感朴直，善用比兴，然而在本篇中却无痕爪可寻。

行行重行行（五古）

行行重行行，与君生别离。
相去万余里，各在天一涯。
道路阻且长，会面安可知？
胡马依北风，越鸟巢南枝。
相去日已远，衣带日已缓。
浮云蔽白日，游子不顾反。
思君令人老，岁月忽已晚。
弃捐勿复道，努力加餐饭！

本篇是《古诗十九首》中的一篇。《古诗十九首》最早见于梁朝萧统所编的《文选》，其作者也许跨越整个两汉，内容各自独立。所谓“十九首”是专指《文选》所录的十九首古诗，它们是汉代五言诗的杰出代表，无论在表意还是艺术手法上均有较强的时代文学特征。

夫妇分离，相聚不再；思君日老，为之奈何？还是忘了我，多多保重吧！这就是本篇的题旨。这是一首游子思妇诗，所谓“悲莫悲兮生别离”（《楚辞·九歌·少司命》），是作品情感织就的主要线索。

作品用“胡马”恋北、“越鸟”巢南作比体，表现游子难忘故乡的情结。全诗语言直白、明了，在用韵的问题上更显示了早期诗歌的不凡技巧。全诗十六句，前八句偶句入韵，押平声韵，至第九句始转仄韵，然后一韵到底。平仄呈极有规律的互转，这对唐后古体诗的用韵是有很大影响的。写诗，尤其写长诗，如一韵到底的话，朗读易生疲劳感；而平仄互转，尤其是规律互转，诗歌的顿挫就被极大地提升了。

青青河畔草（五古）

青青河畔草，郁郁园中柳。

盈盈楼上女，皎皎当窗牖。

娥娥红粉妆，纤纤出素手。

昔为倡家女，今为荡子妇。

荡子行不归，空床难独守。

本篇写一个倡家出身的女子，春日寂寞，思念“荡子”丈夫的抑郁心情。

首二句以状景开篇，这也是古诗词的一种传统写法。“柳”与“留”谐音，折柳留客是古人的习俗。女子留不住丈夫，纵有“盈盈”的丰满姿容、“皎皎”的明亮肤色，红粉素手又有什么幸福可言？第三、四、五、六句写女子的青春美貌，由远及近，与首二句春景相映衬，思春女的第一层个性特征出现了。紧接着以“倡家女”与“荡子妇”作今昔身份的延续对照，最后以“空床难独守”作结，完成了对思春女第二层个性特征的塑造。一位饱受性压抑的妙龄少妇的文学典型凸现在我们眼前。

作品在写法上以春景衬春情、以倡女与荡子相对，最后以心理独白作结，语言朴实直率、大胆煽情，这在以后的文人诗中（词除外）是不多见的。

作品继承了《诗经》的某些风格，“乐而不淫，哀而不伤”（《论语》，并很自然地连用六组叠字，真实地修饰紧随其后的中心词，准确、妩媚，无论是对作为起兴的景物还是直写的女主人公。

《古诗十九首》有相当多的文人改就的痕迹，它是民间歌诗，但也可视为文人诗在两汉取得的重要成就。它在文学史上的地位是不可低估的。

迢迢牵牛星（五古）

迢迢牵牛星，皎皎河汉女。
纤纤擢素手，札札弄机杼。
终日不成章，泣涕零如雨。
河汉清且浅，相去复几许。
盈盈一水间，脉脉不得语。

本篇是描状男女恋情的著名诗歌。

梁启超说：“十九首第一点特色在善用比兴。比兴本为诗六义之二，三百篇所恒用，‘国风’中尤什居七八。降及《楚辞》，‘美人芳草’，几舍比兴无他技焉。……到十九首才把‘国风’、《楚辞》的技术翻新来用，专务‘附物切情’，胡马越鸟，陵柏涧石，江芙泽兰，孤竹女萝，随手寄兴，辄增妩媚。至如‘迢迢牵牛星’一章，纯借牛女作象征，没有一句实写自己情感，而情感已活跃句下。此种作法……实文学界最高超的技术。”（梁启超《中国之美文及其历史》）

“比兴”是传统诗歌“最高超的艺术”，梁氏之言是对的，但本篇如以牵牛星和河汉女作为纯粹的人间儿女来看，似乎也无不可。无心劳作，情思绵绵，相隔“清”“浅”，却不得款曲相通，人间恨事，也当以此为最了。梁氏在文中将牛、女作象征而不作本体看，所以将本篇的写作特点归之为“比兴”。他在上述引文的后面有一段短语补注：“汉初作品如高祖之《鸿鹄歌》、刘章之《耕田歌》尚有此种境界，后来便很少了。”对汉初诗歌的“比兴”效果作了夸大。其实，这种优秀的文学特征在唐宋诗词中是不会比先秦、两汉逊色的。

当然，前者的启蒙与创造作用不可轻视。前引梁文“附物切情”，说到底是意象的营造，而“胡马越鸟，陵柏涧石，江芙泽兰，孤竹女萝”，则是意象的密集呈现，其对以后唐诗宋词写作技巧的发展和创作思维的进步可谓功莫大焉。

说到此处，这起自《诗经》、本书行文中一再提及的“意象”，究竟是个什么概念呢？刘勰《文心雕龙·神思》篇说：“独造之匠，窥意象而运斤”，谓作者观察万物后经思考才能运笔。其实，拿我们今天的话来说，可将“意”和“象”视为两个概念，“意”即人的主体认识与活动，而“象”则包括世间万物的客观存在。作者通过对生活自然的观察，即刘勰所谓的“窥”，择取能与所拟作品主旨产生共鸣或引发进一步思考的“物”（即“象”的前存时期，又可称之“物象”），进入自己的思维或文字，该物象即成为“意象”。“意象”专指生活在艺术作品中的自然万象的一个或多个内容，它是构成作品艺术力量的主要部分。就诗而言，“意象”即诗中采用的自然物，如梁文上引的四组物。后来唐诗与宋诗最主要的结构思维和创作技巧的区别之一，就在于“意象”的多与寡，所谓前者描情、后者言理是也。作品意象的密集与疏寡，在一定程度上会影响作品的感染力度。当然，创作是多元因而多彩，后人欣赏更是多元而呈极度的个体化，一人写成，万人披读，其产生的后果因读者不同而异，甚至大异，这才造就了文学的精彩，而中国诗词因其独特的思维和极具个性的创作手法在其中更显异质。

本篇的语言特点几与《青青河畔草》相同，白描抒情，最后两句是全篇点睛之笔，如拿唐白居易的话来说，应属“卒章显志”的写法，即在作品的结束部分点题。其“盈盈”之水，描状“脉脉”之女的温柔、清婉，情思绵绵，极其贴切而令人叫绝。同为“十九首”，本篇女主人公的个性、身份与前篇有着明显的差异，前者的风尘气尽显主人的大胆与直率，而本篇则可看作是一位温婉、善良女子的内心独白。

庭中有奇树（五古）

庭中有奇树，绿叶发华滋。
攀条折其荣，将以遗所思。
馨香盈怀袖，路远莫致之。
此物何足贵，但感别经时。

《古诗十九首》中，描写女子怀念游子的诗不在少数，但本篇如以女子的独白进行体味，也许另有一种境界。

全诗八句，写尽了从庭树开花到攀条折花，进而欲赠无法，只得放在自己袖中、任其馨香渐散的心理，最后道出想送花的原因：花儿值不了什么，只是我们分别太久了。

我们读后来的苏轼词时，经常会感到这位所谓的“豪放词”领袖常有高起低收，即豪语起、婉语终篇，甚而悲情结句的习惯。那么本篇呢？起句“奇树”“华滋”，不可谓不壮。“奇树”者，嘉木也；“华滋”者，状枝叶华茂滋润。而结二句的“感”却是早早成就了苏公一派风格了。高情起句，悲情结篇，殆始于此乎？当然，诗由情生，情由事起，而事，大部分当属无可奈何的，于是，就有了同情与共鸣，进而悲，继而喜，或悲喜相续，然后人读此，能否只瞻首而不顾尾，甚至贸然谓之“豪”呢？如是，则本篇的“豪”又在哪儿呢？

无奈与感伤，思之痛、憾之深，是作品心理独白的主线。读苏公“豪”词当警于是。

今日良宴会（五古）

今日良宴会，欢乐难具陈。
弹筝奋逸响，新声妙入神。
令德唱高言，识曲听其真。
齐心同所愿，含意俱未申。
人生寄一世，奄忽若飙尘。
何不策高足，先据要路津。
无为守穷贱，坎轲长苦辛。

《古诗十九首》多情感诗，如本篇句句讽言，字字含刺，则是十分少见的。高堂聚宴，身心俱悦，人生苦短，“何不策高足，先据要路津”，守住个“穷”字，又是何必？

两汉，尤其是董仲舒大兴儒学之际，社会指导思想多以儒家为正统。君国概念，孝悌之心，进而忠信而求仁，应是当时提倡的主旋律。那么本篇来由何自呢？在我们面前展示的仿佛是一幅世界末日的简略图，既然末日将临，何不尽欢今日，乃至不择手段进而夺利自肥？

《古诗十九首》写作时间跨度颇长，我怀疑本篇可能是东汉后期的作品，其反映的内容与该时段世态人情比较吻合。其写作手法在中国传统诗坛是比较罕见的，讽刺与反语是主要手段，即前人所谓“谬悠其词”。意象疏寡，析说的成分占据全诗半篇以上。从文学的角度而言，本篇是显然逊于前引诸篇的，但因题材希寡，亦录之备一说吧。读者如有兴趣翻检明清的诗歌，可能会从中找到比较类似的作品。但要注意，那是非主流的，无论是题材，还是创作手法。

冉冉孤生竹（五古）

冉冉孤生竹，结根泰山阿。
与君为新婚，菟丝附女萝。
菟丝生有时，夫妇会有宜。
千里远结婚，悠悠隔山陂。
思君令人老，轩车来何迟！
伤彼蕙兰花，含英扬光辉。
过时而不采，将随秋草萎。
君亮执高节，贱妾亦何为！

《乐府诗集》亦曾收过此篇，将它列在杂曲歌辞中。

用“比兴”，用意象，写夫妇新婚久别的怨情（余冠英说），是本篇的主调。“菟丝”“女萝”是《楚辞》中常用的象征物，喻男女之互为攀依，不可分割，本篇既有此意，又强调女子身心易衰，犹如“蕙兰花”，倘此时不采，将会枯萎而逝。本篇与同题材作品的不同处在于最后两句。女主人公没有悲伤，没有低婉，而是给予远在他方的丈夫以充分的信任，其心可悯，其行可嘉。如果男子真能收到妻子的这封信，也真该弃绝一切，回家团圆了吧！

诗歌作品所表现的至情中的大情、大情中的小情、小情中的细情，乃至细情中的微妙之处，都是值得读者仔细体味的。从本篇似可看出《楚辞·九歌·山鬼》篇的某些轨迹。

回车驾言迈（五古）

回车驾言迈，悠悠涉长道。

四顾何茫茫，东风摇百草。

所遇无故物，焉得不速老。

盛衰各有时，立身苦不早。

人生非金石，岂能长寿考。

奄忽随物化，荣名以为宝。

如论宋诗，褒之者谓之说理，贬之者亦谓之说理。其实说理在诗骚中已然出现，更遑论两汉诗歌。

本篇意谓人生所见，无非旧物，秋去冬来，年复一年，寿考不长，奄忽物化，如不以身后名为重，那是太不值得了。其主题颇奇特。两汉诗歌，包括乐府诗在内，两相眷恋、苦思不已者有之，及时行乐、尽享人生者有之，然而，劝人立“荣名以为宝”者，倒是不太遇到的。从这个意义上看，本篇在表面的衰飒之气中还是透露出一丝人生的挣扎，这是值得肯定的。所谓“士不得志而思留名于后”，总比坎壈终生、抑郁归去好吧！至少，他是对自己寄予希望的，即便微茫得很。

全诗除首四句外，均为坦说心情，诗味寡淡、直白，亦为一格。

驱车上东门（五古）

驱车上东门，遥望郭北墓。

白杨何萧萧，松柏夹广路。

下有陈死人，杳杳即长暮。

潜寐黄泉下，千载永不寤。

浩浩阴阳移，年命如朝露。

人生忽如寄，寿无金石固。
万岁更相送，贤圣莫能度。
服食求神仙，多为药所误。
不如饮美酒，被服纨与素。

本篇属典型的感怀诗。余冠英认为此诗“反映社会混乱时期一部分人的颓废思想”，仅看到了作品的负面，其实作者“饮美酒”“服纨素”的观点较之“服食求神仙”而落得“多为药所误”的下场，还是进步的。汉末战乱频仍，社会动荡，上层社会争权夺利的斗争必然会影响知识阶层的人生观。反对一味地追求长生，在艰难生活的夹缝中，面对现实、争取最大的生存乐趣是作者的生活态度，也是本篇的创作之旨。

全篇以路过墓地，状景铺陈，然后发出对逝者的感喟，指出“人生忽如寄，寿无金石固”，即使“圣贤”也没有能超越得过的。最后以“服食求神仙”二句与“不如饮美酒，被服纨与素”作对比，否定了反现实的生活态度。前人评此诗“用墓地起兴”，纯属泛言。因景生情，情随景生，但未出现与初始意象距离颇大的层级联想，是不能称之为“兴”的。如说“比”，本篇尚有迹可寻。如“朝露”“金石”可视为喻体，前者与“年命”产生共同点：短暂；后者则与“金石”合看，引发对本体“寿”长的否定。

汉末诗歌在艺术手法上已渐渐融入了说理甚至推理的内容，从具象“白杨”“松柏”到抽象的理性思维，实际经过从叙到议的全过程。语言的明白如话，更使人感受到作者追求真实生活的人生意趣。这一种由情生理、最后出现类似逻辑结论的写法，对以后宋代诗歌的创作思维产生了一定的影响。有人说唐人的诗是情感的诗，宋人的诗是理性的诗，从历史的实际看，情与理始终主宰着中国的诗坛，即如《诗经》《楚辞》

又何尝不是这样呢？诗的文学特征是特定的时代赋予的，而不完全源于诗的本身。

汉末诗歌有文人诗、文人修改诗、民间歌谣以及中小知识分子的歌。本篇当属后者。

孟冬寒气至（五古）

孟冬寒气至，北风何惨栗。
愁多知夜长，仰观众星列。
三五明月满，四五蟾兔缺。
客从远方来，遗我一书札。
上言长相思，下言久离别。
置书怀袖中，三岁字不灭。
一心抱区区，惧君不识察。

本篇与《驱车上东门》在写法上有很大的差异，前者由景的具象进入理的逻辑结论，后者则由冬夜之景、月之盈亏转入叙事的铺陈中。客人带来的书信中，尽言相思之恋、离别之苦，女主人公捧信置怀，三年未曾离身，这是何等的执着与坚定。最后两句极言爱中生忧，担心久别的爱侣不明白自己这颗炽热的心，这是真实的心理转换的写照。

《诗经》以来，模拟女子口吻描状爱的渴求、爱的实现与快乐乃至爱的失落与悲哀，是历代情爱诗的主流。它们是健康的、真实的、感人的，具有顽强的生命力，其根本原因在于这些诗篇植根于人性的土壤中。

诗中“三五”指月圆之夜，“四五”相乘之数泛指月亏，以月之圆缺喻情爱之得失，也是传统诗歌的独特表现手段。

全篇意象多与气象有关，言气候多变、月有盈亏，但我心不变。“三年不在”在手法上形成景与情的反衬。“置书怀袖”这种写法朴素但能产生相当的感染力。小而在诗，大而在散文小说，从短篇到长篇，均有实证可见。

客从远方来（五古）

客从远方来，遗我一端绮。
相去万余里，故人心尚尔。
文彩双鸳鸯，裁为合欢被。
著以长相思，缘以结不解。
以胶投漆中，谁能别离此。

本篇能否理解为《孟冬寒气至》的续篇呢？客人又来了，这次捎来的不是信，而是一匹绫罗。女主人心醉了，“相去万余里”，他还念着我，心可是一点儿没变哪。举起剪刀，按照图案上的一双鸳鸯，裁为一床两人盖的被子，等你回来呵。“长相思”，除本意外，诗人用谐音，“思”从被中的“丝”化出，取绵绵不绝、丝丝相连之意。最后以胶漆合一不可分离为喻，点明爱的坚贞。

诗篇写女主人公收到丈夫赠物后的喜悦之情，通过裁绮为被的细节，生动地抒写了这种情感。从连用音义双关的语词等表现手法来看，本篇风格与民间歌谣较为相近。诗中活泼欢跃的情绪的确具有很强的催情力度，当属《古诗十九首》中的上乘篇什。

民间文学的养料始终哺育滋养着从诗骚一直到两汉魏晋南北朝的歌诗。它不仅催生了如《古诗十九首》这样的孪生诗篇，而且深刻影响了此后宋词、元曲、明清散曲和其他俗文学的诞生与发展。

明月何皎皎（五古）

明月何皎皎，照我罗床帏。
忧愁不能寐，揽衣起徘徊。
客行虽云乐，不如早旋归。
出户独彷徨，愁思当告谁？
引领还入房，泪下沾裳衣。

本篇是《古诗十九首》中的最后一首，描状女主人公在明月之夜，思念远行的丈夫，欲眠不能、徘徊泪下的情态。

皎皎月夜，独倚床帏，情深无寄，不能自抑，于是生出一段想法：你在外面，大概已找到了新的快乐，但即便如此，也还是早日回家的好。“不如”二字写尽了女子的爱与爱字后面的无奈和悲凉。仰望孤月，彷徨愁思，回到房内，泪水已沾满了衣襟。

由状景到生情，由情而生心理，继以动作作结，全篇基调作痛苦而不知所云状，其中唯一的两句寄语，还是以恳请的口吻说出，又是何等的心痛。

前人评说本篇为表现思妇相思之苦，诚然。但在表现相思之苦的后面是否还有女主人公另外层面的苦涩呢？她的生活状态难道仅是一个思夫可以概括的吗？诗篇似直实曲，平白无彩的作品呈现给读者的往往是多元的思考内涵，这就是中国传统诗歌永远活着的秘密。

短歌行（乐府或四言古诗）　汉 · 曹操

对酒当歌，人生几何？譬如朝露，去日苦多。
慨当以慷，忧思难忘。何以解忧，唯有杜康。
青青子衿，悠悠我心。但为君故，沉吟至今。

呦呦鹿鸣，食野之苹。我有嘉宾，鼓瑟吹笙。
明明如月，何时可掇。忧从中来，不可断绝。
越陌度阡，枉用相存。契阔谈讌，心念旧恩。
月明星稀，乌鹊南飞。绕树三匝，何枝可依？
山不厌高，海不厌深。周公吐哺，天下归心。

本篇虽属《乐府诗集》相和歌辞中的平调曲，仍是汉乐府的范畴，但因作者是汉末人，故排序在《古诗十九首》后。

东汉末年的曹操是中国诗坛上的一位杰出人物。他以政治家的口吻和思想表现独特的文学个性，其昂扬宏伟的气魄和慷慨不平的激情，在他今日仅存的二十余首作品中得到充分的发扬。无论从题材还是语言上看，曹操的诗歌与两汉的文人诗存在明显的差异，他的四言诗更是继《诗经》之后四言诗出现的唯一一次高峰。他之后，四言诗基本退出了中国诗坛。

诗歌具有强烈的个性，“我写我心”是中国诗坛著名诗人的最根本的一种存在，舍此，作品将不会被历史所承认。曹操霸主之心、英雄之念，及其对贤才的追求和“天下归心”的终极渴望，是他留给后世的一份永久的思考。中国文人诗，除了他，包括比他稍前的两汉诗歌，无论如何都不可能也始终没有出现过像他这样的诗歌内涵。他的《步出夏门行》中的《观沧海》和《龟虽寿》两篇，均以气势和盛情超越了中国诗歌先前的情感底线，表现出中华男子的豪迈之气，其中“烈士暮年，壮心不已”更是对生命无衰的一种呼唤与追求，成为千百年来最昂扬最乐观的人生姿态。

本篇的激情色彩虽不及上述两篇，但最后四句同样洋溢着一种雍然的大气和凛然不败的矜持。

诗篇用《诗经·郑风》成句“青青子衿，悠悠我心”和《诗经·小雅·鹿鸣》首章“呦呦鹿鸣，食野之苹。我有嘉宾，鼓瑟吹笙”，表示自己求才似渴的心情。作者对贤才的思慕已发展到不可遏止的地步。“越陌度阡”以下四句更是显示了他对归附人才的平等姿态。

世人有谓曹氏实际上并不完全是成大业的一统式领袖，其性格中爱才与嫉才、护才与戮才几乎各占一半，这话是有史料根据的。如此性格在本篇中似乎也能发现一丝轨迹。读这首诗，长期以来，笔者总感到如以前八句为一个层次，则后面的内容有与前者发生背离之嫌。宋朱嘉徵《乐府广序·卷八》称之为“英雄欺人”，很有见地。一位忧心忡忡的政治领袖，其多疑诡谲的心理状态也许会作为一种存在而长期植入他的体内。这可能已是文学解读的题外话了，但诗人个性的二元裂变既然是一个历史的真实，那么，在他的作品中也必然会有这种状态的反映，原因很简单，因为他是曹操。当然，特别着意仕途的人物多少也有类似的情况，在以后的叙述中，我们会碰到。

燕歌行（七古）　魏·曹丕

秋风萧瑟天气凉，草木摇落露为霜。
群燕辞归雁南翔，念君客游思断肠。
慊慊思归恋故乡，君何淹留寄他方？
贱妾茕茕守空房，忧来思君不敢忘，
不觉泪下沾衣裳。援琴鸣弦发清商，
短歌微吟不能长。明月皎皎照我床，
星汉西流夜未央。牵牛织女遥相望，
尔独何辜限河梁？

曹丕是曹操的次子，公元220年代汉即帝位（文帝），国号魏，都洛阳。

本篇就形式而言，是一次大的突破，中国文学史上诞生了第一篇完整的七言诗。从诗学意义说，中国出现了第一首七言古体诗，亦即七言古风。

本篇属《乐府诗集》相和歌辞中的平调曲，系乐府一脉。历代评论者对曹丕诗评价甚高。南朝宋人刘勰说其“乐府清越”（《文心雕龙·才略》）。清代王夫之称：“读子桓（按，即曹丕）乐府，即如引人于张乐之野，泠风善月，人世陵嚣之气，淘汰俱尽。古人所贵于乐者，将无在此？”（《古诗评选·卷一》）清代沈德潜又说：“子桓诗有文人气，一变乃父悲壮之习矣。要其便娟婉约能移人情。”（《古诗源·卷五·魏诗》）

全篇十五句，从语意分可划为四个层次。一至四句为第一层次，以“秋风萧瑟”“草木摇落”为景物铺垫，引出秋思主题。第二层次为五至九句，叙空房思君。第三层次言琴歌相和，情不能禁。第四层次以明月照床、星汉西流，而君我不能完聚作结。若论题材，并无创新，从《诗经》到《楚辞》，归至其前、当代之乐府，以代拟口吻叙男女相思之情的诗篇绝对不在少数，甚至一度成为文学之主题。若论技法，全篇用辞一般，营造意象平面而少新意，常用词汇之组合未能发现新而夺目的光芒，以最后几句为例，完全袭用前古诗“明月何皎皎，照我罗床帏”之意。若以声韵考量，则全篇十五句，除第十四句末字用仄声外，其余全为平声作结，虽说当时平仄概念尚无声息，但汉字声调的客观存在早已在中国诗歌的初创时期被先民自然运用，无论诗、骚，抑或五言、乐府，均呈抑扬顿挫之风姿，唯本篇七言长篇，以句句入韵之方式作新的尝试，吟诵之后，感觉音调冗长，了无变化，沉闷之余，未显抑扬，笔者实实不敢作肯定语。但作为七言诗之滥觞，本篇在文学史上的地位是不容否定的，这毕竟是一个形式的跃进，即便继本篇之后，七言并未以一种流派或样式作出突发之势，但完成了一种开创，对生命仅有三十九年的作者来讲也是不容易的。

至于其作品风格，正如前面所引，完全是对其父的一种反叛，写出了一种平和的心态，后人的好评也许是对着这一点而来的。诗歌“自觉时代”即将到来了，文学将作为内心的一扇窗户被打开，诗人透口气，以情为感、婉陈心迹，而非以力为主、强化功利，这本身就符合中国诗歌的主旨，更何况，他还是位皇帝，皇帝不一定永远霸气，明人钟惺对他下的四字评语“柔情丽质”，也是对的。

杂诗（选一）（五古）　魏·曹植

西北有织妇，绮缟何缤纷。
明晨秉机杼，日昃不成文。
太息经长夜，悲啸入青云。
妾身守空闺，良人行从军。
自期三年归，今已历九春。
飞鸟绕树翔，嗷嗷鸣索群。
愿为南流景，驰光见我君。

曹植字子建，是曹操的第三子。少聪敏，很受父亲宠爱，但因“任性而行，不自雕励”，终于失宠。兄曹丕称帝后，对曹植屡施压迫，他欲反抗而乏力，只得寄情于诗文。从传世作品看，他的风格与曹操有天地之别，豪霸之气荡然无存，而与《古诗十九首》相近。明代诗评家王世贞说：“……子建之《杂诗六首》，可入‘十九首’，不能辨也。”（《艺苑卮言·卷三》）与其同时代的胡应麟说：“子建《杂诗》，全法‘十九首’意象，规模酷肖，而奇警绝到弗如。”（《诗薮·内篇》）从本篇看，明人的评论是可取的。丈夫从军，原拟三年回归，如今九个春天过去了，她仍是孤身一个，就像离群的鸟，希望变为一道日光，驰向夫君的身边。

全篇以日不成文、长夜悲啸引出闺情主题，复以比喻点出内心的悲思，确实如《古诗十九首》的写法。但因曹植的身份不同寻常，故后人常把他的这类诗注入比喻壮志未酬的内涵。明人钟惺说：“子建柔情丽质，不减文帝，而肝肠气骨，时有磊块处，似为过之。”（《古诗归·卷七》）传统诗歌以男女之情寄寓君臣之想、家国之恋是常见的，但必须有确实的史料证实，如屈原之《离骚》。倘不论作品的意境文情而一味求实，实际上是将诗的情感内质抽掉了，剩下的或是世俗的说教，或是社会政治的皮相，诗的实质消失殆尽。就本篇而言，为何不能以读《古诗十九首》的态度读之呢？否则读唐诗到李商隐、李贺，就更无法从文学的特征来欣赏了。考证、论证、悟证是周汝昌读《红楼梦》的方法，拿来读传统诗词，更能锦上添花。而其中因诗而起念想，因念想而起心中波澜，则悟证更为重要。

以情生诗，就要求读者以情解诗。历史上史学家和理学家解诗而误诗的悲剧层出不穷，现代人是不应重蹈覆辙的。

七哀（五古）　魏·曹植

明月照高楼，流光正徘徊。
上有愁思妇，悲叹有余哀。
借问叹者谁？云是宕子妻。
君行逾十年，孤妾常独栖。
君若清路尘，妾若浊水泥。

浮沉各异势，会合何时谐？
愿为西南风，长逝入君怀。
君怀良不开，贱妾当何依？

本篇仍是《古诗十九首》的风格。以“清路尘”“浊水泥”原为一物，但会合无期为喻，寄托男女相离之恨；再以拟物的手法，希望自己幻化为“西南风”飞入夫君的怀抱；最后意义突转，将思情化为悲情，并推向极至——倘君怀不开，纵使化成晨风阵阵，又如之奈何？女子复杂的情感层层展开，但最终仍以无奈告结。这层意思可与《古诗十九首》中的《明月何皎皎》篇参看。

全篇前五句为旁白，后为独白，这种写法给后人以借鉴。诗中主要人物的角色变化全由作者安排，诗外人与诗中人的互换已有戏剧的元素存在了。

杂诗（选四）（五古）　魏·曹植

南国有佳人，容华若桃李。
朝游江北岸，夕宿潇湘沚。
时俗薄朱颜，谁为发皓齿？
俯仰岁将暮，荣耀难久恃。

全篇用佳人自喻，写有才不遇的悲哀。第一、二句状容颜之美，第三、四句写生活之迁徙不定，第五、六句谓识才无人，第七、八句强调生命有涯、青春难驻。语言一如既往，深受汉乐府影响，朴实流畅。全诗用“比”，意象十分丰富，起首有赋的影子，语言十分平常，这对后世律绝诗的起句写法有一定影响，即一开始不强调作品主旨的突显，而以平常语入作品，渐而后移，直到主题在诗末呈现。

张成《岁寒堂诗话》云：“观子建《明月照高楼》《高台多悲风》《南国有佳人》《惊风飘白日》《谒帝承明庐》等篇，铿锵音节，抑扬态度，温润清和，金声而玉振之，辞不迫切而意已独至，与三百五篇异世同律，此可谓韵不可及也。”

咏怀（其一）（五古）　晋·阮籍

夜中不能寐，起坐弹鸣琴。
薄帷鉴明月，清风吹我襟。
孤鸿号外野，翔鸟鸣北林。
徘徊将何见，忧思独伤心。

阮籍字嗣宗，是著名的“竹林七贤”之一。他的《咏怀》诗现存八十二篇，表现了人生道路中的种种感慨。因处在动乱时代，诗人害怕政治的无端迫害，故大量动用比兴、寄托和象征手法，从而丰富了诗歌的创作手段，成为传统诗坛“咏怀”诗的代表。

本篇很明显受《古诗十九首》的影响。从表层看，明白如话，读来无障碍，但首二句状孤独之感，次二句表清白之心，后四句以“孤鸿”“翔鸟”相比，写浪荡无依、徘徊伤心的情状却是值得读者细细揣摩的。其中，“伤心”主旨由“夜”“琴”“月”“风”等烘托而出，可见景语对情语的催生力量。

诗中第三、四句和第五、六句是两组修辞上的对偶句，当时虽不存在近体诗的律句，但语言的前兆现象是否可以让我们在研习近体诗之前作一次预温呢？传统诗的格律形成与文字一样，是个渐进与精英实践、加工、整合的过程，而绝非是个人独立完成的。

咏怀（其二）（五古）　晋·阮籍

二妃游江滨，逍遥顺风翔。
交甫怀环佩，婉娈有芬芳。
猗靡情欢爱，千载不相忘。
倾城迷下蔡，容好结中肠。
感激生忧思，萱草树兰房。
膏沐为谁施，其雨怨朝阳。
如何金石交，一旦更离伤！

本篇可分为两个理解层面：一从首句至“萱草树兰房”，用铺陈即“赋”的手法，描写郑交甫与江妃二女的眷念之情、欢爱之乐；二从“膏沐为谁施”至结束，以二妃的口吻指责已成“金石交”的郑交甫的薄情轻义。“膏沐”句用《诗经·卫风·伯兮》中“自伯之东，首如飞蓬。岂无膏沐，谁适为容”的意思，言二女思念男友而懒于梳妆。“其雨”句用上引同一首诗中“其雨其雨，杲杲出日”之意，言二女希望郑交甫来相会，郑却失约不来，就像极盼下雨，却偏偏出太阳一样，令人怨恨不尽。

作品继承先秦民歌的表现风貌，集中采用“赋”“比”“兴”的传统手段，抒发个人内心不可言明的悲哀。读阮籍的诗以及后人的大量咏怀诗，直抒胸臆的少，隐晦暗涩的多，从前人警句中获得表现今人内心世界的感情，继而化用前人句，用为今作的主题，即用典，本篇是个典范。

用典是传统诗歌的一大手法，它能使作品传递的信息多元而朦胧，使不可言说的情感迷离却又不全是梦，形成中国文化审美核心的一个重要元素。这里固然有时代政治社会文化的因素，但不可否认的还有传统诗歌中被肯定的一种创作思想在起作用，这也是东方文化与西方文化各成体系的一个原因吧！它涉及不同的价值观和思维方式。诗人不愿让人窥破内心的复杂情感，却又积极主动以诗为载体抒发自己的意念，这就构成了一对似乎不能调和的矛盾，也就是这组矛盾化成古今诗坛的件件公案，造成诗人主体与读者客体之间的理解落差。

子夜歌（其一）（五古）　南朝 · 无名氏

始欲识郎时，两心望如一。

理丝入残机，何悟不成匹！

本篇为南朝时期的吴声歌曲，与“西曲”一样，主要采取五言四句的形制，好用双关隐语，风格清新，语言生动、富于表现力，对后来的近体诗，尤其是五言绝句的出现有一定的作用。

作品第三句“丝”谐“情思”的“思”，第四句“匹”除用作量词外，又有“匹配”的“匹”的意思。全篇表现了一位痴情女子情爱未遂的怨恨。“残机”也可理解为客观的阻力因素。

南朝民间诗歌的清白如话、感情宣泄一无阻拦，不仅是同时代文人诗歌所不敢企及，而且对后代诗歌，包括文人诗也产生过相当影响，如唐代的王维、刘禹锡、白居易和李商隐等。明清两代的散曲，时而也有它的影子。它的始祖仍是《诗经》，但较之颇为市井化了。

子夜歌（其二）（五古）　南朝 · 无名氏

高山种芙蓉，复经黄蘖坞。

果得一莲时，流离婴辛苦。

本篇以“芙蓉”喻幸福的爱情，以“黄蘖”喻苦涩的心情，欲种芙蓉，却得黄蘖，爱之难得，实在令人苦痛万分。用比喻，更用反比，这是传统诗歌创作中的习惯用法。同样用比喻，若用相同或相近的喻体去获得近似的结果，就逊色多了。“果得一莲时”的“莲”，谐音“怜爱”之“怜”，意谓即使能得到情人的怜爱，更要受多少“流离”的辛苦。“婴”，遭遇。女子钟情，历经辛苦，纵获一“莲”，也是十分不易的呵。“莲”在本篇中成为传情的主题。

清溪小姑曲（四言古诗）　南朝·无名氏

开门白水，侧近桥梁。小姑居处，独处无郎。

有说本篇是用来祭扫小姑女神的。诗中“水”“桥”“姑”“郎”诸意象却给人以很美的视觉享受。起句“白水”，末句“无郎”，强调小姑的洁白无瑕与清纯。末二句更频频为后代诗人所援引，并注入新的感情因子。唐代李商隐“风波岂信菱枝弱，小姑居处本无郎”句即因此而来，表现了对亡妻的憾憾之情：昔弱而不能扶，更不谈当初妻独钟情于我，唯我为爱，今离我而去，痛何以堪。

西洲曲（五古）　南朝·无名氏

忆梅下西洲，折梅寄江北。
单衫杏子红，双鬓鸦雏色。
西洲在何处？两桨桥头渡。
日暮伯劳飞，风吹乌臼树。
树下即门前，门中露翠钿。
开门郎不至，出门采红莲。
采莲南塘秋，莲花过人头。
低头弄莲子，莲子清如水。

置莲怀袖中，莲心彻底红。
忆郎郎不至，仰首望飞鸿。
鸿飞满西洲，望郎上青楼。
楼高望不见，尽日栏杆头。
栏杆十二曲，垂手明如玉。
卷帘天自高，海水摇空绿。
海水梦悠悠，君愁我亦愁。
南风知我意，吹梦到西洲。

这是一首经过文人加工的南朝民歌，可能产生于梁代，是恋情民歌的经典之作。诸凡南方民歌的表现手法，在本篇中几乎使用殆尽。

全篇假拟女子对情人的渴恋心理，抒发了女子痴爱的极至情感。女主人公见今年之梅而忆去年西洲赏梅共欢，如今梅在人去，只得折梅寄去。“西洲在何处”？也就是“两桨桥头渡”的“江北”吧，但咫尺天涯，相见无期。以下铺陈小姑独处的寂寞心理，充满了对情爱求之不得的惆怅与失落。日暮风吹，孤身采莲，莲花处处，“怜”却难觅，姑且“置莲怀袖中”温存一番。天上的飞鸟能自由地到西洲去，我却只能再上层楼，云眺天望。手扶栏杆，眼前是苍茫一片，是云，是天，还是海？自己也不知道。借南风送海梦，将我的无尽思念送到情人的枕边吧。

民歌的创作特点在作品中表现得十分突出。除假拟外，借梅起兴，以莲生情，“怜”而不得，终只得梦托海天、寄情西洲，其中“莲”取“怜”的谐音，又用顶真手段，使作品产生“续续相生，连跗接萼，摇曳无穷，情味愈出”（清沈德潜《古诗源》）的感觉，如“出门采红莲，采莲南塘秋”“低头弄莲子，莲子清如水”“仰首望飞鸿，鸿飞满西洲”，“尽日栏杆头，栏杆十二曲”等。另外，色彩的多样也给作品增添了一分美丽，“杏子红”“鸦雏色”“翠钿”“红莲”“青楼”“空绿”，状人、状景与状物，合三而一，摇曳可观，清丽成诵，不愧是南朝民歌中的名篇。

折杨柳歌辞（五古）　北朝·无名氏

敕敕何力力，女子临窗织。
不闻机杼声，唯闻女叹息。
问女何所思，问女何所忆？
阿婆许嫁女，今年无消息。

南北方民族由于生存、发展环境的不同，存在着各异的思维方式与生活习惯。南方民歌中的女孩表现心中涌动的春情会借谐音、假拟、顶真诸手法婉转传出，而北方民歌则不同，女孩们有的是直白与纯真，本篇表现的即是后者。

“敕敕”“力力”状叹息声。织机无声，是因为有心事。什么心事？阿婆答应我今年嫁人，如今却没了声音。女子坦言思春欲嫁，憨而可爱，纯而天真。全篇没有比兴，铺而述之，这也是与南朝民歌不一样的地方。

篇中“不闻机杼声，唯闻女叹息”“问女何所思，问女何所忆”，均见之于北朝诗歌名篇《木兰诗》。《木兰诗》是经由唐代文人加工过的，在加工过程中采用了本篇的原句，可见北朝民歌对后世文人诗产生的影响。这一点与南朝民歌相同的。

归园田居（其一）（五古）　东晋·陶渊明

少无适俗韵，性本爱丘山。
误落尘网中，一去三十年。

羁鸟恋旧林，池鱼思故渊。
开荒南野际，守拙归园田。
方宅十余亩，草屋八九间。
榆柳荫后檐，桃李罗堂前。
暧暧远人村，依依墟里烟。
狗吠深巷中，鸡鸣桑树颠。
户庭无尘杂，虚室有余闲。
久在樊笼里，复得返自然。

陶渊明（约 365—427 年），字元亮，江西九江人，中国诗坛的伟大诗人，我国田园诗的奠基者。陶渊明对人类与自然的依存关系表示出极大的关心和物人合一的互融心理，他唱出的是中华民族生存繁衍的主旋律，作品对后人影响极大。他的诗中表现出的强烈的人本主义倾向是对封建礼俗的一种反叛。歌颂人的返归自然，使他的作品在字里行间充满了清新质朴的气息，其散发泥土芳香之强烈，在我国诗坛几乎找不到与之匹配的第二位作者了。苏轼说他的诗“质而实绮，癯而实腴”（《与苏辙书》），这“绮”与“腴”实际指自然造物的纷繁景象，而此恰是通过陶诗的风格“质”与“癯”被表现殆尽了。如果说不理解这一点，就如陈师道所说：“陶渊明之诗，切于事情，但不文耳。”（《后山诗话》）“不文”，这大概也是以后梁昭明太子辑《文选》基本淘汰陶氏诗文的原因之一。但陈师道追求的“文”却是陶渊明所不屑的。质而无文，全无雕饰，返归自然，物我合一，正是陶渊明的真面貌。曹雪芹在《红楼梦》中通过黛玉之口一再褒扬陶诗，看中的正是这一点，而这又恰恰与曹雪芹所要塑造的黛玉性格彼此合一。

陶渊明亦可被理解为古典诗坛上第一位强调生态环境的先知先觉者。他追逐的人类生存环境正是中华后人无法参与其中的永久遗憾和逝去的梦。本篇中诸如“丘山”“旧林”“故渊”“南野”“园田”“方宅”“草屋”“榆柳”“桃李”“远人村”“墟里烟”“深巷”“鸡鸣”“桑树”等，无不是今人欲重新营造生态环境的重要组成因素。但“营造”毕竟是不存在前提的假性建设，先人们追求的身边存在、切实的物人合一的感受，今已消失殆尽。因此，诗人的理想以今日观，已成奢侈的梦幻。那么，亲历之不能，神游彼境亦是今日我们读陶的一种冲动吧。

本篇可说是陶氏的代表作。作品用极其质朴的语言叙述了归园田的原因，包括本人的基本性格。“少无适俗韵，性本爱丘山”，可以说是解读陶渊明的一把钥匙，正是这一基本个性成就了千古不朽的陶诗。“暧暧远人村，依依墟里烟。狗吠深巷中，鸡鸣桑树颠”，这是多么宁静的世界，这里没有尘世的喧嚣，更没有礼俗的可憎，有的是暮霭中迷蒙的村落和依依的炊烟，狗吠鸡鸣，人彻底回复到自然的物象中，生命仿佛在运行中获得永恒。后世白居易和苏轼崇扬陶诗几乎到了痴迷的程度，他们饮酒必读陶诗，将陶诗作为佐酒佳肴，又步陶诗的原韵，写了和陶的作品。但是，不朽的艺术作品是不同时代与诗人不同知性活动相结合的产物，它不具备复制的可能性，以白、苏二人的仕宦经历就更不可能使中国诗史上出现第二个、第三个陶渊明了。当然，白、苏也以他们的才智，为人类留下了另外同样不朽的辉煌遗产。

陶诗宜细细咀嚼，就像吃青橄榄，乍读似乎直而无味，细品之下，确实会使你产生“超然尘外”的感觉。钟惺说读陶诗“有一种清和婉约之气在笔墨外，使人心平累消”（《古诗归·卷九》），确是至论。

饮酒（其一）（五古）　东晋·陶渊明

结庐在人境，而无车马喧。
问君何能尔，心远地自偏。
采菊东篱下，悠然见南山。
山气日夕佳，飞鸟相与还。
此中有真意，欲辨已忘言。

读陶诗不在于字面或用典的诠释，而应着重体味蕴含其中的人生三昧。苏轼说本篇第五、六句“因采菊而见山，境与意会，此句最有妙处。近岁俗本皆作‘望南山’，则此一篇神气都索然矣”（《东坡题跋》）。“望”字含有采菊人的故意，而“见”字就全在不经意中间。王国维说：“采菊东篱下，悠然见南山……无我之境也。无我之境，以物观物，故不知何者为我，何者为物。”（《人间词话·卷上》）王氏“无我之境”指的是人与物合二为一，人已融化为物的一部分，物、我两忘而携手同在宇宙中遨游、飞翔，作快乐观。“山气日夕佳，飞鸟相与还”句，“相与”二字融入了诗人的心性，亦物、人合一，同归自然之意，状似写景，实则恣情到了极点，陶诗之妙，此又为一例。我们称作者为环境论的先驱者并不是没有原因的。

岁暮（五古）　南朝·宋·谢灵运

殷忧不能寐，苦此夜难颓。
明月照积雪，朔风劲且哀。
运往无淹物，年逝觉已催。

谢灵运（385—433 年），东晋士族谢玄的孙子，袭爵康乐公，因称谢康乐。他是南朝山水诗人的重要代表，其作品对自然景物寄予一定的心性，有相当的艺术欣赏价值，但综其全部来看，似缺乏必要的社会内核。在他的诗中间或可读到佳句，但佳篇难得，这也是他的作品难以获得普遍认同的主要原因。有人将他比为陶渊明——陶渊明是田园派诗人，诗作主题不离开乡间农耕，与纯写山水有很大的不同，且陶诗的社会性很强，这是谢灵运无法相比的。然而，无论如何评价诗人，他在南朝初起时所创作的五言诗的文学地位是应予充分肯定的，他的诗歌对后世“李杜”的影响也很明显。

本篇第三、四句是为历代称赏的名句，一静一动相为依托，有骨力无柔靡之气，“雪”与“月”也历来是易吸引人的亮点。但全诗情调低沉，尤其“运往”二句，写时间渐逝、人生有涯，诗人已觉得此生无几了。明月秋雪，朔风哀劲，悲凉中显现一丝洁白式的苍劲，高层士大夫对生命的隐忧和对现实的留恋应是产生此篇的真实原因。

登池上楼（五古）　南朝·宋·谢灵运

潜虬媚幽姿，飞鸿响远音。
薄霄愧云浮，栖川怍渊沉。
进德智所拙，退耕力不任。
徇禄反穷海，卧痾对空林。
衾枕昧节候，褰开暂窥临。
倾耳聆波澜，举目眺岖嵚。
初景革绪风，新阳改故阴。
池塘生春草，园柳变鸣禽。
祁祁伤豳歌，萋萋感楚吟。
索居易永久，离群难处心。

持操岂独古，无闷征在今。

本篇是作者的代表作，也许因“池塘”“园柳”二句而得名。其实，在五言诗的发展乃至其向规则律动发展的历程中，此类佳句应是不胜枚举的。此二句在全篇中确是比较抢眼，原因是诗的前半尽是身在官场所发的牢骚语，相比较言，“池塘生春草，园柳变鸣禽”以及紧接着的“祁祁伤豳歌，萋萋感楚吟”句就使人们耳目一新。从修辞看，“祁祁”一联属对工稳，易于朗读（当然，它并不具备对仗的条件），这也给了全篇的认同以相当的动力。

释皎然在《诗式》中说：“客有问予，谢公‘池塘生春草’‘明月照积雪’二句，优劣奚若？予曰：‘池塘生春草’，情在言外；‘明月照积雪’，旨冥句中，风力虽齐，取兴各别。”亦一家之言。但谢诗对唐初五律的形成，尤其是字句的锻炼是功不可没的。正如本篇“池塘”一联十字中出现四组意象，且均有旺盛的生命力，与前部分疲软的词汇组合形成悖论性的观照。作者是有意为之或无意吟成，今人或难断言，但历史的存在更是应有它的必然性。

石门岩山宿（五古）　南朝·宋·谢灵运

朝搴苑中兰，畏彼霜下歇。
瞑还云际宿，弄此石上月。
鸟鸣识夜栖，木落知风发。
异音同至听，殊响俱清越。
妙物莫为赏，芳醑谁与伐。
美人竟不来，阳阿徒晞发。

诗题“宿”引出第五、六句，以听觉描状鸟鸣与风吹落叶，沈德潜称谢灵运诗“钩深索隐，而一归自然”，此为一例。

前人评谢灵运“取泽于《离骚》《九歌》”（清陈祚明《采菽堂古诗选》），本篇可明显看到其受《楚辞》影响的痕迹。首句出《离骚》“朝搴阰之木兰兮”，第三句“云际宿”使人想起《九歌·少司命》“夕宿兮帝郊，君谁须兮云之际”，末二句更是与《少司命》中“与女沐兮咸池，晞女发兮阳之阿。望美人兮未来，临风恍兮浩歌”一脉相承。居深山观幽景，无知人相伴，作者只能徒唤奈何了。

谢灵运的作品有强烈的传统的影子，复以五言句形成两两共鸣的句组结构，这就难怪前人一再强调杜甫的五言律诗深受其影响。学《离骚》的作者竟又影响学《诗经》的杜甫，文学史上的流派官司真是一言难尽。事实上诗骚同源，它们均植根于广袤的中华大地上，共同运用汉文字作为表情达意的工具，共享中华民族的感情资源、共抒民族之情，唯一不同的是抒发方式因南北、时代而各异吧。

另外，沈德潜说：“陶氏高处在不排，谢诗胜处在排，所以终逊一筹。”（《古诗源·卷十》）所谓“排”，指的是刻意。自然而吟即是不“排”，也即不刻意，这就是陶诗的归结，而谢诗“排”的痕迹是十分明显的。其实，前人对其“池塘生春草”句评价较高，真正的原因大概还在于谢氏在一定程度上还原并拔高了自然之景。这让人好似在经历了政治玄言诗并土气盎然的陶诗大餐后，突然遇上了较为精致的小炒，口味大变，不觉一拥而上。这也许就是国人的一种生活趣味。当然，谢灵运诗歌存在的真正意义，仍是对百余年后唐初五律的崛起有着不可否认的真切影响。

梅花落（杂言古诗）　南朝·宋·鲍照

中庭杂树多，偏为梅咨嗟。
问君何独然？念其霜中能作花，
露中能作实，摇荡春风媚春日。
念尔零落逐寒风，徒有霜华无霜质。

鲍照（约414—466年），字明远，江苏涟水人，虽也入仕，但一生并不得意。他和谢灵运、颜延之同时，都以诗名，合称“元嘉三大家”，成就低于谢、高于颜。

本篇借问答一组，赞美梅花的品性，讽刺杂树的没有节操。全篇用象征手法表示了诗人的是非观。清王夫之认为，鲍照的七言句已开七言诗先河（《古诗评选·卷一》）。然而，七言诗的真正开端并不在鲍照，七言近体的滥觞更与他关系不大。

代春日行（杂言古诗）　南朝·宋·鲍照

献岁发，吾将行。春山茂，春日明。
园中鸟，多嘉声。梅始发，柳始青。
泛舟舻，齐棹惊。奏《采菱》，歌《鹿鸣》。
风微起，波微生。弦亦发，酒亦倾。
入莲池，折桂枝。芳袖动，芬叶披。
两相思，两不知。

文人诗在魏晋南北朝时期深受民间歌辞的影响，这一情形与两汉时期基本相似。创作方法仍是大胆而不拘于形式，只是在梁陈后渐有改变。

本篇属三言长篇，在诗史上是不多见的。全诗二十二句，计六十六字，基本入平韵，是一首描写青年男女春天郊游嬉戏的作品。“前十六，半写春日陆游之乐，半写春日水游之乐。皆就男边说。‘入莲’四句，则就女边说，亦兼水陆，却即夏秋写景。后二总收，醒出篇旨，声情何等骀宕。”（清张玉谷《古诗赏析》）其实张氏所谓“却即夏秋写景”，仅就“入莲池”以下四句而言，本篇写景实际从春初始，迄秋日结束，梯跨三季，用语却如此简洁、清朗，这是南朝民歌的风格，重在铺叙。末二句点出全篇主题，以第三者口吻道出儿女之情的双双遗憾。男女之间的一层情感薄纸没有人去捅破，两心相悦亦只是停留在低头折枝、相视微笑而已。这是一种清纯的情，没有情外因素的复杂干扰。这种写法与唐代诗歌状情的发生有很大区别，但也许为宋后词的创作提供了点滴借鉴。

之宣城出新林浦向板桥（五古）　南朝·齐·谢朓

江路西南永，归流东北骛。
天际识归舟，云中辨江树。
旅思倦摇摇，孤游昔已屡。
既欢怀禄情，复协沧州趣。
嚣尘自兹隔，赏心于此遇。
虽无玄豹姿，终隐南山雾。

谢朓（464—499年），是中国诗坛的优秀诗人。他的最大功绩在于与沈约等人开创了“永明体”，为传统诗歌的格律化作出了巨大贡献。其次，诗人在文学表现手法上已在刻意制造对偶的排句，虽在他有生之年平仄的规则律动还未正式开始，但与之相关的内容已初露端倪，并渐显成熟。诗人三十六岁时以事诛。他的死，离618年唐代开基仅一百十余年，格律诗作为一种重大的文化现象也该到显山露水的时候了。

本篇因第三、四句而获盛名，直到北宋柳永《八声甘州》化第三句为“误几回，天际识归舟”，还赢得词评家的一片叫好声。其实在古体诗向格律诗发展的进程中，欲论类似本篇的功绩，似乎形式所占的比例还要更大一些。全篇除第五、六两句为散句，其余五组（每两句为一组）均可称五言骈句，浅层次的对偶手法均已集中完成，离格律诗所缺的也唯有平仄的本句调整、粘对与押韵了。今人如有兴趣，将这首诗调整为一首五言排律，并不是件难事。

从广义的文学角度论，第三、四句，十字八意象，统揽云天、归舟与江树，真可谓海陆空无一不在了。这种“情性既稳，声色大开”（明陆时雍《诗镜总论》）的写法无怪乎博得后人的赞誉。诗的最后两句巧用前人事典，以《列女传》中陶答子妻强调山中玄豹为保护皮毛、七日而不下山觅食为喻，强调此去宣城，也许可远避政治灾难。由此可以发现两个阅读点：其一，用典切合题旨，言简意赅，增添了诗篇的典雅程度；其二，结句总揽全篇，结出主题。后世白居易所谓“卒章显志”事实上是对前人诗歌创作经验的总结，这已成为传统诗歌文学（含词）结构安排的一个成功模式。

游东田（五古）　南朝·齐·谢朓

戚戚苦无悰，携手共行乐。
寻云陟累榭，随山望菌阁。
远树暧阡阡，生烟纷漠漠。
鱼戏新荷动，鸟散余花落。
不对芳春酒，还望青山郭。

从诵读的感觉而言，已有点类似将要出现的五言律诗了。当然，五律是不能押仄声韵的。其中“远树暖阡阡，生烟纷漠漠”，如先后倒置一下，就是典型的五律句型了。诗中第三、四句，第七、八句，第九、十句三组，均已完成了意识清楚的对偶。所谓意识清楚，是指诗人笔下的遣句样式已不是前代如两汉、两晋时某些诗人闪烁而过的造句结果，而是刻意的、雕琢的，严格做到了前后句（这里不能用出句与对句，因那是格律诗对仗时的专用词）词类和词序的完全一致，是完整意义上的修辞学上的所谓对偶。全篇一系列的对偶组合是完全符合修辞法则的。

全篇意象丰富、生动，诗人观察自然、发现景物的能力在同期并前后诗人中可谓首屈一指。明王世贞在《艺苑卮言》中说他“撰造精丽，风华映人，一时之杰”，绝非夸张。更有明胡应麟评他的一些名句对唐诗的影响说：“‘余霞散成绮，澄江静如练’，初唐也；‘金波丽鳷鹊，玉绳低建章’，盛唐也；‘天际识归舟，云中辨江树’，中唐也；‘鱼戏新荷动，鸟散余花落’，晚唐也。”（《诗薮·外编》）胡氏所言初、盛、中、晚俱指唐代格律诗，也可局限为五律的相应风格，这种比较评论是十分精到的，因其一针见血地指出了谢氏对唐代格律诗作出的先行贡献。

清陈祚明在《采菽堂古诗选·卷二十》中有一段写得很端丽的话，评价谢朓很是得体，此处摘几句以共飨：“玄晖去晋渐遥，启唐欲近，天才既隽，宏响斯臻。斐然之姿，宣诸逸韵；轻清和婉，佳句可赓。然佳既在兹，近亦由是；古变为律，风始悠归。”

江上曲（五古）　南朝·齐·谢朓

易阳春草出，踟蹰日已暮。
莲叶尚田田，淇水不可渡。
愿子淹桂舟，时同千里路。

千里既相许，桂舟复容与。

江上可采菱，清歌共南楚。

这是一首情歌，表达了一位女子的缱绻情愫。首二句写青春正来，“踟蹰”不得。第三句“莲叶”用汉乐府成句为良景作铺垫。“淇水”在齐、梁时意同“巫山”，往往用于男女情爱，此指欢爱尚未可成。“淹”，呼吁男子停舟相载，共渡千里。“容与”，状二人世界悠闲貌。结句指对日后幸福生活的向往。全篇立意明朗率真，前四句谓爱情尚未成真，后六句大胆表达了自己对爱的渴望，借鉴并模仿汉乐府营造了近乎逼真的艺术效果，堪称南朝诗歌的精品。

石塘濑听猿（五古）　南朝·梁·沈约

噭噭夜猿鸣，溶溶晨雾合。

不知声远近，惟见山重沓。

既欢东岭唱，复伫西岩答。

沈约（441—513 年），历仕宋、齐、梁三代，是齐梁文坛的领袖。他和谢朓等人开创的“永明体”，是中国古典诗歌由自由律动期走向规则律动期的重要标志。他提出的“四声八病”说，是关于近体诗，即格律诗创作的重要初期理论，为中国诗坛近体诗的形成与发展奠定了厚重的基石。这里要强调的是，该理论中的“八病”说，从以后的创作实践看，可采信度固然比较低，但部分提法亦为即将出现的格律诗储备了规范格式的营养。以下引南朝宋魏庆之《诗人玉屑·诗病》引沈约之语供参考：

诗病有八：一曰平头（第一、第二字不得与第六、第七字同声），如“今日良宴会，欢乐难具陈”，“今”“欢”皆平声；二曰上尾（第五字不得与第十字同声），如“青青河畔草，郁郁园中柳”，“草”“柳”皆上声；三曰蜂腰（第二字不得与第五字同声），如“闻君爱我甘，窃欲自修饰”，“君”“甘”皆平声，“欲”“饰”皆入声；四曰鹤膝（第五字不得与第十五字同声），如“客从远方来，遗我一书札。上言长相思，下言久离别”，“来”“思”皆平声；五曰大韵（如“声”“鸣”为韵，上九字不得用“惊”“倾”“平”“荣”字）；六曰小韵（除本一字外，九字中不得有两字同韵），如“遥”“条”；七曰旁纽；八曰正纽（十字内两字叠韵为正纽，若不共一纽而有双声，为旁纽），如“流”“久”为正纽，“流”“柳”为旁纽。八种惟上尾、鹤膝最忌，余病亦皆通。

为什么说“上尾”最忌呢？其实发展到以后的五言绝句，首句以不入韵为正格，因全篇押平韵，则不入韵者必为仄声。所谓五、十两字不同声，在此获得应答。

为什么又说“鹤膝”也不行呢？规则律动中的五言律绝诗，首句无论入韵还是不入韵，押韵必为平声字，这是前提。近体诗规定奇数句除首句可自由决定入韵（即第五字）外，其余第三、五、七句的最后一字是绝不可用平声字的，而第十五字恰是第三句的末字音位，故此说又与后来者暗合。

以上赘叙无非说明“八病”说中的部分理论以后即成为格律诗准则的必循元素，后来者轻易置诸不闻是不合理的。

本篇是一首山水小景诗。三组六句呈两两对偶句式，入声押韵。就艺术性而言，除意象组合尚无相悖外，亦没有明显的特色，倒是有了点“复古”的味道，多读几遍，感觉有点像两汉的短篇乐府诗。沈约对诗坛的贡献不在创作，而在理论，在于对新事物的催生。

乌夜啼（七古）　北朝·庾信

促柱繁弦非子夜，歌声舞态异前溪。
御史府中何处宿，洛阳城头那得栖。
弹琴蜀郡卓家女，织锦秦川窦氏妻。
讵不自惊长泪落，到头啼乌恒夜啼。

本篇用的是乐府曲旧名，写的形式却是中国文学史上新的标志。当然，从严格意义而论，仍是过渡期向完整态冲刺阶段的一种典型。以上均是就七言诗格律化而言的。

那么这是七律吗？中国七律第一篇是否庾信（513—581 年）的这首诗呢？让我们先从形式上来做一个大致分析吧。

以上五十六字的平仄复原如下：

●●○○○●●，○○●●●○◎。
●●●○○●●，●○○○●●◎。
○○●●●○●，●●○○●●◎。
●●●○○●●，●○○○○●◎。

先以本句律论，第四句违反“二四不同二六同”规则，末句同此（平仄安排完全同第四句）。继以粘对律论，三句失粘，导致以下发生乱象，末句第二字与首句第二句出现相异。后以回避律论，五句“家”字犯孤平。

押韵系统这里暂不讨论。值得祝贺的是以上“检测”结果已经告示天下，一种新的诗歌样式已经在顽强地破土欲出了。虽然感觉还不是那么光润和柔和，但从字声的配合和诵读而言，它已是历史上七律正式出现前最接近七律的样式。另从文学对仗（它与对偶的属性不全相同，前者要求的是对偶基础上的平仄规范相对）角度而言，已呈现全方位的正确态势。当然从写作角度论，本篇无甚可贵看点，思想题旨也较空乏、一般，但与形式的合作叠加已构成七律的雏形，这是不争的事实。我们大概还记得曹丕的七言诗《燕歌行》吧？从形式而言，本篇与之已不是一个层面的作品，但有两个相似的地方：其一，都是七言诗；其二，都是草创时期的最早代表作品。就此两点来说，两位诗人都是中国诗坛不可忘却的先行者，是值得后人永久纪念的。

中国的格律诗从公元 3 世纪稍见痕迹，至庾信时期的 6 世纪，已经历了三百年左右的发展。与一切事物的成长轨迹一样，初起时的速度是缓慢的，也许还有不自觉的成分，如陆机“开出排偶一家”（沈德潜语），可以制造入声顿挫的美感。5 世纪末则出现了格律运动的飞跃，谢朓、沈约一直到庾信等人，集结了数代人的才智与努力，一种深切、蕴藉、骀荡、典雅、细腻、音义多质地表现人间情感的诗歌载体被营造出来，灿若明星地出现在古老的知识群体中。这是中华民族对人类文化的又一个伟大贡献。没有它，也许就没有以后的唐诗、宋词和元曲，乃至明清传奇、小说和与文学有关的林林总总。

格律诗即将完整地展现在世人眼前。庾信的出现，标志着这场马拉松运动已即将到达它的终点。煌煌唐韵的时代快要来到了，从此格律诗与古体诗两线并轨，合成中国诗坛的强大主力，在中华文化的发展和进步中健康、勇猛、快乐地前进着。

规则律动与自由律动的不同禀性，吸引了各个历史时期不同的知识分子用不同的艺术手法完成艺术的自我创造。唐诗的出现是古诗歌创作中的一朵奇卉，其中格律诗的完整出现和初、盛唐带来的大中华文化样式，政治经济乃至选举制度的变化，都给民族以崭新的体验力量。

和晋陵陆丞早春游望（五律）　唐·杜审言

独有宦游人，偏惊物候新。

云霞出海曙，梅柳渡江春。

淑气催黄鸟，晴光转绿蘋。

忽闻歌古调，归思欲沾巾。

杜审言（645—708 年），较贞观进士上官仪晚了三十余年。前人和现行文学史著作多说上官仪对唐初律诗贡献殊大，所作人称“上官体”，存世不多，《全唐诗》只辑录二十首，但仔细寻绎，这二十首诗中能真正称得上是完整意义上的格律诗的还真不多。当然，今天我们不能去苛求古人，但这一表象至少也说明初唐时期规则律动还是未能跳动起来。而到了三十年以后的杜审言时代，时机成熟了。

本篇从格律而言，已可称是较为标准的五言律诗。明胡应麟在《诗薮》中誉之为“初唐五言律第一”。然而，细细读来，仍发现有两个疏漏：其一是第三句“出海曙”三字均为仄声；其二是第八句与第七句失对。其余均尚安好。本篇亦成为本书所引的第一首格律诗。在表现手法上，以“惊”字总写感觉，以下以密集意象“云霞”“海曙”“梅柳”“江春”“黄鸟”“晴光”“绿蘋”等构成两组对仗，着力描状在江边看到的物候变化，颇称细腻，其中间杂色彩的点染。末二句由目见转为耳闻，引出“宦游人”的“归思”主题。结构平实，脉络清楚，堪称是一首规矩的作品。其首创之功不可没。

在诗人弃世后的第四年，一位诗史上的伟大精灵诞生了，他就是杜甫，是诗人的孙儿。律诗到了杜审言孙辈，煌煌之韵才真正在中华大地荡漾开来，而在此前，真正意义上的唐诗尚未成熟。

江春晚望（五律）　唐 · 宋之问

浩渺浸云根，烟岚出远村。

鸟归沙有迹，帆过浪无痕。

望水知柔性，看山欲断魂。

纵情犹未已，回马欲黄昏。

本篇可以说是从前引“较为”标准进步到真正的五言格律诗了。它已符合近体诗的四大律标准，无一字出律，无一字出韵。仅此一点判断，宋之问（约 656—约 712 年）对五言诗格律化的贡献应是巨大的。

全篇八句完全对仗，且字字工稳、贴切。首二句写云、雾笼罩下的远方村落，其欲现欲隐的感觉让诗人产生了继续探索的情绪。中二联通过“鸟”“帆”对应，隐喻人生动态，其生而“有迹”，去而“无痕”，也许就是作者的人生追求。宋之问最终因卷入唐王室的权力斗争而被杀，莫非他在吟此诗时已有感觉？后面写“水”“山”的不同情状，其“望水知柔”与“看山”“断魂”的感觉，旨在营造因不同质的意象产生的不同心理状态。“水”与“山”的柔、刚之比，也可看成是对前联“有迹”与“无痕”之对比的补充。人生之路有平、有仄，人生之情有喜、有悲，寻一日之幽情，寄刹时之快乐，又是诗人此时此刻的希望。于是，有了尾联：一天下来，情绪翻腾，愁、欢、旧、今，都似朦胧，但眼前诸物已化成人生的迹象飘忽而去，因为天已晚了。

景为情用，因情状景，永远是中国传统诗歌所依循的创作法则之一，唐诗则渐渐地将其推向高峰。五律峻切、谨严的用字法则和分层清楚的结构原则在本篇中已有体现。

伤曹娘（七绝）　唐·宋之问

可怜冥漠去何之？独立丰茸无见期。
君看水上芙蓉色，恰似生前歌舞时。

美人长逝，是诗人的永痛。《全唐诗》载作者伤曹娘的诗共有四首，可见其情深之一往。首句是问天抑或问地，她去哪儿了？次句回忆逝者生前的个性与容貌，“独立”与“丰茸”是唐代女子的独特性格与骄人的外貌特征——作者喜欢的也许就是这样的女孩。最后两句以“水上芙蓉色”作比，喻逝者“生前歌舞”的美丽风光，自是让人长嘘不已。“水”之柔，“芙蓉”之艳、之洁，正是逝去的美人留给诗人的永久追忆。

像这样的题材，在唐诗中将渐渐出现，它显示出在一个开放崛起的新政权中，唐代士人多元个性的强化与升华。美与情的融合也使唐诗从某一个角度缓缓占据人们的心灵。天才诗人们对爱情生活的描状在不断深化，直至最后出现了李商隐。

独不见　唐·沈佺期（七律）

卢家少妇郁金堂，海燕双栖玳瑁梁。
九月寒砧催木叶，十年征戍忆辽阳。
白狼河北音书断，丹凤城南秋夜长。
谁为含愁独不见，更教明月照流黄。

从格律言，这是一首很规整的七律；但从文学性言，除次联，几乎都是南朝诗的翻版。初唐时五律已见曙光，而七言诗还在徘徊，大唐气象还未在这些作品中得到反映。首联二句用赋的手法写少妇居所的装饰，字瘦而格弱；全篇抒闺怨之情，字、句了无新意。本书引沈佺期（约656—约715年）此篇的目的是强调七言律诗较七言绝句、更较五言律诗晚起。近体诗的主流样式在初唐还未成熟，而就诗歌创作的文学性而言，似乎也未达到一定的高度。

登幽州台（杂言古风）　唐·陈子昂

前不见古人，后不见来者。

念天地之悠悠，独怆然而涕下。

作者将自己置于无限的时间与浩渺的空间之中，怆然独立，感而有发。造句似散文，而未见诗所要求的选字、遣句诸元素，这不仅在唐诗中，即使就整个传统诗坛而言，也构成一种另类。然而千年来，国人诵之不衰、吟之长叹，其理由又是什么呢？我认为，本篇是作者对人生的一个总结，是对大宇宙之间，个人渺小无助，欲有为而不能为、不及为、不堪为，以致以形神俱无作为终极归宿的一种哀叹。

陈子昂（约661—约702年）出身富家，武后时曾出仕，但坎壈半生，宏愿未遂，后被诬而死，年仅四十一岁。知识分子心灵的失落与大时代的蓬勃之气形成高度的落差，使之茫然失措，但又极力想维持内心的尊严，这是何等的悲哀！全篇短短二十二字，塑造了一个在时间、空间的无形包围中，无法破身而出的孤独者的痛苦形象，赢得了后世知识分子的强烈同情。

本篇在写法上以“前”“后”“天地”作经纬，以“独”穿插其中，形成简洁明白的时、空、人三维结构，其文学思维的立体感十分清楚，令读者仿佛置身其中。这种诗歌的结构方式对后来的律绝诗有很大的启发。当然，其无视突出意象的章法和遣词倾向是不可取的。

煌煌唐韵

真正意义上的煌煌唐韵应该从张若虚的《春江花月夜》开始，这是唐后（含唐）古风的滥觞。从此，无论七古还是五古，还是五、七律绝诗，都跨入了一个文学的伟盛时代，煌煌唐韵（盛唐、中唐）开始了。

春江花月夜（七古）　唐 · 张若虚

春江潮水连海平，海上明月共潮生。
滟滟随波千万里，何处春江无月明。
江流宛转绕芳甸，月照花林皆似霰。
空里流霜不觉飞，汀上白沙看不见。
江天一色无纤尘，皎皎空中孤月轮。
江畔何人初见月？江月何年初照人？
人生代代无穷已，江月年年只相似。
不知江月待何人，但见长江送流水。
白云一片去悠悠，青枫浦上不胜愁。
谁家今夜扁舟子？何处相思明月楼？
可怜楼上月徘徊，应照离人妆镜台。
玉户帘中卷不去，捣衣砧上拂还来。
此时相望不相闻，愿逐月华流照君。
鸿雁长飞光不度，鱼龙潜跃水成文。
昨夜闲潭梦落花，可怜春半不还家。
江水流春去欲尽，江潭落月复西斜。
斜月沉沉藏海雾，碣石潇湘无限路。
不知乘月几人归，落月摇情满江树。

这是一首前所未见的七言规则转韵诗。全诗三十六句，先平声起韵，共四句；继而转仄声韵，又四句；再转平韵，共四句；再转仄韵，共四句；再转平韵，共十六句（换四韵）；最后转仄韵，四句结束。前十六句每四句一转的平仄互转以及后十六句平声韵的韵部互转，让读者深深感觉到诗歌艺术抑扬顿挫的朗读快感和汉文字的美丽、光采。最后四句以仄声作结，给人以戛然而止的感觉。这是南朝诗歌的一个特征。张若虚（约 670—约 730 年）自觉或不自觉地延伸了前人的韵读，而创造性地将它发展成为中国诗歌史上的一座高峰，最后将汉字音读的魅力做成了情感的艺术，为唐诗在诵读上的成就作出了巨大的贡献。后世唐白居易的长篇歌行《琵琶行》《长恨歌》，乃至清吴伟业的名篇《圆圆曲》，无不受其影响，且均成为中国诗歌史上的绝唱。

本篇从内容和文学作法论，与其形式相较，特征并不是最突出。字里行间流露出与南朝诗歌在审美上较强烈的同一性。全篇紧绕“春”“江”“花”“月”“夜”五个字再一次描状了各个意象的传统内涵，揭示了人在其中的不尽思绪，其婉约、清丽、流畅而近乎口语的表达，不仅给以后的诗歌，甚至为词的创作，传递了重要的消息。

凉州词（七绝）　唐·王翰

葡萄美酒夜光杯，欲饮琵琶马上催。
醉卧沙场君莫笑，古来征战几人回。

王翰（687—726 年），唐代边塞诗人。本篇是唐代著名的边塞诗。首句一连三组意象，亮丽、简约地抛出食、饮、具。次句佐以乐，并以“马上催”制造出动感。难得的是第三句以“醉卧”的妩媚姿态反衬第四句，“君莫笑”与“几人回”互为映衬。“醉”是“征战”前的放诞，也许是人生的最后一次，暗示生命在战争中的不可测及对“征战”的不满。以暖色写冷意，这首诗也是一个代表。

本篇为七绝，属七言平起首句入韵式。近体诗到这时真正地稳坐一隅了。

青楼曲二首（其一）（七绝）　唐·王昌龄

白马金鞍从武皇，旌旗十万宿长杨。

楼头小妇鸣筝坐，遥见飞尘入建章。

本篇最精彩之处与上篇几乎一致。以三句“楼头小妇”坐看弹筝，与“白马金鞍”“旌旗十万”作暖冷对比，将和平、闲适与战争、警拔放在同一个视觉平台。

王昌龄（698—757年）的边塞诗与闺怨诗同属上乘。本篇将两个截然不同质的文学内容融合在一起，创造出对立统一的结构。在这一点上，作者对唐诗的贡献是颇大的。

过故人庄（五律）　唐·孟浩然

故人具鸡黍，邀我至田家。

绿树村边合，青山郭外斜。

开轩面场圃，把酒话桑麻。

待到重阳日，还来就菊花。

孟浩然（689—740年）一生未仕，是唐代著名诗人中难得的布衣诗人。

本篇用字清纯、明白，从应邀观景至酒酣畅谈，步步前移，最后以游兴未尽、发出再邀信息作结。它的成功在于对田园生活的贴切感受和字里行间跳跃而出的生活趣味。其中吸引诗人是“故人”“鸡黍”“绿树”“青山”“轩”“场圃”“酒”“桑麻”等。故人重逢加上丰收的喜悦，景的陪衬与酒的助兴，诗人之兴油然而生。可以想象，他是不假思索而挥就此篇的。

千百年来，诗论者一直将孟浩然前比之陶渊明，后与王维合称“王孟诗派”，其实，他们三人是各有不同的。陶的田园诗充满着对人生命运与自然法则的思考，道家的潜在意识在一定层面左右着作者进入一种似空非空、似有还无的循环圈。读陶的田园诗，能感受到一种蒸腾的雾气，它就是生活的提炼与沉淀，难怪连小说家曹雪芹都要通过林黛玉之口来恭维他。孟浩然的田园诗尚做不到这点，就本篇而言，缺乏的是对人生的思考与幻想、是梦的氤氲与飘忽，在实在的语言中缺少的是诗意的哲理表达。本篇末二句的邀约只是上行铺叙的一个延续，读者从中看不到陶诗引发的思维躁动。

至于“王孟诗派”的提法，亦仅是就题材而言，两人在写法上有根本不同。前者布衣一生，后者虽然仕途反复，但一生为宦，由此他们在作品中选取的自然物象也各不相干。王维着意的是因政治而人生起落的清冷与孤寂，表现为刻意的寻找；而孟浩然更关心的是身边的自然景观和如本篇一样的农村生活。王维以孤清的意象营造为法则进行词句组合，而孟浩然却以暖调制作属于自己的多元画面，其作品或大气、磅礴，如“气蒸云梦泽，波撼岳阳城”（《临洞庭湖赠张丞相》）；或轻灵雅静，如“野旷天低树，江清月近人”（《宿建德江》）；甚或甜美宜人，如“春眠不觉晓，处处闻啼鸟。夜来风雨声，花落知多少”（《春晓》），与王维的冷隽写法迥然不同。

陶、孟、王，均与田园山水有缘，但各有面貌，各呈风采，也各有比较中的弱态，这就是千人千面，诗之成其为诗的真谛之一。

夜归鹿门山歌（七古）　唐 · 孟浩然

山寺钟鸣昼已昏，渔梁渡头争渡喧。
人随沙岸向江村，余亦乘舟归鹿门。
鹿门月照开烟树，忽到庞公栖隐处。
岩扉松径长寂寥，唯有幽人夜来去。

孟诗“语淡而味终不薄”（清沈德潜语）。他的五言近体诗是其艺术的代表。宋计有功在《唐诗纪事》中谈道：“闲游秘省，秋月新霁，诸英联诗，次当浩然，句曰：‘微云淡河汉，疏雨滴梧桐。’举座嗟其清绝，咸以之搁笔，不复为继。”这种以意象之有序拾掇而辅以动化字词创造出的天人意境，给读者的透明、清丽乃至心灵动颤的感受，在盛唐时期除李白外也是少见的。

孟浩然的诗作除散淡与王维并称外，呈现出的另类士人情怀往往是悲凉与希望的交替共存。如《宿建德江》：“移舟泊烟渚，日暮客愁新。野旷天低树，江清月近人。”舟行薄雾中，傍晚时分，诗人想起了襄阳的家。不一会儿天气清透起来，远处的树木在夜色中已能看到影子，月亮款款而来与诗人靠拢。首二句的悲冷与后二句的渐暖形成明显的意境反差，也传递了客愁与佳景的合一所生成的游子心态。近体诗的前后情绪之落差往往是由作者选取的意象内涵决定的。“烟渚”与“日暮”、“野”与“树”、“江”与“月”之隐喻明白表现了作者复杂的心灵定位。

再如《早寒江上有怀》：“木落雁初渡，北风江上寒。我家江水上，遥隔楚云端。乡泪客中尽，孤帆天际看。迷津欲有问，平海夕漫漫。”与上篇一样都是近体诗，前为五绝，此为五律。仔细寻绎本诗中的意象，在凄婉中夹杂着一丝明亮的透色。“木落”与“乡泪”“孤帆”，在“天际”和“平海”中生出别有声色的苦楚和坦然。作者是“无论兴象，复兼故实”（计有功语）的既有浪漫情怀又不少现实观察的诚实人。传说，他的诗句“不才明主弃，多病故人疏”被唐玄宗读到后，“帝曰：卿不求朕，岂朕弃卿？”可见唐玄宗也只能屈服于诗人的一怀晶透与谦退。布衣而能至此，亦复不能不令人生出敬意。人品与诗品让孟浩然在盛唐的诗坛上占有不可替代的一席，连自视甚高的李白也由衷发出了“我爱孟夫子，风流天下闻”的声音。

《夜归鹿门山歌》是一首孟诗中较少看到的七言古体诗，少看到的理由不是因为诗体，而是这首诗所用的结构。此篇层层进入，移步换景与人物互动，从“山寺”到“渡头”、从“沙岸”向“江村”，再“乘舟”到“鹿门”，至“庞公栖隐处”，实现了“幽人夜来去”的出行轨迹。诗人原先常见的悲喜情绪在此篇中趋于平淡和稳定。

本篇在形式上有不小的创新。上四句四平韵，下四句转四仄韵，古风如此安排声韵，在诗人所处的那个时代，即盛唐小篇七古（八句）中真的是并不多见的。由此亦能看出，一个优秀的诗人在继承先人遗泽的同时，往往也在思考如何有所突破。这样的工作，不久后的杜甫也曾做过。至于成功与否，似乎不顶重要，重要的是给后人留下了一种另类的思考。

杂诗三首（其二）（古绝）　唐·王维

君自故乡来，应知故乡事。
来日绮窗前，寒梅著花未？

全诗以“问”统领全篇。首二句两个“故乡”相叠，强化了作者的思乡之念，有明显的汉乐府风格。末句以寒梅开未作结，透出诗人的闲适情怀，让人在寒冬感受到一丝暖意。煞句为问句，传递着一种骀荡、俊逸的气氛。作者是诗人，也是盛唐著名的画家，艺术的多元创造和灵感互动是艺术家的基本素养。

王维（约693—761年）身历安史之乱，并曾担任伪职，两京收复后，仅被降职处理，与稍后的李白入永王幕一样未受诛戮，不可不谓是不幸之中的幸事。但由此可以看出，诗人绝非政治家之选，悠闲吟诗、往来不惊的处事态度也许是诗人学佛的基础吧！

本篇不是五言绝句，因为它不符合近体诗的格律规范。首先，第二、四句违反本句律，“知”“乡”同为平声，“梅”“花”同为平声；其次，第三、四句违反粘对律，“日”“知”不同声；再次，违反押韵律，全篇押仄声韵。前人称之为古绝，我认为是可以接受的。

竹里馆（古绝）　唐·王维

独坐幽篁里，弹琴复长啸。

深林人不知，明月来相照。

仅从押仄韵论，本篇不是五绝，应与上篇一样是古绝，不属近体诗范畴。

王维的作品，苏轼评之为“诗中有画，画中有诗”（《东坡题跋》）。本篇“幽篁”“琴”“深林”“明月”诸意象与诗人主体的“独坐”“长啸”“不知”以及对月光的感受相互融合，构成一幅深林闲趣图。虽有啸声，静谧的山林之趣还是透发于字里行间，这是意象营造的成功，后人目之为“禅”诗。禅者，必须从静与动的辩证定位中，寻求哲理的贯通。诗人不屑烦嚣的尘世，来到幽篁深林中，弹琴长啸，他感受到的不是人间的温情，而是明月的爱抚，从与自然的相亲，联想到自然的永恒，他是否已忘掉了实质的自我呢？在这一主体的意念表达上，王维与陶渊明有着根本的不同，前者是纯粹寻求思想的空灵，后者却有着深沉的社会根源。诗歌的社会性也是诗歌文学性的一个重要表现内容，从这个意义上说，陶诗要较王诗更耐咀嚼一些。

山中（五绝） 唐·王维

荆溪白石出，天寒红叶稀。
山路元无雨，空翠湿人衣。

当代著名的比较文学学者叶维廉教授曾认为，中国的古典诗歌常用电影蒙太奇的技巧,而蒙太奇则起始于中国古代文字造字法中的“会意”。“会意”者，是指汉字中两个以上具象符号的组合。如“轰”字，以三个“车”即三个具象符号的叠加，使之具有强烈的鸣声内涵。蒙太奇即是通过镜头的剪辑与组合，完成编导心中的意象联缀，而多个意象联缀体的叠加与延伸，最终成就了电影作品。

试读本篇，说它是自然物的剪辑与组合应该是不错的。“白石”“红叶”“山路”“空翠”等一系列的自然物象，既有色彩，又有时与空的融合，它们的合作再通过“出”“稀”“无”“湿”等动词和形容词的帮助，整体呈现在读者面前，的确已是十足的自然天籁。其中诗歌本身动感与静态的互补，形成欣赏者即客体的思维曲线：“山路元无雨”，强调了“无”；“空翠湿人衣”，却又强调了“有”，即便“有”字没有明确点出，但通过“湿’字已明白传达到位。这意念中的无中生有，给读者带来欣赏中的突兀。在欣赏心理中，突兀的作用是十分重要的。作品满足了欣赏者的这一心理需求，当然是优秀的。唐诗中的大量精品正是通过欣赏客体对创作主体的情感满足而完成的。

从文学的特征来看，唐及唐以后诗歌多是文人感情喷发的结果。诗人调动自己可以掌握的一切艺术手段，如色彩、声音、梦、时空变幻、意识的流动、繁复的象征和意象的连缀与跳跃等自由律动时期所没有或不多见的方法塑造文学性格。没有或不多见的原因，在于自由律动时期的作者很多处在社会的底层，即便个别作者忝居中上层，也不可能离开创作的时代基础去独创崭新的时代风貌。于是，中华民族又多了一份瑰宝，人类社会又增添了一笔巨大的亘古不灭的精神财富。

相思（五绝） 唐·王维

红豆生南国，春来发几枝。

愿君多采撷，此物最相思。

名篇之名在于它的普及性与不朽性。传说这首小诗写成后即被谱曲传唱。安史之乱中，著名歌手李龟年避难湖南，在一次聚会上，歌唱此诗，赢得一片唏嘘，所谓满座泪下，无一欢者。红豆一物，也从此深入人心。

本篇在结构上倒不如《山中》那么跌宕，色彩也仅“红”而已，但以红豆一点传递了人类共同的相思情愫，从而博得永恒的喝彩声，这也是诗史的一段佳话。唐诗以情胜，情有直抒之情、有隐曲之情，王维当属前者——与自然相融的诗人大多属此。晚唐大家李商隐则是后者的当然代表了。

书事（五绝） 唐·王维

轻阴阁小雨，深院昼慵开。

坐看苍苔色，欲上人衣来。

诗人在“小雨”之后，“慵开”院门，独自坐看苍苔出神，心与景会，骤感苍苔的青色已爬上了自己的衣衫，物人相与一体，人天合而为一了。这样的精神与佛家“世间本无物，唯心感受，定其有无”的演绎一脉相承，“景从心来”是王维禅理诗的精要。诗人《山中》诗“山路元无雨，空翠湿人衣”句，可与本篇参证。

送元二使安西（七绝） 唐·王维

渭城朝雨浥轻尘，客舍青青柳色新。

劝君更尽一杯酒，西出阳关无故人。

本篇后二句成为中国诗史上最著名的赠别名句，十四字写尽了离别的惆怅与悲哀。而“酒”，作为中国传统文化的必用道具之一，又一次在著名诗篇中扮演了角色。与王维几乎同一时代的李白，更是将酒作为其作品与一生行为轨迹不可或缺的重复元素。

首二句描状了送行之日长安天气的透亮与清新，其营造的意象“朝雨”“浥轻尘”“青青柳色”等无一不在传递此中消息。于是，离开此处，前往西部边塞，不能不说是制造了一种悲情，而悲情之重还不仅在于自然的既空，“无故人”三字真正道出了其重中之重。

南朝梁时的江淹曾作《别赋》，起首即谓：“黯然销魂者，唯别而已矣！”又说：“春水渌波，送君南浦，伤如之何！至乃秋露如珠，秋月如珪，明月白露，光阴往来，与子之别，思心徘徊。”成为文学史上的佳句。但以“南浦”泛指送别之地，其悲情意义远不及本篇“西出”之地来得浓烈。一望无垠的沙漠与滴水成冰的气候，正如岑参《白雪歌送武判官归京》中所云：“北风卷地白草折，胡天八月即飞雪”“瀚海阑干百丈冰，愁云惨淡万里凝”，作者送别的对象面临巨大的地域落差是可以想见的，更何况古时交通极其不便，生离遂成为最不能堪的一种生活状态。“故人”一别，相见无期，又况只身远征，生死未卜，作者为友人呈上的是深深的慰语，但又不可避免内心深处涌上阵阵痛楚。后人曾以此二十八字谱为琴曲，名谓《阳关三叠》，传唱至今。

本篇整体似歌行，人皆认为七绝，但从近体诗格律论，实难苟同。其出格不止一处，这也许是因作者仍处于格律诗完整认定的不稳定期，稍后之李白亦出现了同样状况。后人可学其立意之巧妙，但断不可把此类作品当作格律诗之标范。

过香积寺（五律）　唐·王维

不知香积寺，数里入云峰。
古木无人径，深山何处钟。
泉声咽危石，日色冷青松。
薄暮空潭曲，安禅制毒龙。

就整体格律而言，本篇已可称为五律。当然，仍有微小的不足。诗人创作的五律在格律上均比绝诗谨严，这可能是因为近体诗的五律渡过稳定期的时间比五绝要早。至于七绝，它可能比五绝还要稍后达到完整稳定的出现。

本篇结构从起行、深入，过渡到日暮点题。点题即揭示主题。凡艺术作品均有主题，无主题论的散状点线分析是对原创的撕裂。传统诗歌的主题揭示往往是通过全篇的铺垫和循序前行至终点才出现的，此时它们的起句往往显得不太经意。本篇就属这一类型。

中间两联就格律论，是对仗；就结构言，已由深入“无人径”向“日色”渐“冷”过渡，这是时间的迁延。其中第五、六句中“咽”“冷”二字一为动词一为形容词，用得十分精彩，这种摹声拟色的写法，恰当表现了诗人内心的独特感受；“危石”“青松”两组意象也许是诗人对自己政治生涯和社会身份的认定，因为安史之乱给作者开了一个大玩笑，如不是李唐王朝得天独厚的封建驭政术，此时的作者也许已经是香积寺下的一抔黄土了。

由此，可直接领会末二句的点题之笔："空潭"，"潭"是空的，意谓水可有亦可无；"曲"，绕而不直，喻人生之路；"安禅"，停止一切人间妄想，包括功名富贵、利禄有无。作者深深认识到，只有如此，才可以控制自己的人生走向，才不至于涉入不可测的深水而回头无岸。

诗人是不称职的政治家，但却是大手笔的艺术家。他的诗与画，寄托了人生在茫茫天路与沉沉黑水之间的选择与挣扎，这一切，他的一生也许都经历过了，但回头看来，却仍是那么的惊心动魄，而这惊心动魄在诗人的笔下又呈现出异样的从容与淡泊。这就是诗史中的王维，沉静与反思成就了的一位大家。

秋夜独坐（五律）　唐·王维

独坐悲双鬓，空堂欲二更。
雨中山果落，灯下草虫鸣。
白发终难变，黄金不可成。
欲知除老病，唯有学无生。

诗人哲学观的总倾向是无为的，后半生更以一心礼佛为功课。本篇写的就是这一主题。"二更"中，见"山果"被"雨"催落，又闻"灯下"草虫鸣叫，复想起"白发"渐多、势难返青，敛财生金亦属不能。感觉到世上万物自有规律，它们沿循自然法则步步变化，而非人力所可干预。于是，得出末句：问佛是唯一的人生选择。全篇的亮点在于通过对意象"双鬓""空堂""二更""雨中""山果""灯下""虫鸣""白发”“黄金”等的系列组合，完成世事有常又无常、人生有变复无变的心理认定。

全篇合律，无一字异常。就格律言，是一首完整的近体诗。但从文学论，尤其是在诗人的本集中，此诗当属泛泛之作。当然，以之作《过香积寺》的补充阅读是可以的，如果前篇曲而多醇，本篇就是寡而无味了，唯一相同处在于表现的心迹是大体一致的。

早秋山中作（七律）　唐·王维

无才不敢累明时，思向东溪守故篱。
岂厌尚平婚嫁早，却嫌陶令去官迟。
草间蛩响临秋急，山里蝉声薄暮悲。
寂寞柴门人不到，空林独与白云期。

经安史之乱后，诗人原存一念的仕途求进打了大大的折扣，降职的宽容处理使他愧悔无已，于是有了首二句。第三、四句用了两位古人作典：一为尚平，据《高士传》载，尚平，字子平，河南淇县人，东汉高士，拒绝仕进，一伺儿女婚事办妥，即云游名山，不知所终；二为陶渊明，指的是其辞官归隐事。用典贴切而不晦涩，是王维作品的一贯，亦是成就其创作风格的一个元素；缺点在于有时太白而露，不耐咀嚼，显得诗味欠浓。当然，诗人自有长处，他制作的空灵感、幽深感和佛理气息堪称唐诗一绝。第五、六句用“蛩”“蝉”的时令鸣叫映衬山中的寂寞，最后引出末联，故人不来，唯与“白云”相期。诗人清空俗念，一心求静的想法于此表达无遗。全篇起末勾连，一脉贯通，在结构上也是可圈可点。从盛唐的格律发展态势论，除第五句稍有不妥外，本诗还算标准的七言律诗。

诗人的五绝（含古绝）和五律（含古律）较其七言体诗为佳，这里面除时代的原因外，可能还有音步与表达情绪的关系问题——句子稍短，涵咏意味也许会更浓厚几分，所谓短而浓也；多两个音节，情绪的延伸性就显得较为松弛。另外，诗歌的题材也有一定关系，山水田园诗就概率论，也许五言相对优势。当然，任何一位作者都有自己的擅长，一味以全要求诗人，也是不合诗史发展实际的。

今人读诗，可作选择，体裁与擅长作者之匹配是选诗阅读的一种方法，就唐诗论，如七绝读王昌龄、杜牧，五绝读王维，五律、七律读杜甫、李商隐，古风读白居易、李贺等。

登金陵凤凰台（七律）　唐 · 李白

凤凰台上凤凰游，凤去台空江自流。
吴宫花草埋幽径，晋代衣冠成古丘。
三山半落青天外，二水中分白鹭洲。
总为浮云能蔽日，长安不见使人愁。

一位中国文学史上的大人物出现了，他使唐代文学呈现出较之先前大为不同的面貌，甚至影响了这以后整个中国社会的知识阶层；他秉承个性，毫无遮掩地在唐代诗坛和自己的人生舞台演出了一幕幕精彩的戏剧。他就是李白（701—762 年），俗称“诗仙”的唐代第一浪漫诗人。

本篇是中国诗史上的名篇，前人对其几乎有一致倾心的评论。明瞿佑《归田诗话》说：“崔颢题黄鹤楼，太白过之不更作，时人有‘眼前有景道不得，崔颢题诗在上头’之讥。及登凤凰台作诗，可谓十倍曹丕矣。”瞿氏强调李白经过黄鹤楼，因崔诗名声在前，不敢同题涉笔，但是本篇出炉，气势直压前人，当然也超过了崔氏。那么崔颢的《黄鹤楼》，又是怎样一首名篇呢？录此以供互证：“昔人已乘黄鹤去，此地空余黄鹤楼。黄鹤一去不复返，白云千载空悠悠。晴川历历汉阳树，芳草萋萋鹦鹉洲。日暮乡关何处是，烟波江上使人愁。”

方回在《瀛奎律髓》中说：“太白此诗（按，指《登金陵凤凰台》）与崔颢《黄鹤楼》相似，格律气势未易甲乙。”

既然提到了格律，那么就先从格律角度来认识一下这两首名篇。从两篇诞生起，前人已将其匡于七律范畴，一直到本世纪初出版的影响甚广的一部诗学巨著，亦称其为“唐代律诗的名篇”。既是律诗，那么它们是否符合三百来年无数诗人吟咏创造而归之于法的格律准则呢？先看崔诗。首句“黄”犯孤平，第三、四句于修辞学的对偶已不复存在，更遑论对仗，第三句连用六仄字，第四句末字三平作结，为古今七律之罕见。再看李诗。因第三句与第二句失粘，第四句顺之而下，复致第五句再度失粘，以致全篇粘对陷入一派混乱。以上二诗千百年来称之为“律”，且为“律诗的名篇”，不知从格律学的意义来说，应该如何解释？有人说名家名篇屡见出律，但不乏好诗之存在，是的；但如出律至上述二篇，且名之播天，却是文学史上的罕见。

我想，追骥名人之后，溢之于辞、迎之以色的国人传统也许在对古人中的佼佼者也有不俗的表现吧？崔、李所处的盛唐时代，论格律也已相对成熟，两位诗人也曾写过不少既合律又极具个性气息的诗歌作品，如论崔、李，《唐宋诗醇》亦云：“崔诗直举胸情，气体高浑；白诗寓目山河，别有怀抱。其言皆从心而发，即景而成。意象偶同，胜境多擅。”此就作品文学气质而言，见仁见智，自可接受。但爱屋及乌，一金在手，置其他而不顾，非律谓之律，且延伸千余年，这不能不说是中国诗史上的一幕闹剧。

诗人在前，读者在后，因此，这场官司的由头不在崔、李，而在一叶蔽目的后代“粉丝”们。趋名而成行，今人是，前人又何尝不是？这是我们进行传统文化研究时不得不提出的一个问题。

《瀛奎律髓》中提到的“气势”问题，《唐宋诗醇》仿佛也作了肯定的延伸答复，但后者评论似乎更贴切一些。崔诗结二句，抒发的是纯粹的个人哀怨，有思家、怀人、寂寞、失落的诸种心绪，但未曾扩大为“家国之念”，而李诗的结语却增加了这一内容。本篇约作于天宝初年（742 年），李白从长安去职东返时期。至于李白为何去职，据史料记载，玄宗曾以贵客待之，那他怎么又突然回到社会诗人的圈子中？这是一个涉及诗人个性的敏感话题，以下再谈吧。

玉阶怨（古绝）　唐·李白

玉阶生白露，夜久侵罗袜。

却下水晶帘，玲珑望秋月。

全篇押仄声韵，定为古绝，因近体诗是不允许押非平声韵的。

这是一首宫怨诗，全篇风格受乐府诗影响殊深，就此言，作者是唐代对汉魏六朝诗歌传统继承最成功、发展最有成绩的功臣。诗篇短短二十字，意象密集，用字，尤其是用清人称之为“眼”的动词十分精准。“生”“侵”“下”“望”，写出了夜深、人凉、下帘、观月的个人感受及与之相应的动作。静静的，冷冷的，透过水晶帘望去，一弯秋月玲珑澄澈，而凄恻之情亦随之而生。寂寞与孤独，相伴唯月，这也就是宫中女子的生活常态吧。萧士赟《分类补注李太白诗集》中说：“无一字言怨，而隐然幽怨之意见于言外。”在诗人早期作品中，这种小诗是不多见的。其精、气、神直袭汉魏六朝。

渌水曲（五绝）　唐·李白

渌水明秋日，南湖采白蘋。

荷花娇欲语，愁杀荡舟人。

这是一篇格律谨严的五言绝句。

风神荡漾，令人之意也消。渌水明日，南湖采蘋，荷花望着荡舟的女孩子，真想说话："喂，我们比一比，谁漂亮？看你们累得那样，我却静静地躺在水中。"女孩们羡慕花的无声之美，妒意油然而生。诗人一贯用白描状景，语言晓畅如话，长诗如此，短篇亦然。一组女娃采蘋、荷花相问的诗歌念想，给后人提供了事物人格化的写作模式。此模式虽不起于李白，但诗人的拈句成诗、对娇灵画面的制作是唐人中的超一流。

李白与王维是同属一个时代的，两人也有一段近乎相同的政治遭遇，这类题材仿佛在王维诗中也有出现，但李白驾驭画面的技巧在相当程度上超越了王氏。尤其在后期，王氏归于沉默，静与佛伴他度过了最后的岁月，而李白却没有停止过生命的追逐。

独坐敬亭山（五绝）　唐·李白

众鸟高飞尽，孤云独去闲。

相看两不厌，只有敬亭山。

与前篇一样，"相看两不厌"，写人与物的相互关联、相互欣赏、相互不忍离去。此处的山，作为静态的物受到诗人的青睐；同样，才情横溢的诗人也受到名山的欢迎。物，又一次被诗人人格化了。

第一、二句用意象状景，"飞"与"去"两个动词实际上为山的巍然不动完成了反衬的铺垫。鸟飞了，云去了，留下的自然只有我的朋友，

李翰林集卷第六

翰林供奉李白

贈上

贈張相鎬二首

玉真公主別館苦雨贈衛尉張卿二首

贈從弟南平太守之遥二首

書情贈蔡舍人

在水軍宴贈幕府諸侍御

經亂離後天恩流夜郎憶舊遊書懷贈江夏韋太守

《李翰林集》陶子麟清光绪三十二年吴隐刊本

朋友面对诗人，也许会想，这才是真正的知己。诗人一生寄情山水，借景写情性，此篇表达的仍是他一贯的孤傲天下物的情感。识我者，非鸟非云，只有垒石成土的山！山是最坚定的。事实上，诗人是位性格、价值观均呈多元的人，他的个人经历是坎坷的，在其终生追求与自我人生定位之间始终存在强烈冲撞，大约一直到他离开这个世界，也没弄懂这一切究竟是为什么？

清平调三首（其一）（七绝）　唐·李白

云想衣裳花想容，春风拂槛露华浓。

若非群玉山头见，会向瑶台月下逢。

先要说明的是，此清平调不是词牌中的“清平乐”，实际上就是七言绝句。本篇虽偶见出律，但还是可作七绝读的。这是一首即兴之作，以“云”“花”互指君与妃，以“春风”喻君王之宠，后二句则以仙境群玉山和瑶台指君妃欢会之处。全篇格调并不高洁，是诗仙的应命之作。

本篇涉及诗人的一段华采经历，先摘唐李濬《松窗杂录》有关文字如下。

开元中，禁中初重木芍药，即今牡丹也。……会花方繁开……诏特选梨园弟子中尤者，得乐十六色。李龟年以歌擅一时之名，手捧檀板，押众乐前欲歌之。上曰：“赏名花，对妃子，焉用旧乐辞为？”遂命龟年持金花笺宣赐翰林学士李白，进《清平调》词三章。白欣承诏旨，犹苦宿酲未解，因援笔赋之……龟年遽以词进。上命梨园弟子约略调抚丝竹，遂促龟年以歌。太真妃持颇梨七宝杯，酌西凉州蒲萄酒，笑领，意甚厚。上因调玉笛以倚曲，每曲遍将换，则迟其声以媚之。

细观上文，可得出如下信息：其一，《清平调》是李白在夜晚酒后突然承诏写就的，当时的身份是“翰林学士”。其二，唐玄宗对李诗甚为满意，令李龟年即席演唱，梨园弟子即席伴奏，亲自以笛助奏。杨贵妃则持佳杯、酌美酒斟送君臣。李龟年晚年回忆当时情景，称“亦一时之极致耳”。其三，诗人奉命作诗时情绪甚是欢快，是“欣然承诏”的，那么，如果翻检出不久后诗人被迫离开朝廷、前往东南的诸多感怀诗，又令人作何想？

出仕是高兴的，致仕是痛苦的，“安能摧眉折腰事权贵，使我不得开心颜”（李白《梦游天姥吟留别》）是否透露出诗人在政治、人生中的二元裂变？诗人幼年未有机会多读儒家经典，青年后，游学、求仕，但不曾因科考而赚得功名。诗名大盛后，他前往庐山，因结识唐玄宗之妹玉真公主，并经贺知章等人推荐而得觐见机会。但是人生的定位错误，使诗人获得的仅是短暂的荣耀。唐代翰林官员虽是清职，也绝非以浮名邀宠而能长久，诗人疏狂、傲慢的性格更不见容于中央机构，何况活动在皇权中心。失官后的李白也曾叹息，也曾痛骂，连做梦都想重返故地，甚至想做当代的伊尹和吕尚——伊尹和吕尚是商周二朝的开国辅佐大臣。然而，以诗人之才气、读书之敏捷为文人翘楚的他，走清贵一途尚凭有缘，想入朝为相、至人臣之首，这又是何等虚幻的梦寐！

可悲的是诗人沉湎其中，长久不得自拔，这是安史之乱起后他竟会参与唐王朝王室内讧的根本原因。安史之乱中，唐玄宗退位，其三子李亨登位为肃宗。另其十六子李璘幼年丧母，夜曾为李亨抱眠，但此时不服兄长节制，起兵江陵，因李白名大，三次征召。李白参与其军，做记室，反叛中央。他当时想的是什么？也许这是一个实现政治梦的机会吧！李白一生最大的悲剧拉开了帷幕。李璘短暂兵败，被杀，而诗人亦因参加叛乱而被发配贵州。虽中途遇赦，转而投奔族叔李阳冰，但已走到人生的末路，一颗曾经的明星就此陨落。

人生是短暂的，主观的努力和客观造成的坎坷波折又是充满着不解的变数。诗人的风骨与从政的强烈愿望交织在一起，形成了不可缓解的矛盾。历代大诗人也有官居高位的，但或其性格与职位不具冲突点，倒也安然，甚或两大领域均有建树，如高适、白居易、王安石、陆游等，然而李白不属此类。儒学教育的缺忽也许是一大原因，但人生自我定位的错误应是其铸就终身悲剧的根本原因（上述部分内容详见《旧唐书·卷一百零七》《资治通鉴·卷二百十九》）。

永王东巡歌十一首（其二）（七绝）　唐·李白

三北川虏乱如麻，四海南奔似永嘉。

但用东山谢安石，为君谈笑净胡沙。

唐天宝十四年（755年），玄宗十六子李璘借平乱之名，自江陵引兵沿长江东下，三次征召李白，李白应征入幕，写了十一首表达决心、拥戴永王的诗，这是其中一首。

首二句写战乱，第三、四句自比东晋名相谢晋（字安石），将随李璘征战比作谢氏破前秦苻坚百万大军的淝水之战。诗人在政治上的幼稚和与生俱来的夸大个性在本篇中展露无遗。这与当时复杂多变的政治军事环境是多么的背离与不相应，须知，政治不是浪漫的，一顶浪漫诗人的桂冠必然会同时摧毁一个政治上的低能儿。

与史郎中钦听黄鹤楼上吹笛（七绝）　唐·李白

一为迁客去长沙，西望长安不见家。

黄鹤楼中吹玉笛，江城五月落梅花。

一派豪气，迄今只落得无边的怅惘与寂寞。诗人因入永王幕而获罪流放夜郎（今贵州一带），途经武昌黄鹤楼，故地重游，却是以获罪之身远离家乡，闻笛声而更增羁旅之忧痛。五月了，梅花早已不见影踪，耳边响起的是笛曲《梅花落》，声情互映，情何以堪？这恐怕只有诗人自己知道了。

本篇用字自然，结构稳妥，二句接首句，离开长沙，想起西边的家，完成了两个空间的连接。三句急转，以空间换时间，黄鹤楼听笛，是途中所遇，于是以《梅花落》的曲声来回应内心的苦楚。一个羁旅之人的落寞形象就此完成。

宫女行乐词八首（其一）（五律）　唐·李白

小小生金屋，盈盈在紫微。
山花插宝髻，石竹绣罗衣。
每出深宫里，常随步辇归。
只愁歌舞散，化作彩云飞。

原题下有“奉诏作五言”句，证明本篇作于天宝初李白在翰林任上。

诗篇描状的是一位小小年龄就获恩宠的女孩，随侍君王侧，山花插髻，石竹绣满罗衣，天真娇憨，惹人爱怜。但诗人给了她一个警示：一旦午夜歌舞散去，彩云何处觅？这是诗中人物塑造的需要，然而又何尝不是诗人自己潜意识中的一个思维元素呢？

全篇小用铺陈。首二句，仅“小小”“盈盈”四字就点出了女孩的娇小轻灵。深宫规矩森严，可女孩活泼可爱，喜爱的是山花、石竹，性格与环境难以匹配，这就生出了作者的句末之叹。由描写元素的矛盾冲突引出的主题应该是比较深刻的，不仅是诗，其他文学样式，如戏剧、小说都是一样。本篇的看点就在这里。

谢公亭（五律）　唐·李白

谢亭离别处，风景每生愁。
客散青天月，山空碧水流。
池花春映日，窗竹夜鸣秋。
今古一相接，长歌怀旧游。

谢公指南齐诗人谢朓。谢公亭位于今安徽宣城北，是后人为纪念谢朓曾任宣州太守所筑。

诗人特别崇拜谢朓，他曾七游宣城，为的是“一生俯首谢宣城”。谢朓以山水诗见长，他的诗善于从寻常事物中发现新鲜动人的美感，意象清丽。李白又曾写下“解道澄江静如练，令人长忆谢玄晖”，抒发对谢诗“余霞散成绮，澄江静如练”的读后感觉。

本篇中二联以写景应工，颔联状远景，颈联状小景，春去秋来，人事全非。诗人感由景生，又一次发出豪语：一朝与谢朓古今对接，谢朓的不朽诗绩就可在自己身上发扬光大。这种舍我其谁的文人英雄气概，较之写给永王李璘的以谢安自比，欲为之“净胡沙”的心绪要合辙得多。因为诗人毕竟是诗人，而不是政治家或军人。

妾薄命（五古）　唐·李白

汉帝重阿娇，贮之黄金屋。
咳唾落九天，随风生珠玉。
宠极爱还歇，妒深情却疏。
长门一步地，不肯暂回车。
雨落不上天，水覆难再收。
君情与妾意，各自东西流。

昔日芙蓉花，今成断根草。

以色事他人，能得几时好？

本篇为乐府旧题，多写女子哀怨事。李白极擅此类题材，所谓替女子立意，指的即是这类诗。

汉武帝刘彻与阿娇青梅竹马，少小无猜，即位后立阿娇为后，即为陈皇后。但史载刘彻宠极生厌，发置皇后于长门宫。“长门一步地，不肯暂回车”，指的就是武帝御辇即使经过长门也不肯暂停车辆，进去看一下皇后。“雨落”“水覆”取覆水难收意，情意东西流，则昔日恩爱俱成乌龙。诗人的结论是，再漂亮的花儿，又能盛艳几时呢？一旦颜衰，只有被抛弃的份儿，以色事人，可以休矣。

诗歌五言八韵十六句。平仄互换，但呈不规则态，读起来不甚流转。这是因为规则转韵虽然前面已有张若虚的《春江花月夜》，但影响尚未扩展，该诗体大展宏图还有待杜甫与白居易的大手笔。

行路难三首（其一）（乐府）　唐·李白

金樽清酒斗十千，玉盘珍羞直万钱。

停杯投箸不能食，拔剑四顾心茫然。

欲渡黄河冰塞川，将登太行雪满山。

闲来垂钓碧溪上，忽复乘舟梦日边。

行路难，行路难，多歧路，今安在？

长风破浪会有时，直挂云帆济沧海。

这也是诗人本集中十分著名的作品。用古乐府旧题写个人情绪，直抒胸臆，但却用了多组比喻。诗人有良好的生活环境，这是前两句告诉我们的，但一颗躁动的心却长久安定不下来。他在想，欲渡黄河，黄河结冰；欲登太行，太行积雪，这冰不行舟，雪不明路，将如之奈何？诗人以此自然状态比喻事不可为的悲哀。突然诗意急转，“垂钓碧溪”的吕尚和“乘舟梦日”的伊尹，两位古圣人出现在他的梦中。诗人思想深处还在梦想入仕经营政治，而且是大政治，开国谈不上，中兴还是可以的。后四句又从梦中返回现实，心里难啊，办法何在？最后以豪语作结，为自己的壮怀生色。

有人问，为什么从古迄今，诗人有这么多的追捧者，下自黎民百姓，上至君主统治者？此问的解释十分复杂，有国情的因素，有国民信仰如对儒教压迫的反感，有传统的民俗导向，有对才子的非理性崇拜和对英雄主义即侠义精神的崇仰，更有一代又一代的心口相传，等等。但更主要的一条是，诗人敢于说出一般人，甚至是一般知识分子想说而又不敢说出的话。另外，诗人杰出的语言调度能力，非凡的想象空间，清丽、流转、顿挫有致的句读，以及作品中流露的气魄雄伟的盛唐气象，都让人产生一种欲罢不能的愉悦感和由此上升的依赖感。

文学的移情作用在李白诗中表现得十分明显。特别是他的古风，长短参差，一泻千里，其势不可挡，堪称绝无仅有。如《将进酒》，不一口气读完，会产生一种不舒服、透不过气的感觉。这里面，既有文字意义，又有声音（汉字诵读）的效果彰显。诗是文学的，又是音乐的，这一点在诗人的作品中体现得十分饱满。

关于李白的评价，古今形诸文字的太多太多，笔者在肯定其作品艺术饱和力的同时，也稍许对其人生作了些延伸解读，目的仅在于引出对豪言一生的诗人的多元审视而已。

峨眉山月歌（七绝）　唐·李白

峨眉山月半轮秋，影入平羌江水流。

夜发清溪向三峡，思君不见下渝州。

全篇出现了五个地名。空间的选择植入使诗歌兼有了纪行、写景和抒怀的效果。

这是诗人初次离开蜀地时的作品，清新、平白、晓畅而辅之以最后两句，流水一气，给人以行舟不断的感觉。

天才的诗人写就的绝句都是唐诗中的上品和绝品。即如此篇，“思君”之切通过地点的转移而得以完成。二十八字仅地名就占用了十二字，却又写得如此灵动、流转，这在整部诗歌史上也是不可多见的。

另外，诗人对月和影这一对随生随在的自然精灵情有独钟，而秋夜的月与影更令人感到一丝美丽和静谧。

金陵酒肆吟留别（七古） 唐·李白

风吹柳花满店香，吴姬压酒劝客尝。

金陵子弟来相送，欲行不行各尽觞。

请君试问东流水，别意与之谁短长？

再读一篇诗人年轻时的作品。金陵酒肆又一次将这位嗜酒才子拖进了文学史，诗题明确了这一点。

首句以“柳花”渲染酒肆环境，并引出次句。“柳花”无浓烈之香但有清新之气，以之喻“吴姬”尽得形神之妙，在点出女性店主身份之同时，传递出诗人与主人彼此吸引的愉悦心情。

首二句点明时、空与人物的三维关系，完成了作品的第一层面。古典歌行体常用的起联方式本篇是用得很成功的。再就用字而言，“香”字虽不免俗，但与全篇风格统一，“压酒”之“压”重而得体，显示女主人的待客之情，其中有那么一种异性相处的暗示力量。

第三、四句中的“金陵少年”是诗中的群像，于前面的“吴姬”而言，起到集体与个性中心的烘托作用。“欲行不行”之原因是“各尽觞”，还是回归到酒，进一步渲染女主人公与诗人的情绪关系。

第五、六句结束部分，诗人用疑问口吻表达了欢愉气氛中的失落与怅惘。“东流水”一去不返，“别意与之”相对衬，提示主客方不会再次相晤的结局。喻式短而浅，但用在此处贴切自然，无造作之态。

全篇六句结构平稳端正，以风情之物起兴，续以主次人物循序出场，最后以逝水不复营造出水长情短之人生况味，为诗人又增添了一分不甚沉重但却一如既往在醇酒妇人中踟蹰徘徊的心灵答卷。

论水准，诗人仿汉魏乃至南朝乐府的作品当属超一流。此篇虽无古乐府的明显遗风，但平白如水的流动语言让人生发阅读中的不尽之念。其层层递进获得情绪缓转释放的效果，和他进入中年乃至老年后的作品稍有不同，这也许是诗人在以后年月中迫切希望从政，并渴望进入高层政治圈的心理变化所致吧。

赠李白（七绝）　唐·杜甫

秋来相顾尚飘蓬，未就丹砂愧葛洪。

痛饮狂歌空度日，飞扬跋扈为谁雄？

杜甫（712—770年）小李白十二岁，两人互为诗友，一生曾几度相见。本篇写于天宝四载（745年），作者在山东兖州与李白重逢之时。时李白被玄宗放逐正逾一年，“飘蓬”四方，尚无归宿，而作者境遇亦未可乐观，故有首句。第二句指两人曾有意学道，但均未成，自愧中有哂笑对方的玩笑意。第三、四句“痛饮狂歌”和“飞扬跋扈”正是李白给作者的人生印象之一，亦活生生地总结了李白嗜酒傲物的性格特征。

与此同时，作者对李白的诗歌成就评价甚高。他在《春日忆李白》的一首五律中这么说：“白也诗无敌，飘然思不群。清新庾开府，俊逸鲍参军。渭北春天树，江东日暮云。何时一樽酒，重与细论文。”李“诗无敌”，李“思不群”，“清新”风格如庾信，“俊逸”诗如鲍照。作者在颔联中更以意象的对偶，借“渭北”“江东”“春天树”“日暮云”表现两人依依思念的感情。清沈德潜说：“写景而离情自见。”（《唐诗别裁集》）老杜这两句也成为唐诗中的名句。

作者与李白在性格、诗风和人生态度上均大相迥异，前者侧重写史、写百姓、写生存的无奈和家国情愫，后者则主要表达对人生享乐的极致感受和入仕与放诞的矛盾。李诗易读易诵，用史用典不多；而杜诗重典实，虽不乏清丽小品，毕竟于厚重感中沉郁良多，常使人读后三叹，唏嘘不已。

李、杜的区别总的在于人生之态度。前者从自我出发，着力表现人生的自我张力；后者从家国出发，为中国文学添上了为国为百姓真实执言的一笔，这一笔是凛然大义的。

江畔独步寻花七绝句（其六）（七绝）　唐·杜甫

黄四娘家花满蹊，千朵万朵压枝低。
留连戏蝶时时舞，自在娇莺恰恰啼。

前面提到的“清丽小品”，本篇即是。以一女子名起篇，已存娇媚之情。次句状花之多。第三、四句以对句形式出现，描写蝶与莺的“舞”“啼”之态。“啼”字与首句“黄四娘”呼应，丽而媚的主题风格纤毫毕现。

杜甫对近体诗律作出的贡献是杰出的，他极擅属对，绝句不须对，但他却常以对仗出现；律诗仅要求中间二联为对，但他的律诗不乏八句四对仗，也即每联皆对。才气之盛，下笔之精，对诗歌语言的掌控能力和表现力度，在有唐诗坛堪称翘楚：这一点，除晚唐的李商隐之外，其他任何人都是不能与之相比的。

本篇谈不上是杜集中的名篇，更不是他的代表作，但轻灵之态、娇媚之情还是令人读后齿颊留香，不思掩卷。

江南逢李龟年（七绝）　唐·杜甫

岐王宅里寻常见，崔九堂前几度闻。

正是江南好风景，落花时节又逢君。

杜甫的家国之感，沧桑之情，从字句间缓缓流出。本篇可以说是作者七绝的代表作。《唐诗三百首》的编者孙洙评曰："世道之治乱，年华之盛衰，彼此之凄凉荒落，俱在其中。少陵诗作，此为压卷。""压卷"之说，虽显过誉，但细细寻绎，伤心一脉却是回避不了的。

岐王为玄宗之弟李范，崔九为殿中监崔涤，均是旧时显贵。杜甫虽未有高官身份，但早以诗名，更何况他毕竟还是著名大诗人杜审言的嫡孙。"寻常见""几度闻"，描状了旧时出入府第之自由洒脱。三句急转，时空转换出现了一个颇大的格局，一是地点从北方转到了南方，二是时间又到了春天。七个字中的五个字"江南好风景"，道尽以上内涵。"正是"二字表达了不可名状的欣喜与感慨，但这只是开头，紧接而下的末句"落花时节"传递了春的濒于凋零，"又逢君"点题，而又隐隐告诉自己与朋友，此君已非那君，出入岐王与崔九门庭的大乐师已非旧时之人，而自己也非战前之身了。大家均已到了"落花时节"。

作者以劫后之人的身份，对天宝之盛、时彦之念寄托了深深的情愫。

故人邂逅，异地重逢，勾起的是喜悦或悲凉，怕是自己也难说清楚。于是有了蘅塘退士的评语。正所谓天上人间，情何以堪!

第三句在诗律上也有突破，句中五字与六字平仄互换，出现了第六字的貌似孤平，唐律诗的这一突破起于作者，影响了此后的杜牧、李商隐等人，一直延续至今。其前提是该状态必须出现在七绝第三句或七律第七句的位置，而且是仄起句（指第二字为仄声）。有的格律书称其为“拗句”，其实，从它出现的规律性和概率论，已完全可视之为正格。

月夜（五律）　唐·杜甫

今夜鄜州月，闺中只独看。

遥怜小儿女，未解忆长安。

香雾云鬟湿，清辉玉臂寒。

何时倚虚幌，双照泪痕干。

这是杜甫得知肃宗登位，安置好妻儿，赴往宁武（今属宁夏）效力，但中途被安禄山叛兵俘虏，解经长安关押时的作品。

当时，诗人妻儿均在“鄜州”（今山西富县）。本篇的好处，在于全从对方写起。妻儿在异地，所以月只能“独看”；小儿女憨顽尚不懂事，也许还不会挂念身陷敌方的父亲。颔联写尽了一位丈夫对妻子的身心之爱，亲之不可得，转而进入极度的想象幻境。泪眼婆娑的妻正在月光下，痴痴站立，夜半的寒气侵袭妻的洁白手臂，她也许正用手指着月亮问：“我的丈夫在何处？怎么长久没有音讯？”第七、八句承第五、六句而下，何时能双双靠在老家的窗帘边，让月亮将我们两人异地相思的泪照干呢?

这种时空转换的虚拟写法在杜集中还有不少，但以本篇最具特色。

以后李商隐的名篇《夜雨寄北》中写“何当共剪西窗烛，却话巴山夜雨时”，就沿袭了这一创作思路，同样成为传诵千古的名句。杜甫对中国诗坛的贡献不仅仅在于思维、人格，从古典诗角度说，更多的还有诗律和文学手法的继承和创新。

春望（五律）　唐·杜甫

国破山河在，城春草木深。

感时花溅泪，恨别鸟惊心。

烽火连三月，家书抵万金。

白头搔更短，浑欲不胜簪。

本篇亦是作者被困长安时所作，表达了战乱中渴望家人音讯的焦急心情。

作品为诗人的名篇，更是千古传诵的至情之作。它的章法结构有很强的逻辑关联。起句“国破”但“山河在”呈句内转折关系，与下句又形成并列式的因果句。因为“国破”，所以草木才无人照料，更何况还是春天。第三、四句“感时”“恨别”，前者从国难出发，后者又回到与妻儿的别离，呈并列式。第五、六句是完全意义上的因果关系，要不是“烽火连三月”，夫妇何会分离，又何来对“家书”的企盼呢？结二句仍沿以上关系，头发因思念亲人，忧心时局而愈来愈少，所以才有了发簪无能为力的感叹。

写史的冷静与写情的热烈并而出现在作品中，句子沉郁而富张力，前四句春而无序的主题与后四句思而多痛的安排一起，烘托出全诗主旨：对叛乱的谴责和因之而来的亲人离别的痛苦，二者交织而后完成了对一位对现实极度敏感、但却可理性处之的知识分子的内心塑造。

这样的作品即使在整部诗史上也是不常能读到的，大情与小情，国与家的结合，全局与个人的命运把握得如此恰到好处，不由不让人向诗人三致意！

春夜喜雨（五律）　唐·杜甫

好雨知时节，当春乃发生。
随风潜入夜，润物细无声。
野径云俱黑，江船火独明。
晓看红湿处，花重锦官城。

这是诗人在成都时的作品，是诗史上写雨的上佳之作。

“随风”“润物”的主语是“好雨”，它在夜中来临，而且是慢慢的，无声的。“潜”与“细”两字切合了这一情景。五句状“黑”与六句写“明”，构成一组对比，让人进一步体会细雨中的光亮点点，给深沉的夜添加了一丝生命的涌动，继而引出下句，清晨醒来，花团锦簇的花朵在雨水的滋润下开得那么旺盛、美丽，丰腴而有精神。“红湿”二字，风情万种于此传出，状春日之花可谓绝妙之选。结句在审美的梦幻中返归现实，“花重”两字是“红湿”的补充，多而艳是春雨“随风”“润物”的结果。全篇可谓一曲雨之颂歌。

诗人处理大小题材均臻上乘，本篇对细小事物的观察和对雨的灵性描状让人对传统观念上的五律板滞、严肃、规整的格律性格有了新的认识。格律形式对诗歌表达感情的属性有一定影响，有时甚至相当大，但不是绝对的，关键还在于个人的文学处理能力。诗人的《月夜》和本篇就透露了这一消息。

登高（七律）　唐·杜甫

风急天高猿啸哀，渚清沙白鸟飞回。
无边落木萧萧下，不尽长江滚滚来。
万里悲秋常作客，百年多病独登台。
艰难苦恨繁霜鬓，潦倒新停浊酒杯。

“语不惊人死不休”，这是杜甫晚年对自己创作的要求。本篇被清杨伦誉为“杜集七言律诗第一”（《杜诗镜铨》），虽有过誉之嫌，然而仅就八句四对仗而言，即使有唐一代怕也实属旷见的了。

律诗的体裁属性要求工稳，作者以意象排列的有序选择和组合，描状秋天的典型景物，衬托人生的过去和现在。悲秋之作，古已有之，屈原《九章》肇其端，承其余绪者两汉魏晋皆有表现，然而以格律诗咏秋，登高而见秋景，因景而生人生如寄、悲恨相续之情者，本篇当属代表。

上半部分以意象状秋景，下半部分转为情语，其萧疏之态、悲凉之意全从五十六字中流出。沉郁、低徊是诗人此类作品的统一基调，千百年来一再激起失意知识分子的共鸣，这与读李白作品的情绪是完全不同的。读者感受不到类似英雄主义的昂扬，而是人生的况味和民族内敛情结固有的天人共语的无奈。感伤情绪是中国诗歌的基本情感倾向，而悲较喜更能催生移情作用，这也是文学的共性。

又呈吴郎（七律）　唐·杜甫

堂前扑枣任西邻，无食无儿一妇人。
不为困穷宁有此，只缘恐惧转须亲。
即防远客虽多事，便插疏篱却甚真。
已诉征求贫到骨，正思戎马泪沾巾。

诗人对底层百姓的关切以及对战乱造成的人间苦楚的悲悯在本篇表达无遗。

“妇人”“扑枣”原为“无食无儿”，因“困穷”而有此，诗人劝告吴郎随她去吧，首句一个“任”字表达了作者对妇人行为的同情。从“恐惧”转为“亲近”，是诗人对这件邻里纠纷的处理结果的企盼。第五、六两句分写诗人对矛盾双方的态度。妇人对吴郎有所防范是多事，但吴郎因怕妇人扑枣而插竹枝作篱笆却也是事实。结二句道出战争导致社会贫困，妇人无以为生而出此举的痛苦内涵。

全篇以劝和的口吻处理了一件小小的邻里纠纷，却让人感受到诗人心系百姓、关爱天下的胸怀。在艺术上，作者一反用典深沉的表现风格，转为用口语不涉意象的手法，委婉表现对当事二人的心理、行为由来的剖析，希望友人吴先生发出的对“扑枣”妇人的不满消失殆尽。诗风朴实、温存。

本篇在虚字对仗方面十分老练周到。第三、四句“不为”“只缘”，第五、六句“即防”“便插”流水对样式，使人想起诗人的名句“即从巴峡穿巫峡，便下襄阳向洛阳”（杜甫《闻官军收河南河北》），给人一气而下的诵读快感。诗的音乐内涵是有生俱来的，文字用得好是一个方面，音乐性的节奏也是读者必须获得的一种享受。

佳人（五古）　唐·杜甫

绝代有佳人，幽居在空谷。
自云良家子，零落依草木。
关中昔丧乱，兄弟遭杀戮。
官高何足论，不得收骨肉。
世情恶衰歇，万事随转烛。

夫婿轻薄儿，新人美如玉。
合昏尚知时，鸳鸯不独宿。
但见新人笑，那闻旧人哭！
在山泉水清，出山泉水浊。
侍婢卖珠回，牵萝补茅屋。
摘花不插发，采柏动盈掬。
天寒翠袖薄，日暮倚修竹。

诗人以汉李延年诗“绝代有佳人，遗世而独立”立题。以“佳人”为比喻主体，引出比喻客体的自己。全篇以佳人被弃，喻自己见弃于朝廷。屈原以香草美人自喻，诗人承于此，一气而下，十二韵均为入声，朗读过程带来的是抽泣般的压抑和释放不能的苦楚。

全篇以比为主，以兴为辅，大量营造如“转烛”（风中之烛）、“合昏”（合欢花）、“鸳鸯”、“新人”、“旧人”、“在山泉水”（未富贵时）、“出山泉水”（富贵后）、“修竹”等意象，将之完全统一在“佳人”这一主喻体之下逐层展开心扉的独白。零落—被弃—独立，三层面的依序展示，让人看到了一位贞清女子处困穷而不哀、处乱世而不乱的高尚德行，而这，也恰是诗人的自喻。

最后“天寒翠袖薄，日暮倚修竹”句，不涉议论，大写佳人意态，独立坚贞，不畏不惧，正是诗人对自己坚定人格的不朽自白。这种以景引发联想的写法正是诗歌运用“兴”这一传统写作方法的一个永恒不败的尝试。

以“佳人”始，以“佳人”结，全篇章法之舒缓有序，在唐人古风中也是可圈可点的。

茅屋为秋风所破歌（杂言）　唐·杜甫

八月秋高风怒号，卷我屋上三重茅。
茅飞渡江洒江郊，高者挂罥长林梢，
下者飘转沉塘坳。南村群童欺我老无力，
忍能对面为盗贼，公然抱茅入竹去。
唇焦舌燥呼不得，归来倚杖自叹息。
俄顷风定云墨色，秋天漠漠向昏黑。
布衾多年冷似铁，娇儿恶卧踏里裂。
床头屋漏无干处，雨脚如麻未断绝。
自经丧乱少睡眠，长夜沾湿何由彻！
安得广厦千万间，大庇天下寒士俱欢颜，
风雨不动安如山？呜呼！
何时眼前突兀见此屋，吾庐独破受冻死亦足！

歌行以赋与议的手法接替完成，呼出了古代知识精英对完善社会人生的最强音。

全诗分两大层次，第一层次通过赋即铺叙手法描状生活之艰辛，尤其突出老而屋漏、“长夜沾湿”的苦楚。第二层次从“安得广厦千万间”起，话锋突转，进入一组回肠荡气的议论。议论共六句，长短不一，它所发散出的人道力量直指统治者与贫困百姓的隔阂，冲向人民生活最关切的住屋问题。诗人想象如果“天下寒士”俱有“广厦”可居，自己庐破受冻，死而瞑目！

杜甫是属于人民的，所以他是“诗圣”，他关注的永远不仅是自己，还有濒陷战乱的民族和民生。他的《秋兴八首》、“三吏”、“三别”、《咏怀古迹》、《羌村三首》、《春望》、《哀江头》以及本篇等，无不寄托着个人对社会对人生的至情深意，其沉郁、悲悯、稳健、大气的情怀也始终感染着一代又一代的民族精英。

其本集中最前一首古律《望岳》：“岱宗夫如何？齐鲁青未了。造化钟神秀，阴阳割昏晓。荡胸生层云，决眦入归鸟。会当凌绝顶，一览众山小。”更是让人看到沉郁之外诗人豪放雄健的人生态度，这，毫不逊色于“诗仙”，其中多的是对宇宙自然，诸如泰山的敬畏与歌颂。此即后人谓之“圣”的缘由所在。

客至（七律）　唐·杜甫

舍南舍北皆春水，但见群鸥日日来。

花径不曾缘客扫，蓬门今始为君开。

盘飧市远无兼味，樽酒家贫只旧醅。

肯与邻翁相对饮，隔篱呼取尽馀杯。

诗人的个性是端庄的、内敛的，但在相对安定的日子里，与友人会饮却会让诗人的心扉暂时打开。

本篇是描写个人快乐生活的篇什。好日子好天气继而蓬门迎客，这是前四句的安排。“无兼味”“只旧醅”，隔篱索酒，欢饮尽兴，为后四句的内容，描状时空的春日意象开篇，复以人物动作作结。以安静的自然景象衬托人物动态，也是诗词章法的一种传统选择。惯用典实、营造意象的诗人在本篇中尽去铅华，返朴归真，因为，最好的生活表现就是存真。

清浦起龙《读杜心解》引黄生语说：“空谷足音之喜，村家真率之情，一时宾主忘机，斯可见矣。”

白帝城最高楼（七律）　唐·杜甫

城尖径昃旌旆愁，独立缥缈之飞楼。
峡坼云霾龙虎卧，江清日抱鼋鼍游。
扶桑西枝对断石，弱水东影随长流。
杖藜叹世者谁子？泣血迸空回白头。

杜甫是盛唐末期、中唐初期的伟大诗人，其不仅在精神上、文学上给后人以至高无上的财富，在具体的文学样式，譬如格律诗的声律变化上也为后人提供了准确、整肃的样本。但鉴于盛唐向中唐转换时，格律仍在不断自我修整中，杜甫也有未堪其扰者。本篇即是一例。

第一、二、四句五、六、七声位皆平声，第五、六句五、六、七音位以三仄对前句三平。第七句更为五二句式。全篇粘对不合者多有出现。这种试探后来为宋代以黄庭坚为代表的江西诗派所青睐，杜甫在诗律上的揣摩和企图创造继续的格律辉煌由此也可发现端倪。但这种揣摩和创造是有序、用心的，和无序的、任意的，在艺术态度上有本质区别。

左迁至蓝关示侄孙湘（七律）　唐·韩愈

一封朝奏九重天，夕贬潮阳路八千。
欲为圣明除弊事，肯将衰朽惜残年。
云横秦岭家何在？雪拥蓝关马不前。
知汝远来应有意，好收吾骨瘴江边。

李杜之后，韩愈（768—824年）声名应是大可发扬的。在散文领域他是名副其实的大人物，“文以明道”表明其为文的实际理念，强调“词必己出”则是文、诗相通的创作要诀。应该说，他在散文创作上的成就大于诗歌，后人以之将其列于“唐宋八大家”之首。说到其诗，善用意象及深刻的个人体验，一样可使其跻身于唐代大诗人之列。摘句如下：“汴州城门朝不开，天狗堕地声如雷”《汴州乱二章》）、“西来骑火照山红，夜宿桃林腊月中”（《桃林夜贺晋公》）、“荆山已去华山来，日照潼关四扇开”（《次潼关先寄张十二阁老使君》）、“光华闪壁见神鬼，赫赫炎官张火伞。燃云烧树火实骈，金乌下啄赪虬卵。魂翻眼倒忘处所，赤气冲融无间断。有如流传上古时，九轮照烛乾坤旱”（《游青龙寺赠崔大补阙》）。

可以发现，比他小二十二岁的李贺的主体风格差似这位前辈。当然李诗的用字比韩愈瑰丽，用意象营造的艺术氛围也较前辈强化而有序。但不能忽视的是李贺的成就离不开韩诗的启蒙，在狂怪神态的主体造句中前后两位存在默认的些许相似。不同在于韩诗在其主流创作之外仍有不少近体诗以完全不同于古体诗的艺术面目出现，让人耳目一新。请读下面这首七绝《早春呈水部张十八员外》：“天街小雨润如酥，草色遥看近却无。最是一年春好处，绝胜烟柳满皇都。”诗中怪诞突兀的跳动感消失殆尽，传递的是安静、平和的赏春一脉。起句“润如酥”三字将“天街小雨”譬之于可啖入口的美食，次句是中国诗词中可数的确切描写景物透视的七字句例。可食可观，别出心裁而熨帖合辙，令作品成为传诵之作。然而，第四句的情感跳跃明显有点弱，“绝胜”二字，用力重而与全诗情绪明显不合。韩诗的末联或结句常有此憾。现在要说的是，本篇《左迁至蓝关示侄孙湘》亦蹈此辙。

唐宪宗元和十四年（819 年）五月，韩愈上疏烧弃佛骨获贬潮州刺史，情志抑郁写下本篇。起句直揭此诗的写作缘由。“朝”与“夕”、“九重天”与“路八千”的上下句连用，直显韩诗的一贯气势，即便沉郁中仍不露颓势，且稍稍露出在无奈中的一丝调侃。中二联是唐诗中的名对，其中没有前引涉及的光怪陆离与拙拗，更没有大动词的突发跳跃，以沉稳冷静的仕人情绪表现快速遭贬的深层原因，为了替朝廷“除弊事”不惜“衰朽”的残年之躯成就了涉政感怀作品的名句。两句实写后，接着镜头调往自然意象的对焦。第三联以“云横秦岭”与“雪拥蓝关”相对，茫茫云天，皑皑白雪，作者终于唤出了“家何在”的绝望声音。句中的意象“云”“雪”“秦岭”“蓝关”尽显冷峻但又不乏气势，“家”“马”并列，显示出对生活中动与静的完全失望。兼之反诘的语言力量更让人心颤。本篇应是诗人最被后世传诵的名作，从起句到第三联结束，一气而下，为国事而屈的情绪表达得既直接沉稳但又不失身份。遗憾的是末联两句的重心移至侄子韩湘，其交待身后事的语言突然让本篇的仕人风格直堕而下，首联的气势、中二联的沉着冷静、浩瀚大气，不折不屈的韩诗风范偏移了。文字的直白、俗语的应用均与前三联发生了背离。这与前引《早春呈水部张十八员外》的结句异途同归。一首完好的诗词作品在结构与语言的交互与统一上是必须要合一的。当然，也许本篇的写作目的本就在于末联的直述，那么散文大家的“本职”思维可能就是这十四个字出现的原因了。

诗人是有唐一代无论诗、文抑或政治、人格都值得后人钦敬的先贤。他的诗篇不仅是唐诗之重器，更为宋诗的创作思维提供了殊多的借鉴。

西塞山怀古（七律）　唐·刘禹锡

王濬楼船下益州，金陵王气黯然收。
千寻铁锁沉江底，一片降幡出石头。
人世几回伤往事，山形依旧枕寒流。
今逢四海为家日，故垒萧萧芦荻秋。

刘禹锡（772—842年）的咏史诗是有唐一代具有一定代表性的作品。其结构和语言安排几乎难寻瑕疵。本篇前二联写史，后二联抒发怀古之情。人事皆往，唯“山形”不改；“四海为家”，只“芦荻”相伴。经典咏史诗的结构安排和看似随性的语言力量，使人想起了初唐陈子昂的名句：“前不见古人，后不见来者。念天地之悠悠，独怆然而涕下。”刘陈二诗在史与今的情感交织下，不由自主地表现出登高远眺时短暂兴奋后的深刻悲哀。

咏史是诗史上的主要题材之一，从《诗经》开始，历经汉魏六朝直至李唐，刘禹锡的咏史诗在技法上获得传承，又以之影响了中唐后期与晚唐诸如李贺、杜牧、李商隐的发展。当然，如李商隐的咏史诗成就远高于刘禹锡，其隐喻的技法深度是刘禹锡及柳宗元等同期诗人无力企及的，其间当然有时代的局限以及近体诗发展的自然轨迹的影响，但刘禹锡的作品中大气与冷峻的思考也许是晚唐代表诗人中稍稍欠缺的。

从大气冷峻到平和温情，如果说这是全然不同的个性概念，但翻开刘禹锡的另一类作品，我们发现它们却统一在一个人身上。除了咏史，刘禹锡类似南朝民歌的七绝在中唐诗坛上可谓独步，可以说影响了后世宋词乃至元明的散曲。如《竹枝词》三首：“杨柳青青江水平，闻郎岸上踏歌声。东边日出西边雨，道是无晴却有晴。”“山桃红花插满头，蜀江春水拍天流。花红易衰似郎意，水流无限似侬愁。”“山上层层桃李花，云间烟火是人家。银钏金钗来负水，长刀短笠去烧畲。”其风格迥异于作者的咏史作品，平白、清新，富有趣味的乡土语言让人好似置身于江南水乡小儿女的本色生活中。

这说明了文学创作中的一个现象：作品的风格裂变是存在的。除了刘禹锡，比较典型的还有王昌龄，闺怨诗和边塞诗的情感反差在他的本集中获得统一。刚性与柔性同样也存在于以后欧阳修和李清照的作品中，他们的词与诗作的风格差异也是此类论题的一个延伸。

春梦（古绝）　唐·岑参

洞房昨夜春风起，遥忆美人湘江水。

枕上片时春梦中，行尽江南数千里。

岑参（718？—769年？）是一位奇情诗人。在以他边塞诗为主的创作生涯中，偶尔发出的柔情火花也能使人眼睛一亮。

全篇章法熨帖对称，呈两两并行状。起句从眼前写起，可谓之“近”；次句“遥”字领出“湘江水”，可谓之“远”，此为一组。第三句仍从“近”写起，引出第四句“江南数千里”。“近”与“远”又出现了，形成与前二句的平行语境。

文字多采意象，如“洞房”“春风”“美人”“湘江”“枕”“春梦”“江南”等。其早期作品的旖旎风情、缠绵风格与中后期的雄伟、磊落形成明显的审美落差。豪情自柔情中来，情从“近”处生，否则，又何来“远”的感觉？

本篇属古绝，因押仄声韵。另外，从诗人的本句安排中可以发现，其对二、四、六字的声调选择还是精心的，结句在文学上对应第二句，形成仄、平、平的二、四、六布置，也能看出其匠心之一端。

夜过磐石隔河望永乐寄闺中效齐梁体（五律）　唐·岑参

盈盈一水隔，寂寂二更初。

波上思罗袜，鱼边忆素书。

月如眉已画，云似鬓新梳。

春物知人意，桃花笑索居。

诗人柔情之作并不多见，前录一首，这里再选一篇。此篇是规整的五言律诗，不仅第三、四句及第五、六句呈对仗，第一、二句与第七、八句均为工稳的五言联语。之前杜甫常有如此写法，我们目之为才气高涌，如今岑参也这么写，可见，有唐一代诗才喷涌的现象不属偶然。

全篇给人的感觉是安静雅淡。首二句分别以“一水”与“二更”表空间与时间，“盈盈”“寂寂”两词完成情思的铺垫。第三句望水思妻，用的是《洛神赋》“凌波微步，罗袜生尘”的典故，借曹植梦中望宓妃，写自己对妻的无尽思绪。第四句望鱼忆书，夜半重读闺中来信，当也是缓解苦思的一种方式。第五、六句望弯月想起妻子美丽的眉，望片云想起妻子膨松的鬓，极具情感煽惑力。其中句句以物衬人，淡静整齐，比拟得体，可谓佳构。第七、八句仍以“桃花”为喻，以无情之物“笑”有情之人，完成最后的无奈思远的主题情结。

这是唐人五律中写春思情爱题材的精品，不仅属对工整，八句呈四对状，且八句五比拟，句句贴切稳当，无散溢无绪的状况。全篇意象密集、精致，选字平白但传情深邃，表意文静。更可贵的是此类作品常会表现出忧与愁的情绪，但作者没有因袭，十分可喜。在最后用一“笑”字，幽了自己一默，这在唐人集中确是不可多见的。

题目有“效齐梁体”四字，但全篇仅题材有此意思，整体并未出现柔靡腻人故作娇媚的语境，南朝诗风的负面氛围并未侵袭到诗人的情绪中，这也是本篇得以成功的一大因素。

胡笳歌送颜真卿使赴河陇（杂言）　唐·岑参

君不闻胡笳声最悲，紫髯绿眼胡人吹。

吹之一曲犹未了，愁杀楼兰征戍儿。
凉秋八月萧关道，北风吹断天山草。
昆仑山南月欲斜，胡人向月吹胡笳。
胡笳怨兮将送君，秦山遥望陇山云。
边城夜夜多愁梦，向月胡笳谁喜闻。

全篇以胡笳声衬托送好友远别的悲壮感情。在意象的营造上，作者选取的是“紫髯绿眼”“楼兰”“凉秋”“萧关道”“北风”“天山草”“昆仑山”“月”“秦山”“陇山云”“边城”“夜夜”“梦”等一连串冷寂、悲中见豪情的内容，借以完成整体的边塞语境。

全篇在写法上有些李白的影子，盛、中唐以降，只要是状豪情的古体诗似乎都逃不出这一影响，这大概也是“诗仙”之魅力所在。

全篇十二句平仄互转，一至四句平韵，五、六句转仄韵，以下又转平韵。转韵尤其是平仄互转，能在声律上营造一种跌宕的气势，帮助文学的因素扩大本身的煽情效果，这在以后的一些长篇中渐渐表现得淋漓尽致。

火山云歌送别（七古）　唐·岑参

火山突兀赤亭口，火山五月火云厚。
火云满山凝未开，飞鸟千里不敢来。
平明乍逐胡风断，薄暮浑随塞雨回。
缭绕斜吞铁关树，氛氲半掩交河戍。
迢迢征路火山东，山上孤云随马去。

写火山，这在传统诗歌的题材中，是个突出的个案。作者谐友人身历其境，作此火山云歌值得今人回味。

前四句状火山之势，“突兀”“厚”“凝”决定了“飞鸟千里不敢来”。接下来四句描状周边景物因火山云的动态变化而呈现出的奇观，其中“缭绕”“氛氲”等词用得十分蕴藉而恰当。末二句“迢迢征路”“火山”“孤云”气势恢宏，壮阔无边。诗人一行仿佛在火山云的伴送下一路东去。

诗人边塞诗的成就与另一位诗人高适齐名，诗史并称“高岑”。其题材的独特是由诗人本身的生活经历提供支持的。生活是诗歌的源泉，这句话一点不错，也正因为如此，岑参的诗集中才有了《白雪歌送武判官归京》这样的千古绝唱。其中“忽如一夜春风来，千树万树梨花开”，赋予塞外雪景以美与柔，是旷古未有的奇思。而结句的“山回路转不见君，雪上空留马行处”，似弥漫着对东去友人的念想与本人心绪的失落，淡而无影，一缕情思缓缓从笔尖流出，这就是人类情感刚与柔的两元裂变，往往会统一在一个“情”字上的佳证。

问刘十九（五绝）　唐·白居易

绿蚁新醅酒，红泥小火炉。
晚来天欲雪，能饮一杯无？

白居易（772—846年）也许是现当代中国人心目中仅次于李杜的“第三位”大诗人，如此排序究竟源于什么？是基于其是杜甫之后最大的“现实主义”诗人吗？但不要忘了，《长恨歌》的整体结构以及全诗的后半部分，诗人最具代表性的歌唱，是因对人生之爱无从完成、进而升腾到天上的美丽空间寻找继续，这又是怎样的“现实主义”？

从根本的心性上说，诗人需求与关心的是对人与人生的多元思考，情的产生、裂变与转移，自我情恋和移情给予读者的力量强弱。由此产生的社会认定，诸如批判与赞美，也许才会对诗人的多爱气质作出一个约略的结论。如白居易的作品从二十个字的小品到数千字的长歌，无不渗透着对美的企盼，美景、美情、美人、美思……他代表的是一个有社会责任感的士大夫对人生大事的评判，和对闲适生活的不尽追求。

本篇以雪天邀饮，抒写冬日闲趣。首二句“绿蚁”（指酒）和“红泥小火炉”的意象营造，让人感到寒冬里一丝可观可唤可触的暖意。第三句点明时间，以“晚”与“雪”，引出结句。难得的是此结句用问句形式完成。这一问，即刻让对方沉浸在深沉的温情中，因为没有人会拒绝在雪天之夜，拥着红泥炉温酒畅谈或闲坐。当然，这背后也让人看到了诗人心灵中的那层孤独与寂寞。然而，孤寂会被表现得如此美丽而温情，千百年来理所当然应被保留下来，引发后人的向往和妒忌。

后宫词（七绝）　唐 · 白居易

雨露由来一点恩，争能遍布及千门？
三千宫女胭脂面，几个春来无泪痕。

“皇恩浩荡”，连自己宫内的那些女孩子都施舍不到，更何谈民众百姓了。我想，诗人不仅仅是可怜几个“春来”“泪痕”满面的宫女。

诗人强调“文章合为时而著，歌诗合为事而作”（《与元九书》）的本身，也就决定了他的思考法则。诗人的作品往往写一点而涉多面，看似浅白，实则殊深。

全篇在文字运营上也颇具匠心，以“三千”对比“几个”，承恩率之低，也就揭示了本篇的写作主旨。

由本篇想起《观刈麦》一诗，诗人的悲悯情怀是全覆盖式的，由小众的宫内转移到了大众的农村：“田家少闲月，五月人倍忙。夜来南风起，小麦覆陇黄。妇姑荷箪食，童稚携壶浆。相随饷田去，丁壮在南冈。足蒸暑土气，背灼炎天光。力尽不知热，但惜夏日长。复有贫妇人，抱子在其旁。右手秉遗穗，左臂悬敝筐。听其相顾言，闻者为悲伤。‘家田输税尽，拾此充饥肠。’今我何功德，曾不事农桑。吏禄三百石，岁晏有余粮。念此私自愧，尽日不能忘。”

讽喻诗是诗人创作的重要组成部分，《观刈麦》为其中著名作品。全篇一韵到底，通过铺叙，表现对受饥农妇的同情。其中“复有贫妇人，抱子在其旁”，描状贫妇的动作、言语，至“家田输税尽，拾此充饥肠”达到高峰，诗人发出食禄“三百石”的扪心自问，最终得出“念此私自愧，尽日不能忘”的经典人生独白。这是封建时代一个有良心官员的自省，最终催生出了表现大悯胸怀的旷世奇作《琵琶行》，其中“同是天涯沦落人，相逢何必曾相识”，感动了人世间无数不同阶级与不同阶层之人，其哲理与感情的思考达到了和谐统一的极至。

作者笔下涉及的有官员、有宫女、有农夫、有士人、有贫妇、有歌妓，有形形色色的诸多人等，但其抨击、爱护的对象却从没有违背人性的初衷，这，就是大爱、大美的唐代大诗人——白居易。他，不仅是“现实”的，更是美丽的，因为他爱的追逐永远指向美丽的人生和美丽的人。长篇歌行《长恨歌》的诞生是白诗里程碑的出现。皇家的爱是那么真挚与感人肺腑，人间的、天上的、现实的、梦幻的，令人唏嘘感叹，继而为历史上这一对罕见的帝王夫妇一洒同情之泪，这种同情已远远超出阶级的牵制，而达到人类理性与感觉的永恒。它告诉人们，爱，是人间天上唯一能冲破生死之隔的精神源泉；至爱，是中华民族的魂魄和不朽的原动力。篇中的文学描写和音韵的协和运作，充分体现了作者饱满的艺术激情，沉着、历史的批判精神以及丰富、充溢的才智。其熟练的平仄互换的歌行风格在使人享受到古诗诵读的巨大快乐的同时，也从整体上影响了以后一千多年的叙事古诗进程。清吴梅村的著名诗篇《圆圆曲》，即是一例。

夜闻歌者·宿鄂州（五古）　唐·白居易

夜泊鹦鹉洲，秋江月澄澈。
邻船有歌者，发调堪愁绝。
歌罢继以泣，泣声通复咽。
寻声见其人，有妇颜如雪。
独倚帆樯立，娉婷十七八。
夜泪似真珠，双双堕明月。
借问谁家妇，歌声何凄切？
一问一沾襟，低眉终不说。

全篇由景而声，由声及人，由人而情，最后以女子的神态作结。短小精致，不由让人想起宏篇大作《琵琶行》，两者在制作体制上落差甚大，但在歌咏对象、情志抒发，尤其是在作者悲悯之情的内心刻画上显示出相当大的一致性。本篇貌似简约、玲珑，但通篇释放出的人性的悲惋和寂寞，同样令人产生深深的哀叹与悲悯。月夜，一个美丽的女孩歌罢而泣，倚樯而立，含泪不语，问而不说，寥寥数笔，形象俱立。有人说，这是“一幅速写”，是《琵琶行》的简本，但简而神备。诗人简笔而成就人物的艺术能力堪称是巨大而特异的。

作者语言风格直白、朴素，但雅静、清幽，时而如清风拂面，沁人腠理，时而又如青榄，苦而微甘，复由甘生美，再生仔细端详、耐心品味之念。诗中对女孩的同情哀怜始终未由作者正面表达，但通过夜、月、江、歌、愁、泣、咽、雪、倚、泪、堕、低眉、不说等字表达殆尽。唐诗的特殊之美，美在意象之营造、动词与形容词的创新运用；宋诗之成就，多在哲理之传输，二者各有个性。但就艺术一脉而言，宋不及唐，是不用讳言的。因为幽曲传情是诗之根本，也是最美的一种人生感觉状态。

本篇十六句，偶句入韵，一韵到底，且均为入声。入声的断裂之感，恰好又增添诵读时的悲怆之情，女孩似泣欲诉，又诉而不得的内心苦楚由此获得表述的升华。

就短章小型叙事诗而言，本篇应是作者本集中的绝佳之作。长久以来，读者被《琵琶行》夺走眼球，对此篇有些疏忽了。

夕阳下的诗

李夫人（七古）　唐·李贺

紫皇宫殿重重开，夫人飞入琼瑶台。

绿香绣帐何时歇？青云无光宫水咽。

翩联桂花坠秋月，孤鸾惊啼商丝发。

红壁阑珊悬佩珰，歌台小妓遥相望。

玉蟾滴水鸡人唱，露华兰叶参差光。

李贺（790—816 年），按当代学人的断代标准，应分在中唐；但就文学而言，他的气韵与唐韵之煌煌是有出入的，兼之过去也有“晚唐二李”的提法，因此也就委屈这位古怪的精灵与杜牧、李商隐一起来享受夕阳下的柔情了。

李贺是中国诗史上的一位奇情诗人，人称“鬼才”，享年仅二十七岁，留下的却是二百三十三首几乎无人能参详透彻的诗。他的轶闻和奇事正史、野史均有记录，但透过纸面，我们看到的却是一位统一的人，他身上包括其作品中包含的鬼气、仙气、奇气和梦呓似的词、句和篇，都证明这是我国有史以来最具想象力的艺术狂想曲的始作俑者。

他的作品中几乎没有完全合律的近体诗，有些貌似律绝，但经仔细分析，也当被“逐”出当时盛行的格律诗范畴。他与李白不同，李白追求的是一气呵成的似是而非，而李贺却明显不想与格律沾边，也许在仙、鬼的氛围中根本不可能让生活状态正常化，更不谈规则化了。“仙”“鬼”均无迹可求，他们无例外地活在人们空灵的幻想中，但长久以来，“仙”仿佛更高雅一些、清旷一些，而“鬼”却被认为低下而略显恐怖，“鬼”气更被人视作要远离的概念，但是我们的“鬼才”诗人却为中国诗史打开了一扇离开人间世探索另一也许并不存在的模糊空间的窗口，从这扇窗口下窥人世，又间或从人世去上探作者认可的美丽幻境，生命的彼此依托让他们情感相通、幽曲长传、悲喜共生、生死互转。诗人用汉语文字表达的天人共在的另类的美，以及这种美所产生的艺术幻境是任何一位前导诗人与后来者都叹为观止的。李贺是诗中的奇才、不朽之才。“读不懂，但是我喜欢”，这样的话表现出对诗人的无限眷恋与崇拜，表现出在文人相轻的国民知识分子身上不可多得的真情流露。这不是从众，而是少数知识分子和对艺术有着特殊感觉的人群对珍品的实质欣赏。喜欢他的诗的人更不是大众，而是小众。

本篇以历史上以美丽闻名的汉武帝妃子李夫人为题，并由夫人之死直接切入，无疑是一个悲剧性的开头，然而，诗人却由此给作品涂上美丽而梦幻的层层色彩。第一、二句状夫人之死，殿门重重开启，夫人缓缓飞入天宫，“紫皇”“琼瑶”分别指人间和天上的宫室。第三、四句写“绣帐”人去，开闭无序，“青云无光”“宫水幽咽”，表现宫中对夫人之死的悲痛。第五、六句承上，用“花坠秋月”、失偶鸟的悲鸣和商音之悲冷描状人间之痛和未亡人的不尽悲哀。美人走了，椒红之壁“佩珰”犹悬，歌台舞榭，歌女犹望，她们看到了什么？也许夫人在天上向她们发出微笑，“相望”指的是彼此，而不仅仅是女孩们想着她们的夫人。全篇冷寂气氛中出现了一丝暖意，这是第七、八句。最后二句从寂静中传出一声天亮了的报晓声，一夜未眠的武帝抬头复低头，看到的是朦胧的曙色和像泪珠一般的露水，它们沾在兰叶上，点点发亮，就像夫人水波盈盈的双眼。

将一个近似悼亡的题材写得如此缠绵、清幽，将一个逝去的生命对人间的影响写得这样的美丽、安静。人鬼情未了的主题在李贺的诗中获得极富韵致的艺术传递。

全篇未见写汉武帝，但武帝对夫人之一往情深全从诗中意象传出。本诗意象密集，比拟准确，辞藻冷丽，传情幽曲，完全够得上是诗人本集中的代表作，更是诗人一贯风格的持续表现。

苏小小（杂言古诗）　唐 · 李贺

幽兰露，如啼眼。无物结同心，烟花不堪剪。草如茵，松如盖，风为裳，水为珮。油壁车，夕相待。冷翠烛，劳光彩。西陵下，风吹雨。

一个热闹的鬼的世界，一颗搏动着的火热的鬼的心，在诗人的笔下组成一幅洋溢着爱与情的冷调画卷。全篇除两个五字句外，均为短促的三字句，且句末多为仄声，跳跃中透出一丝欢快。然而，欢场不在人间，在何处？烛光在翠色的洞房里飘忽着，它，同样是光，是亮，不同的是这不是在女主人公的生前。在“西陵下”，周边正刮着风，飘着淅淅沥沥的雨，冷雨。

清黎二樵言：“通首幽奇光怪，只纳入结句三字。冷极，鬼极，诗

到此境，亦奇极无奇者矣。”（《李长吉集·卷一》）

读李贺诗的感觉，似乎本人也在发生时空的迁移，随诗人之动而动，随诗人之想而想，这种迁移就是艺术本身所发生的最可贵的煽情效果。当然，这种效果也是因人而异的。所谓艺术的二度创作就包括了主客观的两重意义。

天上谣（七古）　唐·李贺

天河夜转漂回星，银浦流云学水声。

玉宫桂树花未落，仙妾采香垂珮缨。

秦妃卷帘北窗晓，窗前植桐青凤小。

王子吹笙鹅管长，呼龙耕烟种瑶草。

粉霞红绶藕丝裙，青洲步拾兰苕春。

东指羲和能走马，海尘新生石山下。

诗人身在人间，却一直向往着天上的生活。他想象在天上存在一个享受自由心性的世界，看“流云”，感悟流动产生的“水”的幻听。赏“桂”、“采香”，欣赏“秦妃卷帘”的优雅和“窗前植桐”的快乐。王子乔吹笙弄管，唤来神龙耕种“瑶草”；仙女们披着“粉霞红绶”，揽裙前往“青洲”采撷兰花。为太阳驾车的羲和不停地在转，一水汪洋也许突兀变成一片山石。

诗人的向往是一幅空前美丽悠闲的生活图卷，他也为此付出了自己的全部心血，因为属于他的短暂的二十七年就是在如此的梦幻中渐渐逝去，其中有快乐，也有悲凉和阴郁。即如本篇，从表面的热闹中仍然透露出对沧桑巨变的无助感慨，对美好生活、安逸环境追求无着的无奈。诗人仕途不显，因父名晋肃，“晋”“进”同音，故为避父讳，不得举进士。短暂一生，经历了德宗、顺宗、宪宗三朝。虽出身李氏皇族，但官职最高仅做到从九品的奉礼郎。才高而自大，疏狂而郁结，内容上的天上人间、阳世鬼里，形式上的平仄错落、长短间生，都是诗人心性形成的结果。

诗人也有现实的作品，如《感讽五首》《老夫采玉歌》《致酒行》《公无出门》等，然而这种愤而言，也仅在他短暂的生命尽头结束了。研究现代文学的学者曾有断言，如让徐志摩活着，他也许会从新月派的立场转向普罗，因为他已经在作品中表现了对工人的同情与关心。今天我们读李贺的作品，是否也可说一句，如天假以年，现实的诗作也许会成为作者的另一道亮色。因为他身上有皇族的傲，他手中有无尽的才，他胆大敢言，气魄宏伟，时而，一抹涉及正义的亮丽也会染红苍穹。

赠别二首（七绝）　唐·杜牧

娉娉袅袅十三余，豆蔻梢头二月初。
春风十里扬州路，卷上珠帘总不如。

多情却似总无情，惟觉樽前笑不成。
蜡烛有心还惜别，替人垂泪到天明。

杜牧（803—852 年）的才情、性格绝对是女性喜欢的类型，这一点与小他九岁的李商隐十分相似。但是写作风格上两人却有着较大的区别。

杜牧出身贵胄世家，祖父杜佑，历任德宗、顺宗、宪宗三朝宰相，且以撰著《通典》二百卷而闻名。虽说诗人出生时已家道中落，但百足之虫，死而不僵，诗人仍有较好的生活环境。他的感情诗是唐代诗歌的一个代表，俊雅清朗，哀而不伤，七绝更是他的长项。

本篇两首，第一首先以豆蔻花喻十三岁的美丽女孩。豆蔻色淡红，比喻少女十分恰当。“二月初”的豆蔻恰是含苞未放的最好花时，喻少女更属般配，中国语文中的“豆蔻年华”即由此而来。“娉娉袅袅”写尽了稍通情愫的少女姿态，娇而含羞。扬州是唐代长江流域的著名城市，是诗人终身留恋之地，世称盛出美女，于是在春风追逐中，诗人欢快地将意中人与扬州美人相比，结论是，谁也比不上我的女朋友！尽管你们都已卷起了珠帘，亮了相。

题为《赠别》，该是分别时的诗。本篇当属分手时对初相识时的回忆，一派少年情人的独白，其“春风得意马蹄疾”的姿态好似就在眼前。但是，就是这么一对爱得不知所以的小儿女却又面临分别了。这时，又是何等的心情呢?

天亮就要分手了，两人默默无语，低头垂泪。为什么不说上几句互相珍重的话语？这是煎熬，是人世间最值得珍惜的，也最希望时间永驻的时刻。诗人用拟人的手法将思维指向蜡烛：你也在可怜我们，默默地流着泪伴着我们，去无奈地迎接那可诅咒的天明。

本题下共两首诗。从相识到分离，当是人生情感的流程之一，并不特异，但诗人写得那么荡气回肠，令人感慨莫名。诗人难舍豆蔻女孩，千古以来的读者当也将她比作自己的梦中情侣，让人间至爱长流在民族文化的记忆之中。

作者的写情才华完全流露，其婉转的声情、幽静的用语，在唐代诗人中独树一帜。雅与清是诗人作品的主要性格，而俊与朗也充分地在其他诗作中获得表现。

金谷园（七绝）　唐·杜牧

繁华事散逐香尘，流水无情草自春。
日暮东风怨啼鸟，落花犹似堕楼人。

此诗又是一首名篇。首二句状物是人非。当年西晋首富石崇的繁华已不知散逐何处，水自缓缓，草自青青，仿佛在告诉你这里发生过的故事。天晚了，归巢的鸟儿在鸣叫，一阵东风，落花飘过，好似当年绿珠为报石崇之恩，从楼上一跃而下，而成一抔黄土。诗人由花而人，营造美丽凄冷的诗歌氛围，其艳而不媚、娇而不俗的描状女子的风格倾向仍在平稳前行。诗中意象如“日暮”“啼鸟”“落花”等并不新鲜，但经诗人营造组合，焕发的却是又一种情态。全篇仅诗尾着一“人”字，但仿佛句句有人。有人说，诗中景语多为情语，杜牧的诗又是一个佐证。

本篇在格律上有一个突破，也可以说是承杜甫而来，即第三句为仄起句，该句第五字和第六字平仄互换。杜甫《江南逢李龟年》中第三句“正是江南好风景”也为仄起句，第五字和第六字平仄互换，同属此例。这是诗歌在格律化进程中已趋成熟，并在局部思索有所突破的一个表现。

寄扬州韩绰判官（七绝）　唐·杜牧

青山隐隐水迢迢，秋尽江南草未凋。

二十四桥明月夜，玉人何处教吹箫。

江南秋景不同于北方，“秋尽”之际，山仍是青色的，草木并未凋零枯萎，作者感到一种源于自然的惬意。到了扬州必须要游二十四桥，这是扬州的名胜，又名红药桥，因传说古时有二十四位丽人在此吹箫而得名。如今桥仍在，丽人却已不复当初的二十四位了。作者用几近娇媚的语言完成了对美的塑造，这里的美不仅仅在明月与桥，也不完全归于美人吹箫的传说，而是一种由月、桥、人而引发的联想思维。它们的组合完成了人与景的共鸣，也回应了对“秋尽江南草未凋”的惬意之感。当然，这类题材的背后总难避免有那么一丝惆怅和无奈。

诗是美丽的，尤其是后二句。数字的选择、四三句式的创造性使用、结句“何处”两字的似问非问，均在向人们告示，诗人创造美的能力是巨大的、鲜活的、灵动的。当然，美景与美人的互动则是创造全景式美丽的根源。

清明（七绝）　唐·佚名

清明时节雨纷纷，路上行人欲断魂。

借问酒家何处有，牧童遥指杏花村。

有人说，本篇是“杜牧的代表作，抒发清明时节行人闷闷不乐的心情”。长久以来，我都不能苟同这种提法。首先杜牧的代表性思维和创作手法究竟是什么？是“闷闷不乐”，还是平实如本篇首二句？首二句的写法慵软无力，近乎莫名的民间歌唱，缺少文学的个性。“雨纷纷”与“欲断魂”，更是与诗人的遣词造句风格不符，诗人的雅丽、清俊以及大家公子风范在本篇中毫无体现。当然，第三句转得还属聪明，用了一个问句，而引出末句，表达对清明这一节日属性的理解：它不尽是提示后人追悼故去的前辈，而是高瞻前途，以达观饮乐的态度去回报先人曾经的关爱。本篇如无后二句，也许不会传诵至今吧。然而，即便有了后二句，放在杜牧本集中也仍然颇显平俗。

近年来，已有学者提出与笔者类似的看法，如清华大学刘石教授发现《清明》一诗最早见于南宋刊《锦绣万花谷后集》第二十六卷，题为《杏花村》，作者不详，只注“出唐诗”，应是后人附会为杜牧作品。《锦绣万花谷》属古代大型类书，与今之所谓百科全书相似，其明刊本，今北京大学图书馆与美国国会图书馆均有收藏；2011 年还有名谓“宋刊”者在国内古籍拍卖市场出现，经鉴定为真。杜牧生活的年代与南宋中晚期仅隔三百年左右，宋刊记载应有相当权威性（相关资料亦可参阅《四库全书总目提要》卷一三五和王重民撰《中国善本书提要》）。另外，《唐人选唐诗》中的《才调集》选杜诗达三十三篇，名篇尽在其中，但未见《清明》。

霜月（七绝）　唐·李商隐

初闻征雁已无蝉，百尺楼高水接天。
青女素娥俱耐冷，月中霜里斗婵娟。

在中国诗歌发展的历史长河中，曾闪烁着一颗璀璨的明珠，他就是晚唐著名诗人李商隐。李商隐（812—858年），字义山，怀州河内（今河南沁阳）人。从祖父起，迁居郑州。他的一生经历了从宪宗到宣宗六个皇帝。这一时期，外族的骚扰和藩镇的割据成为内外两股重大的武装威胁，震撼着唐王朝的统治基础；而朝内宦官专权和牛（僧孺）李（德裕）两党的长期纷争，更动摇着唐王朝的统治核心。

诗人出生在小官吏家庭，自幼就有着丰富的感情世界，也过早遭受过感情的打击。他在裴氏二姐亡后三十年写成的祭文中，竟能回忆起姐弟相依的一幕，倾诉了发自内心的哀痛。十岁丧父，十六岁徐氏姐又因病身亡。为了摆脱家庭不幸的阴影，更为了寻找生活的出路，十八岁他进入天平节度使令狐楚府中学做幕僚。令狐楚很喜欢这位十六岁就能写出《才论》《圣论》的早慧青年，亲自教他写骈文，并让他与自己的儿子令狐绹同学。开成二年（837年），诗人中进士。次年，因令狐楚去世，他转入泾原节度使王茂元幕中。王茂元不计尊卑，将女儿嫁给了他，却使诗人从此陷入终身尴尬、进退维谷的境地。因为令狐楚是牛党的中坚，而王茂元则是李党的重要将领，这一联姻是对于诗人有恩的令狐家的极大讽刺。牛李两党轮流执政，李商隐在仕途上几乎坎壈终生。

李商隐虽然身受党争之苦，但却从未忘记国家的统一和政治的清和。他痛恨专权的宦官和跋扈的藩镇，他的政治感怀诗和借古讽今的咏史诗如《重有感》《淮阳路》《复京》《井络》《贾生》《南朝》等，以及锋芒直指敬宗和文宗的《富平少侯》《寿安公主出降》等，胆魄之大、讽刺之深，在古代诗歌中是少见的。

诗人早早形成的感伤气质和复杂丰富的情感历程，奠定了他作为诗史上著名、杰出爱情诗人的基础。他的爱情诗，绝大部分可视为男女之情的绝唱，它们风格隐晦曲奥，用典贴切，营造意象极其美丽；比兴、寄托的传统手法在诗人手中几乎获得了新的生命；看似随意实则精心设计的朦胧氛围能迅速带人融入特定的感情世界。为表达个人难以言说的心迹，他喜欢将此类作品定名为《无题》。至于他的悼亡诗，更是其爱情生活的一种血泪载体。《锦瑟》《正月崇让宅》《悼伤后赴东蜀辟至散关遇雪》等无不具有催人泪下的魅力。

有人说，李诗难读。我认为这是相对诗人所在时代之前风行一时的元白体而论。即如本篇，清幽脱俗，犹如一幅冷色调的绘画，通过雁、蝉、水、天、青女、素娥、月和霜等意象的成功组合，赞美了霜月之神的高洁幽冷和不畏寒袭的禀性。霜、月两位女神的出现实现了将秋景人格化的处理效果，霜月争辉的美好景色更是在结句中获得完美的表现。

李商隐的诗有明显的学杜痕迹，尤其是涉及时政的感怀诗和咏史作品；时而也有李贺的影子，如色彩和想象。但无论是沉郁、犀利的政治诗还是美丽、婉曲的爱情诗，都堪称古典诗歌天地间一道极其绚烂的彩虹。李商隐是我国诗坛的骄傲，更是世界朦胧诗的先驱。

悼伤后赴东蜀辟至散关遇雪（五绝）　唐·李商隐

剑外从军远，无家与寄衣。

散关三尺雪，回梦旧鸳机。

一路风尘，到遥远的东川；妻已不在了，再也没人给我寄御寒的衣服。大散关风雪弥漫，夜半梦萦，只见妻倚在旧日的鸳机旁，那情景就像是发生在昨天一样。

孤独、远行、风雪与不堪回首的怀旧情结，组成本篇创作的意脉。从军剑外，无人寄衣；散关遇雪，严寒中只得靠“回梦”来获得刹时的慰藉，这又是何等的悲哀！诗人将“旧鸳机”这一具象纳入怀旧的主观意识中，试图重温旧情，但得到的仅是梦幻和虚无。“三尺雪”与“旧鸳机”相衬，给人以冰寒世界、亲人永逝、孤身远行、情何以堪的悲情联想。全诗二十字，平平道来，悲凉、缠绵的情致却从字里行间流出。

诗人的七言律诗是最见功力的，但是这一首五言绝句同样有着可将读者的表情冻结的魅力。

乐游原（五绝）　唐·李商隐

向晚意不适，驱车登古原。

夕阳无限好，只是近黄昏。

本篇以第三、四句的象征意蕴，揭示了美好事物总是要在刹那间归于永寂的悲哀。但在这一叹喟的同时，诗人又不得不为乐游原之黄昏夕阳辉映的壮观，抒发珍惜时光、流连美景的感受。

这又是一篇可以从字面读懂的五言绝句，因第三、四句而闻名于唐代诗坛。当然，诗人的主体风格不是这一种，他的幽婉、绮丽、华缛应才是后人对其长久仰慕的主要原因。

细雨（五绝）　唐 · 李商隐

帷飘白玉堂，簟卷碧牙床。
楚女当时意，萧萧发彩凉。

本篇可以适当代表作者的五言近体诗的风格。密致的雨丝触发了诗人的灵感，一下笔连用两比喻：“帷飘”，写雨的轻灵姿态；“簟卷”，是雨的细密情状。接下来以“楚女”的发彩比雨丝，传达了雨的晶莹与清凉。而“楚女”一句，又蕴含了巫山神女与楚王欢会一段情事，诗中再以“当时意”三字一逗，似在有意无意间透露出此中曾有一段美好的情缘，然时过境迁，其人已杳，只留下无尽怅惘。

本诗以“细雨”为题，诗中不见“细雨”二字，却处处具细雨特点，有色彩（白玉、碧牙、发彩）、有声音（萧萧）、有氛围（凉）。诗人从多个角度描摹物态，意象营造精致活泼，让人在巧妙的比喻和奇特的想象中感受到一种朦胧之美。

本篇应属唐代小型咏物诗中的上乘之作。以下让我们通过二度创造再来享受一下古典艺术的精致魅力吧：

下雨了，雨丝飘飘洒洒，莫不是帷幕从白玉垒成的天宫飘拂垂下；
下雨了，雨丝细细密密，莫不是竹席从青绿色牙床上卷起的温雅；
下雨了，雨丝晶莹清凉，不就是神女洗沐后，
惬意地在梳理那柔亮的长发，透出的凉，传递的香！

夜意（五绝）　唐 · 李商隐

帘垂幕半卷，枕冷被仍香。

如何为相忆，魂梦过潇湘。

夜深了，放下帘子，帐子半卷，诗人苦苦等待着亡妻的入梦。首句揭示了诗人内心的焦虑，明知妻不可能重生，却是“幕半卷”，于细微处见真情。“枕冷”是现实，“被仍香”诱发了对妻子体香的重温，幻觉多于感受。第三、四句借湘水神的典故诉说相思之苦：只要能再见面，即使在梦中也是美好的。此夜，亡妻是否真的入梦来？诗人没有明说，读者可思而得之。

“潇湘”是湘水的别称。据刘向《列女传》：舜南巡，死在苍梧，二妃娥皇、女英恸哭而投江，为湘水之神。

是虚、是实？是真、是幻？使人想起曹子建的《洛神赋》。

此类悼亡题材，在李商隐本集中是重头。于诗人言，七绝和七律的成就当在五言之上。

天涯（五绝）　唐 · 李商隐

春日在天涯，天涯日又斜。

莺啼如有泪，为湿最高花。

时逢明媚春日，人却流落天涯，目睹斜阳冉冉西沉，耳闻黄莺恰恰悲啼。黄莺儿啊，如果你有泪水，就请洒落在树梢那朵最高的花儿上吧！

这是一首春的挽歌。诗人在深深哀悼春光已逝的同时，似乎也寄寓了对自身淹蹇命运和衰颓国势的伤感。

二句承首句，以顶真修辞格，让“天涯”两度出现，强调了日暮春残、人在天涯的难掩悲情。此时此地，婉啭的莺啼，在诗人耳中，也变成了声声悲鸣。“莺啼”意象的出现是一种曲喻，从啼叫联想到啼哭，再引出泪。曲喻的运用是有其情感基础的。诗人恍惚感到与莺儿有一种默默的心理共鸣，于是他发出了让对方在自己的核心感情圈内作一冲刺的请求，目的是让自己痛痛快快大恸一场！刘学锴、余恕诚先生描状诗人此时交织于胸的是“伤时之感、迟暮之悲，沉沦漂泊之痛”（《李商隐诗歌集解》），总结得很是确切。

北齐二首（其一）（七绝）　唐·李商隐

一笑相倾国便亡，何劳荆棘始堪伤。

可怜玉体横陈夜，已报周师入晋阳。

小型咏史诗写到这么令人震撼，在中国诗史上确也难得一见。

有人说第三句“玉体横陈”是否涉嫌太过，但本篇正是这四个字，以色彩和动态的完整结合刻画出了北齐后主高纬的荒淫昏庸的嘴脸。全篇首句即涉史，“一笑相倾”，用的是《史记·周本纪》中周幽王为博得褒姒一笑，不惜燃烽火戏诸侯以致国破家亡的故事。二句承上，诗人告诉为国者，要亡国很容易，佳人“一笑”便可，又何必一定要到“荆棘”丛生的地步。作者的史观清楚明了，催生了第三、四两句的意象轮动，从而点明历史发生的因果关系。

本篇讽时讥政的目的通过“艳词”获得，这也是李诗与南北朝宫体诗中的咏艳诗和其后出现貌似崇尚学李的“西昆体”的根本区别。

作品的生命在于对现实的概括与提升，以及提升后对国民心理的触动，李商隐做到了，而且做得很好。他不仅是一位杰出的古典朦胧主义诗人，也是中国诗史上伟大的现实主义者。他学杜甫是成功的，而且在杜的沉郁一派中掺入了灵动的基因，因此，他的作品较杜更美丽、更煽情。

南朝（七绝）　唐·李商隐

地险悠悠天险长，金陵王气应瑶光。

休夸此地分天下，只得徐妃半面妆。

据《南史》，徐妃是梁元帝的妃子，没有姿色，梁元帝两三年才与她见一次面。徐妃因为梁元帝一只眼是瞎的，所以只妆饰半面脸，元帝大怒。

诗人往往将讽刺的力量集结在短诗的末句。本篇先以平稳的口吻赞扬南朝得天独厚的天时、地利条件，其后话锋急转，拈来徐妃忤撞梁元帝的故事，引发全篇的感情高潮，让人通过帝王家的一个普通事件感受到元帝的昏聩与无能。诗人的政治讽刺诗往往以“谐”衬“正”，此处以“半面妆”喻南朝半壁江山，完成了对南朝君王嘲讽讥刺的创作目的。

诗人的政治小诗题材沉重，主旨却十分清晰。举重若轻是一切艺术家的创作达到完满程度的必然状态。如七绝《复京》，是一首歌颂李晟维护国家统一的功勋，同时对作战无能的将领表示不满的作品。全篇的最佳看点在最后一句：“虏骑胡兵一战摧，万灵回首贺轩台。天教李令心如日，可要昭陵石马来。”还要不要太宗皇帝陵前的石马来挥汗助战？诗人以末句反衬前三句，让“石马来”与“一战摧”产生强烈的对比效果，促使人们在缅怀忠义之士之余反思朝廷的用人不慎。作品情感平正直率。末句以调侃的口吻反问发力，大大增强了煽情反思的力度。

同样以末句点睛的政治小诗如《咏史》：“北湖南埭水漫漫，一片降旗百尺竿。三百年间同晓梦，钟山何处有龙盘？”末句同样是以反问句收束全篇。诗人犀利的笔锋抓住典型空间，用“一片”两字隐括历朝失败者。降旗高百尺，是胜利者的战果，但胜利者又会重蹈覆辙。后来者为什么不引以为戒？末句问得深刻而沉痛。首句状景起，次句承上，三句转，四句点题收篇，看似颇具规律的小诗，不甚复杂，但若未有统篇的结构思维和精湛的用字概括能力，是达不到令人激赏的效果的。

义山政治诗有明显的学杜痕迹，但常比杜甫灵动、活泼，收束全篇的能力甚至超过前辈，对大题材的巧处理尤见功力，上举几个例子应该是可以说明问题的。

楚吟（七绝）　唐·李商隐

山上离宫宫上楼，楼前宫畔暮江流。
楚天长短黄昏雨，宋玉无愁亦自愁。

以唯美和用字繁缛、绮丽著称的诗人有时也会一反常态。本篇首二句用叠字、顶真等民间诗歌的手法，营造了缠绵旖旎的氛围。有人说这两句像白居易，笔者则认为更像六朝民歌。尤其可贵的是造句的特色十分明显：首句写空间，自下写到上；次句写空间，却自上写到下，两两相反而诗意相承。如此精巧的立体式仰上俯下的写法为空间气氛的开拓提供了很大的帮助，对后学者的章句谱写又一次作出了示范。

诗人超强的艺术表现能力源自其多元的读书结构，诗、骚、汉魏乐府、六朝民歌和杜甫、李白、元稹、白居易、李贺等前辈均为他提供了营养。在其个性化的立意之外，一首诗的风格如与前人前篇有所相似，往往告诉人们，创作者是注重传统的，是前人优秀文化的继承者。

再如诗人《暮秋独游曲江》篇，同本篇风格相近，不同的是该诗在绝句格律上作了突破：“荷叶生时春恨生，荷叶枯时秋恨成。深知身在情长在，怅望江头江水声。”首二句四孤仄，且失对。二、三句失粘、两孤仄。诗人熟谙近体诗律，且游走有余，但偶尔也有尝试性的“出格”。对此，诗人属偶一为之，后来学李诸公也没有多所关心，至于现当代人则更不能引以为“另种正格”而作东施效颦之举了。

月夜重寄宋华阳姊妹（七绝）　唐·李商隐

偷桃窃药事难兼，十二城中锁彩蟾。
应共三英同夜赏，玉楼仍是水精帘。

宋华阳姊妹是诗人笔下唯一有名有姓的异性朋友，其身份也许是宫中的女道士。

东方朔要偷桃，嫦娥要飞天，好事要一起成功，在诗人看来着实为难，更何况云雾飘渺、高楼层层，将人锁得严严实实。诗人亟盼三人一起赏月，但不知要等到哪一天！自己面对的仍是一道可看得见里面、却什么都不能从中得到的水精帘。此处“水精帘”是喻体，指妨碍三人共赏的障碍。

宋氏姊妹是宫中女道士。唐代宫廷中，有关女道士的话题都透着一丝暧昧，她们与皇权、政治、自由、尊严都有相当的关系。鉴于唐王朝的社会开放程度，所谓的女道士也不会被完全剥夺了个人的自由，她们的人性追求往往也会成就一段又一段的佳话。她们的存在是唐王朝宫廷生活中的一道风景，更是一个时代的特殊文化象征。

诗人对感情的追求是真挚的。异性朋友的存在给他带来的不仅是欢乐，更多的是情不能遂的苦闷。“偷桃窃药”的后果是“彩蟾”被锁，对方已为争取自由付出了昂贵的代价，这也是诗人爱慕她们的心理基础。“水精帘”的另外一层象征意义，在于透过它，让人看到诗人与姊妹俩友谊的洁白纯真，其透明度也折射出唐王朝宫廷生活的特殊内涵。

诗人一生坎坷，受累于党争，但不可否认，他丰富的感情生活也是导致其尴尬处境难获变化的原因之一。与贵族女子的友谊更是诗人情感生活的一个主题。

如有（五律）　唐·李商隐

如有瑶台客，相难复索归。

芭蕉开绿扇，菡萏荐红衣。

浦外传光远，烟中结响微。

良宵一寸焰，回首是重帏。

朦胧中，来了一位天仙般的美女，她羞答答邀请我去作客。那深绿色的裙子，宛如张开了的芭蕉扇；那粉红色的上衣，活像荷花含苞欲放。她站在水边向我招手，含情脉脉，远远望去，仿佛被一道神秘的光束包围着，似烟若雾。突然，一声微响惊醒了我的好梦，睁开眼，夜晚的红烛只剩下一寸火焰，忽闪忽闪，隐约见到卧室中重重轻纱般的帏帘。

这是一首表现爱情的朦胧诗。诗人借梦境抒发了内心的向往，用美丽的意象织就了一幅色、光、声互动的艳丽、神秘的图画。这幅画色泽鲜明，从色相看，有红、绿的区别；以色调论，基调为芭蕉的暗绿，缀以荷花的粉红。长裙大块面的绿与短衣散状的红是面与点的映照，暗绿与粉红则是色度上暗与明的反差。诗人将万绿丛中一点红的对比原理运用得大胆泼辣，在冷静中让明快而热烈的情感借朦胧的梦境得以宣泄。

除了色彩的奇特外，还有光感与声音。这是颈联给人的享受。光，从水边散开，远远的，是迷惘的；声，从烟雾中传来，轻轻的，是沉闷的。实实在在的声音惊散了梦中虚幻的光，诗人又回到了现实之中。尾联吐露的是无穷的回味与无可奈何的感叹。现实是残酷的，天各一方，诗人也许已感到，对所爱之人的思念将是遥遥无尽期。这十个字用得极其蕴藉、含蓄，纯用景铺写愁绪，“回首”看到的、包括“良宵”回忆的，都是过去，不复重来的过去了。

本篇代表诗人主体风格之一种，美丽华缛，意象密集，传递的消息轻远飘逸，而迷茫和空灵贯穿其中。

作品以首句前两字为题，是诗人命题的一种特殊习惯，与诗人独创的所谓“无题”一样，该类诗作均表现对不可言喻的恋情的追求、反思与哀痛，因此，可一并作“无题”诗对待。

蝉（五律）　唐·李商隐

本以高难饱，徒劳恨费声。
五更疏欲断，一树碧无情。
薄宦梗犹泛，故园芜已平。
烦君最相警，我亦举家清。

蝉啊，你天生啜饮露水，非要栖在树的最高处，以致常常不能果腹。憾恨的叫声一阵阵，然而，耗费再大的力气也没一点儿用。天快亮了，你仍在断断续续、稀疏欲绝地鸣叫，却连你最亲密的朋友——那棵枝柯摇曳的绿树，都没被感动。再回头看看我这个青袍小吏，身子就譬如淄水上的桃梗，还不知会随洪水漂往何处。真想回河南老家，将荒芜的田园整理一番，学点陶渊明的洒脱。感谢你的忠告呵，心气太高，苦的是自己，我与你一样，全家都在清贫中挣扎生活。

诗人的咏物诗多为唐诗中的名篇佳作。本篇借对蝉倾诉心曲，叹喟自己仕途的困顿和生活的清贫，表达了在不安定的环境中甘于清高自守的心情。

首联“高”字，不仅是描状空间，更重要的是写蝉的心气太高，因此食难果腹。这与诗人虚有壮志却难以实现又有什么不同呢？蝉一再发出哀鸣，诗人也曾想争取友人的荐引，但都属劳而无功的枉然之举，于是引出颔联。可怜的蝉为生活直到天亮还在嘶鸣，而“一树碧无情”的现实是最残酷冷峻的，连最亲近的关系都不理解，剩下的还能有什么指望？行笔至此，又从象征拟人暂时回到直面人生的写实。诗人是个小官，一生如桃梗，漂浮不定，恨极之余，也真想学学古人，挂印回家，躬耕田亩，过几天无所羁绊的日子。但诗人面临的复杂关系又不允许他这么去做。尾联是对人蝉合一的总结。诗人感谢对方“相警”的盛意，同时，也理所当然地把蝉视为同调，发出“我亦举家清”的共鸣。

赋予事物以人的性格，是为给物提供与人产生通感的基础。本篇的蝉既是诗人的朋友，又是诗人的化身。蝉而人，人而蝉，人与蝉的心气与悲哀的同一化，是作品产生强烈艺术感染力的前提。

风雨（五律）　唐·李商隐

凄凉宝剑篇，羁泊欲穷年。
黄叶仍风雨，青楼自管弦。
新知遭薄俗，旧好隔良缘。
心断新丰酒，销愁斗几千。

重读郭震的《宝剑篇》，胸中泛起阵阵凄凉。羁旅漂泊，连个人生的驿站都找不到，今生的命运也许已经注定。枯萎的黄叶任凭雨打风吹去，然而，朱门青楼，豪贵们拥有的是一个歌舞升平的世界。新朋友碍于世俗，不敢和我交往；老朋友更是缘分已尽，中间像是隔着一堵墙。想当年，马周在新丰沽酒独酌，最终得到太宗皇帝的青睐，此种君臣际遇，我不存奢望；只不知此生余年，能否再饮新丰酒，也不知花多少钱来买酒，才能尽销烦愁。

本篇不同于一般感伤身世的作品，以低徊哀怨为基调；而是让一股愤慨不平的痛苦情绪贯穿始终，层次清楚地呈现一种渐进的结构，诗人自我心理活动被层层揭示。

首联用郭震诗歌《宝剑篇》引出心事，让武后时的著名将领郭震与羁泊穷年的自己相比照，展开心理透视的第一层。颔联先以“黄叶”自比，隐喻人生如寄，随风雨漂泊无定，然后摆开一幅豪门宴乐图，社会地位的巨大反差展开了心理透视的第二层。颈联是诗人的伤心独白，我们像是看到一位孤寂无依者在向人诉说：这辈子“新知”“旧好”都没了来往，人生的趣味还剩下多少？诗人因婚姻卷入党争而终生不能自拔，痛苦的情绪从平平的联语中透出，似乎已没了火气，然而其中却包孕着无限的愤慨与失望，这是心理透视的第三层。尾联用唐太宗的信臣马周落魄新丰、独自饮酒的故事，再次慨叹功业无成的悲哀。“心断”两字，让我们看到诗人悲泪欲滴却又强忍着的模样。此处用典与首联贴切合一，形成心理透视的最后一层。

全篇结构甚为精巧，用典自然无痕。中间两联“黄叶”对“青楼”，“新知”对“旧好”，写尽了人生舞台的不平和凄凉，是唐诗中的名句。

锦瑟（七律）　唐·李商隐

锦瑟无端五十弦，一弦一柱思华年。

庄生晓梦迷蝴蝶，望帝春心托杜鹃。

沧海月明珠有泪，蓝田日暖玉生烟。

此情可待成追忆，只是当时已惘然。

如果说中国古代有朦胧诗，那么本篇应为其发端，且无可非议地站在古典流派艺术的顶端。本篇是人世间至诚感情的曲折表达，更是一曲催人泪下的爱的颂歌。

墙上挂着的锦瑟，仍是那么五十根散断的弦，望着它，过去又回到眼前。庄子是个达观的人，在梦中发现自己化成了美丽的蝶，而清晨醒来，仍是自己没变。蜀中的望帝死了，魂魄化为杜鹃，啼泪都变成了血。想起这些故事，心里着实感到伤逝的悲哀。今天，沧海月明，冷清凄绝，又想起与妻的惜别，珠蚌也会洒下同情的泪。蓝田是个产玉的好地方，太阳升起，氤氲中弥漫着妻的倩影，想伸手去拉，她却又消逝于瞬间。这正如现在的我，回忆起昔日的欢乐，除了怅惘，其他什么都不会重新得到。如今一切都过去了，但爱，会被追忆到永远。虽然，在当时，我已隐约觉得，这爱呵，也许会成为我终生不遇的根子所在。

本篇是中国古典诗歌中的经典之作，是唐诗文化中的极品，更是李商隐诸多风格中集大成的代表作，在中国诗史乃至中国文学史上享有至高的评价。

同时，本篇也是历史上最难解说的诗。金元诗人元好问曾在《论诗绝句》中发出“诗家独爱西昆好，只恨无人作郑笺”的感喟，针对的是李诗，当然也指向如本篇般具备完整风格意义的代表性作品。从清钱谦益在《有学集·卷十五·李义山诗集序》引释道源的话“婉娈托寄，隐迷连比”，再到今人周建国《刘若愚〈李商隐研究〉之〈锦瑟〉篇译述》中的“这是幻觉还是梦？歌声远了，我是在睡，还是醒？”，学人对诗篇主题作出了从无所适从到迷离恍惚的猜测。

《锦瑟》篇属“无题”诗中的一篇。诗人感情的属意对象往往不可明说。以喻言代明言，以朦胧难测的意境去表现一种难言的感情氛围，以事与物的某种触角去引发内心细致的感受和意绪，再而用典实的一个通感去营造霎那间的情感过程，终于成就了本篇及其他“无题”篇什的语境风格。

本篇梦呓般的虚幻感是用字谋篇的总倾向，庄生、晓梦、蝴蝶、望帝、春心、杜鹃、沧海、月明、珠泪、蓝田、日暖、玉烟，构成阐述这一倾向的意象基础。

《锦瑟》诗是唐诗语言运作的一个杰出代表。作者通过虚实的交错、色彩的对比、冷暖的感受和时空的转移，完成了心理的质的飞跃。这一心理的实质内涵留给千百年来的李诗爱好者以流动、多元的理解空间。

诗篇应写于作者晚年，全篇以悼亡为主线、以意识为手段，织成一幅幅似孤立又环连，似虚幻又具象的画面，诗人从中获得梦幻般的满足。

李商隐的近体诗，无论是五言、七言绝句还是律诗，一般而言，于格律上是十分谨严的。与杜甫相比，就某种程度而言甚或超越了他，至少李商隐没有做过老杜类似《白帝城最高楼》中的“革新”尝试。北宋的江西诗派仿佛也未从李商隐的诗格中选中什么，当然，偶尔的“不规则”有时也会侵袭一过，这是近体与古体两大平行格律线偶尔交叉的结果。

无题二首（其一）（七律）　唐·李商隐

昨夜星辰昨夜风，画楼西畔桂堂东。
身无彩凤双飞翼，心有灵犀一点通。
隔座送钩春酒暖，分曹射覆蜡灯红。
嗟余听鼓应官去，走马兰台类转蓬。

这是一首爱情诗，在抒发爱的坚贞和欢会之乐的同时，寄托了身不由己的悲哀。

昨儿晚上，微风吹拂，星光闪烁，我穿过玉砌的雕楼，来到东边的桂堂。记不起多少回了，她用凤凰来编织那一个个美丽的故事，让人真想安上一副彩凤的翅膀，拥着她一起飞，飞得远远的。听人说，犀牛角是神灵之物，它的两端被一条若隐若现的白线连系着。如果我俩的心房被它牵连，那就让它们永远在一起跳动。烛光摇曳，人影晃动。酒，一杯又一杯，尽情地饮着、笑着，催着大家去分组赢个高低。天快拂晓了，我急忙跨上马向兰台奔去，那情态，简直就像棵随风飘荡的蓬草。

本篇写心理，不是静止的、孤立的，而是将它纳入回忆的过程中来完成，具有很强的层次感。首二句轻灵流畅，以时间和空间的重叠交错抒发一夜欢会的意犹未尽。颔联以物象“彩凤”和“灵犀”来比喻爱的坚贞，形成意识流动过程中的燃情高潮。其中“无”和“有”对举，对这一高潮的到来起着推波助澜的作用。接着，诗人用酒宴的短暂欢会给燃情的心理期待提供现实的基础，使爱的期待与爱的实现合二为一。

全诗的中间两联是名句，尤其颔联，它已冲破了一般爱情诗对一人一事的感受，而升华到天下有情人在爱一时不能实现时的心理认同。告诉人们，当二人不能成为眷属时，两心相通，同样是爱的一种实现，尽管带有悲剧的一抹暗色。回忆在无情、冷清与燃情、热闹的映照反差中结束。诗人的情绪从高涨的顶点突然滑落到无可奈何的自嘲与自卑。这恰恰又表现出诗人一种性格的两个方面。

无题二首（其二）（七律）　唐·李商隐

飒飒东风细雨来，芙蓉塘外有轻雷。
金蟾啮锁烧香入，玉虎牵丝汲井回。

贾氏窥帘韩掾少，宓妃留枕魏王才。

春心莫共花争发，一寸相思一寸灰。

这是一首描写苦恋的名篇。诗人从中寄托了相思无望的痛苦，因为诗中主人公的属意对象是一位深锁幽闺的贵族女子。

东风飒飒，夹着细雨，芙蓉塘外隐约传来车骑的声音。她回来了，居所四周戒备森严，只有袅袅香烟能够透过金蟾重锁逸入闺房。这就如一口井，玉虎系在绳索上，你不去打水，又怎么到得井旁？当初，贾氏爱上韩寿是为了他的年少；洛水之神与魏王缔结百年之好，更是羡慕子建的学富才高。春天的花儿开了还是要谢的呵，不必去和花儿争热闹；徒然无望的相思恨哪，到头来，还不是化作寸寸灰烬，飘掉！

李商隐“无题”诗中所表露出的感情总是在有无之间，那一丝凄美的轨迹必须从作品的细密处寻觅。体味本篇透露出来的浓重清冷的神秘气氛，是解读这首诗的钥匙。

首二句以动感的“细雨”和“车骑”的声音描状女子的来到。荷花池作为景物的选择，隐指女子的高贵身份。“烧香入”“汲井回”透露出诗中男女主人公因身份悬殊无缘再见的无奈。人非烟缕，欲进无门；我非汲井引水，也无缘与水相亲。两句纯以意象的营造喻状人物痛苦无奈的相思之恨。颈联一脉而下，“贾氏”和“宓妃”是贵族女子的代表，自然与颔联相应，用典贴切，且与诗情吻合。诗中的男主人公感念双方的相遇相知，从无缘再见的绝望情绪中发出了古今失恋者的同声呼告。尾联的春心萌发和相思成灰形成对照，不可遏止的希望与悲剧的结局总是缠绕在一块，这是悲情的同一归宿。“莫共”二字，说明诗人也想从感情的漩涡中挣脱出来，然而，做得到吗？末句“一寸”两字的重叠，更将相思之情具象化了，这是诗人写情的创举。

全篇构思精准，末二句成为古今传诵的名句。

作者的七律在有唐一代可称翘楚，咏史诗、感怀诗承杜而不逊杜，王安石教人学杜甫诗，须由李商隐入手。言情诗则可谓前无古人，后无来者，创造了中国古典诗史中的一个又一个奇迹。传统士大夫阶层在情感生活中的内敛与热烈的碰撞、纠结，在诗人笔下获得细微熨帖的表现。就诗人而言，李商隐多为历代文人所喜爱。

《红楼梦》的作者曹雪芹曾借黛玉之口，表达了对李诗的不满，其中应有两层原因：其一，《红楼梦》是小说，一切文学样式的出现必须为人物性格服务。书中所录的诗词如就诗词而言，均缺少获得独立评价的元素，一味叫好，似有因人设誉之嫌。其二，书中黛玉之言对象是当时还是丫鬟的香菱，她教香菱学诗，当然要循序而进，而李商隐诗并不适宜初习者诵读，更遑谈创作参考。就此而言，黛玉的选择也无可非议。

清史上还有一位不满李诗的名人——纪晓岚。在现存已属稀见的三家评李的刊本上，能清楚看到纪对李诗的批评。其原因当然是多方面的，但纪的高官厚爵的社会地位也许是使他回避对李诗发出真实评价的原因之一。但即便如此，也没能阻挡这位重臣对李商隐的《夜雨寄北》说出这样的话："探过一步作收，不言当下如何而当下可想""作不尽语每不免有做作态，此诗含蓄不露，却又似一气说完，故为高唱"。

马嵬（其二）（七律）　唐·李商隐

海外徒闻更九州，他生未卜此生休。
空闻虎旅传宵柝，无复鸡人报晓筹。
此日六军同驻马，当时七夕笑牵牛。
如何四纪为天子，不及卢家有莫愁。

这是以李隆基与杨贵妃故事为题材的著名咏史诗。诗人在讽刺李、杨误国的同时，对他们真挚的爱情寄予了深深的同情。

“寂寞呵，孤魂一缕，漂泊无寄，听说变了人间，无奈仙凡阻隔。今生完了，来生重结夫妇的梦也渺茫难期。”“竹梆凄清，天，渐渐破晓。魂寄蓬岛的爱妃，是不会醒来了。打更人，今后再也不必这样按时敲梆。想起那个伤心的夜，六军驻马不前，为的是要你香魂缥缈。我无力又无权，只得挥泪将你抛。可别怨我呵，要记得当年七夕的时光，肩碰肩，笑指天上的织女牛郎，说：‘只要能世世像他俩一样就好。’”“君王哪，你的话怎么说得如此悲伤，只是为何做了四十五年天子，还抵不上一个百姓能保住自己的妻房？”

诗人的独特艺术手段，在于借由天上人间的对话让一对爱侣互倾心曲。首二句杨玉环回首往事，痛感今生不再、他生难期，并用此作为对自己一生的结语。接着，诗人模拟玄宗的口吻作了回答。生死已分，昼夜已无关大要。“六军同驻马”，尝尽爱的苦果；“七夕笑牵牛”，享尽爱的欢乐。“此日”与“当时”因果相依，与首二句形成呼应，织成全篇的感情主线。尾联用一个问句让天子与卢家相比，使讽刺与同情的力度获得再次的升华。诗中“他生未卜此生休”是诗人的无奈心声，可作诗人本集中情感诗的精确注释。

本篇包孕着极其丰富的潜在人生意蕴，是唐诗中一流的咏史诗和情感诗。李诗格律谨严，大出格的情况几乎没有，今人学作旧诗，可作格律教材的原典资料用。形式与内容的密切结合是李诗双美的又一特征。

经旧游（七律）　唐·温庭筠

珠箔金钩对彩桥，昔年于此见娇娆。

香灯怅望飞琼鬓，凉月殷勤碧玉箫。

屏倚故窗山六扇，柳垂寒砌露千条。
坏墙经雨苍苔遍，拾得当时旧翠翘。

说到李商隐，实在不能不稍提起温庭筠（801？—866？年）。史上“温李”并称，将其列为晚唐一道美丽的夕照。世人也许认为他们诗风较为相近，其实二者之间有本质的差别。

首先，商隐诗多用意象，读者必须从意象的隐喻层次深入挖掘，才能勉强读懂诗人的心脉。其次，不同人生经历赋予诗人的不同心绪，促使李商隐表述感情多从时间、地点出发，将个人不同的历史遭际以强大的艺术力量委婉美丽地表达出来，即便十分低沉的意象表层也必然唯美而能深入作品的主旨，这样的名篇在其作品中几乎触目皆是。除前引诗篇外，这里再摘一首前人颇感兴趣的七律作一分析。《辛未七夕》：“恐是仙家好别离，故教迢递作佳期。由来碧落银河畔，可要金风玉露时。清漏渐移相望久，微云未接过来迟。岂能无意酬乌鹊，惟与蜘蛛乞巧丝。”

读诗题，也许会直接认为这又是一首情诗，假七夕之会，抒男女之怨。然而如能在读诗的同时，尤其是已有确切文字交代的前提下（如本诗题目“辛未七夕”），查阅知道这一年系唐宣宗大中五年（851年），而该年诗人之妻王氏因病去世，就不大会无端地仅凭诗题误读作品。

该诗实际上是诗人以诗代函，感谢久疏音问的令狐绹传递他升职消息的作品。作者一生诗名大盛，因才而被人青睐也是常情，但无论如何也不可能在爱妻病危乃至去世之际还心系外情。作品系年告诉我们，作者所要表述的是经历丧妻之痛的同时惊获好消息的感慨与感恩。妻走了，可身居高位的少年时期的朋友总算又想到了他，让他升职五品，这应该也是个适时的安慰。

全篇“仙家”“银河”“金风玉露”“清漏”“微云”“乌鹊”“蜘蛛”等七夕意象，准确提示了获得消息的时间，以及这个时间的特殊含义。牛郎织女一年一度，踏河相聚，可你我已是多年未晤，“相望久”等来的是“过来迟”，说是谢函却还有一丝幽怨，为什么不能再早一些时候告诉我这个好消息呢？那时，妻还能在病痛中获得一丝可怜的最后安慰，毕竟当时她以方镇之女下嫁于一个资格甚浅的前进士，诗人对亡妻应该是有强烈愧对之心的。末联表示了对令狐绹的感谢以及悲喜交集的无名感喟。也许，今天有人将本诗以爱情诗来读，亦可说得头头是道，但这是真正地唐突古人了。

温庭筠的为人、经历和诗歌技巧迥异于李商隐，但表面的柔婉使得仍有不少古今读者将之与其并列。试看《经旧游》，首二联状昔年此地并艳遇及欢会情节，三联交代空间与时间，末联言今日所见：在“坏墙经雨”的苍苔之下，“拾得”一个也许是女孩掉落的“翠翘”，当然，那只是一个“旧”的纪念物了。回返主题：经旧游，念女友。

全篇意象丰富不亚于李诗，但意象所承担的美学效果却仅是从一个层面交代和渲染一段普通的男女之游和情不及今的遗憾，主旨单一，用字看似华丽但缺乏让读者层层深入的研读空间，由是浅与深就形成了温庭筠与李商隐之间不可作等量观的结论。

温庭筠的成就不在诗，而在词。他是中国词坛的开拓者之一，他的性格和浅显的华美辞藻、流畅的语言安排赋予他在词这一重大文学样式上获得成功的保证。据说，他成诗很快，八叉手一篇成，这也在一定程度上限制了他的诗的内涵与深度；而他在词初起阶段所作的小令却能以流畅面世，也与其思维快捷不无关联。

商山早行（五律）　唐 · 温庭筠

晨起动征铎，客行悲故乡。
鸡声茅店月，人迹板桥霜。
槲叶落山路，枳花明驿墙。
因思杜陵梦，凫雁满回塘。

这是诗人晚年离开长安、途经商山时留下的诗作。在本集中被视为晚唐之名篇，甚至有人认为“鸡声”“人迹”一联可跻身五律名句。

本篇用词凄冷直白，完全没有作者作品一贯所有的秾艳与繁缛。作品的真正价值还在于表现了中国古典诗词一个集中的情绪，亦即诗的第二句：“客行悲故乡。”谋生天下，一乡系心，古今旅人的同一悲怀是永恒的文学主题。

明人李东阳在《怀麓堂诗话》中说：“‘鸡声茅店月，人迹板桥霜’，人但知其能道羁愁野况于言意之表，不知二句中不用一二闲字……意象俱足，始为难得。”全篇亮点不在主旨，而在技法运用之匠心。首先是颔联十个字的连用六意象，而不杂一个虚字，甚至连一个动词或形容词都没有，但却没让人感觉一丝的重叠与厚涩。清旷与寂寞伴随读者跟着诗人的踟蹰步履，在似梦非梦中缓缓前行。元代马致远的小令《天净沙》中的三句：“枯藤老树昏鸦，小桥流水人家，古道西风瘦马”，其实也是这样的造句风格。其次，颈联是当前路途中的实况展开，但紧接着却拉着读者进入一个完全陌生的环境，从“杜陵”入梦到“回塘”凫飞，展现了诗人日夜梦绕的儿时、少年时的故家旧景。一个“满”字不仅是描状“凫”的神态，更让人回看到一种诗人曾经的昂扬和自得。

当然，毕其生，诗人也未入仕，更遑论通俗意义上的成功。作品实境与虚境的自然转换在诗人行途中完成，这种虚境的动态描状与写实的明示，让人又想起前引李商隐的五绝：“剑外从军远，无家与寄衣。散关三尺雪，回梦旧鸳机。”在“回梦”中李商隐想起已成虚幻的亡妻，而温庭筠却是沉溺于不尽想念中的故乡。两位晚唐风格的杰出代表在这两首诗中均未显示出他们的主题风格，但却以富赡的艺术能力展现了情绪变化中的另一面。

长短句中的婉约与豪放

写到这里，文学史上的又一个宁馨儿悄悄地诞生了。其实早在中唐她就已经探视过人间的诗坛，然而，也许她感到周围环境尚未成熟，诗的天地浩瀚无边，似乎容不下自己这个小精灵，于是又默默地回去了。一直到晚唐后期、到五代，这位小可爱才鼓起勇气，以一个极其美丽的形象步入人间，她，就是词。

五代词的出现以及它所产生的艺术魅力与晚唐诗确是有几分渊源，这就是文学的传承。

喜迁莺　南唐·冯延巳

宿莺啼，乡梦断，春树晓朦胧。残灯吹烬闭朱栊，人语隔屏风。香已寒，灯已绝，忽忆去年离别。石城花雨倚江楼，波上木兰舟。

冯延巳（903—960年）为五代时一大作家，其词风上承晚唐诗绪，下启北宋晏殊父子和欧阳修。

莺啼乡梦，春树朦胧，残灯人语，忽忆去年离别，花雨江楼，驾舟逝去。词人心中有的是无尽的惆怅。从本篇的整体风格说，有不少李商隐的影子。其意象营造、心曲吐露乃至细小氛围，无不带晚唐温李风情。

而与晚唐不同的是，词的语言一开始步入文坛即显现出平白与显露，雅、俗尽在一起，这也是它能焕发长久生命力的主要原因之一。

有人说，李商隐的诗是词的诗，这在逻辑上似乎有点讲不通；但李诗对词发生初期所呈现的风格的确是有一定影响，并为以后词的语言的独立发展，尤其是婉约词的成熟，注入了相当大的力量。

鹊踏枝　南唐·冯延巳

谁道闲情抛掷久？每到春来，惆怅还依旧。日日花前常病酒，不辞镜里朱颜瘦。　河畔青芜堤上柳，为问新愁，何事年年有？独立小桥风满袖，平林新月人归后。

这是冯延巳的名篇。上片以一问句起调，引出问答四句，这种结构层次毕现，答语可承递而下，亦可并列一组。本篇用的是前者。春愁—病酒—朱颜瘦，已是现状，情未抛掷显而易见了。下片以一景语起调，以“青芜”“堤上柳”喻指“年年有”的“新愁”，最后以“独立小桥”的空间语和“平林新月”的时间语收束全篇。在小桥上感受风侵，在新月下接受家的温馨，时空描写直接引出对立的生活情状，突出了对温馨生活的渴求。

从结构到用语，一气而成，无繁缛隐烁词汇，无刻意造作的意象罗列，景语全为情语，难怪清况周颐誉之为“如古蕃锦，如周、秦宝鼎彝，琳琅满目，美不胜收”。

从盛唐李白到中唐白居易，其中还偶尔夹杂着其他几位对歌行有兴趣的唐代诗人，在他们笔下极少但已出现的最早期的词，或者类似于词的新诗体，无不以婉约、清柔、娇艳的面目存世，五代词继之批量诞生，风貌渐成定局，这说明词从一开端就以婉约入世，由此成就了词的风格定位。婉约词成为词的正宗，如上引冯词以及以下介绍的南唐二主词等，无不沿循这一风格。至于从苏轼起，所谓豪放词的出现，那是后话。何况，在词一脉中，豪放词与豪放词派究竟处在何种地位，还是见仁见智的话题。

浣溪沙　南唐·李璟

菡萏香销翠叶残，西风愁起绿波间。还与韶光共憔悴，不堪看。细雨梦回鸡塞远，小楼吹彻玉笙寒。簌簌泪珠多少恨，倚栏杆。

据《苕溪渔隐诗话·前集·卷五十九》引《雪浪斋日记》，王安石曾问黄山谷："作小词，曾看李后主词否？"回答："曾看。"王安石又问："何处最好？"黄山谷以"一江春水向东流"为对。王安石答道："未若'细雨梦回鸡塞远，小楼吹彻玉笙寒'。"此处王安石错将南唐中主李璟（916—961 年）的名句记为李后主的句子了。王安石作为北宋一代文人政治家，赞誉此篇，实属难得。

本篇情景交融，不以上下片分开各写。五代词属词的初始阶段，景、情分写大致还不习惯。但本篇所透露出来的冷寂与愁绪却令人在"细雨梦回"中更是感觉到"小楼""玉笙"的催情力量。绵绵雨丝，梦中旧爱，加上隐约而来的笙箫乐声，让人们体味到的除了悲情与冷寂，还能是什么？即如作者身为帝王也不觉无奈，泪流满面，进而起床，倚栏叹息了。人生共有的情愫也许是不分贵贱的，平民和帝王的爱与得失在某种共同体认上是一致的。作者写出了这一点，无疑是真实的，因为真实，所以成功。

人们常说，南唐二主的作品哪像是帝王写的，其实，我们在发出此评语时，忽略了他们作为人本身的存在。他们是贵人，但他们首先是人；

常人所感受到的，在帝王心灵中同样存在。甚至，正因为他们的身份特殊，某些感受会更深刻，更加情难自禁。

破阵子　南唐·李煜

四十年来家国，三千里地山河。凤阁龙楼连霄汉，琼枝玉树作烟萝，几曾识干戈？　一旦归为臣虏，沈腰潘鬓消磨。最是仓皇辞庙日，教坊犹奏离别歌，垂泪对宫娥。

李煜（937—978年），国人记忆中最占位置的李后主，李璟的第六个儿子，也是南唐最后一位君主。赵氏大军的压力令他国破家亡，令人佩服的是，在这样的日子里，他竟然能为后人留下如此之歌。不是君王写不出，不是亡国之君也写不出。作品中透露出的所有感慨无不是作者真实心迹的流淌，这是真正的文学家，真正的词人！

上片起句时空对峙，这是李词中难得的大手笔。继而写自己的曾经拥有，无奈煞句又回到了可怜的弱帝自白：我哪里真懂得打仗？下片首二句自认身份的改变，于是引出了词史上令人心悸的三句：仓皇辞庙，别离歌起，面对日夜相伴的宫娥，只得彼此垂泪作别。国破人去，平民所感受不到的痛苦层面由帝王口中说出。这是情感，也是历史，更是个人的经历。二主之词，“真”是最主要的成功要素。将真感受用真性情表达出来，该怎么说，就怎么说，有帝王语，亦有平民语，不回避，不做作。这是经典留给后人的创作真谛。

浪淘沙　南唐·李煜

帘外雨潺潺，春意阑珊。罗衾不耐五更寒。梦里不知身是客，一晌贪欢。独自莫凭栏，无限江山。别时容易见时难。流水落花春去也，天上人间。

“雨”“衾”“梦”“欢”组成上片的思维连线。诗人在梦里体会旧日的生活，即使面临五更寒意，却仍能感受“春意阑珊”。这是梦幻式的“贪欢”，是一位不谙世事的尴尬政治家的可怜的梦呓。下片曾经的帝王从梦中清醒了，他总算想起了生他养他的那片土地，从南方到北方，要再亲见“无限江山”是不可能的奢念。“别时容易见时难”，会令人想起李商隐的句子，由此看来，说李商隐的某些作品是词化的诗是不无道理的。

文学史上说得很多的是词的发源在中唐，甚至牵上了盛唐的李白，但如果没有晚唐诗的出现，婉约词能否形成后来的面貌呢？“词化的诗”说明诗已词化了，词的风格当然由此奠定，那就是正宗的“婉约”。李煜是婉约词的奠基者之一，本篇煞句“流水落花春去也，天上人间”，是婉约风格的集中体现。美丽的一切消失了，诗人嗟叹突然从天上谪落人间，其实，又何止是“人间”，就在这首词写完后几日，他也已告别了人间。

后人对李词给予了很高的评价。纳兰性德具有与词人十分相近的情性，他在《渌水亭杂识》中说：“花间之词如古玉器，贵重而不适用。宋词适用而少质重。李后主兼有其美，兼饶烟水迷离之致。”王鹏运称其“词中之帝，当之无愧色矣”。王国维用“李重光之词，神秀也”作评语，并进一步指出：“词至李后主而眼界始大，感慨遂深，遂变伶工之词而为士大夫之词。”认为李词是文人词的滥觞。当然，词的文人化进程还要从渐进来体认，即使入宋之后，柳永的市井作品还是在掩文人化的脚步，尽管他对词的慢调作出了贡献。

李煜所在的时代仍是以小令为载体。用极经济的字表达词人的真实感受，是一种类似于绝句的文学技巧，其中五言、七言句大多是合于本句律的律句。严正的格律和颇近口语的情语、景语汇合成另一种文学样式，进入了一个新时代——北宋。

词的春天渐渐到来了。

一丛花令　宋·张先

伤高怀远几时穷？无物似情浓。离愁正引千丝乱，更东陌、飞絮蒙蒙。嘶骑渐遥，征尘不断，何处认郎踪！　双鸳池沼水溶溶，南北小桡通。梯横画阁黄昏后，又还是、斜月帘栊。沉恨细思，不如桃杏，犹解嫁东风。

这是一首中调，比小令的思维空间显然大了一些。章法结构为以后的类似体裁作出了一个大致的样式。

上片叙现状，抒写今日今时之生活情状与感受。离愁征尘，佳人思我；“伤高怀远”，徒唤奈何。“飞絮蒙蒙”“嘶骑渐遥”传递的正是“无物似情浓”的别样心绪。下片依旧。双鸳溶水，小桡连通；黄昏画阁，斜月帘栊，妻会想起旧时的情景，是否有点后悔：怎么自己还不如桃杏，嫁与春风，获得个花开结子？煞句三联惯可称得是早期北宋词的绝唱。一个“嫁”字，贯通了人与物的灵犀一点，人而怨嫁，是因为自忖还不如物；桃杏之艳，却是因为懂得今人所谓的“审时度世”。

作词人张先（990—1078 年）的情绪有点怨，有点悔，更多的则是对远在家里的妻的深切怀念。“爱而不见，搔首踟蹰”，也许能稍稍概括一下此时此地词人的纠结心绪。时人谓其“张三中”，即“心中事，眼中泪，意中人”也。

美丽意象密集使用，这是词较诗更多的一种习惯。全篇意象性格相近、相切，没有出现不融合的情景交互。上片用反问作结，下片以物喻人，言尽难言之情，隽永中显深沉。这两种结句方式是宋词篇章结句的经典之笔，惠及后人多矣。

浣溪沙　宋·晏殊

一曲新词酒一杯，去年天气旧亭台。夕阳西下几时回。　　无可奈何花落去，似曾相识燕归来。小园香径独徘徊。

晏殊（991—1055年）的政治身份，可称为北宋词人之最，他曾累官至枢密使，进同中书门下平章事。他诗词兼擅，且各呈特点：诗而为诗，闲雅有情思；词而为词，则承南唐系统，婉约缠绵，疏淡清丽，时而流露出雍容闲适的人生情味。

即如本篇，上片起句看似很普通，词酒人生，亭台夕阳，然而，今日之夕阳非明日之夕阳，今夕归去，何处再觅？“几时回”散发出时不再来，人复老去的人生况味。换头后首二句成一标准联语，花落燕归、花开燕去，写尽了对生命在安适而平淡中渐逝的无奈。全篇散发出的寂寞、孤独在煞句获得升华。清静的环境几令贵人无所适从。

说到文人词的渐进，晏殊的作品也是十分重要的一个组成。雅词雅言与雅淡心绪的组合让人如啜茗茶，看浮云、无所事，却又放不下一颗跳动的心；有所事，却又不知往何处去。政治家之有为在这一类型的词作中均已被词人的无为而掩盖。静态的美也许是晏氏的一种代表风格，平仄声调的协调更增添了晏词的朗读魅力，即如下片联语已成为宋词靓句的代表，传诵千年。

词的平白语言与诗的精心构置亦呈一大对比，本篇的语句表述近似无色，然而却是雅淡可品，令人渐读渐迷。当今学诗词者多因词的语言清白而更为喜爱，需要提醒的一点是，要注意清淡背后的层层韵致，词是绝不比诗来得少轻的。而随着慢词（长调）的出现与发展，词的经营空间也在发生渐变。

喜欢晏词的读者现在越来越多，而且大多是女孩子，这里究竟蕴藏了何种原因，可从美学和女性心理角度进行专题探讨。

踏莎行　宋·晏殊

小径红稀，芳郊绿遍，高台树色阴阴见。春风不解禁杨花，蒙蒙乱扑行人面。　翠叶藏莺，朱帘隔燕，炉香静逐游丝转。一场愁梦酒醒时，斜阳又照深深院。

这是一首写春暮的作品。全篇五十八字，几乎均为景语，然而人生的无奈、时光的一去不回仍是词人愁绪的本真面目。

上片首三句可用李清照的“绿肥红瘦”四字概括。精彩的是接下去的两个七字句，词人一贯用得极其娴熟的技巧——拟人法再次发挥了艺术的煽情作用。杨花蒙蒙，不受拘束，“乱扑行人面”，是爱你、嫌你，还是有别样说不清道不明的情愫？行人又在杨花乱扑的即刻想些什么？是否感受到春之将尽？辛弃疾句“惜花常怕花开早”，能否解读此时行人的心情？花开了，花飞了，又要消逝了；惜你、爱你，明年再见！一个“扑”字直写杨花的大胆、率真，以及临别人间的无畏。婉约句群中偶尔杂一豪放语令人产生一种别样的感觉，至少让人精神一振吧！

下片首二句虽是四字句，却对得极其熨帖。第三句炉香飘荡无形而柳丝转拂有形，描状静态的环境，令人几产生窒息的感觉。于是愁梦醒来，直面现实，作者见到的是暮春时节的斜阳正慵懒地趴在庭院深深处。煞句是全篇唯一可作情语看的一句。斜阳与春暮恰是一对可怜的柔弱姐妹，美而凄艳，且将要离去。从一年一度的角度而言，这场离去宛如永别，因为来年已不是今年，时光又一次无情地抛掷了你。

这就是晏词的做派、晏词的风格，晏词中一再出现的主题、主旋律。女孩喜欢他，是否可从中窥出一丝端倪呢？

玉楼春　宋·欧阳修

尊前拟把归期说，未语春容先惨咽。人生自是有情痴，此恨不关风与月。　　离歌且莫翻新阕，一曲能教肠寸结。直须看尽洛阳花，始共春风容易别。

欧阳修（1007—1072 年），较晏殊在历史上的知名度更高，诗词文在专门史中均应超越晏氏。文章被清人列入唐宋八大家姑且不论，就诗词而言亦颇有可资点评之处。他累官太子少师，曾分任刑部和兵部尚书，作诗端庄合其身份，而在词的领域，他创下了连今人都不敢想象的大胆与直率。

先看本篇。两情相悦、别离在即，佳人惨咽自不必说，何时归来更不敢预言。上片结句“风与月”概括人生相恋的外部环境，人生有幸为情痴，自不必考虑情痴而外之种种。如此情语，出自欧公手，词的另外一脉，即表意特征和形式共性值得后人思考。下片以不忍重听离歌，引出人生别离时永远不能摆脱的遗憾。“洛阳花”可理解为恋人的喻体，恋人之值得恋，就在于两情久长，看不尽、离不开，何况正值春风佳际，花开繁盛时，人花两离，这该是何等的痛与憾！我们的爱还未享受殆尽，春风骀荡之时，为何要中断？

上下片的煞句都写得颇具风致，其情韵的溢出，饱满而不隐晦。煽情的力度之大，别说高官，即如普通士大夫亦自叹不如。王国维说，上下四句，“于豪放之中，有沉著之致，所以尤高”。本篇“豪放”实不敢说，“沉著之致”亦未能客观揭示情动之实，即从意象论，情痴、风、月、离歌、肠寸结、洛阳花、春风诸字词亦不合“沉著”二字。笔者唐突前贤，实实不敢，亦拙念之一过耳。

本篇章法亦有可圈点处。上片首二句直接从情态切入，似有别于一般以景语开篇的写法。亦资写法一例。

蝶恋花　宋·欧阳修

庭院深深深几许，杨柳堆烟，帘幕无重数。玉勒雕鞍游冶处，楼高不见章台路。　　雨横风狂三月暮，门掩黄昏，无计留春住。泪眼问花花不语，乱红飞过秋千去。

本篇描写恋情中的细腻心理。上片直写男子叛情，而爱他的女子却在幽深的庭院中无助地望着男子猎艳的楼台。首句连用“深”三个叠字，次句“堆”和三句“无重数”组成一个精致但是密不透风的空间，这是女子的生存地，而“章台路”却让男子尽享自由。不同空间引发的悲情在下片得到发挥。在风雨中无计“留春”是女子的绝望呼告，问花无语，乱红飘零，“秋千”摇荡不定，正是女子今后生活的写照。以连串的象征语揭示人生的未来，完成了以景语写苦情的过程。全篇用字典雅、旖旎，但又不失清和。下片煞句“花不语”，又赋予物以人的情绪，点出悲情主题。

以高官身份观小儿女情变，作词至此似亦无可厚非，然而以下一篇则可称叹为观止了。此处引入亦可进一步揭示词与诗创作风格之巨大不同，以及作者创作风格的二元裂变。

醉蓬莱　宋·欧阳修

见羞容敛翠，嫩脸匀红，素腰袅娜。红药阑边，恼不教伊过。半掩娇羞，语声低颤，问道有人知么。强整罗裙，偷回波眼，佯行佯坐。　更问假如，事还成后，乱了云鬟，被娘猜破。我且归家，你而今休呵。更为娘行，有些针线，诮未曾收啰。却待更阑，庭花影下，重来则个。

全篇描状一场热烈的男女情会。除上片首五句为男子身份的心理描述外，其余全为女子心理、语言、动作的白描传递。

上片领字“见”以下十二字，写男子眼中女子容颜与身材之妙，接着写男子决意拦阻对方并示爱的心理。以下是情会的上半场，其中语言、外貌与动作的精细描写，用了平白如话的语言手段，增添了生活的情趣。下片承上而下，就如戏剧的继续表演，女子再约男子“却待更阑，庭花影下，重来则个”，以女子的悄悄话，将女孩恣意追求欢会幸福的心情描写到晶莹剔透的地步。这样的文学作品，即使在南朝民歌中也很难找到，何况它出自一位北宋高官之手。它的出现与成功，为明清小说和戏剧的写作提供了更多的思考方向。语言、动作、心理、外貌等后世常用的俗文学表现手法，在本篇中均已全面涉及，且以短小精微的篇幅完成了对人物性格的塑造。

词是什么？词的表现手法可以发挥到何种程度？词的题材范围又是什么？它在题材选择和主体表现中究竟与诗有何种区别？这一系列问题在本篇中均可找到答案，虽然它只能是完整答案的一部分。

有人也许认为本篇风格与欧阳修高官兼“一代文宗”的形象不甚相符，但文学史上诸多事例告诉我们，文学人格的分裂是存在的，如曹魏时期的三曹父子，乃至欧阳修之后不久出现的李清照，都有迹可循。原因在于个体的性格中，一统性与多元性往往同时存在，这正如人有七情六欲一般，时喜时怒，时哀时乐，表现在文学中即为情感的跌宕，由此可能成就某一领域的突破。

我们权称上述现象为“欧阳修现象”，因为以上种种在欧阳修的身上确实表现得极其典型。

鹧鸪天　宋·晏几道

小令尊前见玉箫，银灯一曲太妖娆。歌中醉倒谁能恨？唱罢归来酒未消。　春悄悄，夜迢迢，碧云天共楚宫遥。梦魂惯得无拘检，又踏杨花过谢桥。

晏几道（1038—1110 年），以《小山词》行世，与其父晏殊在词史上并称“二晏”，但其风格与大晏却有所不同。小晏虽为贵公子，词中表现的往往是男女之间的爱恋之情，但那种以富贵自矜的态度在作品中很少看到，而多的是一丝怅惘与失落。

本篇描状词人对一位歌女的一见钟情。在酒筵上识得佳人，为歌而醉，归家后仍思念不已，于是在迢迢春夜，“又踏杨花过谢桥”。词写得十分美丽，一种爱而不得、咫尺天涯、可望而不可即的惆怅心理充满全篇。也有人说“又踏”句写的是“梦魂”中的行为，笔者认为，无论是现实还是“梦魂”，作者需要的是情感的释放，需要在春夜完成一件爱慕和思念的行动，即使在“梦”中也行。这种梦与现实的交互，令人又一次想起了李商隐，那位未写过词却完成了“词化的诗”的唯美诗人。

思远人　宋 · 晏几道

红叶黄花秋意晚，千里念行客。飞云过尽，归鸿无信，何处寄书得？

泪弹不尽临窗滴，就砚旋研墨。渐写到别来，此情深处，红笺为无色。

秋来念人，寄书无处；弹泪窗前，红笺少色。一首小令能写得如此缠绵极至，这就是词的性格所在。用平白语道不尽情是本篇精神所系。煞句“红笺为无色”，用夸张语表现刹那间的精神尢寄，极尽想象，“红”字用得极其美丽。全篇用入声韵，给人以情不可延、顿挫难抑的感觉。

清冯煦言：“淮海、小山，古之伤心人也。其淡语皆有味，浅语皆有致。求之两宋词人，实罕其匹。子晋欲以晏氏父子，追配李氏父子，诚为知言。”（《宋六十一家词选例言》）

夏敬观认为小晏词有“过人之情”，“造诣又过于父”，这一评语也是恰当的。原因在于大晏的雍容之态不是词的主流表现风格，而小晏之性情却与词的体裁属性并合无缝。大小晏的风格虽大体同类，但在具体表现中却是相异的，婉约的不同质于此也可见一斑。

贺新郎　宋·苏轼

乳燕飞华屋，悄无人、桐阴转午，晚凉新浴。手弄生绡白团扇，扇手一时似玉。渐困倚、孤眠清熟。帘外谁来推绣户？枉教人、梦断瑶台曲。又却是、风敲竹。　石榴半吐红巾蹙，待浮花、浪蕊都尽，伴君幽独。秾艳一枝细看取，芳意千重似束。又恐被、西风惊绿。若待得君来向此，花前对酒不忍触。共粉泪、两簌簌。

又一位大名家——苏轼，横空出世了。他以他的才情、个性和经历，写就了中国文学史的一大内容，即将词的内涵从北宋中期前的“艳科”扩展到表现社会生活的各方面。苏词的表现手法更是多元擅变，无论咏史、感怀、悼亡等，风格不一。

本篇是一首典型的婉约词，苏氏名作。作为作者的自我写照，榴花不过是象征物，是作者予以人格化后的本体。传统写法往往以写物开始，而本篇恰以写物断后，苏词在结构上的不拘成法亦可见一斑。

上片先以空间（“华屋”）和时间（“午”至“晚”）作铺垫，然后让人物出台，以“白团扇”喻美人之肤，“团”字更含富态状，“扇手一时如玉”是对美人双手的特写。静态之后进入动态。“渐”字后领出“倚”和“眠”。“清熟”是作者为美人“晚凉新浴”后设计的理想世界，然而“帘外谁来推绣户”，使美人之理想消逝殆尽。“谁”字写得含蓄，让人在无主中感受一分消息，如从寄托的角度理解，也可发现作者对处境的无奈。“推”是对美人理念的破坏，于是，“瑶台”梦醒，白白教人在梦中仙游了一番。作者历经仕途坎坷，前进艰难，“曲”字写尽了梦醒后的反思与追念。美人梦断，学士飘零，“又却是、风敲竹”。上片煞句用单一的场景变换来完成作者对美人零落的无奈情绪的抒发。“又”字强化了“风”的一次又一次的侵袭。上片完整地经历了从静到动、从安详到异动的全过程。

下片从表层看是实写榴花，但寄托的关纽却比比皆在。榴花“半吐”就如折皱的红巾，它的来到必须在繁华——作者称之为“浮花”“浪蕊”——谢去之后，才能“伴君幽独”。“君”指什么？也许是作者理想中的最高统治者。作者深知要进入这一境界的困难，他希望能如榴花一样，“秾艳一枝细看取”，然而又担心一旦“看取”又面临“芳意千重”，团团难解，更“恐被”“西风惊绿”。“惊绿”是对政局一旦出现光亮很快又复被黑暗吞没的忧虑，作者的一生就是在屡屡“惊绿”中度过的。

以上写榴花、状自身，以物喻人，以人寄慨，人与物交互缠绵，形成美丽、凄婉的独特审美情势。最后二韵，“君”字再度出现，作者也许在想，如果“得君来向此”，面对波涛不定、晴暖难期的政治环境，自己又准备作何动作呢？“花前对酒不忍触”，是作者的答复。“不忍”不是“不敢”，从儒家正统仕人的政治理念出发，在任何时间地点，皇权总是要维护的，苏轼深深懂得这一点。“不忍”二字是作者痛苦两难心绪的表达。煞句“共粉泪、两簌簌”，以“共”字将全篇人与物联系在一起，完成了石榴花谢、才人泪落的情感归宿。

历来词评家和苏词爱好者倾向用“豪放”二字概括苏词的情感色彩，但总有些论例显得不予支持，本篇即是一例。

苏轼（1037—1101年），早年曾得欧阳修青睐，但因不满王安石政治改革而未获大用，为避免卷入中心漩涡，他主动要求外放，曾任杭州通判，又先后任密州、滁州和湖州等地地方官。元丰二年（1079年）

在湖州任上因“乌台诗案”被捕，后因神宗惜才，仅贬谪黄州任团练副使。之后，苏轼历尽宦海浮沉，继极短暂的兵部尚书（后致礼部尚书）荣衔外，复于绍圣四年（1097 年）被贬海南，三年后北返，次年（1101 年）卒于常州。

政治生涯的坎坷多变，兼之作者深受儒释道三家浸润，使其思想多显变化，感情顿挫哀喜不定。即如词言，词评家几乎一致推其在密州任上所作《水调歌头·丙辰中秋》为“豪放”苏词经典，细味该词，字里行间流露的却是深深的清冷与孤寂。起句“明月几时有，把酒问青天。不知天上宫阙，今夕是何年？”如果说其中尚有些许豪迈之气，但之后的情绪走向几乎均为个人的心灵哀鸣。“高处不胜寒”，虽未完全经历，但已从熙宁新政中感到端倪；“起舞弄清影，何似在人间？”是反问，也是自我的一种安慰，更须知，独自起舞是兴奋，还是孤独？如是前者，下片煞句就不存在了。作者问天、问月，向往亲人团聚的梦能否一旦实现，接着又进入第二层的自我慰藉，用“月有阴晴圆缺”来比拟人事之不可尽欢。最后在煞句中对家人（苏辙）发出了出自内心的呼唤：好好活着，千里之外，让我们俩永远面对月儿。这种绝望后的希望是夜晚发出的梦呓，或者说是一种可怜的愿望，中心是“活着就好”。作者用前面一大堆的铺垫获得的结论如果真是如此，那么这个结论在当时作者心中已是一种“奢望”，这又是多么可怜而可悲！更何谈“豪放”之有？

有人说苏轼像李白，笔者认为两人有根本的不同。苏轼是真正卷入了高层的政治漩涡，虽一生未控政，但毕竟长期担任地方长官，又曾有过高官荣衔，卒后谥号“文忠”。而李白，除一度任翰林清职外，再无从政经历。苏轼是社会中人，如果说他有哀鸣，那也是一位有抱负、有才情、有作为的人对世间人事的自然反应；他是知道自己社会责任的人，一刻未脱离过社会和百姓。李白却真正是“诗中之仙”，一味游离社会，作空中楼阁之语，贬豪门，但又渴望从政，终因幼稚而失败。苏是脚踏在实地上抬头望月，李是悬空捞月，结果当然完全不同。

再读一首更经典的所谓苏轼“豪放”词的代表作品，《念奴娇·赤壁怀古》。这是一首脍炙人口的杰作，如前一样不引全文了。起句“大江东去，浪淘尽，千古风流人物”，其大气磅礴，可谓词史上的唯一，谓之“豪放”更无二言。上下片将历史人物交织在天地空间，作时空穿越的潇洒之游，意境宏阔，用语极具个性，其艺术穿透力形成诗史上的光荣一页。但是我们在兴奋之余，再来平心静气地读几遍这首词的煞句：“人生如梦，一尊还酹江月。”是否发现，作者的情绪在潇洒的神游中发生了变化。他把人生的真谛归结为一个字“梦”，梦是要碎的，而唯一不碎的是一轮“江月”，于是，酹一尊酒，以感谢它曾以辉煌注视着逝去的“多少豪杰”，亦感谢它一直默默地以闪烁的波粼陪伴着自己和有着同样感悟的人。作者的情感是低沉的，且伴有浓重的昔不今来、人生无常的叹喟，要说“豪放”两字，至此已消逝殆尽。

由此不难发现，与前文所引《水调歌头》一样，苏词往往在全局呈开拓阔大状的作品中，出现“高开低走”的情绪样式；而煞句点题，就如白居易所言“卒章显志”一样，真正的作品主题最后出现，多是低沉的。这样一来，苏轼的“豪放”词就实在而论，又有多少篇呢？

词的原始本质是婉约，从唐五代至北宋中期的实践一再宣示了婉约词的正宗地位，虽然，这一点阻碍了词的表现领域的扩大，但苏轼亦未必能以一家之力去反对前人。他的出现属横空出世，但也得有“横空”的前提。苏轼以其创作对词的表现内容作了不一般的拓展，表现手段和情志抒发、用词选遣等也与前辈有颇多不同，这是由单元向多元过渡的一种进步，是渐进的，而且是符合规律的。夏敬观说：“东坡词如春花散空，不着迹象，使柳枝歌之，正如天风海涛之曲，中多幽咽怨断之音，此其上乘也。若夫激昂排宕、不可一世之概，陈无己所谓‘如教坊雷大使之舞，虽极天下之工，要非本色’，乃其第二乘也。后之学苏者，惟能知第二乘，未有能达上乘者，即稼轩亦然。”（映庵《手批东坡词》）夏氏的话是值得仔细体味的，其言至少透露了两条信息：其一，婉约词在苏词中仍是上乘；其二，所谓的豪放之言为第二乘，即如辛稼轩继承的部分豪放写法，亦不能列为一流。

真正意义上的豪放词如果不存在，或不完全存在，那么，又何来众口乐道的“豪放派”呢？

苏轼的词题材广泛，表现手段复杂多变，情绪上下跌宕不定，作品风格多样，其结构、语言和意象营造，给读者以或磅礴大气、或缠绵悱恻、或笑、或悲、或温暖、或清冷的多种感受。即从本篇言，缠绵有之，大气又何从谈起？另从全集论，作者的词相当部分仍呈婉约状，而非总是持铁板歌“大江东去”的趋势。退一步，即使豪迈如《念奴娇·赤壁怀古》，煞句亦从高处落下，剩下的是对先人的怀念和对江中冷月的复杂感受。

定风波　宋·苏轼

莫听穿林打叶声，何妨吟啸且徐行。竹杖芒鞋轻胜马，谁怕？一蓑烟雨任平生。　料峭春风吹酒醒，微冷，山头斜照却相迎。回首向来萧瑟处，归去，也无风雨也无晴。

“坦荡之怀，任天而动”，这是前人的评语，说本篇十分贴切。在东坡词作中，以这种坦然之气歌咏人生的并不鲜见，自然景观、人生百态都能在他笔下活跃起来。这些词我们冠之以“豪放”，还是可以接受的。

作者一生遍历风雨，上片煞句“一蓑烟雨任平生”，与下片煞句“也无风雨也无晴”，道尽了经风雨而自巍然的老来风情。

本篇系平仄互转的词调，声情平中带拙，“谁怕”与“归去”，是作者性格的一个重要方面。当然，如前所叙，时而来袭的忧虑、惆怅与苦闷还是经常与本篇表现出来的主基调共存的。

上下片情景交杂也是苏词的一种作风，本篇即如此。才情高、不拘某种程式，也许是其中一个原因吧。何况，后世“先景后情”的所谓程式在北宋中期尚未形成。

蝶恋花　宋·苏轼

灯火钱塘三五夜，明月如霜，照见人如画。帐底吹笙香吐麝，更无一点尘随马。　　寂寞山城人老也，击鼓吹箫，却入农桑社。火冷灯稀霜露下，昏昏雪意云垂野。

本篇系作者四十岁时在密州所作。全篇以上下片对比写法完成，前热后冷，以密州之身忆钱塘之夜，同是上元佳节，景象不同，人之情绪亦大为相异。场景描写，写尽内心欲言不能的苦楚，意象营造的成功是本篇获得成功的一大法则。全篇除换头（下片首句）外，无一写心情，但扑面而来的热冷之气令人怅然若失。煞句“昏昏雪意云垂野”给人的感受只是冷寂、孤独与深深的失落。

东坡写缠绵词是一种做派，写如本篇的小品感怀又是另一种做派。他的情感往往在不经意的外景表现中完成，令人怅惘，但并不想催人泪下。大气含蓄、吞吐有度也是作者的创作宝典。作者有一首《木兰花令·次欧公西湖韵》，也是此类作品的典型：“霜余已失长淮阔，空听潺潺清颍咽。佳人犹唱醉翁词，四十三年如电抹。　草头秋露流珠滑，三五盈盈还二八。与余同是识翁人，惟有西湖波底月。”

青玉案·和贺方回韵，送伯固还吴中　宋·苏轼

三年枕上吴中路，遣黄犬、随君去。若到松江呼小渡，莫惊鸳鹭，四桥尽是，老子经行处。　辋川图上看春暮，常记高人右丞句。作个归期天已许。春衫犹是，小蛮针线，曾湿西湖雨。

此篇又是另一种风格，大气、坦然、细心、率直与缠绵。多种情绪或许能在不同的篇什中表现，然而，苏轼却能将这么多不同质的情感糅杂在一篇中调中，确是难得一见的。上片“若到松江呼小渡，莫惊鸳鹭”，与下片煞尾三连句“春衫犹是，小蛮针线，曾湿西湖雨”，风情摇曳，又何曾会令人想起执铁板歌“大江东去”？“春衫”为物，“小蛮”是人，“西湖雨”属景。物、人、景，一句一意，三句相交，而成一情感逻辑链，美丽、清冷，从而引发作者与读者的心理共鸣，这是值得后人仔细体味的。

望江东　宋·黄庭坚

江水西头隔烟树，望不见、江东路。思量只有梦来去，更不怕、江阑住。　灯前写了书无数，算没个、人传与？直饶寻得雁分付，又还是、秋将暮。

黄庭坚（1045—1105年）是深受苏轼器重的北宋著名文学家，其诗文成就远高于词，尤其是诗，以拙拗风格成就以后的江西诗派。黄词“用意深至，自非小子所能办。惟故以生字、俚语侮弄世俗，若为金、元曲家滥觞”（刘熙载《艺概·卷四》）。这几句评语可以说从一个角度对黄词作了小结，还是较为公允的。

黄庭坚位列“苏门四学士”之一，因坐元祐党籍，于新党得势时被

贬谪涪州别驾，安置黔州等地，本篇便是在这一背景下写作的。从字面上看似是吟咏恋思之作，但结合词人遭际，应是抒情寄慨之作，表达其被远谪的无奈及盼东归而无望的痛楚。整体以白话般的叙述，寄托梦幻与现实的矛盾。表现手法上上片平平，下片首二句用俚语，最后两句又回到传统：想让“雁”传个信吧，但是目今已是秋暮时分，太晚了。

满庭芳　宋·秦观

山抹微云，天连衰草，画角声断谯门。暂停征棹，聊共引离尊。多少蓬莱旧事，空回首、烟霭纷纷。斜阳外，寒鸦万点，流水绕孤村。销魂当此际，香囊暗解，罗带轻分。谩赢得青楼、薄幸名存。此去何时见也？襟袖上、空惹啼痕。伤情处，高城望断，灯火已黄昏。

秦观（1049—1100年），字少游，也是苏轼很欣赏的一位词人，风格缠绵、低徊，多用意象。其词上下片结构较苏轼稍稍规整，但未露刻意痕迹。如本篇，上片首二句八字，是宋词中的状景名句。秋暮时分的外景特点，写山与天，极其熨帖。接着引出人事，“多少蓬莱旧事，空回首，烟霭纷纷”。而煞尾三句又回到状景，成就了宋词的又一组写景名句。暮色苍茫，飞着群群寒鸦；冷寂的村子，绕着它的只有一支不息的水流。上片一连串出现了状景的意象组合，其凄清、冷寂的情绪，为下片心的衰变作了有力而针对的铺垫，这也是本篇获得成功的一个关纽。

下片换头直击主题，接着有序展开爱的描绘。“香囊暗解，罗带轻分”，是爱的深入，紧随着的是爱的反思，然而“青楼”“薄幸”的顾虑一下子就被抛向脑后，词人想到的是此去“何时见也？”，于是流泪了，这是伤别的泪，更是对“销魂”不得继续的憾恨。下片煞句“灯火已黄昏”，以伤情之目观天下之景，何物不衰？灯火黄昏，喻热闹中的凄凉及快乐的短暂，暖中有冷意，结束全篇。

本篇是秦观的典型作品，其中“寒鸦千万点，流水绕孤村”本为隋炀帝的诗，却通过秦少游的词流传了；首句“山抹微云，天连衰草”尤为时人所传诵，并为后世戏曲作品常用。苏轼曾戏云：“山抹微云秦学士，露花倒影柳屯田”，但苏也曾表示，少游的作品“气格”太弱。

作品的风格往往寄寓着很强的时代特征，秦观的恋情词可以这样写，是有其所处时代的特殊文化背景和社会特征因素的。今天的年轻人如感到本篇写得很凄美、很伤感，于是也去用文字效法，是不可取的。再说，本篇如就结构而言，也有瑕疵，个别语言有近俗滥之嫌。古代情爱词上佳者众多，阅读关键在选择，选择关键在个人的学养、性格以及对时代文化特征的认知。

人南渡　宋·贺铸

兰芷满汀洲，游丝横路。罗袜尘生步，迎顾。整鬟颦黛，脉脉两情难语。细风吹柳絮，人南渡。　回首旧游，山无重数。花底深朱户，何处？半黄梅子，向晚一帘疏雨。断魂分付与，春将去。

贺铸（1052—1125年），字方回，山阴人。风格多变，后人有评其句“多于李长吉、温庭筠诗中来”，也有说其词是辛弃疾词的先声。王国维则认为：“北宋名家，以方回为最次。”（《人间词话·卷下》）笔者认为，王氏之言是因方回词未能形成独立的风格。结合他的《东山词》别集，可作如是观，但也可由此看出婉约词与所谓豪放词的关系：婉约为本，掺以豪放句或豪放篇有之，独立的豪放派立足颇为难矣。

本篇属典型的婉约词。结构一反常态，先描情，后状景。景是情的强化与意象再造。上片叙惜别，起二句点明春暮，然后人物出现，“罗袜”句与“迎顾”“整鬟”等三句组成本篇情语核心。末句点离别。下片是情感痛定后的回忆，但基本用景物表示心迹。“旧游”指刚送走的情人。接着，用“山”“花底”“深”“半黄梅子”“一帘疏雨”等意象重建昔日美丽的生活空间。煞句以断魂已付、春将逝去的象征意点出了全篇主题。

全篇婉雅可人，自然流畅，是贺词的多元风格中的主风格。其中如“罗袜尘生步，迎顾。整鬟颦黛，脉脉两情难语”“半黄梅子，向晚一帘疏雨”等更是贺氏的婉约名句。他因另一首名作《青玉案》煞句“一川烟草，满城风絮，梅子黄时雨”而被时人称为“贺梅子”。用“梅子”或“梅子雨”作意象，让人从暮春时节江南的团团雨雾联想起那种推不开、驱不散、剪不断的男女情丝，是再合适不过的了。

这样的作品如被称为辛词的先驱，那么应是指辛词中如《摸鱼儿·更能消几番风雨》《祝英台近·晚春》《青玉案·元夕》等作。

个人保持多元风格也许被讥为不成派，然而还得就作品说话，即如前面的苏轼、后面的辛弃疾，都是婉、豪两元风格的大写手。至于贺铸的作品，论成就是远远不如他们了，然而这里特别要点出的是贺词的章法结构自有亮点，即如本篇，先人后景是很少见的。又如作者的另一篇作品《薄倖》，几乎全篇写人，写男女情爱，写法有点欧阳修该类题材的风情，且是长调，除极少数景语外，几乎没有景的传递。这样的写法是否值得后人借鉴呢？章法不羁、大胆、率真，时而婉雅、娇媚，时而又有豪语，这也许就是贺方回的词。

眼儿媚　宋·王雱

杨柳丝丝弄清柔，烟缕织成愁。海棠未雨，梨花先雪，一半春休。

而今往事难重省，归梦绕秦楼。相思只在，丁香枝上，豆蔻梢头。

王雱（1044—1076 年）是王安石的儿子，史载喜论天下事，是王安石改革的积极参与者，崇拜商鞅。今天能读到雱词只有两首。按理，对变法如此热衷者下笔应涉豪放，但从传世两篇看，应是真正的婉约词。

本篇属小令。上片景，下片情，恪守传统章法。上片“弄”“知”等字用得形象、确切；下片起句引出旧忆。煞拍三句十二字，一脉而下，情如水泻。“丁香”与“豆蔻”两意象的营造写尽了小儿女的卿卿我我，是宋词小令中的名句。

作者多病，三十三岁就去世了。他的词是否重新给我们一个思考：宋词确是以婉约为重的。即如王安石的词，属清雅俊逸类，“豪”字也是谈不上的。

兰陵王·柳　宋·周邦彦

柳阴直，烟里丝丝弄碧。隋堤上，曾见几番，拂水飘绵送行色。登临望故国，谁识京华倦客？长亭路，年去岁来，应折柔条过千尺。闲寻旧踪迹，又酒趁哀弦，灯照离席。梨花榆火催寒食。愁一箭风快，半篙波暖，回头迢递便数驿，望人在天北。　　凄恻，恨堆积。渐别浦萦回，津堠岑寂，斜阳冉冉春无极。念月榭携手，露桥闻笛。沉思前事，似梦里，泪暗滴。

周邦彦（1056—1121 年或 1058—1123 年）是宋代词坛唯一顶级的专业作家。他的词承前启后，将北宋婉约词的内质风韵与文人学养、音乐等要素紧密结合，通过细腻熨帖的词章才情恰如其分地表现殆尽。他不像欧阳修、大小晏，也不像东坡，或柔媚至不敢读，或作自语望天态，或忧国悯政、尽抒无力之憾，或咏风月事。他以音乐为主干，将词的创作作为一项事业，从格律言，词中用字不仅讲求平仄，更连仄声的上、去都不能混用。他的文学笔触所到处，令人觉得是读一幅宋代的工笔画，细腻处甚或连翎毛走向都纤毫可见。即便小令，不用典，不用复杂章法，但可尽现清新状态。

我们来读他的《苏幕遮》：“燎沉香，消溽暑，鸟雀呼晴，侵晓窥檐语。叶上初阳干宿雨，水面清圆，一一风荷举。　故乡遥，何日去？家住吴门，久作长安旅。五月渔郎相忆否？小楫轻舟，梦入芙蓉浦。”这是一篇以忆始以忆结的小令。上片以静态带动态，让读者看到在暑热的庭院中，沉香缭绕，却又有一群小雀叽叽喳喳欢跳个不停，一个“窥”字写出小动物的可爱可亲与调皮。再看庭院深处，宿雨才收，风荷上的水珠晶莹剔透，荷枝直挺挺地将清圆的荷叶举在水面上。江南呵，这是作者心中永远不灭的梦。随着换头进入下片，从“故乡遥”到“久作长安旅”，是作者彼时的感受，这是历代文人对客居生涯的一种无奈的内心独白。但紧接着，用一个问句，又将读者带入了旧时江南的记忆中，且用字美丽，姿态万千。全篇主要通过回忆故家生活抒发客居京城的寂寞，结构很简单：忆——感——忆，这也许可作为我们今天学词的一个格式。

说到本篇《兰陵王》，这是作者词作中的一个大手笔，与他的其他长调《瑞龙吟·章台路》《六丑·蔷薇谢后作》一样，在复杂的格律束缚中迂回反侧，力求工稳妥帖；继求章法与文字配合贴切，以美丽、细腻、哀怨与不可名状的失落写出自己心中的千千结。如论北宋婉约词，周邦彦当之无愧可称北宋词坛的一代宗师。

《兰陵王》篇是三叠长调。结构章法十分重要，如草而有感，感不成理，反有乱丝盘结、不知所云之感。两宋词坛，力不逮而求长篇者不在少数，辛氏门生尤甚。但此篇以“柳”为题，已可定主题为送别。上片起始，直用五句写柳的状态与柳的性情。一个“弄”字，一个“送”

字，已将“柳”提升到人的又一朋友的高度。我累了，谁会知道京城居住大不易啊！“年去年来”，折柳送行已成常态。百无聊赖的神态表现得十分清楚。中片忆旧日友情灯宴，但时不我待，也许客人今天人已在“天北”了，于是有了下片。下片起首二句，直写寂寞心理。送行归来，斜阳冉冉，又复想起“月榭携手，露桥闻笛”的过去，泪，又止不住了。

全篇送行—忆昔—寂寞，除中片有点光亮与暖色，头尾留给我们的尽是冷与灰的色彩，且全篇押入声韵，短促的声情，缺乏抑扬的声调，有人说，可把人闷死。

六丑·蔷薇谢后作　宋·周邦彦

正单衣试酒，怅客里、光阴虚掷。愿春暂留，春归如过翼，一去无迹。为问花何在，夜来风雨，葬楚宫倾国。钗钿堕处遗香泽。乱点桃蹊，轻翻柳陌。多情为谁追惜？但蜂媒蝶使，时扣窗槅。　　东园岑寂，渐蒙笼暗碧。静绕珍丛底，成叹息。长条故惹行客。似牵衣待话，别情无极。残英小、强簪巾帻。终不似、一朵钗头颤袅，向人欹侧。漂流处、莫趁潮汐。恐断红、尚有相思字，何由见得。

这是周邦彦的另一篇名作。全篇写尽对谢后蔷薇的怜爱与痛惜。词人希望“春暂留”，但“春归如过翼”，一霎而过，于是蔷薇亦只得如楚国宫女，留得个“钗钿堕处遗香泽”的命运。剩下多情者无物追惜，“时扣窗槅”只能成为唯一。上片以物写逝情，一曲三折。下片以“牵衣待话”的柳条与逝去蔷薇作比，强调即使长条“别情无极”，但“终不似、一朵钗头颤袅，向人欹侧”，明确地表达了对残花的眷爱。结尾处似叮咛似独语：在逝去的路上要避开潮汐，留点痕迹陪陪我，因为“相思字”还在你身上挂着。

美丽凄恻、令人心颤的文字组合，表现出北宋词在语言、意境运用上进入了一个事实上的韵文创作高峰。如果忽略文学生命所附带的一切赘物，而只谈“美”，那么周邦彦是没有任何愧色的！

周邦彦是一位被王国维称为“词中老杜”的美丽的情感杀手。他就如今天被不少青年白领所痴迷的纳兰性德一样，以情筑起了一个美丽的园林，而在技巧上纳兰还是赶不上前辈的。周是北宋的真正大家，他走了，北宋词坛的帷幕也就被缓缓地拉上了。

醉花阴　宋 · 李清照

薄雾浓云愁永昼，瑞脑消金兽。佳节又重阳，玉枕纱厨，半夜凉初透。东篱把酒黄昏后，有暗香盈袖。莫道不销魂，帘卷西风，人比黄花瘦。

本篇有一个相关的故事，出自伊世珍《琅環记 · 卷中》：“易安（按：清照号易安居士）以重阳醉花阴词函寄明诚。明诚叹赏，自叹弗逮，务欲胜之，一切谢客，忘食废寝者三日夜，得五十阕，杂易安作以示友人陆德夫。德夫玩之再三，曰：‘只三句绝佳。’明诚诘之，答曰：‘莫道不销魂，帘卷西风，人比黄花瘦。’正易安作也。”

应该说，这是一个可信的故事，因为出自离南宋不远的元人记录。这同时，又拈出了文学史上的一段雅事。夫妇同好，填词互赏，这又何尝不是人间家庭的一种至乐。可惜的是，不久，这种至乐就无法继续了。赵明诚在任中（抗金前线）操劳过度，得病而逝。从此，李清照（1084—1155 年）的词多用独白，风格也从端丽、雍容、明媚，而变为哀婉、冷寂甚或呼告。这是政治大势促成的一个孤女的变化。生活状态决定了作品风格，观李词的前后走向也可获得启发。

本篇在语言运用上，着实显示了这位女性词人的过人才思。重阳佳节，她想的是什么？又能想什么？夫君不在身边，前线军事复陷紧迫，即便“暗香”仍盈袖，东篱又把酒，她心灵所需却无法出现。于是孤独、惘然与难言的惆怅，让她吐出了几句近乎调侃，却又令人酸鼻的话：别说我不会感动，那不是，西风来陪伴我了，伴着我这瘦弱的身子！不知赵明诚读后有否流泪，而非仅执着于在填词的功力上超过她。

“莫道不销魂，帘卷西风，人比黄花瘦。”此三句已成就为宋词名句。李氏给中国词坛的贡献是重大的。

蝶恋花　宋·李清照

暖雨晴风初破冻，柳眼梅腮，已觉春心动。酒意诗情谁与共？泪融残粉花钿重。　乍试夹衫金缕缝，山枕斜欹，枕损钗头凤。独抱浓愁无好梦，夜阑犹剪灯花弄。

春天又来了。柳、梅均已显现出娇态，人又何堪？把酒共谁人？作诗共谁人？剩下的女儿身只能“泪融残粉”，连首饰都不愿再戴了。作者在上片睹春伤情，写出了旧时代女孩的情感共性。然而，她用的艺术手法却十分多样，物象人格化、通感、反诘与曲笔，而上片仅三十个字。下片承上。试衣、试枕，均不满意，甚至连个“钗头凤”都被枕头给压断了。一团怨气只有自己消化，然而“独抱浓愁”的结果，自然是终夜失眠，于是，只得夜半披衣去侍弄无情的灯花了。

由此笔者联想到程派名剧《锁麟囊》中的薛湘灵，两位大小姐举动何其相似。那种情有所思、人有所恋而生发出的无限娇情与娇嗔、娇痴，在艺术家的手中焕发出夺人的光彩。

上下片一以贯之，从结构言，不能将其看作是两个并列的单节，而是承递关系。上片着重于“思”，下片着重于“行”。总的旨意是爱的寂寞。作者在夫亡南渡前的生活着实是优裕的，她的娇痴可爱样态可惜不久后就看不到了。

永遇乐　宋·李清照

落日熔金，暮云合璧，人在何处？染柳烟浓，吹梅笛怨，春意知几许。元宵佳节，融和天气，次第岂无风雨。来相召、香车宝马，谢他酒朋诗侣。　中州盛日，闺门多暇，记得偏重三五。铺翠冠儿，捻金雪柳，簇带争济楚。如今憔悴，风鬟霜鬓，怕见夜间出去。不如向、帘儿底下，听人笑语。

本篇应先从下片最后几句读起，因为这是作者的血泪声音。多少时代，多少读者，读到这几句都会掷书而叹！由此向上，上片均为易安对南渡前京、洛生活的回忆。两两对比，天上人间。一位曾经的贵族少女、少妇、夫人，会变成风鬟霜鬓的老妇，连晚上出门看灯都不敢。她怕什么？怕遇到熟人问起：你的宰相公公呢？你的尚书父亲呢？你的太守丈夫呢？你们的金石收藏呢？更怕年轻人说她老了，而她确曾骄傲地年轻过。如今，什么都没了。这就是战争，中国历史上有多少次的分裂战争苦了百姓，包括如清照这样的贵族家庭。

用端庄的、雍容的文字，表现如此重大的题材，清照显得游刃有余。上片首句“落日熔金，暮云合璧”，写初春暮色，恢弘大气，前所未有。一位女性词人在那个时代创造出了如此的文明，怎不受人敬仰与纪念！当然，本篇中已隐约透露出女主人的悲凉与孤独。她老了，再不久，如《声声慢》那样的泣血之作也要来到人间了，从此，完成了她的人生。

这里要提一下的是，李清照不仅是一位杰出的女词人，也是一位诗人、一位词论家。可惜她的诗传世甚少，且风格与词迥异。她的公爹赵挺之为相时，排斥元祐党人甚力，易安上诗给赵挺之有“何况人间父子情”句；徽宗时，易安曾有诗给挺之，其中有“炙手可热心可寒”句，均引起社会重视。另外，她所作五言古绝《夏日绝句》：“生当作人杰，死亦为鬼雄。至今思项羽，不肯过江东。”脍炙人口，传诵千年，给民族振兴以很大的精神助力。由此看来，清照不仅仅是一位婉约派的代表词家，她也是一位巾帼不让须眉的女中丈夫，敢于对身边的权贵表示强烈不满，而语不粘滞，大气凛然。

如就诗词个性而言，李清照的创作也较为典型。诗贵端庄、严肃，是庙堂文学的一种；而词，婉约之余，抒一己之情耳。在李清照的《词论》中，这一观点表达得清清楚楚。

贺新郎　宋·叶梦得

睡起流莺语。掩苍苔、房栊向晚，乱红无数。吹尽残花无人见，惟有垂杨自舞。渐暖霭、初回轻暑。宝扇重寻明月影，暗尘侵、上有乘鸾女。惊旧恨，遽如许。　江南梦断横江渚。浪粘天、葡萄涨绿，半空烟雨。无限楼前沧波意，谁采蘋花寄取？但怅望、兰舟容与。万里云帆何时到？送孤鸿、目断千山阻。谁为我，唱《金缕》。

本篇主旨为作者送归已逝恋情，抒发了对即将来到的新的精神生活的热切渴望。

据张宗橚《词林纪事》引《卢浦笔记》云：叶梦得（1077—1148年）之孙曾对人说起，乃祖创作本篇时年方十八岁。作品用笔绮丽，有温、李之风，与其早期作品风格是吻合的。

上片营造了一个孤寂无奈的“轻暑”空间。首二句描状黄昏时的朦胧，其中“睡起”“掩”“向晚”“乱红”用词极精当。作者从“吹尽残花”中一无所见，只得以“垂杨”自喻。这是寂寞的心灵回归，于是他又不可抑制地重寻起“明月影”下的“宝扇”。旧时恋人的隐现，哪怕是霎时出现在“暗尘侵”的“苍苔”之中，也是难得的宽慰，当然，作者知道，楼虽在、人去矣。“惊旧恨”三字结束了这一段痛苦但又稍带快慰的矛盾遐思。“遽如许”，让作者又回到了现实生活中。

旧的不复存在，新的必须再来。过拍“梦断”二字写尽旧情难续。以下以水天一色、葡萄新绿、烟雨半空作从惆怅心情中挣扎出来的心理铺垫。作者问道：“谁采蘋花寄取？”他怅望着载着心上人的“兰舟”翩然来到，然而理智告诉他的却是“万里云帆”漂泊无定。“何时到？”一个问题道出作者心情的急迫，也让读者体会到追情无着的悲哀。“孤鸿”逝去，渺然目断，作者以“千山阻”三字与过拍“梦断”回应。最后以“唱《金缕》”点明少年时的珍贵，这是历史告诉作者的人生哲理。然而，“旧恨”正在时日中远去，这又是不可追悔的现实。作者亟盼再结尘缘，以寄春心，这是青年人的恋爱观。“谁为我”是作者主体意识的强烈体现。

《贺新郎》一词虽始于苏轼，但《词谱》将本篇引为《金缕曲》（按：《贺新郎》又名《金缕曲》《贺新凉》）的正格。“金缕”二字亦因本篇末句而名。

西江月　宋·张孝祥

问讯湖边春色，重来又是三年。东风吹我过湖船，杨柳丝丝拂面。
世路如今已惯，此心到处悠然。寒光亭下水如天，飞起沙鸥一片。

张孝祥（1132—1170 年），绍兴二十四年（1154 年）中进士，时年二十二岁，意气风发，一度成为主战派中的活跃分子。他的名篇如《六州歌头·长淮望断》，多用三字短句，平铺直下，淋漓畅快，据说中原民众响应甚大。但作者虽多豪放意气，也间有抒发人生情怀的作品，可圈可点，如《念奴娇·过洞庭》和本篇。

本篇属小令。上景下情，格式传统，淡淡铺景，真实写心。换头句明写世事无望的无奈。煞句“飞起沙鸥一片”也许是指北伐重见希望。

就艺术性而言，以豪言存世的作家作品，除辛稼轩一人一家外，几不成规模。辛前辛后均为如此。本篇以清新作一记录。

鹊桥仙　宋·陆游

一竿风月，一蓑烟雨，家在钓台西住。卖鱼生怕近城门，况肯到红尘深处？　潮生理棹，潮平系缆，潮落浩歌归去。时人错把比严光，我自是无名渔父。

明毛晋曾引杨用修语：“放翁词纤丽处似淮海，雄慨处似东坡。”清刘熙载评曰：“陆放翁词，安雅清淡，其尤佳者，在苏、秦间。然乏超然之致、天然之韵，是以人得测其所至。”（《艺概·卷四》）

笔者基本认同以上评语。陆游（1125—1210年）系南宋一大家，但无论诗或词，真正能传诵后世者并不多，而他的作品的存世量，就诗而言，却多达九千余首，是我国古代诗人中创作量最高的。其闲居时的诗篇题材雷同，手法单一，叙日所历，类今日之日记，艺术性也较无可观。当然，既是大家，总有大可观处，如后人传诵之《示儿》《关山月》《书愤》《游山西村》《临安春雨初霁》《沈园二首》等诗，仍是文学史上的名篇；但以此与九千余首之总量比，其成功概率实在不高。

如论词，脍炙人口的如《钗头凤》，因事存词，影响殊大，与唐婉相和，更臻绝唱，将中国古典文学的哀情元素提升到一个从庙堂到民间人人唏嘘的新高度。《钗头凤》词不同于东汉的《孔雀东南飞》，前者是真人真事，而后者却仅是创作而已。再说陆游是越中大家子弟，本人又是达宦，加上本事词的影响总是超越一般题材，文字又确实是心血俱洒，一字一泪，视为佳作，绝不为过。

综观陆词，很难以豪与婉来断言，正如前面所引先辈评语，似在两者之间。就本篇言，又是一纸生活的纪录。全词平直叙述，清则清矣，却是波澜不惊，平平写来，平平读去。笔者先说本篇，也只想告诉读者，大名家的大部头著作宜选读不宜全读，陆集即是。笔者曾藏有明汲古阁刊《剑南诗稿》，通读之余，即生此感，一时竟有读陆集还不如玩明版书有趣的想法。陆词风格就总体而言，还是倾向清婉一脉，作清语占大多数，作豪语而又能传诵的实在不多，时下文学史称之为"豪"派，不知根据何在？须知，评定作品风格，与评定其政治、军事理念毕竟是两回事。

这里顺便提一下，陆游的散文写得很好，他的一部《入蜀记》，以自然之笔，写由家乡到四川的途中经历，举凡乡村小镇、风土人情、食宿来往等，甚有看点，生活气息浓郁，文笔简约散淡，可以视为南宋散文之一大代表。

谢池春　宋·陆游

壮岁从戎，曾是气吞残虏。阵云高、狼烟夜举。朱颜青鬓，拥雕戈西戍。笑儒冠、自多来误。　功名梦断，却泛扁舟吴楚。漫悲歌、伤怀吊古。烟波无际，望秦关何处？叹流年、又成虚度！

这是一首感叹功业未成的咏怀作品。如说上片还有激情的回忆，那么下片以"功名梦断"承上"笑儒冠、自来多误"，开始了又一曲悲歌的吟唱。“望秦关何处”，是作者一生情怀的纠结，然而作者也知道，时不我待，于是终究“叹流年、又成虚度”。

上下片的最后一句成就了本篇的主旨。作者是以“豪放”心情写就的这首词，还是别有情绪？不说也明白了。刘熙载说的“在苏、秦间”，笔者以为既不及秦、亦不靠苏，也许这才是放翁词的位置吧。

贺新郎　宋·辛弃疾

甚矣吾衰矣。怅平生、交游零落，只今余几！白发空垂三千丈，一笑人间万事。问何物、能令公喜？我见青山多妩媚，料青山、见我应如是。情与貌，略相似。　一尊搔首东窗里。想渊明、停云诗就，此时风味。江左沉酣求名者，岂识浊醪妙理。回首叫、云飞风起。不恨古人吾不见，恨古人、不见吾狂耳。知我者，二三子。

中国词坛的圣人出现了，他所带来的绚丽彩虹，为诗词文化乃至中国文学增添了永恒的不败之笔。

辛弃疾（1140—1207年），山东济南人。从北方沦陷区起兵南渡后，曾多次上书朝廷，主张收复中原，统一国土，但未被采纳，甚而不断被摈弃和免职。自孝宗淳熙九年（1182年）起闲居江西农村长达二十年。其间虽几度出山，但任期均不长。光宗绍熙五年（1194年），他在福建安抚使任上被弹劾“残酷贪饕，奸赃狼藉”，再度罢官家居，筑室于铅山县期思乡瓢泉，用陶渊明《停云》诗命其堂。这次罢废，大约闲居了八年以上。据邓广铭《稼轩词编年笺注》，本篇约作于光宗绍熙五年至宁宗嘉泰二年（1194—1202年）间。

本篇是一首述怀词，作者仿效陶渊明思念亲友的《停云》诗，抒写了再度罢官后的无奈与无望。

上片感喟壮志未酬、交游零落，只能在寻寻觅觅中找到“情与貌，略相似”的青山为知音。首句用《论语》入词，隐含着“吾道不行”、老而无为的悲凉。“怅平生”一韵痛悼友朋凋谢，当时与辛弃疾过从甚密、酬唱甚繁的陈亮、韩元吉等人早已相继谢世。面对皂白不分的现实，又少了知交，词人深感惆怅、孤独。“只今余几”句在两仄声中夹了两个平声，并以仄声为句尾，这一问透露出在舒慢沉思中的凄切。“白发”一韵用李白《秋浦歌》诗意，点出岁月蹉跎、老大淹蹇的愁绪。“人间万事”不得意，却以“一笑”了之。貌似平衡心态，却蕴含着无穷的苦涩与无奈，又能向何人倾诉！“问何物、能令公喜”，一句设问，化用典故，变人为物，写得诙谐自然。“我见”以下两韵为自答。青山在词人眼里姿态美好，可亲可爱，“料青山、见我应如是”。

作者对青山似有千千情结，他在另一首题为《沁园春·再到期思卜筑》的词中曾深情写道：“青山意气峥嵘，似为我归来妩媚生。解频教花鸟，前歌后舞，更催云水，暮送朝迎。”“料”是个用了去声的领字，表明词人以平等的身份与青山对话，并赋予其人的感情。词人深感人间“交游零落”，但大自然中却遍地知音。这是旧时代知识分子在对自然审美中与自然融为一体、并从中体认自我价值的一种折射。本篇对这一点诉说得格外强烈豁达。辛是一位极度孤独、寂寞的人，却偏不说寂寞，反而以在寻觅中找到青山为侣而感到莫大的慰藉与欢愉，这种倔强、不屈服的精神才是豪放，词中难得全方位出现的真正的豪放！

下片由独坐停云堂饮酒引出联想与议论，传递了报国无门的矛盾心理。过片“一尊搔首东窗里”，把陶渊明的《停云》诗信手拈来，完成“思亲友”题旨的隐伏。陶是辛的异代知己，辛词中述及陶的地方多达七十余处（陈淑美《辛稼轩与陶渊明》），辛除在瓢泉之居用《停云》诗名其堂外，又在带湖居处用陶的《归去来兮辞》中“植杖”句名其亭。

陶与辛都有一种“欲有为而无能”的幽恨，但陶是一位哲人，能在通观妙语的思维中达到俯仰自得的境界；辛却是英雄豪士，有建功收复之心，却终生挣扎在无人理解的悲慨之中。“搔首”反映的就是这种矛盾心理。他赞颂陶的“此时风味”，批判“江左”（即江南）风流人物的追名逐利。“想”与“岂识”相对，词人处浊世而洁身不变初衷。“回首听、云飞风起”，词境一转，激情终于爆发。词人借刘邦的《大风歌》一吐郁闷心绪。“不见”两句借用并深化了南朝张融的语言，以疏狂豪放独立于浊流，委婉地表示了对现实的对抗。煞句“知我者，二三子”与上片“交游零落”遥应。

全词连续化用前人的句子，熟用典故，自然而不露痕迹，成就辛词的一大特点。上下片“怅平生”“想渊明”，分领以下四言两句，声律相同，辞意相散，在矛盾中蕴含了曲折美，这也是辛词的好处。作品波澜起伏，在悲凉凄切的气氛中深蕴了豪放不羁的浓郁之情，给人留下无限的遐想空间。词之妙境，尽在其中矣。

本篇是辛得意之作。宋杨湜《古今词话》记载：宁宗嘉泰四年至开禧元年（1204—1205 年），辛知京口（今镇江）时，经常在客人面前自诵“我见青山多妩媚，料青山、见我应如是”“不恨古人吾不见，恨古人、不见吾狂耳”句。在一次宴会上，岳飞的孙子岳珂曾直言“前后二警句差相似”，辛弃疾当即表示“实中予痼”，并认真修改，但一天改几十次，历数月也未改成，终于原汁原味保留，让我们今天得以欣赏到真佳什。

从创作，尤其是激情创作而言，一气呵成而带来的艺术魅力往往是巨大的，如间有不太经意处，宜就大不就小。岳珂的意见有一定道理，但一气读下，未感句意“差似”而带来的拖沓，而豪气如水注，这就是辛屡改而不舍得动原句的原因。

摸鱼儿　宋·辛弃疾

更能消、几番风雨，匆匆春又归去。惜春长怕花开早，何况落红无数。春且住！见说道、天涯芳草无归路。怨春不语。算只有殷勤，画檐蛛网，尽日惹飞絮。　长门事，准拟佳期又误。蛾眉曾有人妒。千金纵买相如赋，脉脉此情谁诉？君莫舞！君不见、玉环飞燕皆尘土。闲愁最苦。休去倚危栏，斜阳正在，烟柳断肠处。

梁启超说此篇："回肠荡气，至于此极，前无古人，后无来者。"

本篇是宋词的绝佳典型，传统说法谓之"豪放"，终须辩证分析。所谓"苏轼肇其端，稼轩继其后"的见解，前文已有议论。本篇无论就立意、章法、遣词、用句，皆呈婉约回环意，就艺术而言，宋词的美学内涵可以此为代表。上片起句以"更"字突然切入，总言春去，继之惜春、说春、怨春一气而下，煞句以"尽日惹飞絮"的意象作结，隐喻朝廷主战、收复已成泡影。下片连用数典，亦凭空切入，换头处没有过渡，上下片呈两个表面意义并不相关的并列结构，这种写法在词中是一种成功的创新，有如电影中的蒙太奇，镜头的跳跃感十分强烈，一个又一个的独立意象在围绕主题中确立，而镜头之间的联系可分又可合。上下片之间依靠主旨的内涵给予深层的结合，而不是靠换头过渡，所谓"承上启下"的说法在本篇中并不存在。

在下片中，作者用典的特征表现得十分强烈。稼轩先以汉武帝的陈皇后失宠后，用千金买司马相如的赋，意图感动丈夫的故事为譬，表现朝中主和派嫉妒作者而使之"佳期又误""此情谁诉"，继而用唐杨玉环、汉赵飞燕始而被宠、终而被弃的史实，指出政敌的最终归宿。然而，对方败则败矣，自己却依然不被重用，以后又该何去何从呢？"休去倚危栏，斜阳正在，烟柳断肠处"的绝妙景衬，成功地回答了作者的这个问题。

一首政治氛围十分强烈的作品，却以美丽、落寞的景语、情语一路写来。上片状春暮，下片以悲剧人物喻己、喻人，于缠绵中隐藏无限家国情怀，如此“豪放”也唯稼轩一人可为，如此“婉约”也唯稼轩一人可为也。据说，宋孝宗读了这首词很不高兴，但没有加罪于他，这也许就是优秀传统诗词象征寄托的妙处。

琵琶仙　宋 · 姜夔

双桨来时，有人似、旧曲桃根桃叶。歌扇轻约飞花，蛾眉正奇绝。春渐远、汀洲自绿，更添了、几声啼鴂。十里扬州，三生杜牧，前事休说。又还是、宫烛分烟，奈愁里、匆匆换时节。都把一襟芳思，与空阶榆荚。千万缕、藏鸦细柳，为玉尊、起舞回雪。想见西出阳关，故人初别。

姜夔（约 1155—约 1221 年）是南宋的代表性词人之一，擅长描状别离之情。从大处看，有点类似周邦彦；但细细体味，却可从姜词中发现一股周词没有的冷意。

本篇上下片分别写旧忆和今思。上片煞句一组“十里扬州，三生杜牧，前事休说”，十分爽利，有点固有风格的变异。下片描状旧人不在，思情无着，“却把一襟芳思，与空阶榆荚”，即使饮宴起舞，脑中想着的还是“西出阳关”的“故人”。

本篇起句而下类似今日电影中蒙太奇的处理，“双桨”“人”“旧曲”“桃根桃叶”“歌扇”“飞花”“蛾眉”“汀洲”“绿”“啼鴂”等，分别依序组合剪辑，写尽一曲可思可念的旧忆。

南宋词在风格上较北宋词更婉转，隐喻性也更强，用字柔软、恻迷，时而又生出一分凄凉与叹息。词的内质似乎被表现得更集中、更具代表性。姜白石如此，另外如吴文英、周密、王沂孙等，均在一定程度上相似。这里可能有政治的原因，但就词这一形式而言，也许已走过了最辉煌的时期，渐渐要老去了。盛极而衰的道理，就文学样式而言，也是可以说得通的。词步入元明二代，式微之命运已成事实。如果没有清词的二度崛起，也许宋词离我们今天就更远了。

灿烂的多元继承与变化中的理性思辨

春日宦舍偶题（五律）　宋·王禹偁
薄宦苦流离，壮年心已衰。
莺花愁不觉，风雨病先知。
晓月晃竹屋，寒苔叠槿篱。
无人慰寂寥，庭柳自低垂。

时代又翻开一页，唐五代后，北宋诗歌接踵而起。新的艺术趣味伴随日月显示出与唐不同的风貌，但是多元继承是不可避免的。所谓史有先后，人有古今，法前人之法，知古之是非，抉择自己喜欢的前人风貌而成就新品是每个时代的文人向往。

宋初王禹偁（954—1001 年）是新时代最早具有影响力的诗人，史称其“习李杜，故其《赠朱严》诗云：‘谁怜所好还同我，韩柳文章李杜诗’”（《宋诗钞·小窗集钞》）。然而，他的作品无论风格和情志都与李白、杜甫有很大不同，所以作者晚年在《示儿》诗中颇具苦涩地说了两句：“本与乐天为后进，敢期子美是前身。”他的成诗风格不同李杜，而走向了白居易一路，可诵之品往往在不经意中流露出内心的动与静，而不似杜甫的精雕，更缺乏李白的恣肆汪洋。

本篇起二句勾状宦游之累。作者一生仕途多舛，擢升与贬斥几为常态，曾任翰林学士、工部郎中，卒于蕲州，时年仅四十八岁。颔联写愁中不见莺花，病中先知风雨，所谓好事不见坏事尽知，“莺花”与“风雨”两个意象的对立内涵十分恰当地显示出诗人情绪之不安。颈联四种意象的同位出现表现“晓月”“寒苔”之下的居住环境，即便在月光下诗人感到的只是“竹屋”的摇动，而不是月色澄明下的静谧与安宁，更何况月儿的移动诗人是看不见的。槿花在春日应该是点点束束的美丽，然而诗人看到的却是清晨的“苔”绿，并还带有一丝莫名的“寒”意。如此春日为作者官舍所见，由景及情，借春之象抒心之苦则是别出心裁。最后诗人道出“寂寥”二字，进而，委屈“庭柳”“低垂”下自己的腰肢。

意象内涵的反向运用在本篇中安排得比较妥帖。诗中“晃”“叠”两个动词也在得体中透出新奇。不过从全篇的情绪所指看，还难以发现与白居易闲适诗的遥向联系，那种雍容不败的、从内心发出的心灵吟唱还不是王禹偁所能驾驭自如的。

言怀（七绝）　宋·王禹偁

宦途日日与心违，人事纷纷任是非。

却为游山置行李，渔家船舫道家衣。

要说一代文字有一代的特征，倒是真话。有宋一代的诗人渐渐开始在作品中作率直之语和拗涩之句，在开国之初已显端倪。这在唐的开国诗歌中是颇难读到的。

本篇几与口语无异，第一、二句直抒“心违”之怨，第三句“行李”引出最后七个字，逼出意象成就全诗。它的情绪安排与李杜毫无交集，与白诗也不相近。本篇显示宋诗的自我情绪已经产生，继承，继承什么？还是思辨乃至去向已成问号式的开始。

泛吴淞江（七绝）　宋·王禹偁

苇蓬疏薄漏斜阳，半日孤吟未过江。
唯有鹭鸶知我意，时时翘足对船窗。

前篇的无趣自白如果说是违背了作诗的基本造句法则，那么《泛吴淞江》诗可以为作者挣回些许的“荣誉”。

平白安静，以“孤吟”对“斜阳”，一个“漏”字则写尽了“苇蓬”的“疏落”。诗人冷寂孤独的心理在首二句中获得传递。第三句“鹭鸶”的出现为近乎苍白的画面添加了一丝生气，毕竟，它是江中一个近乎可爱的活物，它的顽皮、自得恰恰是此时此地的诗人内心所缺乏的。它仿佛通晓诗人的寂寞，竟将细长的腿缩起、伸长，面对“船窗”里注视着他的诗人。于是诗人枯寂的心刹时注进了一束暖流。作品没有具体写心里的感受，但“翘足”二字生动地传送了环境提供的少有活泼。意象选择的煽情效果将拟人的修辞方法用得恰到好处，是本篇的成功之处。以小景小物制造沉寂环境中的一抹亮色是传统诗歌的常用手法，但作者在前引《言怀》篇中却疏忽了。这一成一败的例子也许在谨慎地告诉后人，宋诗继承的多元选择和即时思考的复杂路径已经开始出现了。

霁后望山中春雪（七律）　宋·王禹偁

谁种离离碎玉苗，晓楼吟望兴偏饶。
白云作伴宜长在，红日无情已半销。
聚映早霞明野寺，散随春水过溪桥。
世间安得王摩诘，醉展霜缣把笔描。

起句用一个问句点题，但第二句明显瘦弱，《言怀》诗中的陋习又差似现身了。“兴偏饶”这样的口号式的心绪表达在唐诗名家近体诗中是很难读到的。好在二、三两联作者拉紧了思维的绳索，用意象产生的美描述了春雪融化的过程，“白云”“红日”让雪渐渐化解，而早晨的霞光产生的热量又把雪水送进了桥畔的小溪。这也许是今年最后的一场雪了，诗人望着凌凌雪水想起了王维。第五、六句一“聚”一“散”是全诗的亮点，尤其是第六句中的“散”字用得较灵动，与“过溪桥”一起产生的流动感让全联读来隽永适畅。然而，结句的一个“把”字又将读者在前面的获得感淡化了。全篇首尾两联均呈弱势。

也许宋诗初起的这种现象给相近出现的后人有了某种感触，前朝晚期或细润清丽或富赡华缛的美丽诗篇怎么刹那之间消失得不见踪影？

于是，中国诗史上一个值得思考的现象出现了，那就是“西昆体”。

文学史的发展犹如一切事物的前行轨迹，呈曲线和盛衰交叉的形态。四言盛，杂言起，杂言弱，五言起，然后与七言并轨，直至唐末五代，诗体发展到极至，由是出现了词。同时，经过洗礼的宋诗继晚唐诗而继立于赵宋王朝。出于对温李诗派影响的形式反制，以王禹偁为代表的自诩学李杜、实际学白居易也未见成功的古体和近体诗在非“推陈”而是“弱陈”的态势下，“出新”在宋初诗坛。

于是，又一种艺术的反制“西昆体”出现了。

公子（七律）　宋·杨亿

夹道青楼拂彩霓，月轩宫袖按前溪。
锦鳞河伯供烹鲤，金距邻翁逐斗鸡。
细雨垫巾过柳市，轻风侧帽上铜堤。
珊瑚击碎牛心热，香枣兰芳客自迷。

西崑詶唱集卷上

受　詔修書述懷感事三十韻

左司諫知制誥楊　億

太極垂裳日中原偃革初樓船秋發詠衡石夜程書好問虛前席徵賢走傳車蓬萊併漢制猥燼訪秦餘紬繹資金匱規模出玉除紛綸開四部祕邃接千廬飫賜雙雞膳親廻六尺輿華芝下閶闔白羽擁儲胥望氣成龍虎披文辨魯魚

《西昆酬唱集》康熙戊子刊本

王禹偁出生于 954 年，杨亿（974—1020 年）比王禹偁小了二十岁，距李商隐出生的唐 813 年已过去了一百五十一年。杨亿摒弃了比自己大了一代的王禹偁，而选择了一个半世纪前的李义山作自己的艺术偶像。原因平淡无奇：仅偶尔重复一下白居易的闲适诗，或选择几组寻常意象构成的简单联句，无法引起杨亿的文学兴趣。当然，其中不乏两人社会身份悬殊的因素。

杨亿在历史上留名是因为他编集了《西昆酬唱集》二卷。本集是杨亿与其同时代的刘筠、钱惟演等十七人的唱和诗集。集中收诗二百五十首，其中杨亿、刘筠、钱惟演三人的作品占全集五分之四以上，即二百零二首，余十四人共留下四十八首。全集作品始于宋真宗景德二年（1005 年），止于大中祥符元年（1008 年），前后共计三年时间。起源于真宗下令编纂《历代君臣事迹》（即《册府元龟》），编纂者须集中在秘阁，即中央藏书所在。传说，昆仑之西是西王母所居，即先王之所谓“册府”，也即书库。杨亿等在奉命编纂之余，以唱和形式完成吟咏于此，故定此书名。十七人的作者身份各异，但大多为文学侍从之臣。他们有近距离接近帝王的机会，有涉阅最多图书的便利，更有身份决定思绪的客观实际，于是熄火一个半世纪的前辈诗人李商隐被选中并渐而成了他们的偶像，因为淡而平凡的意象与不经咀嚼的艺术趣味显然不在贵族趣味的范畴之内，更不可能进入他们的思维深处，于是，一部逞才居奇但又不乏琳琅满目、富丽浓醇的艺术作品集出现在北宋建立的四十八年后的中央机构。

这部作品集无可置疑成为中古贵族诗风的代表作，但因贵族文风历来为人诟病，这本集子的命运也是历尽坎坷、一言难尽的。从成书起，“属词浮靡，不遵典式”的警告已经出现，这当然由当时上层政治的不确定而起。所谓“典式”，并不是指作品学李商隐的风格，而是唱和之中，不经意将内廷具体生活的情状泄露了出去。之后，宋仁宗时欧阳修、梅尧臣出现，流连于上层权贵文人之间的西昆诗作显然不得不让位于后起的、易被大多数士人理解并传递日常情感的介质。北宋王朝从一开始就未将贵族绝对凌驾于普通士人之上，欧阳修的出身亦非权贵。所以，仅就双方力量而言，十七位文学侍臣也无力与以后以欧阳修为代表的大多数人掰腕角力。背景、经历和个人禀赋成就了欧阳修等在北宋文学史上不仅仅是诗，还有词和散文领域作出的巨大贡献。

但是，西昆诸位，仅就杨亿而言，其作品散发出的文字调遣能力、典实引用的隐喻效果乃至题旨的出现，都能从中看到昔日李商隐的影子。如果说，李商隐诗在明代后已获多处肯定，那么，杨亿等的部分作品也不应完全被无视，其中如李诗嘲讽权贵奢靡生活的作品在杨诗中多有反映，且艺术手法的靠拢亦是可与李诗作部分等量观的。

以下就《公子》篇与李商隐的《富平少侯》作一比较分析。“七国三边无到忧，十三身袭富平侯。不收金弹抛林外，却惜银床在井头。彩树转灯珠错落，绣檀回枕玉雕锼。当关不报侵晨客，新得佳人字莫愁。”

就主旨讽刺效果之强烈，李诗超于杨诗，以至于纪昀谓之“太尖薄”。这主要在于杨亿的末联继续沿前面用了物典，而没有如李诗再现了清晨的一幕：宠姬在侧，晨客不理，洒脱讥讽之意真正地跃然纸上。但就中二联言写法，则李、杨二篇几乎用了同样的隐喻手法，仅所引故事不同而已。

第三句言“锦麟”藏书信，指旧情不忘。出汉古诗“呼儿烹鲤鱼，中有尺素书”。第四句“金距”指“斗鸡”时双方角斗的空间，出高诱《吕氏春秋·先识览·察微》注：“金距，以利铁作锻距，郈氏为之金距。”第五句指效法旧习，追逐时髦。韩愈文：“垫巾效郭。”“郭”指后汉郭太，“太尝于陈梁闲行遇雨，巾一角垫，时人乃故折巾一角，以为‘林宗巾’，其见慕皆如此”（《后汉书·郭太传》）。“柳市”

指古时游侠聚集地（《汉书·游侠列传》）。第六句“侧帽”出《北史·独孤信传》：“信美风度，在秦州，尝因猎日暮，驰马入城，其帽微侧，诘旦而吏人有戴帽者，咸慕信而侧帽焉。”“铜隄”指坚固的堤防，孟郊有“襄阳青山郭，汉江白铜隄”句。此二句刺诗中主人公美容颜，招摇过市。其中“细雨垫巾”“轻风侧帽”用典而不涩，写主人公外在形貌十分形象。第七、八句均出自《世说新语》，上句写石崇与王恺争豪，恺以珊瑚树高二尺许示崇，崇以铁如意击之，树应声而碎，随即，崇取三尺、四尺珊瑚树光彩溢目者六七枚。下句写王敦如厕将塞鼻枣食尽了，李商隐有“香枣何劳问石崇”句，状石崇之奢靡。

本篇中二联的写作手法与李诗几乎同出一脉。其中关联意象如“金弹”“银床”“彩树”“转灯”“珠落”“绣檀”“回枕”“玉”等，无一不是李商隐对“富平少侯”的奢侈生活的讥刺。而杨亿在《公子》篇中的引譬也达到了与李诗同等的讽喻效果。当然结二句较李诗为弱，这是由不同作者的艺术敏感力所决定的，毕竟李商隐的政治讽喻能力在唐代诗史中几可与杜甫相颉颃。

因是文学侍臣的作品而受贬是不公平的，如援此例，则李白甫进宫时的《清平乐》三首应作何评判？而后世亦未多见贬辞。古今诗词的评价系统因时代、环境、个人喜好等的不同而呈异状是正常的，但需作细化评述，而不以其社会身份作唯一指标。

杨亿及西昆诸公喜欢用典一如李商隐，但对此应作具体观。喻之有物而给读者以多元解读的空间，从而提升了艺术本身带来的深沉趣味和思考就是成功的，晚唐温李诗派对后世的影响在于此。宋代诗人又正好遇到从太祖、太宗、真宗一直到仁宗这一百年中央对文人的优渥时期，他们从理念到文字的改变部分是因对王禹偁等的不屑，更多则是沉醉在昔日美丽的夕阳中体味前代艺术的不朽光芒与随之而来的快乐和矜持的感觉。其中部分写实和抒写情感的作品理应引起重视，它们的创作理念一度也曾给不久后出现的后辈如欧阳修、苏轼、黄庭坚等大家以相当的影响，尤其是以黄庭坚为首的江西诗派，而这一影响一直延续到有清一代。宋诗的擅长议论和理性思维渐渐从启蒙而成为一代乃至几代的风格，其中清诗接受最为明显。

以下再来读几首杨亿和其他西昆诗人的作品。

南朝（七律）　宋 · 杨亿

五鼓端门漏滴稀，夜签声断翠华飞。
繁星晓埭闻鸡度，细雨春场射雉归。
步试金莲波溅袜，歌翻玉树涕沾衣。
龙盘王气终三百，犹得澄澜对敞扉。

全篇结构、用典、遣字很明显有李商隐的痕迹，作者没有半点回避，全诗与李诗的不同仍然在于缺乏李诗的锋利色彩，这也许是处于末世与生于新王朝初期的文人思维的根本不同，所谓时代气息的烙印吧。

李商隐的同一诗题在本集中有两首，兹摘一首以作对比。《南朝》：“玄武湖中玉漏催，鸡鸣埭口绣襦回。谁言琼树朝朝见，不及金莲步步来。敌国军营漂木柹，前朝神庙锁烟煤。满宫学士皆颜色，江令当年只费才。”

《南史》：齐武帝“数幸琅邪城，宫人常从，早发，至湖北埭，鸡始鸣”。“绣襦回”指宫女之多与服饰之美。陈后主喜艳词，曾采“璧月夜夜美，琼树朝朝见”喻贵妃之美色（《陈书》）。“不及金莲”句在语感讽刺的力度上层层递进，“琼树”“朝见”不及“金莲步步”，前者美则美矣，却不及后者之款款而来。下半首纯写陈后主事。隋文帝投修战船之木于江中，示警陈，但后主未见警惕，且不祭太庙，遑顾祖业，以致木柹尽飘，神庙锁烟。满朝学士则不理政事，罔视亡国之兆而争相媚主，以致以江总为代表的佞臣与后主一起将江山送给了隋文帝。“江令费才”是对“学士皆颜色”的统领之语，李商隐的讽喻之才是杨亿等人不能企及的。但是，杨氏同名诗篇中的“繁星晓埭”“细雨春场”的“闻鸡”与“射雉”，以及颈联中的“步试金莲”“歌翻玉树”，又何尝不是李诗的继续与再讽呢？杨诗史典之运用也有同李诗处，然而杨柔而李刚，以致最后“龙盘王气终三百”句，诗人也许无力用意象作结了，只唤出了一声沉默中的响结，以宣告两晋迄隋近三百年王气的散逸！最后七字诗人心情复归平静，在窗户前一览澄静湖水，大概又在思考次日《册府元龟》的编纂了吧。是的，如无盛世也无修典之兴事了，诗人沉浸在对旧史的忆想中。

以史鉴今，李商隐习惯于用意象结束全篇，让作品在进行中达到一个新的情绪高度，而杨亿则显得心竭了，但是，理性的思辩则在直叙中产生，一个新的诗歌时代开始了。由两首同题诗不难看出，李商隐处末世而借意象作呐喊，杨亿处开国之盛，以与李同题同构同题旨的作品却显若干雍容稳重之态。杨学李，但不同李，相似处众，而不是李的复制，更何况李的艺术长处在杨亿等人的部分作品中获得若干延伸与继承，这也就是决定了西昆派的少量作品能存在于中国诗史的一个理由。

代意二首（选一）（七律）　宋·杨亿

梦兰前事悔成占，却羡归飞拂画檐。
锦瑟惊弦愁别鹤，星机促杼怨新缣。
舞腰罢试收纨袖，博齿慵开委玉奁。
几夕离魂自无寐，楚天云断见凉蟾。

"代意"犹如盛行于汉魏的代拟诗，即假设为诗中场景的主人公。本篇开始用《左传·宣公三年》载郑文公妾燕姞梦被赠兰而怀孕、生穆公的故事，抒写燕姞嫁夫没有子嗣的痛苦；次句悔嫁之余，女子想起娘家画檐下的快乐生活。痛与乐的一组矛盾在首联获得完美表达。颔联"锦瑟惊弦"用李商隐"锦瑟无端五十弦"延伸义，锦瑟弦断喻夫妇无份；"别鹤"，见晋崔豹《古今注·卷中》："《别鹤操》，商陵牧子所作也。娶妻五年而无子，父兄将为之改娶。妻闻之，中夜起，倚户而悲啸。牧子闻之，怆然而悲，乃歌曰：'将乖比翼隔天端，山川悠远路漫漫，揽衣不寝食忘餐！'后人因为乐章焉。"此指夫妇因无子嗣将别。下句用汉诗"新人从门入，故人从阁去。新人工织缣，故人工织素。织缣日一匹，织素五丈余"，将缣来比将离夫家之愁绪。颈联上下互看，表述生活无趣，歌舞休歇，即便日常游戏、梳妆悦容也了无心绪了。"博齿"，古代游戏。此联是上联的句意延伸，假以具体生活细节证实即将被弃的怨意，在结构处理上很似李商隐。尾联以散淡作结，女主人公也许是想开了。经过"几夕离魂自无寐"之后，她似乎看见了云散后的一轮明月。这样的结尾，几乎有超越了李商隐的风度。

作品传达的悔而怨、怒而痛、痛而悟、悟而达的女子心绪是值得读者同情和赞许的。其从汉魏乐府和李商隐作品中摄取的艺术品相基本上是积极的，没有在意象的组合中脱离题旨而作文字的显摆。喻体得体而精致，总体结构在首二句作相对看之后，又呈现全篇前六句与末二句的整篇对比。这种作法给不久后崛起的江西诗派以一定的影响。

鹤（七律）　宋·杨亿

怅望青田碧草齐，帝乡归路阻丹梯。

露浓汉苑宵犹警，雪满梁园昼乍迷。

瑞世鸾皇徒自许，绕枝乌鹊未成栖。

终年已结云罗恨，忍送西楼晓月低。

这是一首以鹤自咏的诗篇。首联从“怅望”出发，喻“丹梯”难登，“帝乡”阻归。颔联“汉苑”句言仕途多警、人生多虑，用的是有关鹤的典，相传鹤性机警，“至八月白露降，流于草上，滴滴有声，即高鸣相警，移徙所宿处，虑有变害也”（周处《风土记》）。“雪满梁园”句喻环境堪虑，前途茫失，典出谢惠连《雪赋》：“岁将暮，时既昏。寒风积，愁云繁。梁王不悦，游于兔园。……俄而微霰零，密雪下。”颈联上句以瑞鸟“鸾皇”喻鹤，但一个“徒”字，道出瑞鸟不瑞的失落。无人见许，所谓登高只不过是自我怜惜而已。下句以鹤复喻绕树三匝、无枝可栖的鸟儿，具体指喻人生之落、情绪之凄。末联写长年空对渺茫云天的鹤愁伴月儿的孤独处境，隐喻作者对自我人生的感叹和无奈。

杨亿为文学侍从之臣，时刻面对变化多端的帝王心思，遂不免产生对前途的忐忑之心。如真宗喜祀神求仙，大兴土木，杨亿替他草拟东封诏，结果被删去了“不求神仙、不求奢侈”等语，明显表达了对杨亿的不满。再如杨亿卷入高层反对真宗册刘妃为后的事件，亦为当政者和佞臣所不喜。

本篇中表达的情感轨迹与李商隐同类诗篇的设喻自比有不少类似之处，再从其语言选择、用典习惯和结句自结心情的抒情风格，以及在诗中传递出的批判精神也体现出与李商隐近似的进步士大夫的政治取向，都能寻绎出李的风貌。就题旨而言，本诗的设喻自慨也是李的点题风格，让失散的晚唐风韵又在新王朝的开始火了一把，这不仅是对王禹偁等平白著诗、散淡无趣的一个反动，更为宋初诗坛添置了一抹浓重而端丽的色彩。

无题三首（选一）（七律）　宋·杨亿

合欢蠲忿亦休论，梦蝶翩翩逐怨魂。
只待倾城终未笑，不曾亡国自无言。
风翻林叶迷归燕，露裛池荷触戏鸳。
湘水东流何日竭，烟篁千古见啼痕。

李商隐“无题”诗是古典爱情诗歌的代表，其表现出的真挚、浓烈、艳丽乃至厚重与无奈，也是中国诗歌史上仅见的一道风景。西昆诗人尊李而效之，在集中当然有不可忽视的反映。本篇即是习李的作品，但不无新的发明。

首联明确地表达了对爱已然不在的失落。嵇康《养生论》：“合欢蠲忿，萱草忘忧。”忿已不能解除，可见爱已飘然。随之，诗人又用庄周梦蝶的故事，进一步渲染旧情已化、蝶翩不复的悲情。颔联言等待心上人展露笑容却未等到，于是想起春秋时的息夫人。从未经过亡国之痛的她，在国亡之后被楚王纳入宫中，三年未发一言。诗人在想，你也许心中有委屈未伸之事，故而默而对我、乃至离去。诗人之痛在于对爱人之痛的未知，这种带有深刻自疚和内省的情绪是一种另类的感情折磨。颈联想象一双爱侣的美好生活，然而一切都如末联所云，“湘水东流”，啼痕长在了。

本篇写因爱逝去的自我反省和痛苦，回溯李氏“无题”这种表现是鲜见的，即便整个诗歌史上也不多见。杨亿对情感题材表达手法的曲意为之，应该被认为是对“无题”诗艺术的一种探索。

荷花（五言排律）　宋·刘筠

水国开良宴，霞天湛晚晖。

凌波宓妃至，荡桨莫愁归。
妆浅休啼脸，香清愿袭衣。
即时闻鼓瑟，他日问支机。
绣骑翩翩过，珍禽两两飞。
牢收交甫佩，莫遣此心违。

刘筠（971—1031年）是《西昆酬唱集》的主要作者，作品数量仅次于杨亿，达七十三首。

本篇属五言排律，是一首以铺排为主的咏物作品。全诗十二句，除首二句外，几乎句句用典，如果说它承前于李商隐，也可说启后于江西诗派。

首二句状荷花的生长环境，水国晚晖之下的荷花自然是光彩夺目的。第三句以古代“宓牺氏女，溺洛水而死，遂为河神”（李善注《文选·洛神赋》）的故事，将荷花比为宓妃。第四句又用古代女子莫愁为喻，“凌波”款款、“荡桨”依依的美女神态恰是荷花的动态表现。第五句用汉桓帝时京都妇女喜用愁眉啼妆之事状荷花之别样外貌。第六句写荷之香清袭人。“妆浅”“香清”恰是荷之静态存在。接着诗人承上发出“鼓瑟”“支机”的故事联想，“鼓瑟”者是神女湘灵，居于水；“支机”用有人问天河所在、遇妇人赠石而归的故事（《太平御览·卷八》引《集林》）。两典均与水有关，而水恰是荷花的生存所依。第七、八句复以“绣骑”“珍禽”，从陆、水两空间出发，状周围美丽生态对荷花的情感支持。最后以周朝人郑交甫汉水遇二女，请彼赠珮，郑受珮而去，十步珮失，回顾二女，也已杳然而逝的故事（《韩诗内传》），表现美者易逝的天人事理。其用发生于水的故事既回应了荷之题目，更完成了题旨的推出。人生多索取，对美人美物更是贪婪无忌，但回观郑交甫的得珮与失珮，乃至美人倏忽逝去的过程，又是何等的短促。从前十句的花事，到末二句的人事，诗人通过和水有关的一系列美丽意象推出，最后用“莫遣此心违”的警策道出了本篇的写作初心。

这样的咏物诗即便与李商隐同类诗作相比较，也是可以交卷的。

夕阳（五律）　宋·刘筠

夕阳堪极目，况复近秋残。
寒迥横烟紫，江青照叶丹。
伍胥嗟路远，潘子念行难。
更有芜城恨，城空逼夜寒。

作品以“夕阳”“秋残”领篇，继用边塞“烟紫”和“江青”“叶丹”渲染秋深景象。第五、六句用伍子胥和潘岳的行事，抒发人生之难的感慨。第七、八句用南朝宋诗人鲍照《芜城赋》意，立足时空变化，表现美好事物所包含的终极衰败不可逆转的悲情思维。其末句“逼”字用得凛烈十分，既回应了昔日芜城（今江苏扬州）有“恨”的史实，又从情绪上强调人生的“空”“寒”之虞。

从“堪极目”“夕阳”到“城空”“夜寒”，作品未曾出现李商隐对“夕阳无限好”的释颂，有的是“近黄昏”的哀叹。刘筠处新王朝之初有此心绪，格局未免太小了些。西昆诸公为青史冷落，这不能不说是一个因素。

夕阳（五律）　宋·杨亿

夕籁起汀葭，秋空送目赊。
绿芜平度鸟，红树远连霞。

水阔迷归棹，风清咽迥笳。

高楼未成下，天际玉钩斜。

同一题目，杨亿此作全然不同于前篇刘筠的同名作。

“夕籁”起于水上，“秋空送目”自有在迷濛的水上一番心绪的清逸。鸟飞绿芜，霞连红树，诗人远观归棹点点，又听到阵阵清风送达耳边的笳鸣。夕之美，秋之韵，伴随着高楼飞观，天际钩月，诗人的心情应该是明亮而洒脱的。

作品从“夕籁起”写到“玉钩斜”，以时为经，以空为辅，“鸟”“霞”“棹”“笳”的依次出现为诗篇增添了秋晚的趣味，格局比刘筠大多了。

另外，本篇当属五律正格，但中二联用的是同一句式，即“二一二”的主谓宾结构，读时略有僵滞感。前人虽未免俗，更未能规。

戊申年七夕五绝（选一）（五绝）　宋·刘秉

北斗城高禁漏多，汉家宫殿奏笙歌。

漫教青鸟传消息，金简长生得也么？

此为政治讽喻诗。李商隐十分擅长这一题材。西昆诗人群体中能有这样的诗出现也是不容易的，他们毕竟是最高统治者身边的文学侍从。

按，戊申年为宋真宗大中祥符元年（1008 年），这年正月有黄帛挂宫殿左承天门上，同年六月又有所谓天书降于泰山醴泉北。八月真宗下诏东封泰山，十月真宗亲至泰山行封禅大礼。题目“七夕”，提示本篇应写于天书再降之后、下诏东封泰山之前。知道了这些时间节点发生的事情后再来读诗，就容易得多了。当时宋真宗受王钦若之惑，伪造黄帛、天书，其目的是为赶造宫观求仙祈子制造舆论。杨亿、刘筠乃至本诗作者刘秉等对此是持反对态度的。作品于委婉中传递了对这一事件的反应。

“北斗城”指宫殿，“金简”指最高旨意。全诗以后二句对应前二句，仿佛在不经意中发出一个疑问：“青鸟”传书，“金简长生”会是一个真实的存在吗？如果不是，那么制造这一谎言的目的是什么呢？作者不满乃至十分反感的情绪已经表露无遗。

西昆诸家尊李、习李，乃至命题、用字、选典诸习惯都深烙其印。本篇讽喻时事而以平常语说出，既欲申明己意，又忌真率触犯天意，此中难处也让作者之笔有些轻易不敢甩开，这与李商隐隐约痕迹但不忸怩的讽喻作风是不能相比的。试看李商隐《华清宫》：“华清恩幸古无伦，犹恐蛾眉不胜人。未免被他褒女笑，只教天子暂蒙尘。”四句一气而下，其气势远逾本篇起句之柔婉带来的不足。然而，本篇最后一个反诘句，也总算为西昆诗人的涉政诗增添了一分难得的真实。

鲁山山行（五律）　宋·梅尧臣

适与野情惬，千山高复低。
好峰随处改，幽径独行迷。
霜落熊升树，林空鹿饮溪。
人家在何许，云外一声鸡。

比西昆代表诗人杨亿小了二十八岁的宋代诗家梅尧臣（1002—1060年）出现了。他的横空出世与王禹偁最早出现于10世纪中叶有些相似，他们仿佛都是为扭转前期的缛丽、雕琢、用典频繁的诗坛风气而存在于文学史上的。王禹偁之于晚唐温李、梅尧臣之于西昆体不能说是一种偶然。中国诗歌风格的前进历程也许就是这么一种此长彼消、彼消此长的真实。

本篇无一处用典，无一拗曲的句子，读者仿佛又看到了王维和白居易。其最后二句再现典型的唐诗韵致，以具象的鸡鸣点出见不到的“人家”，所谓“家在白云外，声遏此山中”。这种经典的古诗歌写作手法在梅诗中获得的重现，也是对之前西昆诗风的一种纠正。宋诗前承唐韵、后开哲思的时代快要来到了。

东溪（七律）　宋·梅尧臣

行到东溪看水时，坐临孤屿发船迟。
野凫眠岸有闲意，老树着花无丑枝。
短短蒲茸齐似剪，平平沙石净于筛。
情虽不厌住不得，薄暮归来车马疲。

宋诗的所谓内敛而产生美、语不媚而生欣欣意，在江西诗派诞生之前唯用涩典还未频繁出现外，于梅诗已见端倪。

如本篇之写法，无论是主旨抑或选字、用韵，都是令习惯唐韵的读者感到困惑的。其“野凫”“有闲”“老树”“无丑”“蒲茸”“似剪”“沙石”“于筛”描状船上所见并无新意，而“丑”“筛”“疲”等字的选用，以及结二句的出现，更是在唐诗名作中不易看到的。那么作者自己是怎么认为的呢？他说过这么一段话：“诗家虽率意，而造语亦难。若意新语工，得前人所未道者，斯未善也。必能状难写之景，如在目前，含不尽之意，见于言外，然后为至矣。”（欧阳修《六一诗话》引）从中可以发现两点：诗之为工需得前人之未道，但如果前人之道是美好的，弃之而就一般，甚或“丑”以应之，那么工又何从谈起？此其一。其二，状景“如在目前，含不尽之意，见于言外”为最高境界，这话是完全正确的，但是作者所择意象平凡无奇，缺少多元联想之因素，尤其尾联几乎是对前四句的意义否定，更让读者觉得不可思议，从文字言，则近乎俗不可观。钱锺书在《宋诗选注》中说他的“五言律诗受了王维、孟浩然的启发。不过他‘平’得常常没有劲，‘淡’得往往没有味”，这话是对的。诗毕竟不是文，尤其是七律，如此结束，实不多见。也许这也是历史为欧、苏诸公之横空出现作出的无奈铺垫吧！

陶者（古绝）　宋·梅尧臣

陶尽门前土，屋上无片瓦。
十指不沾泥，鳞鳞居大厦。

这首古绝让我们想起汉乐府，其用对比手法推出“无片瓦”的劳而不获与“居大厦”的获而不劳者的鲜明对立。文字率真犀利，也有白居易新乐府的味道。但是如论诗词语言的指归，本篇还是允有不当的。宋诗对唐诗的继承因大时代的变化而出现的不同质和不同表现的差异，或将成为不争的事实。即便将本篇与唐代写同样题材的孟郊、杜荀鹤等相比较，彼此在语言调遣和讽喻力度上，也横置着一条颇大的鸿沟。因为这只是一首宋代的社会口号诗，其意象的选择汇合与艺术美存在相当的差距。

于此相比，作者的另一首讽喻古绝《田家》，因意象的选择得当，艺术气氛获得强化，读后感觉也随之有所变化：“南山尝种豆，碎荚落风雨。空收一束萁，无物充煎釜。”风雨南山，碎荚空收；有萁燃釜，无物可煮。通过一种日常状态描状生活之无着，以“南山”“风雨”喻天地之大却无我容身之处，传递了生存无以为继的困顿与愁苦。

作者的诗时而也有韩愈的一丝影子，但因多种原因，其作品无论气魄还是笔力均无从达到韩昌黎的大气凌厉、流畅，以及即便拗曲却让人生发诵读与联想的美学享受，这是作者的宿命。时代在等待着欧阳修的出现。

初晴游沧浪亭（七绝）　宋·苏舜钦

夜雨连明春水生，娇云浓暖弄阴晴。
帘虚日薄花竹静，时有乳鸠相对鸣。

苏舜钦（1008—1048 年）是与梅尧臣同时代的人，仅比梅尧臣小了六岁，去世却早，只活了四十岁。他的诗既有愤慨破敌的大气势，也不乏优游林下的小闲适。本篇写的沧浪亭，至今仍为苏州名园。从史料上看，这个亭子是作者建造的。后人游玩姑苏，没有不去沧浪亭的。在喧闹市区隐藏着的这一山林之胜，山石叠嶂，是江南园林不可不看的一道风景。清人沈复在《浮生六记》中多次再现沧浪亭之朝朝暮暮，记叙了他与其爱妻芸娘在此处度过的缱绻人生，短暂而悲凄。情之不堪，起于事，但也可以说，沧浪亭的独有形性也是让后人记忆长远系于这对不幸夫妇的原因之一。

本篇首句写水，次句状云，水、空互映已得清净之气。暮色之下，竹帘虚掩，花竹静谧，一对小小的鸠鸟相互呼唤。作者仕途遭阻，由北南下，人生却进入了另一个几乎无我的状态。一丝惬意通过一组幽静的日暮小景，获得集中的反映。其中意象组合的合理，是作品获得成功的必要条件。

本篇的柔软和美，动静合一的美学力量，通过观、感、意传递到读者的心灵，其中有着深可触摸的唐韵，尽管它的主旨并不弘大而深刻。

夏意（七绝）　宋·苏舜钦

别院深深夏簟清，石榴开遍透帘明。

树阴满地日当午，梦觉流莺时一声。

本篇的写法差似前篇，也许成诗也在沧浪亭中。

首句“夏簟”点题，次句写“透帘”所见。三句状午时到午后“梦觉”，其中“流莺”的一声娇啼让全诗情志进入高潮但又戛然而止。仍是状景的动静结合，兼之时空的逐渐变化和静中有变的悦耳啼声，构成作品的全画面。

闲适诗在有唐一代已臻高峰，如白居易，但读苏舜钦的这些诗篇又会令人想起之后的陆游，放翁诗散发出的安静态势恰与他振臂高呼收复北地的神气形成巨大对照。而苏舜钦涉及政治层面的诗篇也已开启了陆游的些许风格，这是有宋一代的特殊历史，即民族矛盾由始至终存在于诗史上的一个有痕反映。

抒情小诗，如能做到静中“一声”唤，在艺术上是能获得加分奖励的。本篇即是。

暮春（五古）　宋·欧阳修

幽忧无以销，春日静愈长。

薰风入花骨，花枝舞低昂。

往来采花蜂，清蜜未满房。

春事已烂漫，落英渐飘扬。

蛱蝶无所为，飞飞助其忙。

啼鸟亦屡变，新音巧调簧。

游丝最无事，百尺拖晴光。

天工施造化，万物感春阳。
我独不知春，久病卧空堂。
时节去莫挽，浩歌自成伤。

宋代中叶杰出的散文家、诗人、词人，同时又是一位优秀的政治家——欧阳修出现了。他是中国诗歌史上担任国家行政、军事事务职务最高的官员，生前曾任枢密副使、刑部尚书、兵部尚书，后以太子少师退归，赠太子太师，谥号文忠。号六一居士。

欧阳修对于西昆体的不满缘自西昆诗人的政治取向多与其相背——一个实务担当的仕途人物是不可能与文学侍从有共同的政治、社会乃至文学的认识的。欧阳修创导的诗文革新讲究文道结合，重在继承韩愈的文学传统。他主张的“诗穷而后工”的说法强调了诗歌创作重在人生经历的精神，成为其着力反对西昆诸公的一大原因。欧阳修的出现是对晚唐、五代诗风的反击，是一种新的文学自觉的形成。

本篇是一首五言古风，但是整首诗散发着唐后古体的韵味，其中对句（偶句）末三字用“仄平平”句式者多至六处。无视平仄而又区分于汉魏和初唐五古，并在一定程度上给古风施以格律化的创作手法，在本篇中获得体现。这是宋代古体诗对传统诗歌继承中的一种发展，它使读者在散漫轻松的阅读中可部分享受整齐的声律感觉，但又避免了全部格律化带来的板滞。比他小三十岁的后生苏轼在自己的古体诗中继续发扬这种特点，成就了唐后古体诗的格律新变。这也是谈到宋诗体式不得不说的一个内容。

欧阳修的这首《暮春》在中国古典诗歌中是难得的一首饱含乐观人生态度的诗篇。它没有颓伤与哀婉，有的是对春的歌唱，表现春的变化与灵动。全诗二十句，几乎每句都出现一个动词。春天，即便是在春的尾巴，也让读者感受了春的无穷的自然之变。其中意象之捕捉无不以积极的目光进行筛选和集合，如“薰风”“花枝”“蜂”“清蜜”“烂漫”“落英”“蛱蝶”“飞飞”“啼鸟”“新音”“游丝”“晴光”“春阳”等，而一反传统上暮春的忧伤凄惶。全篇一百字，无一处用典，亦无一拗变的句子，这是以后江西诗派在黄庭坚为首下没法做到的，也更进一步彰显出欧阳修对宋初诗坛的革新成果。诗的最后四句以幽默的语气调侃自己，并发出时节未晚、多思于身心无益的主旨。以欧阳修之身份发如此之心迹，亦足以证实性格、经历对诗人创作的影响和作用。

五代诗人及西昆体的发生与存在在欧阳修的清新、大气的扫荡下悉数败北，一场新的诗文运动开始在中国大地诞生并浩荡展开，而理性的诗歌表达正揭示了宋诗与前唐、五代不同的质的变化，而渐渐浓缩为宋诗的哲学内涵。

别滁（七绝）　宋·欧阳修

花光浓烂柳轻明，酌酒花前送我行。

我亦且如常日醉，莫教弦管作离声。

欧阳修曾任滁州太守，著名的散文《醉翁亭记》即是他在任时所写。这首诗是他离任时的作品。

本篇二十八字可以视为《醉翁亭记》的续篇。“酌酒花前”，军民送行，君仍如前醉，弦管耳侧，这又是何等的离别之况。其间没有哀伤的别绪和遗憾的互言，有的是醉眼朦胧之下的“花光浓烂柳轻明”。

如此文字与他着力反对的“西昆酬唱”诸公有着性格本质的巨大差异，审美心理的两重性造就了杨亿、刘筠和钱惟演，也适时推出了新王朝真正需要的现实、真实、务实的“三实”诗篇。

用古风句意写绝句从白居易时就已经成风，但这种散淡的单元表达与杜、李诸人的洒脱、美丽与朦胧抒情的确存在审美的差异。这也许就是西昆体在宋初能存在并在以后又能获得多元评价的一个原因。

送张生（七律）　宋·欧阳修

一别相逢十七春，颓颜衰发互相询。
江湖我再为迁客，道路君犹困旅人。
老骥骨奇心尚壮，青松岁久色逾新。
山城寂寞难为礼，浊酒无辞举爵频。

首二句以散文句式起，这里可看到韩愈的影子。颔联叙同陷困境。颈联以“老骥”“青松”共壮己志，但因喻体简而易明，艺术的多元探究颇难获得趣味的延伸，结句复以直语写寂寞中的无奈。

全篇用字明白如话，意象捕捉未得深化，以致诗歌产生些许的口号效应，影响了对美的传递。宋诗的一流作者与唐诗同位相比，艺术的深度是浅了一些,这是艺术观念的因时而变,所谓一代有一代之诗文,良有以也。当然，不可否认，宋诗于理的表白，也许渐而成为一个时代的特点。

李留后家闻筝座上作（七律）　宋·欧阳修

予少时尝闻一钧客老乐工筝声，与时人所弹绝异，云是前朝教坊旧声，其后不复闻。至此始复一闻也。

不听哀筝二十年，忽逢纤指弄鸣弦。
绵蛮巧啭花间舌，呜咽交流冰下泉。
常谓此声今已绝，问渠从小自谁传。
樽前笑我闻弹罢，白发萧然涕泫然。

读本篇会令人想起杜甫的七绝《江南逢李龟年》，但杜诗中的沧桑之感、劫后故人重聚之心理震荡，在本篇中未见传递。当然，历史背景和真实故事不能勉强再现，也正因此，本篇的五十六个字却敌不过老杜的二十八字。该题材的折人之处在于沧桑际遇的委婉传达引发对旧事旧人的感念，杜甫于安史乱后在旧地重见李龟年，其中饱含对分裂战争的不满和对旧友的深切思念；而欧公在本篇中写的仅是艺术之重现带来的又闻旧声而已，其人文力量较老杜差了太多。

尤其诗中结句写到的作者“闻弹罢”，笑在樽前，而白发萧然的弹筝者已然“涕泫然”，着实令人瞠目无语。情志之异变，宋诗与唐的不可同日而语，此亦又申一例。

送王平甫下第（七律）　宋·欧阳修

归袂摇摇心浩然，晓船鸣鼓转风滩。
朝廷失士有司耻，贫贱不忧君子难。
执手聊须为醉别，还家何以慰亲欢？
自惭知子不能荐，白首胡为侍从官。

王平甫即王安国，是王安石的同母弟，曾巩称其“于书无所不通，其明于是非得失之理为尤详，其文闳富典重，其诗博而深”。但这位宰相之弟却因多种原因，仕途多阻。欧阳修在本篇自叹身居要职却不能助其一臂之力，诗中充满着自责自怨的深深遗憾。

朝廷失去真正的才士是有关职能部门的耻辱，要使贫贱之民真正不为生活忧虑更是君子的难事。作者不仅自谴，同时又联想起普通民众的生存状态，并由此涌出王安国返家后何以面对亲人的忧虑。欧阳修比王安国年长二十八岁，其拳拳之心从第六句中流出。结二句“自惭知子不能荐，白首胡为侍从官”是欧集中表现高官为政无奈真实心理的著名句子。

宋诗弱于意象而重于议论的写作手法在本篇表现得比较明显，全诗又在第二句用了一个简单的隐喻，当然，下接六句一脉而下，还是凭气势与真情感动了读者。

本篇格律有拗违处，这种状况到江西诗派更有发展。刻意的拙朴和拗涩也许是为了表现作者难言的内心。也罢。

于刘功曹家见杨直讲女奴弹琵琶戏作呈圣俞（杂古）　宋·欧阳修

大弦声迟小弦促，十岁娇儿弹啄木。
啄木不啄新生枝，惟啄槎牙枯树腹。
花繁蔽日锁空园，树老参天杳深谷。
不见啄木鸟，但闻啄木声。
春风和暖百鸟语，山路硗确行人行。
啄木飞从何处来，花间叶底时丁丁。
林空山静啄愈响，行人举头飞鸟惊。
娇儿身小指拨硬，功曹厅冷弦索鸣。
繁声急节倾四坐，为尔饮尽黄金觥。
杨君好雅心不俗，太学官卑饭脱粟。
娇儿两幅青衣裙，三脚木床坐调曲。
奇书古画不论价，盛以锦囊装玉轴。
披图掩卷有时倦，卧听琵琶仰看屋。
客来呼儿旋梳洗，满额花钿贴黄菊。
虽然可爱眉目秀，无奈长饥头颈缩。
宛陵诗翁勿诮渠，人生自足乃为娱，
此儿此曲翁家无。

这是一首平仄转韵的古体诗。琵琶女是一名年仅十岁的女奴。全篇从琵琶写起，由琵琶声进入畅快的联想，其中意象之联用，充分发挥了隐喻的功能，但喻指十分明朗：啄木丁丁、林空山静、飞鸟惊语、山路人行……女孩的一曲琵琶带给诗人“饮尽黄金觥”的快乐。随之，诗篇进入少许铺叙和议论。诗人感叹古董不必论价，“披图掩卷有时倦”的时候，最好的憩息当是“卧听琵琶仰看屋”。弹奏者不是名家，容貌也非上乘，诗人何以得出此等感慨？回答是“人生自足乃为娱”。位高而如欧阳修，无物不能拥有，但人生自足最重要的精神驰骋在诗人的内心应是至关重要的。最后像似补充式的一句似诮非诮的话更将诗人的心灵与琵琶女完成了合一：“这个女孩与她弹的曲子你家里可没有啊！”

全篇三十三句，平仄互换的用韵方式产生的诵读愉悦感比较长篇一韵到底会更强烈一些，何况在仄声中选择了入声。

就古代有关听乐题材的诗篇而言，本篇自然不能与白氏的《琵琶行》相比。白氏诗中表现的强烈悲悯心理是古代人道主义精神的集中反映，达到了诗歌史上其他任何作者所不能企及的高度。但本篇也从另一层面表现了高层人物对底层孩子的悲悯与同情，同时也对她们的存在价值作出了认可，即便其中的力量是微弱的。

寄题沙溪宝锡院（七律）　宋·欧阳修

为爱江西物物佳，作诗尝向北人夸。
青林霜日换枫叶，白水秋风吹稻花。
酿酒烹鸡留醉客，鸣机织苎遍山家。
野僧独得无生乐，终日焚香坐结跏。

欧氏的七律时而表现出冲淡幽静的气息，本篇的中二联即用山中人家的常见意象渲染了寺院周围的自然环境和人文气息。霜日枫叶、秋风稻花、鸡酒醉客、织苎山家，让终日在国事中颠簸的作者在心灵中获得片刻的安静。不远处焚香打坐的野僧正在瞑目细寻自己心中的一抔净土，更让诗人想起自己人文荟萃而又物产富足的江西老家。这层意思在诗篇开头即作了提示。

作者的社会地位在相当程度上影响了其诗的风格。我们读到的欧诗理智、安静、疏淡而儒雅。也许他的诗不如词、词不如文，但就当时而言，在文学的各个领域欧阳修都是佼佼者。其次，他对前人的评论也不失公允，如评西昆代表杨亿谓“真一代之文豪也”（《归田录》），而非一棍棒杀。这也是值得后人思考的。

戏答元珍（七律）　宋·欧阳修

春风疑不到天涯，二月山城未见花。
残雪压枝犹有桔，冻雷惊笋欲抽芽。
夜闻归雁生乡思，病入新年感物华。
曾是洛阳花下客，野芳虽晚不须嗟。

本篇是诗人自己十分满意的作品。他曾明确指出首二句诗意的因果关系：“若无下句，则上句不见佳处，并读之，便觉精神顿出。”（《苕溪渔隐丛话》引《西清诗话》）起句以“疑”字领出，确实给人一种突兀的感觉，继而释疑于次句、完成一联的写法应该是颇具匠心的。以下物候全由应时意象引出，平白清新，是作者的一贯风格。末联是诗人达观心态之观照，并以此嘱咐友人：我们曾经也是“洛阳花下客”，如今退隐乡间，完全不必以“嗟”度日。

欧氏诗歌用字平白散淡，但前后照应颇密，其散文化的笔法有时在古风中体现颇多，但在格律诗中却少见。这种写法与稍后即将出现的江西诗派的涩拗用典、以求事理的风格，基本构成宋代诗坛的两大类型。

唐崇徽公主手痕和韩内翰（七律）　宋·欧阳修

故乡飞鸟尚啁啾，何况悲笳出塞愁。
青冢埋魂知不返，翠崖遗迹为谁留？
玉颜自古为身累，肉食何人与国谋。
行路至今空叹息，岩花涧草自春秋。

崇徽公主系唐代和亲公主，于唐代宗大历四年（769年）下嫁回纥登里可汗。

中二联多用对比，为此篇增色不少。第三句“青冢”与第四句“翠崖”各指塞外和公主在出塞途中留下的手痕（后人据此印痕制为“手痕碑”）。以下“知不返”与“为谁留”示人走异域，家国仍在，但今时又有谁会睹碑生情，为前贤作一礼拜？第五、六句上下反衬，诗人发出了出自内心的历史呼唤：一个完整的中央政权竟要一位弱女子跨越崇山峻岭去做政治的交换，而治国者又有几人能为国家殚精竭虑？此时的欧公也许想起了杜甫的两句诗：“一去紫台连朔漠，独留青冢向黄昏。”巍巍汉唐，真所谓前赴后继，而诗人所处的时代，又何尝不是也在步前人的足迹？就史而言，这不仅仅是女子的悲哀，而已成为治国的必然选择，于是有了最后两句“空叹息”之后的“岩花涧草自春秋”的永恒。

这一首怀古作品蕴含着浓厚的咏怀情结，从诗情而言应是欧公多被传诵的近体作品，但从遣词而言，有一个问题须稍提一下。本篇第三、四两联上下句的首二字，都是用了形容词加名词的偏正结构，“青冢”“翠崖”“玉颜”“肉食”的连用形成诵读时的僵滞和呆板，这就是清人所谓忌用的“四平头”。虽然作者所处年代尚无此说，但从今人的诵读和对文义的体会而言，清人的说法也不属苛求，更不能视为唐突古人。清人的诗受宋人的影响远大于唐，对格律和遣词的研究仔细近乎得繁复，甚至提出了“古诗平仄论”（《清诗话·王文简古诗平仄论》）的说法。它们的存在也许是过度渲染了格律的权威性，但也是对中国数千年诗歌文化的完整保护与发展作出的些许贡献。所以说，学习传统诗词，清人的诗学理论不能忽视，所谓的“四平头”说法，我们应当尊重。

半山春晚即事（五律）　宋·欧阳修

春风取花去，酬我以清阴。

翳翳陂路静，交交园屋深。

床敷每小息，杖屦或幽寻。

惟有北山鸟，经过遗好音。

仍是五律，这首透发出春晚的静谧。末联通过对“北山鸟”的人格化，传递出诗人此时此刻的闲适心情。

本篇格律已出现异常，诗人尊重前人但又欲有所突破的心情也许是出现这种状况的一个思考。唐代著名诗人作品中也曾有发生。

奉使道中作（杂言古风）　宋·欧阳修

客梦方在家，角声已催晓。

匆匆行人起，共怨角声早。

马蹄终日践冰霜，未到思回空断肠。

少贪梦里还家乐，早起前山路正长。

这样的杂言古体诗在诗人的集子里还是比较多的，大多数受到散文作法的影响。以结构说，写一个想法的发生、经过与结束；以语言论，平白少趣，这点似及不上诗人散文语言的犀利——逻辑紧密或摇曳姿生、款款多情。

宋诗的直白感慨在作品中相当程度地降低了其艺术的感染力量，这是不容置辩的，而在平铺直叙中作二元移情则也难达效果。清人说："宋诗似文，与唐人较远。"（《清诗话・一瓢诗话》）即使如欧阳公也未能免俗。但作者的词作却又如神人相助，无论音律乐感或语言抉择、意象集合，都可臻宋词之佼佼者。所谓术业有专工，诗、词、文等各相异，一人全擅，即唐李、杜亦不能为。

史说，欧、梅（圣俞）矫西昆之风殊为得力，但是否过度了？于是，王安石、苏轼应时而起。

岁晚（五律）　宋・王安石

月映林塘淡，风含笑语凉。
俯窥怜净绿，小立伫幽香。
携幼寻新药，扶衰坐野航。
延缘人未已，岁晚惜流光。

自西昆衰败后，比杨亿年龄小了四十七岁的王安石（1021—1086年）诞生了。其间如梅尧臣、苏舜钦乃至欧阳修等都为宋初诗坛作出了努力，但成绩殊非理想，唐代的诗情韵致仿佛渐渐在远离人间。王安石的出现让中国诗歌又出现了诸如唐韵的曙光。

本篇是一首五律，首联即对仗，状岁晚之环境，月淡风凉、林塘含笑，作者的心情至少是恬静舒逸的。第二联由高观低，"净绿"引发诗人一怀爱怜，“小立伫”留感受花草之“幽香”，两句分别从远至近写观与嗅的感觉。第三联“携幼”寻药，“扶衰”游观，由小及老，一派家庭祥和光景。诗人感叹延缘殊可快乐，但“岁晚”已至，流光一瞬，日月不居，亦属无可奈何。

诗中采集意象，间用动词和形容词，如“淡”“惊”“窥”“立”“寻”“坐”等，让小诗即使在末句的“惜”字中有些低回，但却让心中气象焕发出向上的生命力。

遣词方面，三副对仗的首二字分别用了主谓短语、偏正和动宾结构，让人在诵读时感受曲折、跌宕的感觉，这不是巧合，是对前贤礼拜的艺术操作，宋诗的高潮也许快来了。

定林（五律）　宋·王安石

漱甘凉病齿，坐旷息烦襟。
因脱水边屦，就敷岩上衾。
但留云对宿，仍值月相寻。
真乐非无寄，悲虫亦好音。

本篇第三、四、五、六句起首都用虚字，“因”“就”“但”“仍”，使四句一气而下，形成水边脱履、岩上就衾、留云对宿、月下相寻的连续情景。让虚字成为意象连缀的必需配件是近体诗写作的一项颇富生命力的窍门。杜甫的“即从巴峡穿巫峡，便下襄阳向洛阳”，毛泽东的“一从大地起风雷，便有精生白骨堆”，即是历代诗歌中虚字成功的范例。

末联透露出自在人生的诸法存在，真正的乐趣并不在乎宏观的干扰，而是自我的强大内心。作为著名政治家的诗人发出的如此思考，应是对后人的有益启示。

上元戏呈贡父（七律）　宋 · 王安石

车马纷纷白昼同，万家灯火暖春风。
别开阊阖壶天外，特起蓬莱陆海中。
尽取繁华供侠少，只分牢落与衰翁。
不知太乙游何处，定把青藜独照公。

诗中第五、六句写尽老去心情，尽管诗题有个“戏”字。李清照《永遇乐 • 落日熔金》词写的也是上元灯节，其中“记得偏重三五。铺翠冠儿，捻金雪柳，簇带争济楚。如今憔悴，风鬟霜鬓，怕见夜间出去。不如向帘儿底下，听人笑语”与本篇有异曲同工之妙。但因为诗与词的表现形式不同，李词比本篇更具艺术上的亮点。

宋诗的共性倾向在本篇中也有明显表现。意象的阔与大影响了审美的精致感受，因为本篇传递的毕竟是个人对生命渐进过程的一段感受，而非人生的全程。其中第三联“繁华”与“牢落”两个形容词如能通过精准意象作意义展开则效果要好得多。结合尾联，宋诗在遣词上的痼疾助推了其共性的形成。王安石的诗乃至词和散文都是文学史上的出类拔萃者，他的诗大多数承唐而下，清拔高远，他推崇杜甫，盛赞李商隐，认为李是学杜的最佳者，这些都能证实诗人的艺术倾向并不是偏拗寡趣而唯重议论的。

寄曾子固（七律）　宋 · 王安石

斗粟犹惭报礼轻，敢嗟吾道独难行。
脱身负米将求志，戮力乘田岂为名。
高论几为衰俗废，壮怀难值故人倾。
荒城回首山川隔，更觉秋风白发生。

宋诗的共性风格在本篇中长有表现。全篇为阐述政治主张而展开，意象少有集合而二三互换几为口号。如果说这是宋诗的一个遗憾，但随后大登诗坛的江西诗派主流诗人更携之影响传统诗坛几近九百年，清代文学受此影响不可谓不深。

作者是政治家和诗人的集合体，但首先是政治家，这是历史的赋予而不是后世诗坛和文坛所能改变的。

钟山晚步（七绝）　宋 · 王安石

小雨轻风落楝花，细红如雪点平沙。
槿篱竹屋江村路，时见宜城卖酒家。

这是一首标准的闲适诗，让我们看到了一位与前篇截然不同的诗人。

小雨迷蒙，楝花飞舞，细红的瓣散落一地。穿过槿木扶疏的篱墙和竹屋，到了江边的村头，抬头望见的是小镇卖酒的人家。

政治家的生活情趣是属于诗人的。本篇意象宁静而舒缓，景与人文的集合又让我们回到了唐，仿佛看到了白居易、柳宗元、杜牧和李商隐。

金陵即事三首（七绝）　宋 · 王安石

水际柴门一半开，小桥分路入青苔。
背人照影无穷柳，隔屋吹香并是梅。

结绮临春歌舞地，荒蹊狭巷两三家。
东风漫漫吹桃李，非复当时仗外花。

昏黑投林晓更惊，背人相唤百般鸣。

柴门长闭春风暖，事外还能见鸟情。

三首均为闲适诗。所叙环境几乎相同，其中“柴门”半掩、“小桥分路”、无穷“照影”、“隔屋吹香”、“临春歌舞”、“荒蹊狭巷”、“漫吹桃李”、“投林”晓惊、“背人相唤”、春风“长闭”、外“见鸟情”等意象与动词的连用让人几乎走进小自然的大观园。温情的描状有人与自然、人与物、人与禽、人与人的连动，有诗人即时感动的心灵独语和感慨，但全篇未见空洞的议论和说教，政治家的身份在这组绝句中荡然无存，而诗人随时而动、随地而悟的情绪却尽在文字中。

诗人崇尚唐人，唐人风情迷漫在这位政治家的脑际。政治诗不得不为，因为他从政；闲适诗不得不写，因为本质上他仍是位诗人。

州桥（七绝）　宋·王安石

州桥踏月想山椒，回首哀湍未觉遥。

今夜重闻旧呜咽，却看山月话州桥。

踏月州桥，诗人也许想到旧时的家，桥下的水仍在奔腾。水的“呜咽”，似在向诗人诉说它与州桥的不解之缘，而诗人系心的也许正是与江西老家的旧情。作品无絮絮叨叨的情感呓语，有的只是桥与水的简笔点触。“山月”“州桥”是随时随地都能遇到的人间存在，但撷为意象就让作品传递出三分惆怅、七分愁绪的感动。

诗以“州桥”起句，复以“州桥”结篇，诗人在结构上是比较讲究的，思维逻辑的严密也正告诉后人在读诗时勿忘他的政治身份，要对他的议论习惯作多元理解。

金陵（七绝）　宋·王安石

金陵陈迹老莓苔，南北游人自往来。

最忆春风石城坞，家家桃杏过墙开。

语言的通俗甚至让人不由自主想起同时代的词。简单的意象捕捉和口语般的“莓苔”与“桃杏”之对比，传递了诗人“最忆”的内容。

作者是著名诗人，同时又是著名的词人，宋代鼎盛的文学样式词可以视之为当时的流行歌曲，居庙堂之高的达官贵人和上层知识分子诗词并擅并取得巨大成就的人士比比皆是，如诗人之前的梅尧臣、苏舜卿、欧阳修，之后的苏轼、黄庭坚、杨万里、范成大，直至姜白石、王沂孙、张炎等。不同场合以不同的思维状态进行诗或词的创作，最后使作品呈现两种迥然不同的艺术品质，已是宋代直至清末的一个常见现象，如欧阳词的活泼、俏皮、清丽自成风景。诗词取材或有不同，但几近平白的表现风格不仅形成了自己的艺术作风，也在一定程度上影响了稍后的王安石、苏轼和黄庭坚。本篇以及王安石不在少数的五、七绝作品都不乏清丽、逸荡和平白，这与他们同时生活在词的鼎盛时代不无关系，社会崇尚时刻在影响作为文学样式的存在特质，即使最高层亦不可避免。宋徽宗的词是绝妙好词，即是又一个有力的佐证。

本篇第三句以“最忆”引发结句，是五、七绝的常规写法。作者在进行绝句创作时在第三句的安排上比较刻意用表示转折联想的词，“切断”与第二句的关系，引出结句的全篇主题应是他的一种风格，如“试问”“最忆”“只应”“只有”“亦见”“独有”“从此”“莫嗟”等，今人创作可作借鉴。

送和甫至龙安微雨因寄吴氏女子（七绝）　宋·王安石

荒烟凉雨助人悲，泪染衣巾不自知。

除却春风沙际绿，一如看汝过江时。

起二句递承关系，状悲苦之心绪。后二句谓如果不是春风吹绿的话，此前情景一如当年“看汝过江”的时候。

诗人眷恋对方的情感因子在诗中点点皆是，以“荒烟凉雨”催发“泪染衣巾”，作者思维似乎停滞在“不自知”的茫然状态，眼前浮现出的一幕却是当年“看汝过江”的情景。一个“汝”字写尽对吴氏女子的温情、亲和和二人关系之稔熟。文字全属白描，却生发出对故人的无限思念。其末句透出词的韵味，让人陡然产生一个莫名的思考：如作者用词来表现这一组内容，也许会具备比本篇更强的移情力量吧！

江宁夹口（七绝）　宋·王安石

落帆江口月黄昏，小店无灯欲闭门。

侧出岸沙枫半死，系船应有去年痕。

看一个清冷的江口，停泊着一叶落帆的小舟。孤寂的黄昏，伴随人迹无有的小店。

诗人觉得这个环境似乎有点熟悉，突然想起去年也是这个“枫半死”的深秋之夜，不是也曾系船登岸吗？一年过去了，系船的痕迹应该还在，但逝去的整个四季自己又做了些什么呢？旧迹依然，人事不再，诗人生发出一丝淡漠的感伤。后二句，尤其是末句用得十分蕴藉。

独卧（七绝）　宋·王安石

茅檐午影转悠悠，门闭青苔水乱流。

百啭黄鹂看不见，海棠无数出墙头。

有所失才有所得吧，诗人从政的起伏也许一再向他作了宣示。“黄鹂”不见，不闻其声是一种美的失去，然而“海棠”出墙，且为“无数”又何尝不是另一种美的存在呢？一度消失的曾经，催生出意外的收获，至少完成了人世间的另类平衡，而这又何尝不是人生的基本追求呢？作者用隐喻产生的主题联想正是诗人政治家的熟悉笔法。

王安石的绝句，尤其是七绝，确属宋诗中的一流。

腊享（七绝）　宋·王安石

明星惨淡月参差，万窍含风各自悲。

人散庙门灯火尽，却寻残梦独多时。

读本篇不由想起清黄仲则的名句：“独立小桥人不识，一星如月看多时。”二者时差七百年近，但前后作品中闪现的孤寂之美却同时具备超强的移情力量。文字平白质朴，意象亦多常见，为什么会催生如此古今公认的美学效应呢？一句话：从孤寂中寻找出口，本篇是，黄仲则的也是。寂景之下，王安石寻到了“残梦”，黄仲则找到了如月一般的星星。梦与星伴随着两个孤独的灵魂游走在现实的梦和星月之下，这是一种冷色的浪漫，至今仍与人共享。

杏花（七绝）　宋·王安石

垂杨一径紫苔封，人语萧萧院落中。

独有杏花如唤客，倚墙斜日数枝红。

“萧萧院落”有杏花“唤客”，自然是园中的一道风景，倚墙而立，斜辉映照，红色艳丽自然生成，那种风姿也许会令诗人想起故人和今友，因为其声、其姿、其艳是诗人的爱，也是人类心灵中美好事物的集合体。

“唤”字写活了“杏花”。作为诗眼的动词功不可没。

泊姚江（七绝）　宋·王安石

山如碧浪翻江去，水似青天照眼明。

唤取仙人来住此，莫教辛苦上层楼。

本篇没有前几首的温情与闲适，出现了政治家的牢骚。“山如碧浪”“水似青天”，仙人至此，可得永年，而吾等又何必辛苦“上层楼”呢？中国古代文人的仕途情结永远与出世相纠缠，仕途中的王安石自然也不能免，心中的呼唤与现实的需要是中国知识分子的永恒纠结。

语言太过平白，致使结二句的隐喻力量稍见削弱。

游钟山（七绝）　宋·王安石

两山松栎暗朱藤，一水中间胜武陵。

午梵隔云知有寺，夕阳归去不逢僧。

第三句用得非常蕴藉，带出末句有寺无僧的感慨。

从“午梵”听音、“隔云”知寺，到“夕阳归去”，时间的驶去应有些许的故事，诗人省略了，但仍可以从首二句的状景意象中发现题目的“游”字，看出主人公的情绪是舒逸宽松的。本篇有无隐喻的主动诉求则取决于读者是否有多元解读的习惯，作者毕竟是用意象引发深邃思考的行家，大家不会忘记中学时代读过的《游褒禅山记》吧。有寺无僧的感慨发生在一水胜武陵的钟山，如果说这边风景独好，却长伴名实相悖的遗憾又给人以何种的感觉呢？作者喻指不言而明。

初晴（七绝）　宋·王安石

一抹明霞黯淡红，瓦沟已见雪花融。
前山未放晓寒散，犹锁白云三两峰。

全篇看似咏景，实则是一首隐喻小品。

“明霞黯淡”，“已见”雪融，“晓寒散”去，山峰“犹锁”，这应是何等局面。作者的政治改革迭遭挫折，是最根本的心结，但局面颠簸时有亮面发生，又倍感安慰。以景诗写心情、状景遇，是古典诗歌十分流行的写作手法，惯于以物、景隐喻时事和人生理念的作者用得十分娴熟而自然。

孟子（七绝）　宋·王安石

沉魄浮魂不可招，遗编一读想风标。
何妨举世嫌迂阔，故有斯人慰寂寥。

作者视孟子为人生风标，典型的儒家观念让其在“寂寥”之困境中赖有“斯人”作精神上的慰藉。“迂阔”是当时及后世国人对作者的一种广义评价，变化之成与衰成就了一个倔拗政治人物的一生。

全篇有“众人皆醉，唯我独醒”的人生标榜。第三句突然从前贤移至本人，但复在结句回到孟子，达成题旨，这是王安石诗作的一个显著特点，也是七绝格式第三、四句的常见处理方式。

奉寄子思以代别（七律） 宋·王安石

南北蹉跎成两翁，悲欢邂逅笑言同。
全家欲出岭云外，匹马肯寻山雨中。
趋府折腰嗟踽踽，听泉分手惜匆匆。
寄声但有加餐饭，才业如君岂久穷。

本篇第三、四句堪称宋诗名联。出句抒发“欲出岭云”的抱负，对句隐喻即使势单力薄也不能困居“山雨”之中。两句呈前果后因的关系，意象得体而喻指清楚。“全家”“岭”外，“匹马”“山雨”，众与单，兼之空间大小的对比，显示出诗人宏大气魄的人生选择。以“匹马”喻复杂政治环境中的自我是坚强也是悲哀，于是有了第五、六句与友人的“嗟踽踽”和“惜匆匆”，这正是人生路上不可或缺的安慰与鼓励。这是诗人的诗，更是政治家襟抱的如实反映。

赠别（七绝） 宋·苏轼

青鸟衔巾久欲飞，黄莺别主更悲啼。
殷勤莫忘分携处，湖水东边凤岭西。

中国文学史上横空出世的一位哲人艺术家出现了，他就是苏轼，字子瞻，号东坡居士。他的坎坷生平与其艺术成就一言难尽，此处仍依旧例，就作品而展开吧。

首二句沾唐痕迹十分明显，所用意象幽婉凄恻。因“欲飞”而有“别”，因“别主”故有“赠”，前二句点题确切而情致已出，且用对仗，律齐而美。第三句情绪之苦全在“莫忘分携处”传出，诗人对“赠别”对象的唯一嘱咐仅是不要忘记今晚别离之地。“分携处”是情的见证，爱的刻痕。末句以具体意象承上而结。落韵“西”字透出一丝情感上的蕴藉。

本篇有很强的唐韵存在，四句一气而下全无情绪之阻滞。婉约气息一如晚唐，柔美气象全在情致中，宋诗之警策、议论于此篇未见丝毫痕迹。

宋诗继承了唐之煌煌，出手即有美致。它是文学史上成功的沿袭，而作为重要时代特征的警策与议论则是一种文学思考的另类发展，它不是每位诗家乃至每首作品的选择。

吉祥寺赏牡丹（七绝）　宋·苏轼

人老簪花不自羞，花应羞上老人头。

醉归扶路人应笑，十里珠帘半上钩。

全篇洋溢着诗人醉后簪花、月下漫步的喜悦。“花”与“羞”的重复出现使第一、二句有古乐府的韵味，传递出的轻松之态让人感到一丝惬意。人在闹市过、月上半帘钩的快乐全在第三、四句中释放。

全篇用字平白无滞，“羞”“醉”“笑”“上”等动词、形容词之信手拈来使诗刻上了词的性格，这是身兼诗、词两大家的作者所特有的禀赋，无论唐宋都是无人可以企及的。

本篇不能誉之为一流，但诗词兼排从中可稍见端倪。

六月二十七日望湖楼醉书（其二）（七绝）　宋·苏轼

波水鱼鳖逐人来，无主荷花到处开。

水枕能令山俯仰，风船解与月徘徊。

诗人受唐诗影响，采撷意象妥贴至善。本篇标题有“六月二十七日”，正是南方水盛之时，而诗中“波水鱼鳖”“无主荷花”“水枕”“风船”

等无一不是此时令之反映。醉而题诗，感水势之大，楼阁俯视，觉山势之移动，水涌动而“风船解”，以致月影徘徊，盎然成趣。人与景的合一无一不证明清人王国维说的“天下景语皆情语”的审美真谛。

诗人以词的语言介入诗中，确是苏诗七言小品的一大特征，细观之下，欧阳修与王安石皆无此种特征，他们对诗词创作的语言选择是有着较明确的二元分辨的。

六月二十七日望湖楼醉书（其四）（七绝）　宋·苏轼

献花游女木兰桡，细雨斜风湿翠翘。

无限芳洲生杜若，吴儿不识楚辞招。

游女献花，乘着木兰舟在细风斜雨中尽显婀娜美丽，诗人不由想起《楚辞》中的香草美人，但此美非它美，吴地女儿也许不懂其中的风情，神的呼唤没有尽情的吴越儿女的细腻、刚健与柔婉。诗人对吴越之地的感情使之跨越了千年之争的美的召唤，由楚文化回到了现实之中。

同样，文字美而白，尽接生活。这是诗，也有一丝词的痕迹，苏之成为千古大家，这不能不是一个动因。

饮湖上初晴后雨二首（选一）（七绝）　宋·苏轼

水光潋滟晴方好，山色空蒙雨亦奇。

欲把西湖比西子，淡妆浓抹总相宜。

这是诗人七绝中的名篇，也是宋诗评判中的最佳作品之一。

“晴方好”“雨亦奇”，谓晴雨皆是生命中的常伴，水光山色、潋滟空蒙是常伴的美好姿质。两句传递了诗人对大自然不尽的无所企求的爱。后二句是名篇中的名句，谓之不朽，是当代人也已将“淡汝浓抹总相宜”视为美的最高境界。“西湖”美，“西子”美，是自然美和女子美在诗中的原始描状，从本篇从诗人笔下流出，也许读者感应也仅在对西湖美的极至歌颂，然而从末句“总相宜”三字中是否能更进一步理解诗人内心的多元表达呢？一种事物乃至多种情态之下的人类能否始终表现出前后如一、上下如一、内外如一的一元存在呢？也许这不易成为常态，但一旦在我们面前出现，这又何尝不是人类诚实本性和普适本性的统一呢？人类能够并愉快接受自然和社会赐予的多种环境和社会现实时，大家是否会更平和无虑地进入作者一贯强调的佛性生活圈呢？

“西湖”“西子”都是极限美的象征，美好的事物可以永远存在于任何状况之下而不受外力的摧残，以“总相宜”的姿态接受美的多元爱抚，这又何尝不是一种人生快乐乃至成功的座标呢！

作者以闲适诗的表层描写揭示了一种人生的哲理思考。宋诗的回味往往在于警策层面的出现，这是唐韵中不常见到的，也是宋代涉论诗歌的特有表现。

八月十五日看春潮（七绝）　宋·苏轼

万人鼓噪慑吴侬，犹似浮江老阿童。

欲识潮头高几许，越山浑在浪花中。

“老阿童”被看潮万人所震慑，看到了“越山”终被“潮头”所掩的异常情状。

山是固定的存在，水是流动的变数，变数与固定事物之较量，也许是前者胜。这应该是本篇的主旨所在。

读诗是美与警策、哲思多种合一的意识活动，看似平白的几十个字可以供给读者因人而异的美的获得和浅深不一的思考，同时让诗千百年来获得坚强如一的存在。

苏公的小诗大多明白如话，说是词人的诗也未尝不可，但是诗人的词却是大手笔豪婉并举，这是十分难得的。

书双竹湛师房（选一）（七绝）　宋·苏轼

暮鼓朝钟自击撞，闭门孤枕对残釭。

白灰旋拨通红火，卧听萧萧雪打窗。

又是一首白描的小品。室外是朝钟暮鼓，室内又是一番气象。“孤枕”“残釭”“白灰”“红火”，冷落寂寞中的一丝温暖由色彩对比而获得，不经心中的经心之笔正是诗人娴熟技巧的表现。其“拨”字成为“白”与“红”的中介，然而，诗人在卧听之下又突然感觉到“萧萧”而起的雪落窗户的声音，又何尝不是人生中兀自发生的心绪撞击呢？

意象运用的自然贴切让读者似乎看到一个心静如水的士人在与自然的交集中不由自主的心灵颤动。

有时静谧是美丽的、火红的，有时它会幻变为洁白，尤其是在孤冷的雪窗之下。红与白，就是诗人不平凡的一生。

次韵述古过周长官夜饮（七律）　宋·苏轼

二更铙鼓动诸邻，百首新诗间八珍。

已遣乱蛙成两部，更邀明月作三人。

云烟湖寺家家境，灯火沙河夜夜春。

曷不劝公勤秉烛，老来光景似奔轮。

本篇是首次韵诗，中二联是全诗之重心。“乱蛙成两部”“明月作三人”，前者从听觉出发，诗人已从蛙鸣中感受到了节奏中的和声；后者以视觉应对，又令人联想到前辈李白。两句首字以虚字相应，呈递进状态，语言节奏十分紧凑。第五、六句以“镜”喻“云烟湖寺”，以“春”状“灯火沙河”，清逸中透出的一丝浑然之气正是苏公襟抱之一例，其中透过意象之组合描状夜以继日的景象熨帖粘人。

宋人继唐，丽句不输前人，而结句又出现了时代的风格，对友人的恳切态度中包含着微笑的警策。年轮似奔，公事能放则放吧；对景如画、夜饮讨醉毕竟也是人生的一种追求和惬意。

诗人旷达的心胸成就了他不平凡的一生，而温婉的气质又无时不在其作品中有所兑现。

夜至永乐文长老院文时卧病退院（七律）　宋·苏轼

愁闻巴叟卧荒村，来打三更月下门。
往事过年如昨日，此身未死得重论。
老非怀土情相得，病不开堂道益尊。
惟有孤栖旧时鹤，举头见客似长言。

全篇透露出对退休长老的深深的关切。作者夜访长老院，“三更月下”足见诚意。第三、四句尽显宋词通格，以论作句、以述示理也是苏公的一种思维习惯。“往事”如昨，“生死”“重论”的背后表白了诗人一贯坚持的人生均在变化中的理念，因变而化，乃至重新评说人的全部，而不以一时一论作完谳。年纪大了，“情相得”并不在乎是否是同乡至亲，在乎的是“至尊”的道行。

诗人在第二、三两联中明白表达了对人生的评判的动态原则。反观唐人，在近体诗中如此写法是不常见的。宋则为宋，一代有一代之诗风乃至文风，继承在前，创造在后，可以视为一种广义的进步。坦诚表达的以论世而知人的人生态度是本篇的主旨。

除夜野宿常州城外二首（选一）（七律）　宋·苏轼

行歌野哭两堪悲，远火低星渐向微。
病眼不眠非守岁，乡音无伴苦思归。
重衾脚冷知霜重，新沐头轻感发稀。
多谢残灯不嫌客，孤舟一夜许相依。

“行歌野哭”伴以“远火低星”，本诗开篇即以悲情推出。第二、三联在写思归情绪，语直白如话。末联以“灯”“舟”代人，“多谢”相伴、相依之情。

这是诗人的至情作品，描、述相兼，结句以身边的长物作拟人格，表示孤凄之下浓郁的思乡之情。

作者无论诗与词，总以婉语与豪语相兼，但平直叙来，贴切作喻乃至高开低走、低开高走，均为后人筑就了一条通往艺术殿堂的神圣之路。他崇尚真言，不打诓语，以情感人，以理服人，这些都是常人所不能相比的。

游鹤林招隐二首（五律）　宋·苏轼

郊原雨初霁，春物有馀妍。
古寺满修竹，深林闻杜鹃。
睡馀柳花堕，目眩山樱然。
西窗有病客，危坐看香烟。

行歌白云岭，坐咏修竹林。
风轻花自落，日薄山半阴。
涧草谁复识，闻香杳难寻。
时见城市人，幽居惜未深。

两首五律多用意象，有唐人韵，且比唐人更有秾丽气象。五律始于初唐，也许因作者较多唐初大员，整肃严整的韵格表现一时成为五律的特点，之后五律也多以此完篇。但初读两篇却有妍丽风轻的感觉，再读又仿佛有晋人风韵，而其中陶、谢的风味似更浓一些。苏公喜陶，治白居易例，曾作和陶诗全部，受陶渊明影响不言自明。第二首陶味盎然，结句尤其。

宦海沉浮，诗人心系朝野，这点是陶、谢不能比的，企求变中有静，有一种安逸的生活空间应是他的矛盾追求中的一端。所谓居庙堂之高与处江湖之远的两种心绪的交替变化左右了诗人的一生。这点也是后人唏嘘感叹的。

红梅三首（选一）（七律）　宋 · 苏轼

怕愁贪睡独开迟，自恐冰容不入时。
故作小红桃杏色，尚馀孤瘦雪霜姿。
寒心未肯随春态，酒晕无端上玉肌。
诗老不知梅格在，更看绿叶与青枝。

咏物皆写人。本篇循此例而作。

首二句直写红梅生长时令，喻个人生活散淡不喜趋时而作。以下四句分别描状红梅之色、形、性、韵，所择意象多与目标贴近，所谓色如桃杏、形似孤瘦、性不随春、韵追酒晕也。两联四句连环而下，各司所指，应是苏诗中之妙笔。最后二句自嘲人诗俱老，不谙红梅之情，更遑论梅之韵格所在，但主体在生发状态中的“绿叶”与“青枝”应永远是有心人的看点，没有它们，所谓的“梅格”将不复存在，此“格”，也许就是苏公之人格所在。第七句有幽默自讽意，但结局之推出揭示出作者的真实性情，于一退一进中，尽显个人不必争春而只求青春长在的人生意蕴。

本诗是苏诗中托物自咏的著名篇什，前六句全作拟人格，结二句复用意象隐喻人生指归，甚得唐诗余韵。

篇中“故作”“尚馀”、“未肯”“无端”等对仗词组用来蕴藉工整而不涩滞，使诗作呈交叉互联状态，亦是此诗的一大看点。

全篇无警策和议论的文字,这在宋诗乃至诗人作品中也是不多见的。

寒食雨（五古）　宋 · 苏轼

春江欲入户，雨势来不已。
小屋如渔舟，濛濛水云里。
空庖煮寒菜，破灶烧湿苇。
那知是寒食，但见乌衔纸。
君门深九重，坟墓在万里。
也拟哭途穷，死灰吹不起。

本篇迥异前篇，全用铺陈写法，从居家不敌雨势到寒食破败的生活境遇。作者深深慨叹君门难叩，死生惶测的凄凉心绪毕现纸上。

作者的诗风具有多面性，这正与其艺术之多面呈一体进程有关。本篇差似白居易的新乐府，但不及白之深锐和情致多转，宋诗于艺术手法上多不及唐，史上甚至有“诗至唐已尽”的说法也许就是这么来的。然而一代有一代之文化，宋诗之弱化是与宋词之兴起并成无可讳言的朝野主流有相当关系，流行歌曲的便捷传唱与传播之速绝非庙堂文化可与之比肩。仁宗也曾接见过市井词人柳永，徽宗赵佶的词也写得比他的诗精彩，都是能说明这个文化现象的强势存在。苏公的词是一流的，甚或是超一流的，但回观他的诗，在中国诗坛却当不起词的伟誉。不仅他，欧阳修也是如此。王安石在诗的艺术思维中高居了一些，但与他欣赏的杜甫、李商隐相比，还是差了一大截。

宋诗表达的平白直接也许有两个原因：一是受词汹汹之势的影响，二是欧阳修高居庙堂后对西昆体之基本否定。由平白、直接到警策、议论，再到不久后出现的江西诗派之用典，实际又渐渐为唐诗之语言美扳回了一局。

宋诗的整体风格是多变的。即使亦用意象、用隐喻，但“繁采寡情，味之必厌”（刘勰《文心雕龙·情采》），诗之语言如多从议论出，即使能促人顿悟，但“寡情”之下，“味之必厌”终是值得后人重新思考的。如仍以《文心雕龙》所言，“规范本体谓之镕，剪截浮词谓之裁”，则宋诗“剪截”是否有过当之嫌？毕竟“浮词”丽句导致的绮靡诗情和惊采绝艳于诗之传情本质还是应有绝对帮助的。理性思维在诗中的传递不能脱离感性而存在，所以刘勰在谈到诗有“四对”时首先指出“对”的前提是“丽辞”（《文心雕龙·丽辞》）。

当然，精彩如唐的宋诗仍是不大可能存在的，因为唐诗毕竟是宋诗的父辈，宋诗是不可能摒弃前辈基因而特立独行的。苏公的好诗不在少数，成就完全超越欧阳修。欧阳公慧眼识苏轼，在一定意义上，成就了中国艺术史上的全才苏东坡！

惠崇春江晚景（七绝）　宋·苏轼

竹外桃花三两枝，春江水暖鸭先知。
蒌蒿满地芦芽短，正是河豚欲上时。

这首生气盎然的绝句之所以脍炙人口千百年，也许是沿袭了唐人绝诗中的基因：意象与镕裁。

意象之准确与美丽成就了题目中的春江晚景，而活泼灵动的植物动物如桃花、蒌蒿、芦芽、鸭与河豚依次出现，视觉、体感与味觉的连续移动完成了文字连缀的画面。

镕裁两字是刘勰首先提出的。镕者，指“规范主体”；裁者，指“剪裁浮词”。本篇二十八字，字字扣题“春”“江”“晚”三字，突出本体规范准确。凡与此三字无关之物，均被裁截。而诵之流畅又动感十足，不可不谓宋诗中的绝佳小品。王渔洋评后二句：“非但风韵之妙，盖河豚食蒿芦则肥，亦如梅圣俞之‘春洲生荻芽，春岸飞杨花’，无一字泛设也。”（《渔洋诗话·三十八》）。再就宋诗之大性格而言，如这样一少警策二少议论的句子却是上不了主流表彰台的。苏公的承唐理念在本篇泛发出可爱的光彩。其通脱的人生态度，也可由此一探端倪。

书李世南所画秋景（二首）（七绝）　宋·苏轼

野水参差落涨痕，疏林欹倒出霜根。
扁舟一棹归何处？家在江南黄叶村。

人间斤斧日创夷，谁见龙蛇百尺姿。
不是溪山成独往，何人解作挂猿枝。

李世南，字唐臣，是宋代著名画家。苏轼是中国艺术史上的全才，诗、词、文、书、画、琴均是荦荦大者。用文字解释绘画是他的一大长处。

第一首前两句状秋天之水，一个“落”字写出“野水参差”之动态。“疏林”斜出见到白色的根，正是秋之植物形状。第三句设问、四句应答，一派祥和中思乡之念传达殆尽。绝句中，尤其是七绝，末二句设问与答或只问不答都会增添作品的蕴藉感。诗中前三句是画中笔墨所到处，结句应在画外，而所谓的画外之音也即主题所在，也是画家与诗人一致的情感表达。

第二首首二句以议论出，人间斧所砍伐日盛，千百年古木应声而倒，作者感叹，真正的古树已经难得一见。后二句作假设语：如果不是独往人迹罕至的溪山，何处可见猿猴撒野？其中“不入其境，焉得其胜”的人生旨趣跃出纸面。

作者的题画诗和书法碑版题跋都是宋代文化的宝藏，其中蕴藏的艺术见解和泛文化知识都是中国文化史上不可多得的。

九日登东山寄昌叔（七律）　宋·苏轼

城上啼乌破寂寥，思君何处坐岧峣。
应须绿酒酬黄菊，何必红裙弄紫箫。
落木云连秋水渡，乱山烟入夕阳桥。
渊明久负东篱醉，犹分低心事折腰。

“岧峣”指高山貌，作者居高而思人，取远思之意。首二句破题，诗人律诗往往由起句点题，本篇亦是。第三、四句借意象表现媚人不如悦己的豁达情绪，这是诗人一贯的人生态度，更是古今崇尚的士人品德。此二句用字极美，色彩选择绿、黄、红、紫，冷暖相间，营造出足够的隐喻空间。第五、六句连贯而下，于表层的状景中交代了自己对“秋水渡”和“夕阳桥”的无奈选择，但“落木”依渡，“夕阳”有桥，云烟相伴,复又何惧？诗人在困境中复活的心灵似乎又伴随陶渊明醉饮篱下。唯挥斥不去的“折腰”与否，仍是必须面临的艰难选择。诗人的“低心”是其入仕后伴随终生的情绪，作为一名通脱一贯的表层的乐观者，入仕与出仕的轮换是事实与精神的一对悖论，这就是前文论述苏词时常用的一个词“高开低走”的来源。

这是一首绝佳的七律。中二联美而有喻，隐而有形，唐人韵味和宋诗的心理暗示让人把玩再三,更加深了后人对作者人生情绪的深沉理解。

初秋寄子由（五古）　宋·苏轼

百川日夜逝，物我相随去。
惟有宿昔心，依然守故处。
忆在怀远驿，闭门秋暑中。
藜羹对书史，挥汗与子同。
西风忽凄厉，万叶穿户牖。
子起寻裌衣，感叹执我手。
朱颜不可恃，此语君勿疑。
别离恐不免，功名难定期。
当时已凄断，况此两衰老。
失途既难追，学道恨不早。
买田秋已议，筑室春堂成。
雪堂风雨夜，已作对床声。

全篇五言二十四句，四句一转韵，凡六转，仄平互换，是宋代规则转韵诗的代表作。这类诗作，诵读的节奏感明显增强。

这是作者在黄州团练副使任上寄弟苏辙（子由）的一首有似家书的作品。作者兄弟情深，此诗心脉全由此流出。物我随去，昔心依然。秋暑读书，挥汗与同。西风穿户，曾执我手。朱颜不恃，功名难期。失途勿追，学道恨迟。筑室当成，雪堂秋已。此中有忆往追昔，有感叹时不我待，在结句中更是表达了对生活的继续追求。

和秦太虚梅花（七古）　宋 · 苏轼

西湖处士骨应槁，只有此诗君压倒。
东坡先生心已灰，为爱君诗被花恼。
多情立马待黄昏，残雪消迟月出早。
江头千树春欲暗，竹外一枝斜更好。
孤山山下醉眠处，点缀裙腰纷不扫。
万里春随逐客来，十年花送佳人老。
去年花开我已病，今年对花还草草。
不如风雨卷春归，收拾馀香还畀昊。

全篇七言十六句，仄声入韵，一韵到底。因押韵字不仅为仄，且除末字韵为去声外，全部为上声，所以诵读连续，气息通达，是宋诗中仄声的经典之作。

人而花，花而人，黄昏残雪，人花俱醉，诗人感叹人花俱老，发出风雨卷春、收拾余香还归昊天的呼唤。其中柔情与浩气并存是诗人基本性格之一贯。通达深情地拥抱自然，并还自然以余香是本篇的人生主题，也是中国知识分子的慧根所在。

泗州除夜雪中黄师是送酥酒（选一）（七律）　宋·苏轼

暮雪纷纷投碎米，春流咽咽走黄沙。
旧游似梦徒能说，逐客如僧岂有家。
冷砚欲书先自冻，孤灯何事独成花？
使君半夜分酥酒，惊起妻孥一笑哗。

在“旧游似梦”“逐客如僧”的心理环境下，诗人迎来了客地的又一个除夕夜。“冷砚”“孤灯”，相对怅然，幸有友人“夜分酥酒”，妻孥“笑哗”之中更多的是还有人念着这个家！

在传统诗词中，灯酒与雪夜、除夕相集，带给读者的总有一种莫名的温情与暖意。而这感觉中时而还掺杂着些许对既往人生的思考和对前景的遐想。论情，诗人在冷清除夜总算还能与妻孥相伴；论酒，即如苏公这样嗜酒而不善饮也一定会品出其中的悲欢。历代论苏一直囿于豪与婉二字中，如此篇，豪、婉孰是？其实骨子中的婉约才是诗人的全部。本篇第三、四联可尽得其妙。

和子由除夜元日省宿致斋二首（选一）（七绝）　宋·苏轼

当年踏月走东风，坐看春闱锁醉翁。
白发门生几人在，却将新句调儿童。

一首七分得意、三分惆怅的即兴之作。作者二十一岁嘉祐二年（1057 年）随父亲苏洵入京应进士试，得主考官欧阳修赏识，与弟苏辙同科及第。本篇首二句“踏月”“东风”“春闱”“醉翁”的意象传递了诗人回忆当日荣耀的愉悦心情。苏轼不善饮却一生爱酒，自诩醉翁，在其作品中多有出现。第三句直言年华渐去，门生亦稀，其中原因除却自然法则外，作者仕途屡经坎坷、故旧因此罹祸者自应不在少数，此语貌似洒脱却内含酸辛。但本性豁达的诗人却在末句把儿童推向诗篇的高潮，一个“调”字写尽诗人不畏寂寞的心态。有孩子在，就有希望，“新句”加“儿童”，东风依然，醉翁常在，与弟子由新春互勉，尽显诗人本色。

全篇流畅通达，平白如话。诗中几个动词如“走”“锁”“调”的选用，对全篇的风格倾向起了颇大的作用。

与莫同年雨中饮湖上（七绝）　宋·苏轼

到处相逢是偶然，梦中相对各华颠。
还来一醉西湖雨，不见跳珠十五年。

诗人曾两次来杭任职，前后共五年。第一次熙宁七年（1074 年）任杭州通判，第二次元佑四年（1085 年）任杭州知州。前为副职，后为正职，前后相隔十五年。

本篇是第二次刚赴任杭州知州时的作品。作者时年四十八岁，相逢偶然，只是人已老去，梦中饮醉西湖，已是十五年前的事了，字里行间传递了作者对重返杭州担任行政长官的愉快心情。以“跳珠”喻西湖，尽显西湖的生命力。

作者一生甚爱西湖，其诗集中以此为题材的作品多已成为诗人的代表作。作品风格有些与欧阳修相似，但在意象运用上已超欧阳。苏诗虽多警策，但十分注意画面的营造。他是宋代诗人，但诗的美丽却不比唐人差。时代共性的烙印个人不能避免，但个人对艺术的非凡认知能力还是会通过作品告诉后人的，这也许就是苏轼在诸多艺术领域拔得时代头筹的主要原因。

慈湖夹阻风三首（选一）（七绝）　宋 · 苏轼

此生归路愈茫然，无数青山水拍天。
犹有小船来卖饼，喜闻墟落在山前。

归路茫然，水拍青天，于寂寞颠簸中见一小船渐渐靠拢，索钱卖饼，又是如何一种无奈中的惊喜！由卖饼而知一个小村落就在山前，一身疲惫也许能获得些许的释放。诗人的思绪由归路茫然到“喜闻”墟烟，其中情绪落差尽在二十八字中传出。起决定作用的是第三句的铺垫，以人物活动引出社会生态，首二句的自然环境与之对衬，抒发了寂寞清冷中感受到的一丝暖意和由此而生发的希望。

本篇结构与无名氏《清明 • 清明时节雨纷纷》有点相似，其中对人生的感喟是值得慢慢咀嚼的。

慈湖夹阻风三首（选一）（七绝）　宋 · 苏轼

卧看落月横千丈，起唤清风得半帆。
且并水村攲侧过，人间何处不巉岩。

起二句对仗，除“看”于律不妥外，全联尽得豪迈之气。“卧”与“起”的动作变化引起的视角不同，织起天与水的两个层面。“月横千丈”与清风“半帆”的山水画幅移动中让诗人产生对人生的某种顿悟。水村尚在侧旁，危岩却高踞舟前，人生偃蹇、仕路险阻均可于此传出。

这两首诗具有的警策笔法是宋诗共性中的一类。唐人也有此类作品，但没有宋人如此直白。原因在于所用意象的隐喻比唐诗浅显，它产生的二元乃至多元阅读的力度也因此而显得薄弱，艺术审美的间隔效应也适度降低了。当然，审美的因人而异乃至因时代的不同而异变，总是客观存在的。在宋代诗坛，无论从何角度，苏公的作品永远是位居冠首的。

正月二十日与潘郭二生出郊寻春忽记去年是日同至女王城作诗乃和前韵（七律）　宋·苏轼

东风未肯入东门，走马还寻去岁村。
人似秋鸿来有信，事如春梦了无痕。
江城白酒三杯酽，野老苍颜一笑温。
已约年年为此会，故人不必赋招魂。

这是作者贬官黄州时写的诗，第三、四句是诗人的名联。人生一世，该来的事终须会来，该去的也就让它去吧。所谓秋鸿有信、春梦无痕，似丽句抒写旷逸练达的人生感悟，是对唐诗的成功继承。美则善矣，其中警策的意蕴更显示了作者对世间万物以平静随和的心态视之、待之的睿智，是苏公终其一生指导自我思维和行事的原则。第五、六句正是以真实的生活回答了前一联的哲理思考：“野老”指百姓，亦指自己，茶酒三杯、温笑苍颜，作者完全忘却了被贬的身份和朝廷将对自己的后续处置，在得与失之间优游自在。其遑顾其他的心理平衡正是作者获得千百年来中国知识分子一致优评的根本原因。儒释道的优质内涵中深浅出入，进退自如，更是对中国传统文化的一种成功诠释。

作品表现出的是诗人此时此地似乎不仅不想回归朝堂，甚至连城内也不想回去了，于是再次与潘、郭二生发出“年年为此会”的邀约，更借此招呼朝廷朋友不必为自己的黄州生活担心。不赋“招魂”是人生自我的一种放飞，作者寄迹人生的即时心绪应该是愉悦、轻松而快乐着的。

苏公的诗时有佳句、丽句而为后人传诵。钱锺书说：“凭借了唐诗，宋代作者在诗歌的‘小结裹’方面有了很多发明和成功的尝试，譬如某一个意思写得比唐人透彻、某一个字眼或句法从唐人那里来而比他们工稳。”（《宋诗选注·序》）。这几句话可以用在诗人的某些作品中。

雨晴后步至四望亭下（五古）　宋·苏轼

雨过浮萍合，蛙声满四邻。
海棠真一梦，梅子欲尝新。
拄杖闲挑菜，秋千不见人。
殷勤木芍药，独自殿馀春。

历时四年的黄州贬谪生活在诗人的作品中留下了不少影像，本篇即是。

“浮萍”“蛙声”“海棠”“梅子”“挑菜”“秋千”“木芍药”，伴随在这位从中央权力中心到地方团练副使的周边，一切似乎让他更是从容随缘地生活了。

本篇用铺陈写法创作出这幅“雨后风物图”，传递了诗人对生活的需求和浸入，其中有视、听、思的结合，动与静的互补，是典型的闲适诗。从韵致而言，它比晋唐的同类诗篇更直白更接地气，而这恰是诗人作品的一个特点。

宿济州西门外旅馆（七绝）　宋·晁端友

寒林残日欲栖乌，壁里青灯乍有无。
小雨愔愔人假寐，卧听疲马啮残刍。

晁端友（1029—1075年），是著名诗人晁补之的父亲，只活了四十七岁。苏轼和黄庭坚对其诗作评价颇高，可惜作品多已散佚。

本篇孤凄之情全赖意象传出，其四句分状远、近、内、外四个空间，复以时间为线索，清楚合理地完成了一幅自傍晚、上灯至欲眠不能而耳边响起老马啮食的冷寂画面。

此种写法不符宋诗的创作共性，承唐而又不用半点故实，一丝愁绪尽从身边所感、所见、所听完成。

清人薛雪说：“状非写之景，如在目前；含不尽之意，见于言外。作者得于心，览者会其意。”（《一瓢诗话》）诗人夜半传语亦凭读者自悟了。此篇与苏、黄风格全然不同，能得其肯定亦自不易。

寄黄几复（七律）　宋·黄庭坚

我居北海君南海，寄雁传书谢不能。
桃李春风一杯酒，江湖夜雨十年灯。
持家但有四立壁，治国不蕲三折肱。
想见读书头已白，隔溪猿哭瘴溪藤。

宋诗发展到黄庭坚，已渐成一个时代的文化座标。黄庭坚是江西人，由他及同乡、诗友、学生等自然形成的一个诗歌创作群，在诗史上对当时并后代产生过相当大的影响，史称江西诗派。他的特点集中在几个方面：一是含用典、议论，句子从险拗中求平衡，这点受韩愈影响至深；二是坚推杜甫不遗余力，认为“老杜作诗，退之作文，无一字无来处”，基于此，他的诗作偶尔会出现不可思议的字和句。

从历史的角度来看宋诗的发展轨迹，诗歌创作风格无非是直白和绮丽两大类，如有折冲，则二者皆涉之。从宋初王禹偁的白体、杨亿等的西昆体，到继之而起的欧阳修、苏轼，无不在此曲线中上下前行，经否定与肯定、扬弃与继承后，江西诗派可谓是对宋诗发展进行反思后获得的一个著名的艺术存在。它用典沿袭了西昆诸家，而西昆又是学李商隐。按王安石说法，李商隐是唐代学杜的最佳者。它喜议论，多警策语，这是欧阳修和苏轼的风格之一种，在拗涩句与平白流畅的语言氛围中求得平衡，同时传递连锁式灿烂、自由的心灵独白，这点苏轼表现得尤为突出，也是黄庭坚最赞赏他的一点。

黄庭坚的诗作既有杜、李的风骨，又不乏欧、黄在流畅描状和议论中的自由运行，而在运行中故意制造的用事引典的障碍竟然成就了江西诗派的主要特征，复以警策之语影响了中国诗坛八百余年。清代乃至清遗老的主要创作沿袭江西诗派几成规模，后延伸覆盖至民国的早中期。

本篇也许是黄庭坚本集中赢得最多读者的饶有唐韵的作品，风格颇似欧、苏。

作品起二句有古风气韵，平白大气。第三、四句是宋诗中的名句，也是让更多人知道作者名声的中介。士人成名，全赖苦读，作者讲清这一道理，没有用他喜欢的涩典和警语，而是通过“桃李春风一杯酒”的喜悦结果和“江湖夜雨十年灯”的具象总结来传递。上句为果，下句为因，所选意象暖、冷相称，为表达士人理想实现之艰辛作出美丽准确的艺术譬喻。尤其可贵的是两句十四个字于平白流畅中传出，这几乎是与诗人总体风格相悖的。于此是否可以推断，诗人偶尔的风格偏离也是其风格之一？否则，以苏轼之审美又如何会青睐这位比自己还年轻八岁的试水者呢？

第五句“四立壁”用了汉司马相如偕卓文君私奔回成都面临的窘迫家境之典，表达了对老友处境的同情。第六句以“三折肱”直言不必多做痛苦违心的事情，过渡到最后两句：毕竟是上了年纪的人了，何况又身处南方的瘴厉之地。当时黄几复任广东四会县令。

次韵王定国扬州见寄（七律）　宋·黄庭坚

清洛思君昼夜流，北归何日片帆收?
未生白发犹堪酒，垂上青云却佐州。
飞雪堆盘脍鱼腹，明珠论斗煮鸡头。
平生行乐自不恶，岂有竹西歌吹愁。

首二句写对友人王定国的思念，清洛指汴水，王系从开封赴南，任扬州通判。第三、四句惜其正当盛年却因故发往扬州做佐官，王曾因苏轼乌台诗案受牵连。第五、六句“飞雪”喻大盘脍画，“明珠”喻江左特产鸡头米（新鲜芡实）。此处以生活实景作宽慰语，在语言上作了次序的倒置。最后两句承上联，寄语友人不必回避追求安乐，值此人生，又何必自苦作愁?此句从杜牧《题扬州禅智寺》“谁知竹西路，歌吹是扬州”句化出。

作品在遣词造句上颇为讲究。第一联以问句收；第二联两个虚字“犹”与“却”对用，语感强烈，表达了深深的惜才之意；第三联喻体前置，本体移后，语言的冲击力量获得强化；末联又以一反诘句作结，与首联呼应，实现思念主题的呼应效果。

江西诗派的语言能力是从唐杜甫、韩愈、李商隐乃至西昆派中纷取消化而成的，它时而沉缅其中，时而中和取其实，时而又靠拢时贤欧阳修、苏轼，其对后世之影响力确实不可小觑。

登快阁（七律）　宋·黄庭坚

痴儿了却公家事，快阁东西倚晚晴。
落木千山天远大，澄江一道月分明。
朱弦已为佳人绝，青眼聊因美酒横。
万里归船弄长笛，此心吾与白鸥盟。

快阁，在江西泰和县赣江之上。本篇作于元丰五年（1082年），作者时任泰和县令。

首联平平而起，“痴儿”为作者自称。一天公务结束，于晚晴中登阁眺望。第三、四句是远眺所见，上句写“落木千山”之天际远大，下句状“澄江”之月透彻清明，两句中透露出时间的暗中移动。月儿升空了，作者想起了常在一起月下煮酒论诗的友人，无奈佳人已去，朱弦不再，失落之余，突然又“青眼”“美酒”，另作一轮情绪之释放。第五、六句之情感定位是跳跃式的。结二句复归自然，作者远眺江山瞩目归船，如有长笛吹弄，复与白鸥结一同盟驰骋天边，也是诗人心目中的另一种活法，这时的黄庭坚是陶醉了。

本篇历代评价甚高。清姚鼐称：“豪而有韵，此移太白歌行于七律内者。”翁方纲说黄诗：“坡公之外又出此一种绝高之风骨，绝大之境界，造化元气泄透矣。”

作者在本篇中的情绪跌宕洒脱，间有低沉，速而跳出，平而起句，豪而收篇，江西诗派的特征之一格于此可见。

清明（七律）　宋·黄庭坚

佳节清明桃李笑，野田荒冢只生愁。
雷惊天地龙蛇蛰，雨足郊原草木柔。
人乞祭余骄妾妇，士甘焚死不公侯。
贤愚千载知谁是，满眼蓬蒿共一丘。

古今以“清明”为题目的诗词一直是热点，一首至今作者存疑的“清明时节雨纷纷”的七言绝句似乎是同类题材的绝唱。它的存在与流行告诉我们从社会人文角度必须懂得的两点：清明是缅怀先人的“时节”，此其一。清明是后生回报先人养育栽培之恩的励志日，“酒家”“牧童”和“杏花村”组成了阴郁中的一抹亮色，说明先人需要的是后生的砥砺与成功，而不是“雨纷纷”与“断魂”式的悲哀，此其二。

黄庭坚的这首《清明》也许存在于刚才论及的同名诗之前，它的情绪似乎未曾撩及笔者说到的两点。同一题材的不同写法在此给后人打开了另一扇艺术的窗户。

首二句以暖色与冷色相连，诗情的对比让读者首度获得感觉上的平衡。第三、四句分状清明时节的自然环境，形成刚与柔相衬的二度平衡。这种环接而下的描状手法为下篇人文主题的出现营造出情与理的一统。第五句用《孟子》中齐国有人每日往墓间食祭祀酒饭、回家后向妻夸耀众人宴请他的寓言，第六句用春秋时介子推宁被烧死不出仕的故事，分别表现人性之不同、善恶之各具，构成了第三层面的对比。当然，这是人文层面的安排。第七、八句承上，以超脱的胸襟传达出一个智者对人生归宿的理性思考。其理念并不深奥，但却是真实的。

本篇如从主题提示而言，并无大的突破；但从三重对衬的写法而言，在律诗技巧上是一个颇具匠心的突破。江西诗派的特点于此亦可发现一些端倪。

寄贺方回（七绝）　宋·黄庭坚

少游醉卧古藤下，谁与愁眉唱一杯。

解作江南断肠句，只今唯有贺方回。

少游，即秦观，北宋著名词人，亦善诗，所谓的“苏门四学士”之一。比黄庭坚小四岁。作品以婉约著称。

本篇应是作者与秦观闲游时所写。贺方回，即贺铸，北宋著名诗词作者，风格清丽哀婉，其《鹧鸪天·重过阊门万事非》为历代传诵的哀情名篇。

第三句平仄安排为“●●○○●○●”，为典型的七绝仄起、第五、六字平仄互换格式。末句直白无任何修饰，“只今”二字直接引出友人姓名，为全篇增添了一分爽利与潇洒，也可看出作者与贺铸等同辈友人之间的不凡友谊。

作者不仅是诗人，且是宋词一大家，其作诗时偶有用词的句式，如“公如大国楚，吞五湖三江”，次句为“一二二”句式，诗中仅见。吟诵时如将“吞”作领字读则“吞”字为平声，而词法无平声作领字例。历代诗论对作者遣词造句有故作拗涩的看法，也许就是循此类例子而来。但细读山谷内外集，诗人的句子率性洒脱，某些特征差似东坡，韵格之高甚至不亚欧苏，厚重处直追杜甫，绮丽清俊之气亦多晚唐风情。正如此，其领衔的江西诗派对中古以后诗坛才可能形成颇为巨大的影响。

和答元明黔南赠别（七律）　宋·黄庭坚

万里相看忘逆旅，三声清泪落离觞。
朝云往日攀天梦，夜雨何时对榻凉。
急雪脊令相并影，惊风鸿雁不成行。
归舟天际常回首，从此频书慰断肠。

兄长万里相看，彼此三声清泪；楚王有梦，夜雨对榻；鹡鸰并影，鸿雁失行；天际归舟，唯愿兄长频寄家书慰我远贬之身吧。

刘勰有说：“繁采寡情，味之必厌。”（《文心雕龙·卷七》）黄庭坚偶以词人之性写诗人之情，为后世所称道当亦必然。

夏日书事（五律）　宋·黄庭坚

花事随风尽，欢娱过眼空。
穷多诗有债，愁极酒无功。
家在斜阳下，人归满月中。
肝肠浑欲破，魂梦更无穷。

这是一首颇具人生趣味的感怀小品。

春去夏来，“花事”殆尽，由春带来的“欢娱”也随之散去。人生不如意事可借诗调遣，奈何愁绪袭来，酒亦无趣，只有“斜阳下”的家、“满月中”的人是此时此刻的莫大安慰。“肝肠”“欲破”，让“魂梦”驰向“无穷”也许是今生向往的另一种旨趣。

结句“无穷”二字以俊逸之势为全篇传送了韵致高远的人生指归。第五、六句温馨润人，时空互补，在平白中营造的人间趣味让它跻身于宋诗名联中。

全篇无涉典实，用字散淡清丽，可见作者的“江西”诗味仍是可发出醇厚的唐韵的。

绝句四首（选一）（七绝）　宋·陈师道

书当快意读易尽，客有可人期不来。
世事相违每如此，好怀百岁几回开。

陈师道（1053—1102年），字履常、无己，号后山，曾从曾巩学。苏轼对他评价较高，欲收为弟子，陈师道因生性执拗及其他政治因素而婉拒，但后人仍尊其为“苏门六君子”之一。与黄庭坚互为推崇，早期喜黄诗，之后全力学杜，诗风在宋诗的大特征之余颇具杜甫的风韵，尤其在句法上。在早期的江西诗社中他是最具代表性的一位诗人，性格导致的直言与学杜获得的厚重典雅、沉郁顿挫同时出现在他的作品中。应该说，他是宋代一位颇为成功的著名诗人，尤其在艺术成就上。

本篇颇具看点。好书已读尽，好友盼不来，人间每多不如意事，开心事实数难得！浅尽道理以浅尽之字道出。如作一篇小论文读，首二句并列展开论例，第三句论证，结句出现主旨，用问句作了适度强化。宋诗好议论，本篇可资为一证，且直白如此，连苏轼、黄山谷惯用的喻体也一并去除，颇可见诗人性格之一斑。

除夜对酒赠少章（五律）　宋·陈师道

岁晚身何托，灯前客未空。

半生忧患里，一梦有无中。

发短愁催白，颜衰酒借红。

我歌君起舞，潦倒略相同。

前面提到诗人学杜不遗余力，本篇可发现其中之脉络。

题目中的少章指秦觌，他是秦观的弟弟，诗人与他们兄弟关系均甚好。从诗意看，本篇作于除夕之夜，当时二人在一起。

历代评论家说起诗人学杜，尤其强调句法之酷似。本篇第三、四句厚重承上，第五、六句的出现让后人感觉到承杜痕印。回顾杜甫的《春远》：“肃肃花絮晚，菲菲红素轻。日长唯鸟雀，春远独柴荆。数有关中乱，何曾剑外清。故乡归不得，地入亚夫营。”同样是第五、六句，杜甫将“数有”“何曾”前置于“关中”和“剑外”，一来固然是格律之需要，但不可否认的是副词（状语）的先期出现，大大加强了五律形式颇多关注的顿挫感和厚重的遣词韵味。如果是“关中数有乱，剑外河曾清”的规范表述，就成了平实的散文。由此，再切入本篇。“发短愁催白，颜衰酒借红”，如作上述同样排序，则是“愁催白发短，酒借红颜衰”的句式了，顺则顺矣，但五律的拗而凝厚的感觉失去殆尽。

前人评论江西诗派，屡屡不忘的就是他们对近体诗，尤其是五律、七律的字词选择和句式安排，其对普通句型语法成分的前后移动和动词、形容词乃至虚词的定夺是评论的一大中心，于是，就出现了对江西派的攻讦，再加上用典的频数，则完成了批评的大数据。其实，杜甫可以以此为荣，而移之于宋又何为不可呢？陈师道本篇十字联在表现寂寞余生的情绪上的一大关纽是学杜特色遣句的成功。苏轼和黄庭坚等的青睐是公正及时的。至于说陈师道的作品题材格局不大，这是人生命运之局限，四十九岁他就在贫寒中去世了。

这里再重温一首著名的杜诗，《望岳》：“岱宗夫如何，齐鲁青未了。造化钟神秀，阴阳割昏晓。荡胸生层云，决眦入归鸟。会当凌绝顶，一览众山小。”就格律言，这是杜甫作品中颇难一见的五言诗。全篇押仄韵，无规则粘对，但中二联用了现代修辞学认可的对偶（非对仗，因为没有粘对）。引此篇仍着重于第五、六句，它又是“层云荡胸生，归鸟决眦入”的平白句式的艺术再造，“荡胸”“决眦”两个动宾词组的前置让全篇的气魄突然获得提升。以个别文字的前后调度引发全篇传情力量的深化是古典诗歌独具的魅力，也是创作技巧中的精华。

春怀示邻里（七律）　宋·陈师道

断墙着雨蜗成字，老屋无僧燕着家。
剩欲出门追语笑，却嫌归鬓著尘沙。
风翻蛛网开三面，雷动蜂巢趁两衙。
屡失南邻春事约，只今容有未开花。

此篇令人想到杜甫的《客至》：“舍南舍北皆春水，但见群鸥日日来。花径不曾缘客扫，蓬门今始为君开。盘飧市远无兼味，樽酒家贫只旧醅。肯与邻翁相对饮，隔篱呼取尽馀杯。”

两首作品无论题材还是造字遣句都颇相似，不同的是陈诗适度用了些典，而杜甫却平白直下，一气写尽客人即将来临的前前后后。

首句“蜗成字”，指雨漏留在墙壁上的湿印，其形如蜗牛爬过的痕迹，差似篆文，又称“蜗篆”。比陈师道小四岁的著名词人毛滂词《玉楼春·仆前年当重九》有“泥银四壁盘蜗篆，明月一庭秋满院”句，可证此词为宋时常用。“蛛网开三面”指给对方以自由的活动空间，典出《史记·殷本纪》：“汤出，见野张网四面，祝曰：‘自天下四方，皆入吾网！’汤曰：‘嘻，尽之矣！’乃去其三面，祝曰：‘欲左，左；欲右，右；不用命者，乃入吾网。’诸侯闻之，曰：‘汤德至矣，及禽兽。’”意思是留一面设网即可，愿逃命的尽管从左、右等多方离开。后人以此喻仁政和指心胸宽大。“两衙”，任渊注《后山集》引《坤雅》：“蜂有两衙应潮。”指蜂群如整齐排列两边，则潮水将至。此指风雨雷动的生活环境也属平常状态。作者于第五、六句传递的是善待生活的态度。最后表达了趁暮春花未全败与邻人再约的洒脱心情。

诗中第三、四句首二字的“剩欲”与“却嫌”作连贯复句，十四字连读甚具杜诗韵味，江西诗派的用典也从杜而来，说本篇差似杜诗应该是成立的。

寄外舅郭大夫（五律）　宋·陈师道

巴蜀通归使，妻孥且旧居。

深知报消息，不忍问何如。

身健何妨远，情亲未肯疏。

功名欺老病，泪尽数行书。

本篇是作者寄给岳父郭概的诗。知道妻儿仍在“旧居”生活，按理说诗人应该是放心了。但“归使”的巴蜀带信似乎未详细告知对方的一切，作者心里总是有不尽的担忧。诗中，“何如”的背后隐藏着的是至深的思念与不安。“不忍”两字透露吞吐难言、进退失据的心理状态。无奈之下，只能自我宽慰一下：只要身体康健，彼此相隔远一些又有何妨？亲情无价，我们之间没有因此疏远的理由。最后两句，表现出功名不成、人渐老去的悲哀，诗人的情绪几近失控了。

按诗题是寄给岳父的，其实全篇字字心泪却是对妻儿的心语，是至亲身远心近的至情表述。

本篇用字平白，无刻意的用典拗涩，钱锺书所说的若非“一味把成语古句东拆西补或者过分把字句减缩的时候，他可以写出极朴挚的诗”（《宋诗选注》），放在这里可以用。

杜甫和黄庭坚的作品中多有朴挚无华之作，本篇的情绪表达与杜甫相当近似。陈师道一生以曾巩为师，但诗歌成就却远胜曾巩，在某些题材和字句的处理上甚至超过黄庭坚。这就难怪吕本中在江西诗派中将他列为第二座次。

牡丹（七绝）　宋·陈与义

一自胡尘入汉关，十年伊洛路漫漫。

青墩溪畔龙钟客，独立东风看牡丹。

陈与义（1090—1139年）也是一位崇仰杜甫的宋代诗人，南渡后官至参知政事。本篇作于绍兴六年（1136年），离金攻取汴京十年整。伊洛，水名，此代指洛阳。“龙钟客”，作者自指，时年四十六岁，离去世仅有三年。“牡丹”，负盛名于洛阳，作者是洛阳人，身在南方，记忆中深深留有旧日家乡牡丹盛开的影像。

全篇用字凝重抑郁，二十八字写尽对家乡故地的怀念。牡丹花畔龙钟客，浓郁的感伤情绪从句间透出。

清明（七绝）　宋·陈与义

卷地风抛市井声，病夫危坐了清明。

一帘晚日看收尽，杨柳微风百媚生。

“清明”也许是中国古典诗歌的永恒题材。首句“抛”字状市集的热闹，毕竟春天来了。次句状自我状态。三句急转，状夕阳西下，一个“看”字将自己与将暮之景连成一体，为最精彩的末句作了厚实的铺垫。“微风”之下，以杨柳为主的花木渐成一年的最佳风景。

作者在本篇中表达了对春日降临的喜悦，其中没有旧题的阴暗与伤感，第三句“一帘晚日”用得甚是美丽。

回顾一下《清明·清明时节雨纷纷》的第三、四句，我们可以充分感受到中古时期知识阶层对清明节令的感情定位。本篇中的上扬情绪比前诗应该是更强烈了一些，缅怀之情充分淡化，剩下的只是对春的赞赏，这样的积极因素是值得后人赞赏的。

雨中对酒庭下海棠经雨不谢（七绝）　宋·陈与义

巴陵二月客添衣，草草杯觞恨醉迟。

燕子不禁连夜雨，海棠犹待老夫诗。

天翻地覆伤春色，齿豁顽童祝圣时。

白竹篱前湖海阔，茫茫身世两堪悲。

二月添衣，杯觞恨醉，燕子夜雨，海棠待诗，作者推出的这组意象可谓美轮美奂，但“春色”在“天翻地覆”的时局变化中被颠覆了。诗人遥祝“圣时”的背后，面对可触摸的“白竹篱”和可远视的阔大“湖海”，突然感觉到的是“两堪悲”的袭来。“两”指什么？无非是国事与家事，古今文人的情感共性在诗人笔下又触发了。

钱锺书认为本篇与杜甫《春望》的题旨相同。但细究原典，两者的表述力量还是有相当差距的。“国破山河在，城春草木深”句在悲悯中透露的巨大人文力量，陈与义是无法达到的，他曾说：“诗至老杜极矣，苏黄复振之，而正统不坠。东坡赋才大，故解纵绳墨之外，而用之不穷；山谷措意深，故游泳玩味之余，而索之益远。要必识苏黄之所不为，然后可以涉老杜之涯涘。”（《宋诗钞·简斋诗钞》）从中可体味他对杜甫的崇仰。他认为，苏、黄学杜，但只有了解苏、黄没有学到之处，方可真正一窥老杜之堂奥。

春寒（七绝）　宋·陈与义

二月巴陵日日风，春寒未了怯园公。

海棠不惜胭脂色，独立蒙蒙细雨中。

首二句直写春寒。第三、四句以“海棠”喻己，“不惜”与“独立”赋予花木孤高、傲然的性格，而这恰是在流亡路上诗人执着人格的精确表达。“胭脂色”是美丽的暖调，在“蒙蒙细雨”中反衬出凄冷的悲哀、雅静的无奈。然而“独立”的背后，诗人似乎没有太多去考虑被贬流亡途中的不幸，毕竟，1127年的“靖康之变”给北方士人带来的灾难太多了。

题目是《春寒》，但却是差似咏物的短章。古今凡是可留可诵的咏物作品都是写人的。本篇是陈与义一个阶段的人生侧影，寥寥数语完成了以喻写人的刹时断想。其中第三、四句两个动词的出现功不可没，诗人风骨获得完美呈现。

伤春（七律）　宋·陈与义

庙堂无策可平戎，坐使甘泉照夕烽。
初怪上都闻战马，岂知穷海看飞龙。
孤臣霜发三千丈，每岁烟花一万重。
稍喜长沙向延阁，疲兵敢犯犬羊锋。

这是一首时事感怀诗，题目稍大了一些，当然，其中可发现杜甫的“专利”。

高层无策，“坐使”边塞烽火连天，首二句直写战火肆虐。“甘泉”，秦汉行宫，此借指宋皇宫。第三、四句从“上都”“战马”至“穷海”“飞龙”，以连贯句式描状了从汴京至温州海域的逃亡过程。“飞龙”指宋高宗。“初怪”与“岂知”两个偏正词组用得十分精到，直击从朝廷上下的互为责难到不得不承担的败亡后果之必然。七律中二联的首二字如选用虚字得当，彰显效果往往获得升华，这是杜甫作品中的常见用法。本联的“初”与“岂”的副词选用加强并渲染了对时局不幸的痛苦反思。作者学杜痕迹不仅表现在选题，而且体现在个别字词的精心选择上。第五、六句“孤臣”自指。“霜发”即白发。“烟花”喻昔日春景，与前白发构成意境的冷暖对衬，也是诗人落寞的忆旧心情的写照。

杜甫的同题《伤春》“关塞三千里，烟花一万重”，前后的反衬关系，让本篇的学杜痕迹清晰可寻，甚至可说是唐五律在宋的七律翻版。在痛苦的反思中，诗人情绪在末联中获得一丝上扬。“向延阁”，指长沙太守向子諲；“犬羊锋”，指金兵的锋芒。此二句亦可从杜甫《诸将》“稍喜临边王相国，肯销金甲事春农”中寻到原始情绪。

陈与义学杜在宋代是一个十分重要的典型，整个江西诗派以尊杜为圭臬，欧、苏循其迹，黄庭坚振臂高呼，至陈师道、陈与义刻意模仿，从主题到章法的精心体会、从字词到句式的仔细推敲也是一种十分不容易的学习，所以清人有“宋诗大半从少陵分支”（《宋诗抄·剑南诗抄引》）的说法。唐诗是伟大的存在，宋承唐而以虔敬的姿态在时代文化发生巨大变革的同时学习前贤而又不吝参与到“词”的创作大潮中去，让自己不仅是新潮之下的吟唱者，更是诗文化的坚守者。遑论欧、苏，即便黄与二陈都是宋代著名的诗词并擅的大家。他们在历史的长河中，真正做到了“不薄今人爱古人”，这是值得后人长远铭记的。

邻水延福寺早行（五律）　宋·陆游

化蝶方酣枕，闻鸡又著鞭。
乱山徐吐日，积水远生烟。
淹泊真衰矣，登临独惘然。
桃花应笑客，无酒到愁边。

陆游在宋代文学史上一直享有不可贬抑的盛名，谓其爱国者屡以《示儿》诗相应，谓其诗力者“呼为小太白”（《宋诗抄·剑南诗钞》引周必大语），谓其诗风多姿者又从未忘却婉约的《沈园二首》与《钗头凤》词。钱锺书誉其总体风格为“别开生面”，可存说。

陆游享寿八十五岁，自己整理《剑南诗稿》，存诗九千三百多首，作品之多，史上除白居易者亦无他人。

本篇写早起行路所见所感。“化蝶”“闻鸡”分别用庄生梦蝶和祖狄闻鸡起舞典，此喻早起，并无深意。第三、四句出门见景，视觉延伸到远处，“吐日”“生烟”分状“乱山”与“积水”。第五、六句进入情绪之触发，流动的仕途生涯令诗人频感衰意，独步登山径旁无伴者，天地茫然，孤独之感陡然而生。此联出句以虚字作顿，十分少见，表现情绪收发熨帖之余，增加了感慨无穷之心理宽度。第七、八句诗人见桃花而生笑，思酒而遣愁，又回到了人生之常态。

此篇平平而起，平平而收，中二联应是全篇之重，尤其是颈联。

初寒（七律）　宋·陆游

船尾寒风不满旗，江边丛祠常掩扉。
行人畏虎少晨起，舟子捕鱼多夜归。
茅屋翻翻带宿雨，苇花漠漠弄斜晖。
伤心到处闻碪杵，九月今年未授衣。

读本篇会想起杜甫和李商隐。初寒的冷落在前四句尽出。李商隐的“一春梦雨常飘瓦，尽日灵风不满旗”（《重过圣女祠》）写的是春天，作者代以“寒风”点题。“掩扉”状人迹稀少，引出第三、四句，营造出冷寂的生存环境。第五、六句“带宿雨”“弄斜晖”明显从唐人来。末联用杜甫诗意，“寒衣处处催刀尺，白帝城高急暮砧”（《秋兴八首》）。

本篇从风格而言，学杜痕迹很清楚。应该说宋人学唐仍是十分努力的，尤其是紧跟老杜，以及唐代学杜学得最好的李商隐。

度浮桥至南台（七律）　宋·陆游

客中多病废登临，闻说南台试一寻。
九轨徐行怒涛上，千艘横系大江心。
寺楼钟鼓催昏晓，墟落云烟自古今。
白发未除豪气在，醉吹横笛坐榕荫。

宋七律起二句往往不多作斟酌，本篇亦是。但中二联的对仗对于嗜杜成性的诗人而言是尽力的，其描状浮桥之气势夺人，江面动态尽在眼前。“九轨徐行”“千艘横系”，静与动的视觉感受给人大范围的震撼。随之状登上南台的感受，展现了诗人处理对仗的不凡能力。

诗人时在福建宁德为官。他一生仕途多变，起落不定，面对江天，深深感到朝钟暮鼓伴随云烟墟落才是人生常态。第五、六句豪气毕现，气势夺人，从近到远的状景处理催发一天“昏晓”至人生“古今”，寓不变到巨变的哲理感悟。诗人七律的对仗处理在宋诗中可谓一绝，佳对妙句既美又散发出警策睿智的光芒。宋诗多理性，在陆游的笔下不乏艺术的雄厚力量。比他小六十二岁的著名诗人刘克庄说：“古人好对偶，被放翁用尽。”（《后村大全集·卷一百七十四》）是对陆游律诗艺术的不吝褒奖。

本篇末联以柔性的两个动作，对应白首未老、豪气犹在的人生思维，这是抽象理念被意象激活的良好范例，也是宋诗创作的一个特点。

临安春雨初霁（七律）　宋·陆游

世味年来薄似纱，谁令骑马客京华。
小楼一夜听春雨，深巷明朝卖杏花。
矮纸斜行闲作草，晴窗细乳戏分茶。
素衣莫起风尘叹，犹及清明可到家。

触目而来的诗题传递了雨后见晴的江南韵味，六字题的意象在柔缓的语境中轻轻展开。

本篇的颔联是诗人乃至宋诗中的名句，其一不涉典、二不涉时事、三无拗涩，有的是清纯安静的听觉表达。“小楼”与“深巷”、“春雨”与“杏花”在“一夜”与“明朝”的时间延伸中完成了空间与时令关系的定位。这种淡雅且貌似平和的艺术趣味贯穿了作者诗作的一半以上，与差似另一半的豪壮题材构成陆诗的全部。

诗人写本篇时已是六十二岁的老人，岁月的沧桑也已被时间渐渐抚平。清晨醒来的“卖花声”是安静祥和的外在，但更多的也许是诗人内心被触发的无欲无求的定位。这种定位应是霎时的，由特定时、空所决定，毕竟他六十一岁时还写下了《书愤》：“早岁那知世事艰，中原北望气如山。楼船夜雪瓜州渡，铁马秋风大散关。塞上长城空自许，镜中衰鬓已先斑。出师一表真名世，千载谁堪伯仲间。”诗人至死也没忘记“北定中原”。

宋诗闲适题材中最简单清纯又隽味无穷的一联在作者手中诞生了。它是知识阶层精神感受的具象反映，更是平静人生的普遍追求。

溪上作（七律）　宋·陆游

伛偻溪头白发翁，暮年心事一枝筇。
山衔落日青横野，鸦起平沙黑蔽空。
天下可忧非一事，书生无地效孤忠。
《东山》《七月》犹关念，未忍沉浮酒盏中。

诗人暮年倚杖而思，眼前出现了颔联的一幕：“山衔落日”下的青山横野和“鸦起平沙”的黑影蔽空。悲怆意象传递的是诗人沉郁悲凉的痛苦，其中“青”与“黑”的冷色调是绝望的主观情绪的光影。宋代诗歌的平白直率，甚至类似口号的警策在众多诗人笔下都有表现。诗的下半转入情感的直接抒发。天下事未能妥当处理的太多，一个白发老人独处天地间既无可用，复有何求？“孤忠”道出了内心深藏的伤痛，他的北伐念想几无可行了。

末联引《诗经》中的两首作品。《东山》是一首写周公东征的兵役诗，诗中主人公以胜利者的凯旋身份回到故乡，也许就是这一点让陆游感到难以启齿的悲恸。他渴望了几十年的北伐战争始终未真正打响，文武兼修的自己甚至连个遥远的士兵都不如，尽管士兵回到家，看到的遇到的都是那么的不尽人意。从某种意义上说，战争是双输局面，然而北方的沦陷毕竟始终牵涉南宋高层主战派的神经末稍，诗人白头回望，又有何趣？《七月》是西周早期的一首农耕诗，以叙事方式反映了当时百姓的真实生活，有痛苦有欢庆，这是社会生活的常态。诗人渴望南北统一，生活有序，忧国忧民的心绪在本篇中左右了诗人的思维，“犹关念”之下的是老去无用的悲哀与愤懑，于是继续在酒盏之中寻找霎时的忘却成为了生活的唯一。

本篇风格沉郁顿挫，颇有杜甫的韵味，但在含蓄、沉稳与内敛的情感释放上诗人与前辈还有相当的距离。这是审美的时代共性差异，而不能看作是后人学习前人成功与否的标准。即便是陈师道、陈与义从章法到句式的刻意模仿，也只是模仿而已，文学史上可以说没有一个成功复制而达到前者水平的案例，西昆派对李商隐的沿袭就是一个千年话柄。

由此说开，文学从来不是独立完整而可以自由活动的概念。时代政治、经济文化背景对其有着强大的制约力量，对作者个人的思想乃至风格变化都会产生不可抗拒的影响。各个不同时代的代表作家只是自我情感和创作力量的宿体，他们有的只是继承加创造，当然，这种创造不可能是属于前人的，这就是风格。

闻雁（七绝）　宋·陆游

过尽梅花把酒稀，熏笼香冷换春衣。

秦关汉苑无消息，又在江南送雁归。

诗人的政治感怀诗也不都是慷慨激昂表现浓浓杀敌气氛的。本篇的意象选择平和静谧，但却传递出一贯的北伐心结。

“梅花”谢了，把酒对梅只能等待来年。“熏笼香冷”，又是“春衣”当季。“秦关”“汉苑”以常用的旧典指代北方，战事无进展，北方当然没有消息。“江南”“雁归”，家乡的一年又过去了。由“江南”而中原，以“雁归”而隐喻时间的流逝，作者没有用一个字直接评述战事，但以此完成了时空的交叠喻指。这样的时事感慨是艺术的上乘表达，冷静中贯穿的北伐热情在诗人的思维中没有丝毫的弱化。本篇不是一般的闲适诗，而是战争题材的婉约表达，也许可为我们今天的创作提供某种技法上的思考。

闲居初夏午睡起（七绝）　宋·杨万里

梅子留酸软齿牙，芭蕉分绿与窗纱。

日长睡起无情思，闲看儿童捉柳花。

杨万里（1127—1206 年），江西吉水人，有《诚斋集》行世。早期亦学江西诗派，后学陈师道五言律诗，继学王安石七言绝句，晚年钟情于唐人绝句。为此，他亲自焚毁了旧作千余篇，其中有“露窠蛛恤纬，风语燕怀春”“立岸风大壮，还舟灯小明”“疏星煜煜沙贯月，绿云扰扰水舞台”等句。因此，他的传世作品与传统的江西诗派作品有较大不同，即使学王安石，也尽量向他的七言小品靠拢。其他江西诗派惯用的如警策、用典、拗涩、刻意颠倒句式结构等，在他晚期作品中基本摒除。

唐人绝句中形象思维的强化在诗人作品集中占有不少篇幅，这是之前宋诗人中除王安石之外少见的，也是宋孝宗后南宋诗坛出现的一抹亮色，比之北宋初王禹偁、欧阳修等削弱西昆派影响十分相似。文学的自觉性又出现了史上的加强，杨万里应该是一个标志。

本篇语言直白、清纯。其可读性充分表现在自然意象的成功捕捉和动词的灵敏选用。“梅子留酸”“芭蕉分绿”后的午睡情思，留给诗人的只是儿童与柳花的共舞，作者用了一个“捉”字，几乎让所有读者回到了自己的童年。宋诗似乎又回到了唐代，尤其让人想起了孟浩然、白居易、刘禹锡。唐韵中生活情趣的形象表达在有宋一代杨万里应是置于前位的，就同样题材论，诗人绝对不比陆游逊色。

前人有说，杨万里后期的诗像李白，笔者不以为然。二人应分属两种思维，李白基本不涉政事，如使之与长接地气、一心忧国、不畏权臣韩侂胄的杨万里相比较，杨自名其实的“诚斋”二字可作一回答。即使风格和表现技巧也各不相同，“跳空”与“落地”可以作形象比喻。

雨后独登舍北山顶（七绝）　宋·杨万里

山下生愁热不除，山头小立气全苏。

自缘著脚高低别，万壑清风岂是无。

全篇意象不多，但将“山头”与“清风”的关系交代得清清楚楚。

如果说“欲穷千里目，更上一层楼”是唐人王之涣的哲理思辨，那么杨万里在本篇所作的是宋人的同理表达，不同的是王之涣用的是眼睛、是视觉，而杨万里用的是肌肤的感觉、是触觉。宋人学唐是文学史的必然，其不仅在艺术手法上，更多体现在题旨的选择中。作者自己曾说：晚年乃学唐人绝句。但如用本篇与王诗作比较，气势绝对是前者来得宏阔博大，读者甚至可从中感觉到民族的大气和胸怀。煌煌唐韵是文学史上的唯一。当然，杨万里的不少作品堪称宋人学唐的成功范例。

探梅（七绝）　宋·杨万里

山间幽步不胜奇，正是深寒浅暮时。

一树梅花开一朵，恼人偏在最高枝。

第二句写寒，第三句写稀，末句写奇。“深寒浅暮”下的“一朵”竟“偏在最高枝”上。

由此联想到李商隐的五绝《天涯》：“春日在天涯，天涯日又斜。莺啼如有泪，为湿最高花。”本篇与之有异曲同工之趣。冬季的暮阳伴随诗人幽步山间，发现了仍缀在枝头的梅花，它只有一朵。诗人看到了它的稀，想到了难事，更进一层，发现它的生命竟悬浮在梅树的最高枝，孤而高，这恰恰是作者本人的心理写照。李商隐用泪润花，美丽而凄恻；杨万里因孤梅高悬而生出烦人心绪，都是因物生思的写法，不同的是李诗中的花是由莺啼而想象出的，而本篇却是诗人的目见。

晚唐韵致的骀荡凄美，以及由意象而生出的阅读震荡，是诗歌艺术的高峰，而宋诗的平白即使在学唐路上虚心一脉却总欠一筹。当然两首作品都寄托了作者仕途坎坷的心迹，隐约传达了对最高统治者的些许失望和无奈，这也是需要读时仔细体味的。

李诗美得泪目，杨诗白得干净。用自己的性格去学习前人，选择后的成功就形成了个人的风格，杨的学唐人绝句是个颇好的证明。

云卧庵（七绝）　宋·杨万里

十年两袖软红尘，归濯沧浪且幅巾。

不是白云留我住，我留白云卧闲身。

本篇前二句表达了由“红尘”到“归濯沧浪”的人生转变。后二句则明确地传递了与“白云”为伴的闲适情绪，十四个字，从否定到肯定的句式，也许又让我们回到了唐诗的某个意境。

有人说杨万里的不少诗似李白，清人批评他“盖落尽皮毛，自出机杼，古人之所谓似李白者，入今之俗目，则皆俚谚也”（《清诗抄·江湖诗抄序》）。李白是不可复制的，史上也从无一人学李白成为另一骄人者。李白的出身经历以及盛唐的一切是诞生大名人的必要条件，缺一不可。更有甚者，清代著名诗人黄仲则也曾被评论家如袁格、洪亮吉等戴过“学李白成家”的桂冠，但其一生贫困，坎壈终生，连死后棺木都是友人资助的，又何来心力去模仿前代一个生活中挥金如土的天才！以下读几首黄仲则的诗。

《杂感》：“仙佛茫茫两未成，只知独夜不平鸣。风蓬飘尽悲歌气，泥絮沾来薄幸名。十有九人堪白眼，百无一用是书生。莫因诗卷愁成谶，春鸟秋虫自作声。”

《癸巳除夕偶成》：“千家笑语漏迟迟，忧患潜从物外知。悄立市桥人不识，一星如月看多时。”

《别老母》：“搴帷拜母河梁去，白发愁看泪眼枯。惨惨柴门风雪夜，此时有子不如无。”

《绮怀》（第十五）：“几回花下坐吹箫，银汉红墙入望遥。似此星辰非昨夜，为谁风露立中宵。缠绵思尽抽残茧，宛转心伤剥后蕉。三五年时三五月，可怜杯酒不曾消。”

《都门秋思》（其一）：“五剧车声隐若雷，北邙惟见冢千堆。夕阳劝客登楼去，山色将秋绕郭来。寒甚更无修竹倚，愁多思买白杨栽。全家都在风声里，九月衣裳未剪裁。”

《感旧》：“从此音尘各悄然，春山如黛草如烟。泪添吴苑三更雨，恨惹邮亭一夜眠。讵有青鸟缄别句，聊将锦瑟记流年。他时脱便微之过，百转千回只自怜。”

上引六首诗从选字、立意、章法安排到意象选择，都很难发现盛唐韵致，要论晚唐倒还有点影子。

回到杨万里。本篇结二句近似古风的句式，有点李白的造句风格，而李白以古风见长，但就此断言杨诗有李白的韵味，着实牵强。

积雨小霁暮立卷书亭前二首（其一）（七绝）　宋·杨万里

报晴底用暮寒为，薄薄春衫横见欺。

似有如无风细甚，柳丝无赖恰先知。

雨停了，天色已晚，一个人站在卷书亭前。诗的时段，诗的背景，诗人在其中。

天晴了，为何要选在傍晚？诗人感到一丝寒意。有点风，但微微的，柳条似乎已有点感觉了。

一首柔轻清丽的闲适诗，这是诗人的所长。意象的选择帮助作者传递了雨后天晴、春雨润柳的先声。

积雨小霁暮立卷书亭前二首（其二）（七绝）　宋·杨万里

淡紫斜阳嫩碧天，一春今夕始开颜。

看山偶忘归来却，月到西廊第二间。

春天快到了，斜阳淡紫。看山归来犹在兴味中，蓦然发现，月光已洒在西廊的第二间。

一种惬意洋溢在全篇中。“淡紫”与“嫩碧”的开篇让清气在具象中弥散，诗人第一次在山上感受到春的气息。回到家沐浴在月光的清辉中，“西廊第二间”的营造近似词的表达。此时的南宋正值词的盛行期，散淡随意的偶然拈词也成为宋诗、尤其是北宋中期至南宋后期的一种写诗风尚。庄谐混用，平白淡雅，未见纹丝不安，却增添了生活的真实情趣。清人如上引黄仲则也是这种写法的好手。

本篇第三句有点拗，句末的“却”是助词，用在动词“归来”后，无实在意义。这也是宋人诗的一种习惯。

晓出净慈寺送林子方（七绝）　宋·杨万里

毕竟西湖六月中，风光不与四时同。

接天莲叶无穷碧，映日荷花别样红。

这是宋诗中的名篇，一首通过状景表达心绪的七言小品。诗题中的林子方是作者的好友，官居直阁秘书，当时准备奉调福州。作者以六月西湖的美丽依人来挽留友人。

首二句以直白切入，以“毕竟”二字领出判断式的肯定。后二句是全篇灵魂所在，以“接天”与“无穷”修饰大片的“莲叶”，随之赋予“映日荷花”以“别样红”的不一般。

西湖美可留客，何必作别呢？作者是高官，涉及官员任免，再有看法，也需慎言。于是用文人的方式，留下了这首赠别之作。

谈到技巧，宋诗的共性表达得明确。口号式的引领，大气而决然，这是时代的引领。碧与红的互衬，美丽而成趣，则是对唐韵的继承。二者结合完成诗人的笔下成就。

不能疏忽的一点是，词的发展几乎对宋代每一位有成就的诗人都提供了与诗歌表述不同的因子，即便他本人是高官。因为他们之中不少人本身就是诗词兼擅的大家，不说欧阳修、苏轼、王安石，即便杨万里，他的词也是别有韵味的，本篇的结句提供了诗中蕴含的词的趣味。实际上这也是南宋诗坛接受与词兼容的一种必然生态。

四时田园杂兴（其一）（七绝）　宋·范成大

昼出耘田夜绩麻，村庄儿女各当家。

儿童未解供耕织，也傍桑阴学种瓜。

范成大（1126—1193 年）是“咏写田园的大诗人”（郑振铎语），历来与杨万里齐名。他比杨万里仅年长一岁，但却受到杨万里的尊崇，后者曾言：“余于诗岂敢以千里畏人者，而于公独敛衽焉。”（《宋诗抄·石湖诗抄》）当然，这也许与范成大的仕途较杨万里相对顺利有关，他曾官至吏部尚书，拜参知政事，后进资政殿学士，加大学士，是名副其实的高官，而两人风格追求又有所相似。

本篇用字平白，无一丝的色彩与夸张，直接记录“村庄儿女各当家”的场景。假设是一家四口，那么父“耕田”、母“绩麻”，小儿女则在树荫底下学着种他们爱吃的瓜。从朴素的生活画面也可以联想到孩子们的所谓“学种瓜”只是惬意的开心与打闹。类似这种生活趣味的记录在白居易、陆游等人作品中常可见到，但范成大的语言仿佛更安静、更祥和、更为大气。作品的背后不会让人产生深层的多元思考。

四时田园杂兴（其二）（七绝）　宋·范成大

静看檐蛛结网低，无端妨碍小虫飞。

蜻蜓倒挂蜂儿窘，催唤山童为解围。

本篇仍是状生活所见，所选意象朴素无华。值得注意的仍是孩子的出现，诗人唤他们帮助蜻蜓和蜂儿脱离蛛网的困扰。

同上篇一样，用字率性，仍然不存在深层的理解维度。

四时田园杂兴（其三）（七绝）　宋·范成大

朱门乞巧沸欢声，田舍黄昏静掩扃。

男解牵牛女能织，不须邀福渡河星。

难得的欢腾声出现在诗人的作品中，尤其是表现闲适情绪的诗歌。

本篇是宋诗中描写女孩欢乐生活场景的名篇。“乞巧”是指七月初七女孩在月光下用丝线穿过针眼，意味着获得更多生活技能的一种生活仪式，从女织引申到男耕，后逐渐被衍化为牛郎织女的故事，赋予了爱情的内涵，但留下一年只能见一次面的鹊桥七夕相会的遗憾。

在此，诗人写的是大户人家的女孩儿的七夕之夜，“沸欢声”于黄昏安静的反衬之下，更显难得。男耕女织是农耕社会的主流价值观，诗人当然未能免俗，于是生发出“男女各司其职、各安其位应该是最佳的社会安排”之意指。结句用近于诙谐的口吻告诉女孩们，不必对着月儿睁大着眼穿针线，多学些符合自己身份的生活技能才是真正的

"邀福"，才能天天由"爱河"过两情相悦的日子。读着诗篇，仿佛能看到一个慈祥的老人，微笑着看着面前的女孩儿们在追逐、玩，对着月儿盟誓、发呆……

诗对家庭的教化作用于本篇中透出消息。语言的平白与温馨一如作者的风格，让人感到有家真好，尤其是有老有小的家。

四时田园杂兴（其四）（七绝） 宋·范成大

斜日低山片月高，睡余行药绕江郊。

霜风扫尽千林叶，闲倚筇枝数鹳巢。

日暮了，月儿渐升，诗人的午觉似乎睡得晚了一些，醒来喝完药按例要到江（湖）边走几步。是晚秋时节了，风扫落叶，抬头看到鸟儿归巢。

家的概念在诗人眼中无疑是十分重要的。他的田园生活是以家为基础的，从作品中表现出的浓浓的亲情、悠远沉静的心态，无不反映出这一性情的定位。日暮闲步，叶落千林，手执筇杖进入另外的生态，这种散淡中生发出的生活情趣在不经意的笔触下被晕化、渲染得静而多致，这是作者的性格本能决定的。江南士人、曾为达官的雍容之气，在清冷中也会有一丝散发。由此想起同为高官的晏殊的名句"无可奈何花落去，似曾相识燕归来"，那种无奈中的坚守却是另外一种情绪。

简明的意象，于清冷中传递出时光的慢慢流淌，范诗给我们的感受并不复杂，因为就在身边。

二月三日登楼有怀金陵宣城诸友（七律） **宋·范成大**

百尺西楼十二栏，日迟花影对人闲。

春风已入片时梦，寒食从今数日间。

折柳故情多望断，落梅新曲与谁关。

诗成欲访江南便，千里烟波万叠山。

这是一首怀人诗。其中渴望与友人重聚的迫切感情表现得十分强烈，但又不失江南文人的一分矜持。

起句有点似李商隐。王安石喜杜甫，李商隐更是晚唐习杜第一家，从本篇中似能找到王与李的交集点。杨万里从江西诗派中悟出从晚唐诗中寻找“活性”的机缘，而杨万里与范成大风格又差似相近，范成大的晚唐痕迹自然而生应该不是痴人说梦。

首二句以空间和时间的交代作登高怀友的铺垫。“百尺西楼”隐含一个冷字，“日迟花影”点出一个暮字，冷暮之下的凄怆心境已于首联传递。“春风入梦”曾是过去的记忆，“寒食”将临，阴冷仍旧。“折柳故情”长在念中，然而“落梅新曲”却是知音难逢。“与谁关”一个反诘句透出孤独的悲凉。诗成后，却不知何日能让友人读到，骋目远望，面前只有太湖的水与周边隐约的峰。

全篇用意象简洁清纯，隐喻意义无多元指向，这一点宋人是无法企及李商隐的。所谓的一人创作、多元解读是唐人给诗词文学创下的重大成果，而李实为其中的翘楚。

清纯的风格是范诗的基本面，也是后人喜欢他的主要原因。

州桥（七绝）　宋·范成大

南望朱雀门，北望宣德楼，皆御路也。

州桥南北是天街，父老年年等驾回。

忍泪失声咨使者，几时真有六军来？

作者于宋孝宗乾道六年（1170 年）出使金国，写了七十二首七绝和一卷日记《揽辔录》。此时离北宋亡国已逾四十五年。

先来读一段文字："都人列观……戴白之老多叹息掩泣，或指副使曰：'此宣和官员也。'"这是早一年出使金国的南宋官员楼钥的记载，廖廖数笔透出淮河以北北宋遗民的真实心态。"宣和"（1119—1125 年）是宋徽宗的第六个年号也是最后一个年号，1126 年金兵占领开封。年迈人眷念故国、渴望回归的心愿十分强烈。北地父老聚集在原先的御道上，亟盼大军回归，而非几位旧时政权的使者与北地统治者的周旋。

《州桥》是宋诗中著名的爱国诗篇。其诗题后两句短文"南望……""北望……"与全诗二十八字互读，令人感喟非浅。诗人强烈的民族感情、一统理念与其恬静的田园情结、吏治批判组成作品的全部内涵。

传承与新作 03

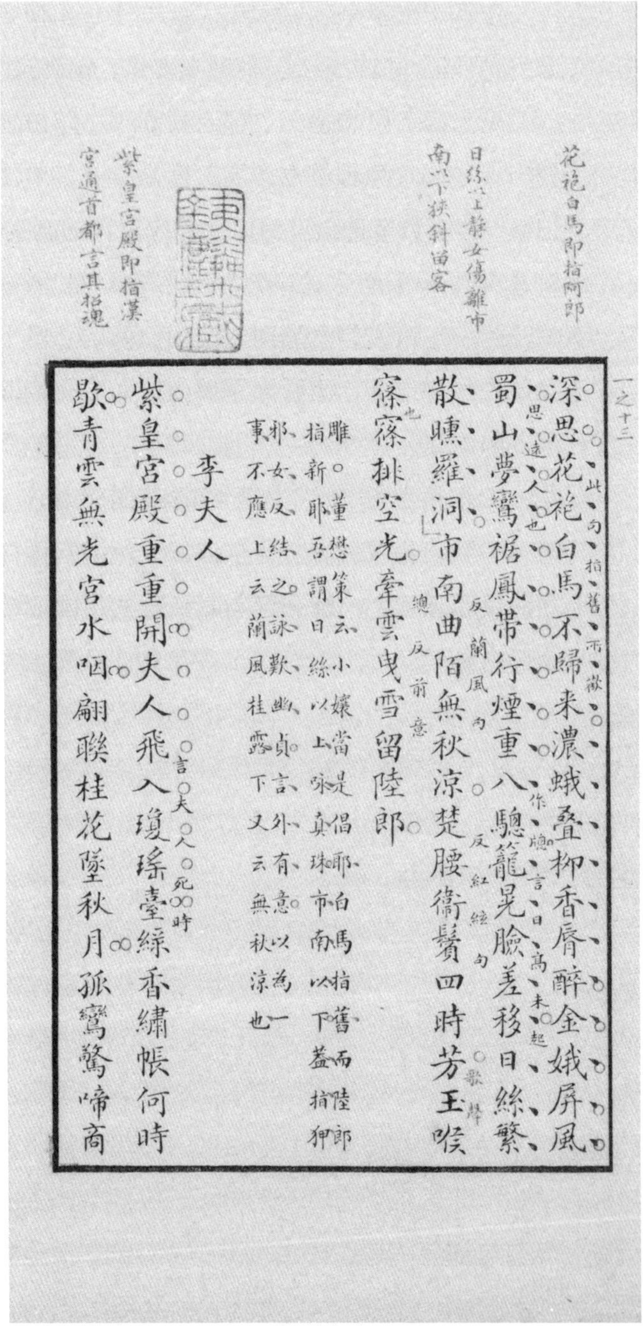

《李长吉集》清光绪羊城刊双色套印本

从《诗三百》至两宋诗词，从传统诗词的格律特征和创作理念、技法乃至鉴赏例读，拙著已记录了数百纸页，余下的应是对当代含英咀华者的适度关注。他们中有耕耘数十载的资深作者，更有潜心于此、不断被激发出才情与悟性的爱好者，以一颗敬畏传统的心和一股坚韧的力拥抱前贤，获得了长足的进步，这是此道不孤的写照，更是时代对中华优秀文化的呼应。

自在（七绝）　马佩琪

朝霞兀自唱枝头，信步牵缰喜鹊啾。

为问鲲鹏长在否？苍穹任我信天游。

这是一位女性的作品。豪情满在的意象选择让传统的表意向现代情怀猛跨了一步。

“朝霞”“牵缰”“鲲鹏”“苍穹”与“我”的交杂出现，让天、地、人的三维合一突显出自然与个人情性的愉快融合，其中色之灿、动之乐与接连而下的嗑嗒一问，让作者的“信天游”完成了自由与歌唱的快乐重建。

作者表现出的当代情怀能顺畅地与传统诗歌的表现方法相合而无违，作品第三句的疑问句是一个关键，它是前二句的延伸，更给结句提供了自然的铺垫，诵读时产生的顿挫感也从中获得强化。

晨驰（七绝）　马佩琪

月光晨起赴西塘，白露腾飞手握缰。

敢问何人今日至？青衣飒爽是平阳。

作者爱好骑术,本篇以流利平白的语言表现出快乐昂扬的生活情操。“白露”，坐骑名。“平阳”，指唐高祖李渊第三女平阳公主。史载平阳公主在其父起兵时曾“亲执金鼓，有克定之勋”，并率娘子军参加征战。明代王世贞有诗：“夫人城北走降氐，娘子关前高义旗。今日关头成独笑，可无巾帼赠男儿。”

本篇首二句的月光赴程、腾飞握缰是作者的自我写照，并通过一个问句的铺垫，表现出对历史上优秀女性的热爱，从而获得自我价值的升华。恍惚间，作者也许认定骑在白露马上的自己已于平阳公主合一。

今人以七绝合律而逆绪传统章法展现宽广胸襟，这样的作品还是不错的。

梦马（五言排律）　王惠

黄沙万里云，西北望余曛。
远道殊良匹，灵关出九军。
追风流矢影，碎玉电眸文。
壮发长披拂，连蹄暂错分。
萧萧鸣契阔，恋恋踏尘纷。
共逐接人意，相欢绕我裙。
去时吟翘俊，来此集悲欣。
感泣离怀久，何由独见君。

当代旧体诗作者涉写排律的已不多见，作者以此试笔当自不易。

马的形象常令人联想到灵性、智慧与自由，具有一定的原型意义。久别的马与“我”在梦中相遇，前四句喻指自我的回归，突现了这样的象征意义。马与人的合二为一，因回归而悲欣，形成一种想象的期待，而这正是作者笔下表现出的情感力量。在马身上我们看到了“追风”“碎玉”“壮发”“连蹄”的昔日风采，但“契阔”人生，“尘纷”频仍，恰又是作者的人间世。“翘俊”不再，“悲欣”中的“感泣”，由物人共命到人、物一体，由是回到咏物诗的本质——一切咏物诗都需回到自我的存在，作者做到了。

本篇律句于工整中流动着汉魏的余韵，让人在铿锵的字声中感受一丝萧散的动与静。作者由汉及唐的阅读轨迹应是本篇值得肯定的一个重要元素。

鹧鸪天·送友离沪　王惠

暮雨朝来声暂收，案头残酒对红榴。三分月白欺佳客，一段青山送晚舟。　寒露尽，北风留，霜华长向鬓边稠。相逢莫问前程远，枕上秋声何处休。

本篇虚实相间，以送别抒写人生感喟。上片写实，聚焦当下所见，以时空转换现共情。第三、四句属对工整，有唐人韵。

下片转为感喟，虚境实写，用季节风物表现送友之况味。煞句之问答既表现对重逢之期待，亦喻指心绪之不安，与上片末两句同为本篇之佳笔。作者的词作颇为当行。

过姑苏花间堂潘府（七律）　王蒨蔚

倚河幽巷竹梢斜，独步花间又酒赊。
金鼎暗埋忠献国，族徽留史灿如霞。
池边客约同邀月，帘外禽言莫损花。
吴越一城风雅颂，状元门第独潘家。

苏州潘家是江南文化的一张显赫名片。状元出身的潘世恩，历经乾隆、嘉庆、道光、咸丰，四朝为官；其孙潘祖荫官至工部尚书，曾重金购藏大克鼎，新中国成立后由其后人捐赠上海博物馆，成镇馆之宝。

作品颔联明指潘氏先人收藏国宝，历经战乱而完璧归赵的伟大行止。邀月池边，体会先贤的壮举，作者在颈联的对句中深刻地指出保护文物是后人的义务，但这一公民守则却以雅言而传递，形成雅正的艺术风格，是难得的。尾联大气作结，为历史正能量作了完整意义的表彰。

本篇后四句雅致、通达，意象精确，隐喻在美丽端正中完成。如将其独立成一七绝，亦成佳篇："池边客约同邀月，帘外禽言莫损花。吴越一城风雅颂，状元门第独潘家。"

寒露（七律）　王蒨蔚

又逢秋日木辞青，坐叹风催落叶零。
蝉噤笛残荷瓣旧，雁归蛩唱菊团馨。
星仪月朗风侵屋，酒郁茶醇曲绕亭。
榻冷忽知寒露至，浅斟高枕数天星。

本篇写节令，层层推进，结构清晰，意象连缀准确清楚。颔联从中动态切进，引出颈联的物候感觉。

特别要指出的是，结句在自然平白中显清冷高远的情致，恰到好处。秋天将要过去了。

作者的遣句常会在稳妥的进行中突显精彩，这也许是一种个性的使然吧。

浪淘沙·小院 卢泓渲

小院锁清秋，绿隐枝头。垂帘竹榻暗香浮。细雨霏霏迷阆苑，欲语还休。　无喜亦无忧，静对心舟。凉风深夜月如勾。阅尽古今天下事，梦寄沙鸥。

一首用淡墨抒写情绪的闲适词，用字清冷雅秀。上片绿隐、香浮、细雨、阆苑，均从空间角度为下片深夜梦寄作了完整的结构准备。其中不乏过片的成熟选择。煞句有中夜凌空之感，最后以沙鸥为寄，一扫怅惘情绪。本篇用传统题材表现了个人情绪由低到昂的变化，对比强烈，这是意象选择准确的结果。

相见欢·偕楠书房诸友游伊水　卢浥

徐风漫送云烟，忘归船。又是荼蘼花落更超然。　伊人扇，闲情眷。尽斑斓。惹得天涯轻暖月团圆。

春天快过去了,作者偕友游洛阳,于伊水河畔感而有兴,遂成此小令。

上片“徐风漫送”，正值“荼蘼花落”，点明时令。年轻人也许更喜欢热烈，于是张臂迎接“超然”的夏。下片以扇而寄情，上承花落夏将至，下接“斑斓”之即景，于是天爱地怜，作者给自己展示了一幅“天涯轻暖月团圆”的至美画图。

填词在选调的同时应该注意词调的文情与内容合一，作者深谙这一点。《相见欢》的多个三字句融以五、六言乃至二、七句式的多字句，让本篇的文情合一恰到好处，尤其是在诵读时尽现活泼、快乐之韵味，形成作者的一贯风格。此外，韵部的选择也帮助了作者情绪的尽情释放。

一剪梅·题梵高《隆河的星夜》　卢浥

勾画寥寥数笔凝。幻空幽蓝、点点繁星。隆河灯绰漾轻舟，滟滟晶盘，夜正风盈。　烟火飘零梦潜鸣。水畔伊人，影乱嘤嘤。几分牵绊又宵长，虚辗尘埃，又记叮咛。

本篇上景下情，是标准的结构方式。标题是题画，于是星、灯、舟、月陈而列。原作是河的星夜，作者紧接而下的是在下片展现了自我的水畔情绪，然而有感而发的并不完全是“夜正风盈”，而是有些纷乱的别样心情。作者表面写“梦潜鸣”，实际上以稍嫌紊乱的笔触再现了对家人的思念，这种思念纠缠于河畔之夜，与上片的梵高的画形成意象的对比。亲人的关爱，在下片的每一个句子中都有至情的抒发。“又记叮咛”是煞句，更是作者读画后的“牵绊宵长”。

作者是位青年女性，笔触柔软而细腻，于画中的美丽之夜想起分离的亲人，两段结构用反衬传递“风盈”与“叮咛”的大不同，从而形成审美的别样与突兀，应是技法上的一个可喜探索。

夜访古厝茶馆，见庭前弘一大师法像有怀（七律）　孙玮

南音未觅梨园歇，古厝偏寻去岁花。

巷近文公人有道，门邻武圣义传家。

疏檐又滴梧桐雨，熟火初煎橄榄茶。

不解悲欣交集处，何时悟到一袈裟？

这是一首访游篇什，从僻巷深处的茶馆到梧桐雨下的橄榄茶，最后归结到以“悲欣交集”总结自身的弘一法师。

前二联以静寂的笔触表示“有道”方能“传家”的人生理念，为

以下作出铺垫。第三联意象的传情恰到好处，于冷情中见温暖，传递了作者此刻在大师法像旁的真实感受，用字优婉贴切。雨中煎茶也许是大师生前的生活场景，也是作者此时的追念。尾联由场景到思维的陡然升华，“悲欣交集”是大师圆寂前对生命的总结，也是对自身抑或对人间所有的生命的感悟。作者夜访中的精神所寄，亦由“袈裟”进入更远的人生思索。

全篇结构平整，于平淡中寄寓人生证悟的多重感怀，语言典雅蕴藉，颈联透发出颇为精湛的诗词属性，是一组可以独立成联的佳句，散发出浓郁的文人情结。

满庭芳·苏州美术馆观海上名家展　孙玮

己亥梅子黄时，赴苏州美术馆看“三生长忆是江南——海上名家姑苏诗意作品特展”，戏以画家字号斋名嵌成此篇。

烟散峰青，野平天健，洞庭春去无声。讲经台畔，苍石也通灵。谁念山塘梦老，瑞麟在，文璧簪缨。云林渺，宾虹宿墨，快意写鸥盟。明清，传一脉，香光苦铁，梅影寒汀。但砚磨丝鬓，窗透萤灯。长忆江南旧韵，大风起，雁过申城。心源守，三生宛若，萍水又兼程。

注：烟散（王翚号耕烟散人）；峰青（钱瘦铁斋名峰青馆）；野平（应野平）；天健（贺天健）；苍石（吴昌硕号苍石）；瑞麟（傅抱石原名瑞麟）；文璧（文征明名璧）；云林（倪瓒号云林子）；宾虹（黄宾虹）；鸥盟（弘仁字鸥盟）；香光（董其昌号香光居士）；苦铁（吴昌硕号苦铁）；梅影（吴湖帆斋名梅影书屋）；寒汀（江寒汀）；丝鬓（郑午昌号丝鬓散人）；大风（张大千堂号）；起（朱屺瞻号起哉）；心源（张大壮又名心源）；宛若（陆俨少字宛若）。

作者自称本篇为“戏作”，以前辈书画家字号斋名暗嵌其中，合律合情，未见突兀，自是不易。

上片以散阔之笔，传递了“春去无声”“山塘变老”的姑苏风情。过片道揽一脉，开启下片江南画脉的承接。

该词语言通透清雅，尤其下片“长忆江南旧韵”以下六句，表述画风的代际更迭、法脉心源以及对未来传统的走向达意而美丽，准确表达了后辈对前贤的崇仰之情。

用意象表达理性思维与个人见解，本篇可谓是恰到好处的。煞句“三生宛若，萍水又兼程”，喻指江南画坛努力长久、前途似锦，丽而准确，雅而不腻，自是一例。

倾杯令·秋夜　杨卫锋

夜静三分，蟾光一地，露显桂阑香漏。临水竹君成友，亭上白炉醅酒。人间滋味何须口，任西风、天涯吹皱。身迎世事苍狗，淡似潮中涨瘦。

本篇颇合章法，将小令常有的点状发散思维理性化了。上片铺陈，状秋夜之享，诸如秋夜、秋月、秋露、秋桂、秋竹以及“白炉醅酒”。下片以“人间滋味”承上接下转入精神层面的感悟。一个“任”字状人生之无奈，淡泊随缘一如“世事苍狗”“潮中涨瘦”，也许就是自己的选择。煞句从意象出主旨，是传统诗词的习惯作法，李煜的“问君能有几多愁，恰似一江春水向东流”，李清照的“只恐双溪舴艋舟，载不动几多愁”等均为经典。清人陈微贞有句：“见他竹影筛窗，疏疏密密，总写着个人两字。”（清吴骞《拜经楼诗话二十一引》）更可与本篇互看。

浪淘沙·荷 杨卫锋

碧水懒盈堤，三二涟漪。风长过榭绕罗衣。恰似梅黄牵翠雨，红绿相依。　如醉亦如痴，正是归时。回眸又望水凝枝。记否去年来此地，相约桥西？

上片状景，以春夏之交的江南风物为意象逐一展开，其中动词和形容词的选择颇具匠心，如“懒”字状水，突出时令特征；“绕”字状风长而弱，这正是“梅黄”“翠雨”天的江南天气，其中“牵”字，清柔而妩媚，正是“荷”的生长环境。

一如作者风格，在上下片的结构上总是用力颇勤的，即便小令也不疏忽。过片的“醉”与“痴”是作者对上述景物铺陈的精神反映。该回家了，应该已是向晚时分。以下一个莫名的动作仿佛有点突兀：为什么要“回眸”？就是因为“水凝枝”吗？煞句作出一个美丽的回答。疑问句的出现为全篇作出了情感的升华，这不是一首单纯的咏物词，而是传递了对旧人的“相约”告白。

传统诗词中咏物词的创作实践证明，任何咏物都是作者自我情感的认定，是用意象写人。就景状景，犹如一纸说明书，即便柳永的《望海潮》“重湖叠巘清嘉”，就此而言，也是令人遗憾的，如果认真体会他的结句“异日图将好景，归去凤池夸”，则更是无语了。

张家港香山（七律）　杨毓娟

蒹葭依旧立初冬，长柳临河忆旧踪。

异香唤草迷栈道，修篁来我仰云松。

空山曲送红枫老，冷雾光催大叶浓。

又是寻秋秋且去，风情别样信从容。

“蒹葭苍苍，白露为霜”，又到了秋行的时节，作者来到曾经有所感悟的旧地，导出一个“忆”字。“旧踪”中的“迷”与“仰”是合理的动作连贯，与本联中的“唤”与“来”形成阳平、上声、去声和入声的四声交替，为文情生色不少。

就史而言，大凡优秀的行旅，咏物诗多以意象为切入口寻求个人情志的抒发。颈联中的“空山”“冷雾”与“红枫”“大叶”于工稳的对仗中完成了暖与冷的色调互映，自然界如此，人生又何尝不是这样。老而愈红，大而愈浓，是天人合一观的至简表达。尾联以蕴藉而又不无自信的口吻表现出前事已去、未来可期的“从容”姿态，一个“信”字于洒脱中掺入了坚定与乐观。颔联出句两个“秋”字相叠接一个“且”字抒展风情之别样，于文情和诵读都可圈点。

全篇结构井然，从点题到景移，渐而进入意象之共情，与传统同类作品颇为相似的创作痕迹是可以寻绎的。

水调歌头·听王心心女士《琵琶行》　杨毓娟

南乐起唐宋，吟唱过千年。十音丝竹相和，工尺咬萧弦。曲项琵琶横抱，更有宫商慢捻，罗绮丽妆鲜。回首半遮面，顾盼貌娟娟。　管弦罢，莺语歇，悄无言。华灯花影，芳草相识夕阳间。两岸从来一脉，梦里归期何日，多少雁声酸。锦字几时剪，新月淡笼烟。

作者的词作风格与七律诗明显不同，原因当然是诗词的形成与表现手法有很大区别，但作者个体的性格倾向也是形成两者反差的重要原因。作者在本篇中表现出的摇曳婉约的女性风格是十分明显的。

结构清楚，同样是本篇的一大特征。

上片直接写王心心《琵琶行》的南曲起源和表演风貌。其中描状细节颇合规范，当代艺术家演绎古代巨制、表现琵琶女的音容笑貌在作者笔下可谓概括齐全，煞句十个字作了规正的总结。

过片短句仍然轻而周全，引出作者与演奏者的相识缘分。“夕阳间”含蕴着一丝无奈与柔情，理由在后来三句中尽情显露。两岸一脉，归期不知，是南曲艺术家心中的酸楚。作品煞句用美丽轻婉的意象对自己喜爱的爱国艺术家表示了铭心的思念。锦书畏寄，新月笼烟，在淡淡的怅惘中正是两岸思而未达的纠结。

本篇是颇为规范的一首感怀作品，用词端正，婉而不弱，情感在合理恰当的表述中散出。表面看是一首怀人词，却是反映两岸人民渴望统一的大题材作品，以小见大是创作此类作品的一个切入口，同样，意象的选择不可小觑。

逐梦夏威夷（五古）　李小锦

蓝天挽碧澜，涛浪飞云湍。
白云朵朵缀，苍狗吠吠欢。
浪卷缤纷梦，风吹浮花殚。
银珠千层跃，水天一色宽。
银鹤穿云幔，茫茫沧海瀚。
蓬莱有仙洲，点点明珠瓅。
浪蕊戏白鸥，银滩金沙畔。
对月听涛鸣，漫步椰影婉。
潮涌拍崖颤，日夜浪澫涟。
涨落自有律，渔舟傍月弦。
鸿归沙有迹，风过浪无眠。
海阔鱼龙跃，神龟寿千年。

洛阳繁花媚，合欢穹荫翠。
榕树林枝虬，须壮银姿懿。
双蝶花间嬉，奇香异果萃。
百鸟比翼翾，唧唧蜜语醉。
玲珑双芙蓉，娉婷笑意浓。
云鬓拈百草，纤手揽古榕。
冲浪浸罗袜，披霞听晚钟。
挥袖凌云舞，度假且从容。
宇宙本无域，天涯共息息。
迢递千里遥，朝夕总相忆。
亲情阔无垠，合欢亭亭植。
逐梦夏威夷，自有檀香国。

这是一首参照唐后规则转韵创作的五言古风。全诗总二百四十字，共六段，每段八句四十字，归韵分别为上平十四寒、去声十五翰、下平一先、去声四寘、上平二冬和入声十三职。

作者从唐张若虚《春江花月夜》前十六句每四句平仄互转获得启发，完成了这首全篇规则互转的作品，并具体安排每段首句末字入韵，计“澜”“幔”“颠”“媚”“蓉”“域”，在较大程度上增强了长篇古体诗的节奏感，让所谓“古体诗无格律”获得新的尝试性诠释。

作者为一名女性旅美物理学者，其作品在全篇章法上作了严谨安排，前三段用实景推移，展开海天一色的意象联缀，后三段由感觉出发渐次完成情的跳跃，其间对动词、形容词等传统诗学强调的“诗眼”捕捉很是到位，催发景情融合有序延伸，最后让“亲情阔无垠”的主题在拥抱大自然中得以完成。

全篇文字大气温婉，活泼中含严谨，整齐中多洒脱，句间有传统古风的韵致，也不乏现代风情的掺入。

在当代传统诗歌的创作中，古体已是难见，如此长篇当属不易了。

蝶恋花·夏荷　李小锦

细雨绵绵风暖袖，春满荷池，阵阵馨香又。碧海翠裳莲下藕，盈盈菡萏新妆秀。　小女似荷年豆蔻，绿叶如泓，拥簇长相守。荷蕊婷婷呈进修，腮红裙绿春霖后。

一首景人互映的小令。上片由雨入荷，“翠裳”“菡萏”，点明“新妆”；下片“小女似荷”，仗“绿叶”扶持，渐而引出长幼“拥簇长相守”的主旨。煞二句为荷也为小女补妆，显示出作者对生命与亲情的尊重与百般怜爱。

凡状景者均为写人，本篇虽小但遵循这一原则，让我们眼前出现了活生生的荷与小女混而合一的美丽圈。

意象的密集使用是小令类词作的一大特点，作者让感悟隐于文字后面，把美丽推向前端，这是传统诗词的规范思考，也是其得以成篇的前提。

词与诗的语言特征是不同的，从以上两篇也可获得启发。

沁园春·雪梅　沈志东

风定陂塘，雪歇梅园，望断甸村。正乍阳时节，冻枝初俏，还寒天气，呵雾成尘。岸走娇龙，山堆崖玉，初蕊横斜几处春。流光转，任东风邂逅，琼苑添珍。　常思清白为尊，又岂怨踟蹰误此身。幸天怜秃笔，稍陈胸臆，地承素舸，暂摄心魂。击节龙吟，醉歌把盏，也向孤清系冽醇。休回首，待眸中冰魄，开到缤纷。

全篇上片首起十二字后，用一“正”为领字一气而下，洒脱自如，状雪中梅花艳而有致，挺而不孤。下片摇头从状景到抒情过渡自然，以“清白”喻梅与自己的基本操守，有怨但无悔，展开人生一页并自勉，在“醉歌”茶醇中呼唤梅的缤纷再至。

以物喻己是状景诗的一贯，单一状景形如一纸说明书，作者深谙此理，以流动之笔、珠落玉盘之势，完成景与人的共塑。

中长调宜认真布局全篇结构与句间的连环意义，从后者而言，它更与曲接近。作者做到了这一点。

选字尤其虚字颇为精准。煞句点题，取昂扬之态，并是本篇亮点。

水调歌头·当年　沈志东

嶙石乱山色，峭壁叶飞旋。几番寒气频转，萧瑟又经年。日照荻花吹雪，壑坠峰回跌宕，只影涉江滩。拍岸玉珠碎，浊浪已涛天。　山河誓，鸿鹄志，梦空悬。白驹有恨，应叹空照剑戈闲。指点江山图舆，清啸和鸣风雨，豪气两眉间。犹记西风烈，霹雳忽惊弦。

作者填词成篇颇快，以句子上下勾连言，确能一窥堂奥。本篇仍是。

上片以北地特有的壮阔意象铺陈推出，寒气中出豪气，制造出的“只影”形象在下片的回顾中获得传递。

年轻时的“指点江山”与上片壮景相映衬，仿佛见到当年的“豪气两眉间”。

煞句上扬，西风犹记，霹雳惊弦。作者在致力婉约传情的同时又创造出本篇的豪情之作，也许是一种尝试，但从效果看，尝试是成功的。

苏辛词的基调并非一味豪放，其中优秀的婉约名篇在在可举。明清乃至民国的诗、词评家一再指出，苏辛风格的基调仍是婉约。说起苏门，还有后学，而辛词的成功继承者又有几位呢？婉约是词在发生期就显现出的美学共性。中庸的朴素哲学观是诠释婉约词出现的思想基础。作者在婉与豪中自如行走应是当代创作中的好事。

临江仙·春暮　沈志东

枕上轻寒曾梦，楼头花落逢君。是晴是雨说纷纭。杏尘衣未染，灯火已黄昏。　　醉里炉香清寞，看来幻幻真真。一宵风雨半箫嗔。欲看红湿处，不是那年春。

起二句已尽显婉约本色，紧接着晴雨纷纭，杏尘未染，小小的混沌中迎来了灯火黄昏，字里透露出一丝时令的特征。

下片作者让自己的感觉在真与幻中互相切换，“一宵风雨半箫嗔”的背后是对过去的刻骨记忆还是今天的存在？煞句隐约回答了这个情之问，以“红湿”指春暮，暖而艳，但今春“不是那年春”了。淡淡的憾从意象中流出，一个否定句的结论推出了全篇之主旨。

用字颇美丽，塑造的艺术空间在明白中显示些许朦胧，已成为作者的一种习惯。

山中烹茶（五律）　张勇祯

修竹掩云亭，茶烟入翠屏。
清泉何足取，炉火不曾停。
桧雨凭栏醉，松风唤梦醒。
箪瓢无觅处，暂得一山青。

本篇中的雨声、风声、流水声仿佛将人带到另一个“结庐在人境，而无车马喧”的意境中。作者要获得的并非“箪瓢”，而是“一山青”的心灵净界。

文字清净、无赘，貌似平白而多人生寓意。末联兼得五绝气韵，洒脱处多可涵咏。

咏白玉兰（七绝）　张勇祯

一树玲珑雪坠峰，千红万紫隐芳踪。

尘心暂寄花前梦，更待梨花夜雨浓。

“千红万紫”应是热闹的词，但作者却没有为其瞩目。在纯净面前，它已经没有了所谓的“芳踪”。首句直喻，第二句以反喻为主旨铺垫。

本篇咏花，但除“雪坠峰”三字，不能得花之色香形，而是直叙“花前梦”的寄心企求。接句一气而下，清而不弱，以意象表达了自我的纯真追求。

同前篇，作者笔下有一种宗教般的干净，是白玉兰，更是心灵。

石榴红了（七绝）　张静

谁家檐下蕊珠红？一树妆成话玉弓。

闲倚短垣千语处，几番秋雨几葱茏。

一个颇具现代风情的题目，在旧体诗的创作领域中确是不多见的，但却倚仗二十八个字让人体味到了传统的风韵。

首二句以“谁家”的发问起篇，复以“蕊珠”喻石榴、“妆成”喻霜成点明时令。接时空而下的是自我的活动与感悟——在榴红月明的交映和葱茏变化中体味自然与人生。石榴红了，一树霜挂，弯月之下，倚垣夜话，作者感觉到的是“秋天到了，春天还会远吗？”的智慧升华，而非一般涉及霜月的清冷与萧瑟。

结句中“几”字的重复出现和“秋雨”与“葱茏”的词意反差为小诗的题旨完成作出了满意的贡献。

这是一首意象明确、句式多变、词意畅达、令人体味多多的感怀小品。就题材而论，从咏秋的衰飒中脱出而领新意，更是值得肯定的。

茶梅三首（七绝）　张静

万木消沉不无庸，北风摧煞仍从容。
何须与尔争颜色，一袖风花立晚冬。

梅红岁岁告春寒，万朵寒酥枝上欢。
恰与梅浑绽清绝，频吹邹律过叠峦。

夜扫寒英待北风，汝花凋尽吾花浓。
刘郎信手栽千树，又借茶梅一点红。

咏物诗意在咏自我的人格与意志，所以咏物的根本是写人，而不是为物撰写说明书。以上三首分状人生的独立、淡定与济世，其基础手法全为拟人。

每首的结句是题旨的推出。

独立精神——“一袖风花立晚冬”。

淡定态度——“频吹邹律过叠峦”。

济世原则——“又借茶梅一点红”。

三首诗独立成篇又合而成组，表叙观念不重复不交叉，而又全为梅之精神所系。用词稳妥而显洒脱，遣字尤其是动词用得特具匠心，如上引三句中的“立”“吹”“借”，分别传递了立而不倒、吹而无谓、借而无吝的人生态度。回应到梅，均是喻体的自然属性。

作者前篇《石榴红了》有点中晚唐的韵味，本篇的韵致则多了点宋人的气息，当然，也就少了点刻意的细凿。

雨（五律）　张聪

夜暮暗纱柔，清街水似绸。
绵云归白浪，冷月点渔舟。
陋石花枝泣，危檐浊泪流。
楼高天望断，无处觅君眸。

咏物必须在描状对象的同时准确表现个人的情志和感情。

本篇以清纯的文字写雨，以意象的孤冷传递自我的难言情绪。“夜暮”“清街”，时空之下，柔而似绸的雨开始进入作者视野。中二联将动词“归”“点”逐渐增大到“泣”与“流”的程度，作者面对“望断”之天，表达了感情的至痛。“君眸”的出现清晰指出了咏物诗的必要内涵，它最终是写人的。

悲情以雨为寄，文字处理精准，情感力度的渐次增大，让本篇结构有明显的层次感，是值得强调的。

采桑子二首　陈籽澐

小园斜日穿金缕，檐角墙东。斑驳梧桐。澹到秋心不肯红。　抚琴细读声声慢，方洗愁容。词圣情浓。字字相融一梦同。

斜阳远树长亭路，时序匆匆。一叶秋风。落在云山万里丛。　乡音萦耳催归去，四季青葱。欲问家童。木偶仍藏竹篓中？

这是两首表现生活情趣并含浓浓思乡情绪的闲适词。

第一首上片状秋日着色，用字精准、柔软，“澹到秋心不肯红”，写了秋日的花色特征，“澹”而不红，是秋的基本自然表现，继而更以“不肯”二字作了拟人的处理，景而人，于此作了初步的点缀。进入下片，人的活动轨迹获得具体展现，抚琴读词，字字融梦，在淡淡的感伤情绪中回应了上片的“秋心”二字。

作者是在国外长大并接受高等理科教育的知识女性，其对中华生活方式的崇尚和亲近在本篇中有较为细腻的反映。

第二首思乡情绪表现得十分浓厚。云山万里，乡音催归。“四季葱茏”的南洋风情中突然出现了儿时的伙伴，问声“木偶仍藏竹篓中”，这是全篇的煞句，可称神来的点睛之笔，一个稚嫩的问句让家在远方的朋友想起逝去的童年。那个木偶伴手的时代再也回不来了。作者的怀乡之念从纸上跃然而出，令人怅然。

中国传统的诗词作品的衡量标准有一点是永恒的，即有否警句，按此说，本篇是成功的。

如梦令　陈籽澐

梦醒花间无酒，盼个龟儿来斗。瞥得主人来，蒙眼四方狂溜。香诱，香诱，却见回头频嗅。

这是一首以宠物为题的小令。作者以准确灵动的字词描状了龟儿的可爱神态。仅七个短句，布置了作者从梦醒到观察龟儿活泼状态的刹那。

动词的选择是本篇得以生趣的根本。在传统诗词中，动词与形容词被人称作“诗眼”，这在今天的创作继承中是不可忽视的。

丁酉大雪后二日诗友同聚，步沈兄志东韵（七律）　邵勤

天涯共宴为情真，欲醉尊前四季春。
馔玉炊珠温李烩，敲金曳玉杜康醇。
春蚕不悔凌云志，砥砺诗心又一轮。
踏雪雕龙追月趣，鹿鸣长啸隐红尘。

本篇是首步韵诗。此类诗的创作是受限最多的，何况还是近体格律诗。七言八句，首句如入韵，已有五个入韵句等步韵者完成，此其一。限韵字之外，诗意事情原则上要与原诗保持一致，此其二。为此，步韵诗的思维限制超出了创作一般正体的程度，其难度也就不言而喻。

本篇前四句承原创而下，描状冬日师生聚宴之欢快场面。第五、六句传递个人在创作上的“砥砺诗心”，“春蚕不悔”。结二句意象准确、洒脱，在一“追”一“隐”中抒发了个人理想生活的情趣与追求。“踏雪雕龙”与“鹿鸣长啸”应是作者本人性格的还原。

在笼中舞蹈当属不易，步韵而毕见性情自应肯定。

浏河江堤（七绝）　范崇宁

水阔云高鹭似帆，清风难解老饕馋。
豚肥有意腮红紫，舌上惊魂口未缄。

一首闲适诗，从生活中的一个小细节传递出人生无法克服的无奈与莫名。

河豚是著名的江鲜，也是食界闻名的有毒载体，但是长江中下游地区的饕餮人士常以一种不怕死的精神鼓励自己与美味结缘。

作者的第三句以“腮红紫”的美丽外观为全诗作了一个恐怖的铺垫，而以“惊魂”二字制造了与前句的巨大反差，且这一反差又在本篇的最后有三个字中作了刻意的延伸。好看、味美，但有毒侵的可能，吃还是不吃，犹豫之下是人类的美食习性最终还是战胜了理智。

第三、四句的环环相扣，结合四句的双重对比是本篇的看点。生活细节通过一个物件而完成，而这种完成如扩而大之又贯彻于人生的始终。

焙茶（五律）　苑辉

冷翠熏炉暖，寒泉转味开。
一壶千载去，半盏寸心来。
日浅山钟远，风停柳叶裁。
花时闲饮地，红泥落暮苔。

就当代传统诗歌创作而言，五律比七律、七绝要冷场得多，原因是多方面的。其厚重、典雅不及七律，洒脱、流转难比七绝。每句少了两个字，节奏明显短促，更是五言近体诗首句不宜入韵成为常格的一个因素。

本篇首联冷暖相对。中二联时空渐渐展开，其中，三句大气，四句细微，见共情韵味，可将之视为独立的优秀五言联。尾联收于温雅且显一丝妩媚，以一个“落”字将红泥炉与天地相连，轻掷无声。

应该说，这是一首颇为成功的作品，诵读之下，读者能感受到深深的唐韵。作品本身营造的意象距离，也是让白居易《问刘十九》二十个字成为千古绝唱的主要原因。

雨后（七律）　苑辉

霆策雷奔雨满裳，莲翻翠卷涨池塘。
翔风意转催云去，弭节心迟念景长。
浮蚁掩丘藏曲折，残枝抱道起微茫。
阴晴可解飘零意，对影花疏话夜深。

首联的动感颇有声势，从雨中写到雨后，连用了六个动词。

次联出于《离骚》“吾令羲和弭节兮，望崦嵫而勿迫”，借以表达光阴易逝、奢望时间停止的心绪。

第三联以“浮蚁”“残枝”自比，透露出对以往和未来的思考，其中不乏谦抑和奋进的定位。末联以平和心态作结。

本篇除“弭节”外，另有“浮蚁”“抱道”等亦可视为旧典，但不必泥看。

汕头旅次（七律）　顾青

道是衷情未可期，争如尺素记幽思。
榕江浩渺归南海，白鹭依稀唱旧时。
去去潮声催复近，千千心结启何迟。
长竿静钓烟波里，向晚云深隐陆离。

这位女性作者的七律一如其人，稳重而雅静。

本篇属感怀忆旧题材，但频发新意，用字准确而传情恰度。“衷情未期”，只得付诸书信了。以此开篇，点题清楚。第三、四句以“榕江浩渺”对“白鹭依稀”，大小互衬，动静相对；“归南海”与“唱旧时”，空间与时间的交织又隐藏了多少情之难堪，为第五、六句“催复近”和

“启何迟”作了铺垫。两联的叠加包括了时、空、人的三维融合，诗的境界一并完成。尾联仿佛一切归于平静，十四个字让诗人安静地隐身在“长竿静钓”的“向晚云深”里。

中二联是全篇之重点，其中“去去潮声”和“千千心结”的景人合一有一种让人心若潮涌、不可自已的感觉。作者又一次重抒了人类之共情。

七律句式的参差感在本篇中也有注意。第三、四句起四字为主谓宾短语，第五、六句复转为偏正短语，诗歌的节奏感获得适度强化。

岁末遣怀（七律）　顾青

玉练银钩初挂林，翛然梦里已相寻。
坐研案上松涛墨，起拂窗前绿绮琴。
红蜡幽人消永夜，孤舟悬索卧清浔。
由它绾系千江事，信得春回付一吟。

本篇风格清雅、静婉，柔弱而洒脱的气度和风韵“绾系千江”“回付一吟”。平静的内心世界则在中二联中表达殆尽，“红蜡”“孤舟”暖与冷的意象对峙传递了作者内心的经历，用字颇为美丽。结二句“由”与“信”两个虚字的随手抛出让全篇在点明主旨的同时从幽婉中活了起来。

同作者前篇一样，中二联词组结构的差异增强了吟诵的顿挫感。

也许有人会说，七律应用典来坐实它的厚重和典雅，其实，此说有然和未必然。用典是七律的常见手段，但也不必刻意强调，如习惯用死典，熟滥中一无新意又何必泥古而不化？如有旧人旧事对社会有一定影响，与作者本人又有关系，我认为，也可作用典看。它会让作品活起来而不显僵滞气。

落樱（七绝）　曹雨佳

身如茜雪浑无力，轻染巷苔湿燕泥。

一片飞琼池畔舞，殷勤送我过桥西。

全篇文字清新中明显柔媚，细读之下有一丝微微的伤感。

樱发于早春，生命短暂，当它成为“一片飞琼”、落入池畔的时候也就结束了可怜的繁华。人们喜爱樱的背后是否也有着悲悯的同情？

大自然与人有着不可切割的情缘，相生相灭，相背相倚，由花落到相送是否也寄托着人与物之间的一段迷茫的缱绻？

作者是一位女性，语言柔婉，准确。一篇短文的咏物诗寄托了一段因物而人的思考，这就是传统咏物诗的根本。

作品用的是上平八齐韵，入韵字“泥”与“西”，有助于诗的摇曳风韵的表现。

临江仙·大德寺　曹雨佳

莫问君家何处至，梅枝笑尽西风。苔痕漫上百年松。斜晖温幛子，檐角染红枫。　壁上风雷谁写就？神龙兀自云中。涛声暗卷院墙东。泠泠归大海，不隐蓬莱钟。

大德寺是日本京都著名的禅宗寺院。

上片状寺院内外环境，简而明。“梅枝”迎客，“苔痕”诉旧，“斜晖”映门，“檐角”染枫。作者组合和暖的意象表达了进入寺院的良好心情。

下片由“幛”画而起。幛系日式隔门，幛上绘画是大德寺的一大艺术看点。作者在“神龙”起“涛声”、复归大海的画面前似乎听到了海上送来的蓬莱钟声。壮而冷的感觉应该是作品想要表达的即时情绪。

由视觉和听觉组成的游寺印象，在暖与冷、静与壮的复合温雅笔触中获得准确而形象的传达。

点绛唇·蜂蝶戏　彭榆

红翠芳菲，正身姿送风千里。为谁情致，共沐骄阳戏？　别样春归，最是谁欢喜？微风起，一帘花气，又倚云窗矣。

这是一首柔婉、清丽又焕发着爱的缠绵与执着的小令。

在蜂蝶嬉戏的“红翠芳菲”中呼吸着千里春风，作者呼出“为谁”“共沐骄阳戏”的心声。小词在动态的心理轨迹中结束了上片。过片“别样春归”是作者对美的感情的定谳，“最是谁欢喜”的真正内涵。最后三句作者用轻柔、温暖的景完成了静态的心理诉求。其中“微风”“花气”“云窗”三个意象在“起”“倚”的动词配合中隐现出对平安静好的感情生活的渴望与满足。最后一个“矣”字韵用得回肠荡气，让人感受到作者不易得到的幸福与感动。虚字对全篇的影响有时是意想不到的。

乌夜啼·花枝语　彭榆

蝉纱透影南楼，玉枝修。无奈花开花落几经秋？风儿好，风儿恼，弄人休。幸有孤星相伴月还羞。

“花开花落”，经秋无数，作者多的也许是无奈，但是造化弄人，终有情胜，还是可喜可贺的。

作品柔媚可人，小儿女情态跃然纸上。笔触轻灵有致，用字准确，“恼”“休”“羞”，让情绪在小动静中获得完美释放。

作者善用动词、形容词和虚词为主旨的传递提供完美保证。

东山（四言） 裘里

淫雨丝丝，草青靡靡。有叶碧螺，施于莫鳖。
旦复旦兮，是为茶兮。陟彼高冈，爰坚爰弥。
涤荡湖东，涣涣涟漪。有女其美，饮之如饴。

淫雨霏霏，蘋草盈盈。有枝碧螺，东山之灵。
叶如卷耳，爰似其名。木兰之露，秋菊之英。
在彼湖中，采蘋采菱。有女其缟，使我心宁。

淫雨酥酥，游人荼荼。水行如诉，叶碧如珠。
昼尔采菱，宵尔分株。其颜娇娇，其性儒儒。
君在其野，皇皇有哺。有女其华，庶几无愚。

淫雨时时，草青齐齐。君在日杲，有目如梯。
君之美也，不可思已。君之广矣，一目萋萋。
溯中回也，不可挽矣。我心如玦，不可转矣。

这是一组四言古体诗，模仿《诗经》的痕迹很清楚。但从内容而言并非参考《豳风》的同名诗篇，而是与《周南》中的《芣苢》有所相似。

《芣苢》：“采采芣苢，薄言采之。采采芣苢，薄言有之。 采采芣苢，薄言掇之。采采芣苢，薄言捋之。 采采芣苢，薄言袺之。采采芣苢，薄言襭之。”这是一组表现上古时期劳动妇女采集车前子的咏叹诗。何谓咏叹？一唱众和或连续循环咏唱的吟诵方式。劳动的节奏是连续的，简而重复的，因此节奏之回环往复成为此类题材的形式特征。清人方玉润从诗的美学角度评论《芣苢》篇说：“读者试平心静气涵咏此诗，恍听田家妇女三三五五于平原绣野、风和日丽中，群歌互答、余音袅袅，若远若近、忽断忽续，不知其情之何以移而神之何以旷，而此诗可不必细绎而自得其妙焉。今世南方妇女登山采茶，结伴讴歌，犹有此风焉。”

东山，又称洞庭东山，位于苏州吴中，是三面环太湖的一个半岛，传清莫釐将军居此，故又称莫釐山，系名茶洞庭碧螺春的原产地。

全篇首二句均为同音连绵词，同句式的反复或隔字反复均为《诗经》的表述特征。四首一组，前三分组唱，末首众和。

全诗赋比兴兼用，前三首为碧螺春与采茶女的诗化。末首在清柔与祥和的快乐互答中作者用“心如玦”表达了人生环而有缺的遗憾，传递了往者已矣、来者可追的心迹。

咏叹之反复、有序是诗篇的咏诵基础，而意象的选取和人物化的倾向构成了物与情的关连，使主旨有了深化的关照。

以上古的艺术形式融合当代社会元素用作个人情志的抒发，在现时还是难得一见的。

秋兴四绝句（绝句）　裘里

北山多落叶，杉柏未披霜。
冷冷青如月，遥瞻白玉床。

百尺生危石，有虫涧下鸣。
路寒薄翠色，吴女岂深情？

菊谢多梦趣，踯躅尺素旁。
欲行长感物，流水自相当。

送君逢柳折，杯尽去城南。

笃意离人故，难言忆此簪。

传统诗词有众多形式分类，近体诗中的五绝因篇幅短小，立意相对单一，就全篇而言，追求的似乎多了一点冷隽和对独立个体的肯定。唐宋如此，明清稍有变化。但今人大抵没了这份“束缚”，把五绝写得十分明快，格律之内的顺口溜也更常见。有前提地继承传统而不顾诗韵之散发无序，也就又成为当下五绝的不足观处了。

本题下的四绝句有以下共性：其一，以意象烘托冷隽气氛，无空言之弊。其二，以五古的韵味掺杂其中，醇净、朴素的表述让人感觉是在读西汉乐府和魏晋的作品。其三，在对景物的描述中散发出平淡祥和的情感氛围，是对物，更是对人。其四，用字准确，在冷隽的基调下，末句以暖作结，并点明主旨。

第一首以最后“白玉床”融合前三句的冷，尽管是“遥瞻”。第二首第一、二句分状仰和俯的视听感觉。当冷意中陡现“薄翠”色，主人公俏皮地问了一句：女孩怎会不爱你？第三首以“菊谢”代秋深，梦中不忘书翰，文人恋物，傍之如“流水”不断。

第四首也许是本题的总结。送君折柳，杯尽城南，似乎入了陈套。但末句的一个传统信物的出现,点明了本题的最终主题,一段情感经历的回忆。

冷是作者的性格底色,但共情中的暖意又催生了作品的摇曳与静媚。五言绝句的个性特征在作者笔下生成了一组深受传统影响的心吟。

另外，这组五绝在结构安排上有一个共性，即生成了清人王夫之所谓的“迭为承受”的案例。此说的核心在于诗中各句的逻辑关系为隔句相解，而非换句相接。如以 1、2、3、4 为四句次序，则组诗每首的意义相接可以试作 1、3、2、4 的承接理解。试将“有虫涧下鸣”接“吴女岂深情”，“踯躅尺素旁”接“流水自相当”，“杯尽去城南”接“难言忆此簪”，是否有新的理解？同样，原诗1、3句相接，也可作相似观。

这种相接完全不涉近体格律，其修辞与逻辑的置换效果进一步显示了古代诗歌的确具有多元理解的基因。当然，大部分作品的解读是不能作隔句连贯“实验”的。我认为，本组作者也非有意为之。

金缕曲·遣怀　醉金乌

家有老树，盖吾父幼年所植，今父终树死，始生人事全非之感，遂赋。

春去君知否？任凭它、冷清弯月，暖风盈袖。华盖亭亭常攀掇，在我垂髫时候。留不得，停云飞走。游戏迷藏今见惯，怕忘了、吾也曾年幼。恨与汝，别离久。　流光最是难相守。问人间、华阳常驻，是伊能够？二十四桥今谁赋，且顾冷月残柳。谁惜我，风霜添又？嘻笑悲嗔思几许，更无关、只影人空瘦。天共我，一杯酒。

小序让人想起明归有光《项脊轩志》中的最后几句：“庭有枇杷树，吾妻死之年所手植也，今已亭亭如盖矣。”传统诗词的前缀小文往往是全篇主旨的导向。

以问语作起句，总有一种情感的异常力度，以下回忆叠起，表现了与父长别后的痛。下片叹时光难守，即如二十桥之明月于今又有几人关顾，风霜又添之下，能寻找的也许只有“天共我，一杯酒”了。

全篇文字流畅，写生死之别虽无锥心之句，但字里行间却透露出对“华盖亭亭常攀掇”的留恋，这不是恋物，是父女情深的痛语。上片重铺陈，下片写心灵之寄，从作者心灵之多元情绪中表现出弱势中的强势因子，可窥听当代青年的心语，“嬉笑悲嗔思几许，更无关、只影人空瘦。”是作者的自然选择，更是个体的心灵释放。

淡淡的却又是浓浓的，是白描也有浓笔，作者个性使然的作品永远是真实的。

《金缕曲》是表现委婉低沉情绪的最佳词调之一，本篇在词的文情上获得了统一。

南乡子·闲兴　醉金乌

肥了藕花池，又缀琵琶傍满枝。小院深庭初抱暑，迟迟，正是瓜甜凉夜时。　　莫羡燕儿归，莫笑狸儿逐蝶飞。树下浓荫多好睡，微微，最爱浮生懒画眉。

一首轻松又略显活泼的小令。

口语入词，倍添生活气息，即使比词严肃得多的近体诗亦是一样，如果读范成大的《田园杂兴》，就是这样的感觉。“藕花”“枇杷”“瓜”“燕儿”“狸儿”“蝶”“浓荫”，无一不是生活中的原始真实。

上片静观，下片加入动态思维的小结，其中，“微微，最爱浮生懒画眉”的煞句完现了女孩简单而永远的崇尚。

附录

诗韵常用字表

根据王力诗韵常用字表辑录

上平声

【一东】东同铜桐筒童僮瞳中（中间）衷忠虫终冲戎崇嵩（崧）弓躬宫融雄熊穹穷冯风枫丰充隆空（空虚）公功工攻蒙濛笼（名词，董韵同，又动词，独用）聋珑洪红鸿虹丛翁聪通蓬篷烘潼胧怱峒螽梦讧冻忡酆恫总侗窿懵庞种盅芎倥艨绒葱匆骢

【二冬】冬农宗钟鍾龙舂松冲容蓉庸封胸雍（和也）浓重（重复）从（顺从）逢缝（缝纫）踪茸峰锋烽蛩慵恭供淙侬松凶墉镛佣溶邛共憧喁邕壅纵（纵横）龚枞脓淞匈汹禺蚣榕彤

【三江】江釭（燈也）窗邦缸降（降伏）双庞逄腔撞（绛同音）幢桩淙豇

【四支】支枝移为（施为）垂吹（吹嘘）陂碑奇宜仪皮儿离施知驰池规危夷师姿迟眉悲之芝时诗棋旗辞词期祠基疑姬丝司葵医帷思（动词）滋持随痴维卮麋螭麾墀弥慈遗（遗失）肌脂雌披嬉尸狸炊篱兹差（参差）疲茨卑亏蕤陲骑（跨马）曦歧岐谁斯私窥熙欺疵赀笞羁彝颐资糜饥衰锥姨楣夔涯（佳麻同韵）伊蓍追缁箕椎罴篪萎匙脾坻嶷治（治理，动词）骊綦怡尼漪累牺饴而鸱推縻璃祁绥逵羲羸肢骐訾狮奇嗤咨堕其睢漓蠡（勺，齐韵同）噫馗辎胝鳍蛇陴淇淄丽筛厮氏痍貔比僖贻祺嘻鹂瓷琦嵋怩熹孜台蚩罹魑丕琪耆惟剂提禧居栀戏畸椅（音漪，木名）磁痿离佳虽仔寅委崎隋逶倭黎犁郦

【五微】微薇晖徽挥韦围帏违霏菲（芳菲）妃绯飞非扉肥腓威畿机几（微小）讥矶稀希衣（衣服）依沂巍归诽痱欷葳颀圻

【六鱼】鱼渔初书舒居裾车（麻韵同）渠余予（我也）誉（动词）舆胥狙锄疏（疏密）蔬梳虚嘘徐猪闾庐驴诸除储如墟与畲疽苴于茹（茅茹）蛆且沮祛

蜍榈淤好睢纾躇趄滁屠据匹咀衙涂虑

【七虞】虞愚娱隅刍无芜巫于盂衢儒濡襦须株诛蛛殊瑜榆谀愉腴区驱躯朱珠趋扶符逾（踰）凫雏敷夫肤纡输枢厨俱驹模谟蒲胡湖瑚乎壶狐弧孤辜姑觚菰徒途涂荼图屠奴呼吾梧吴租卢鲈苏酥乌枯都铺禺诬竽吁瞿劬需俞逾觎揄萸臾渝岖镂娄夫孚桴俘迂姝拘摹糊鸪沽呱蛄驽逋舻垆徂孥泸栌嚅蚨诹扶母毋芙喁颅轳句邾洙麸机膜瓠恶芋呕驺喻枸侏龉葫懦帑拊

【八齐】齐蛴脐黎犁梨蠡（支韵同）黧妻（夫妻）萋凄堤低氐诋题提荑缔析篦鸡隄（堤）稽兮奚嵇蹊倪霓（蜺）西栖（棲）犀嘶撕梯鼙批（屑韵同）挤迷泥（泥土）溪圭（珪）闺睽奎携畦骊鹂儿

【九佳】佳街鞋牌柴钗差（差使）涯（支麻同韵）阶偕谐骸排乖怀淮豺侪埋霾斋娲蜗娃哇皆喈揩蛙楷槐（灰韵同）俳

【十灰】灰恢魁隈回徊（音回）槐（音回，佳韵同）枚梅媒煤瑰雷罍催摧堆陪杯醅嵬（贿韵同）推开哀埃台苔该才材财裁来莱栽哉灾猜胎孩虺崔裴培坏垓陔徕皑傀崃诙煨桅唉颏能茴酶偎隗咳徘（音裴）

【十一真】真因茵辛新薪晨莼（蓴）諄（震同韵）辰臣人仁神亲申伸绅身宾滨邻鳞麟珍尘陈春津秦频苹颦银垠筠巾民珉缗贫淳醇纯唇伦纶轮沦匀旬巡驯钧均臻榛姻寅彬鹑皴遵循振甄岷谆椿询恂峋莘堙屯呻粼磷辚濒闽豳逡填狺泯（轸同韵）洵溱夤荀竣娠纫鄞抡畛嶙斌氤

【十二文】文闻纹云氛分（分离）纷芬焚坟群裙君军勤斤筋勋薰曛熏荤耘芸汾氲员欣芹殷昕贲郧雯蕲

【十三元】元原源园猿辕坦烦繁蕃樊翻萱喧冤言轩藩魂浑温孙门尊存蹲敦墩暾屯豚村盆奔论（动词）坤昏婚阍痕根恩吞沅媛援爰幡番反埙鸳宛掀昆琨鲲扪荪髡跟垠抡蕴犍袁怨蜿溷昆炖饨臀喷纯

【十四寒】寒韩翰（羽翮）丹殚单安难（艰难）餐滩坛檀弹残奸（奸犯）干肝竿乾阑栏澜兰看（翰韵同）刊丸桓纨端湍酸团抟攒官观（观看）冠（衣冠）鸾銮栾峦欢宽盘蟠漫（大水貌）汗郸叹（翰韵同）摊剜棺钻瘢谩瞒潘胖弁拦完莞獾拌掸萑倌繁曼馒鳗谰洹滦

【十五删】删潸（潸韵同）关弯湾还环鹌鬟寰班斑颁般蛮颜菅攀顽姦（奸）山

鳏艰闲娴悭孱（先韵同）潺（先韵同）殷扳讪患（谏韵同）间（中间）殷（朱殷）

下平声

【一先】先前千阡笺天坚肩贤弦烟燕（国名）莲怜田填钿（霰韵同）年颠巅牵妍研眠渊涓蠲编玄县泉迁仙鲜（新鲜）钱煎然延筵禅（参禅）蝉缠连联涟篇偏便（安也）全宣镌穿川缘鸢铅捐旋娟船涎鞭专圆员乾虔愆骞权拳椽传焉跹溅舷咽零骈阗鹃翩扁平沿诠痊悛荃遄卷挛戋佃滇婵颛犍搴嫣癣澶单（单于）竣鄢扇键蜷棉

【二萧】萧箫挑貂刁凋雕迢条跳苕调枭浇聊辽寥撩僚寮尧幺宵消霄绡销超朝潮嚣樵谯骄娇焦蕉椒饶烧遥姚摇谣瑶韶昭招飚标杓镳瓢苗描猫要腰邀乔桥侨妖夭漂飘翘祧佻徼侥哨娆陶橇劭潇骁獠料硝灶鹞钊蛲峤轿荞嘹逍燎憔剽

【三肴】肴巢交郊茅嘲钞包胶爻苞梢蛟庖匏坳敲胞抛鲛崤铙炮哮捎茭淆泡跑咬啁教咆鞘剿刨佼抓姣唠

【四豪】豪毫操髦刀萄猱桃糟漕旄袍挠蒿涛皋号陶翱敖遭篙羔高嘈搔毛艘滔骚韬缫膏牢醪逃槽劳洮叨绸饕骜熬臊涝淘尻挑嚣捞嗥薅咎谣

【五歌】歌多罗河戈阿和波科柯陀娥蛾鹅萝荷过磨螺禾哥娑驼佗沱峨那苛诃珂轲莎蓑梭婆摩魔讹坡颇俄哦呵皤么涡窝茄迦伽磋跎番蹉搓驮献蝌箩锅倭罗嵯锣

【六麻】麻花霞家茶华沙车牙蛇瓜斜邪芽嘉瑕纱鸦遮叉葩奢楂琶衙赊涯夸巴加耶嗟遐笳差蟆蛙虾拿葭茄挝呀枷哑娲爬杷蜗爷芭鲨珈骅娃哇洼畲丫夸袈瘕些桠杈痂哆爹椰咤笆桦划迦揶吾佘

【七阳】阳杨扬香乡光昌堂章张王房芳长塘妆常凉霜藏场央泱鸯秧嫱床方浆觞梁娘庄黄仓皇装殇襄骧相湘箱缃创忘芒望尝偿樯枪坊囊郎唐狂强肠康冈苍匡荒遑行妨棠翔良航倡伥羌庆姜僵缰疆粮穰将墙桑刚祥详洋徉佯粱量羊伤汤鲂樟彰漳璋猖商防（筐煌隍凰蝗惶璜廊浪裆沧纲亢吭潢钢丧肓簧忙茫傍汪臧琅当庠裳昂障糖疡锵杭邙赃滂禳攘瓤抢螳踉眶炀闾

彭蒋亡殃蔷镶孀搪彷胱磅膀螃）

【八庚】庚更羹盲横觥彭棚亨英瑛烹平评京惊荆明盟鸣荣莹兵卿生甥笙牲檠擎鲸迎行衡耕萌氓宏闳茎莺樱泓橙筝争清情晴精睛菁旌晶盈瀛嬴营婴缨贞成盛城诚呈程声征正轻名令并倾萦琼赓撑瞠枪伧峥猩珩蘅铿嵘丁嘤鹦铮砰绷轰訇瞪侦顷榜抨趟坪请

【九青】青经泾形刑邢型陉亭庭廷霆蜓停丁宁钉仃馨星腥醒惺娉灵棂龄铃苓伶零玲翎瓴囹聆听厅汀冥溟螟铭瓶屏萍荧萤荥扃町瞑暝

【十蒸】蒸承丞惩陵凌绫冰膺鹰应蝇绳渑乘升胜兴缯凭仍兢矜征凝称登灯僧增曾憎层能棱朋鹏弘肱腾滕藤恒冯瞢扔誊

【十一尤】尤邮优忧流留榴骝刘由油游猷悠攸牛修羞秋周州洲舟酬仇柔俦畴筹稠邱抽湫遒收鸠不愁休囚求裘球浮谋牟眸矛侯猴喉讴沤鸥瓯楼娄陬偷头投钩沟幽彪疣绸浏瘤犹啾酋售蹂揉搜叟邹貅泅球逑俅蜉桴罘欧搂抠髅蝼兜句妯惆呕缪繇偻篓馗区

【十二侵】侵寻浔林霖临针箴斟沈深淫心琴禽擒钦衾吟今襟金音阴岑簪琳琛椹谌忱壬任黔歆禁喑森参淋郴妊湛

【十三覃】覃潭谭参骖南男谙庵含涵函岚蚕探贪耽龛堪戡谈甘三酣篮柑惭蓝郯婪庵颔褴澹

【十四盐】盐檐廉帘嫌严占髯谦奁纤签瞻蟾炎添兼缣尖潜阎镰粘淹箝甜恬拈暹詹渐歼黔沾苫崦阉砭

【十五咸】咸鹹缄谗衔岩帆衫杉监凡馋芟喃嵌掺搀严

上声

【一董】董动孔总笼汞桶空拢洞懂侗

【二肿】肿种踵宠陇垄拥壅冗茸重冢奉捧勇涌踊俑蛹恐拱巩竦悚耸溶

【三讲】讲港棒蚌项耩

【四纸】纸只咫是枳砥抵氏靡彼毁委诡傀髓妓绮此褫徙髀尔迩弭弥婢侈弛豕紫捶揣企旨指视美訾否兕几姊匕比妣轨水唯止市徵喜己（自己）纪跪技迤鄙晷宄子梓矢雉死履垒诔揆癸趾芷以已（已经）似姒巳祀史使驶耳

里理李俚鲤起杞士仕俟始峙痔齿矣拟耻滓玺跬圯痞址悝娌秭倚被你仔

【五尾】尾鬼苇卉虺几伟韪炜斐诽菲岂匪蜚

【六语】语圉圄御吕侣旅膂抒宁杼与予渚煮汝茹暑鼠黍杵处贮褚女许拒距炬所楚础阻俎沮举莒序绪屿墅著巨讵咀纾去

【七麌】麌雨羽禹宇舞父府鼓虎古股贾土吐圃谱庾户树煦琥怙嵝篓卤努肚沪枸辅组乳弩补鲁橹睹竖腐数簿姥普拊侮五斧聚午伍缕部柱矩武脯苦取抚浦主杜祖堵愈祜扈雇房甫腑俯估诂牯瞽酤怒浒诩栩拄剖鹉溥赌伛偻莽滏

【八荠】荠礼体米启醴陛洗邸底诋抵坻弟悌递涕济澧祢

【九蟹】蟹解骇买洒楷锴摆拐矮伙

【十贿】贿悔改采彩海在宰醢载铠恺待怠殆倍猥蕾诒蓓鼐颏浼汇璀每亥乃

【十一轸】轸敏允引尹尽忍准隼笋盾闵悯泯菌蚓诊畛肾牝赈窘蜃陨殒蠢紧缜纯吮朕稹嶙

【十二吻】吻粉蕴愤隐谨近恽忿坟刎殷

【十三阮】阮远本晚苑返反阪损饭偃堰稳蹇犍婉蜿宛阃鲧捆很恳垦圈盾绻混沌娩棍

【十四旱】旱暖管满短馆盥缓碗款懒卵散伴诞浣瓒断侃算疃但坦袒悍澸纂趱

【十五潸】潸眼版产限撰栈绾赧羼柬拣莞板

【十六铣】铣善遣浅典转衍犬选冕辇免展茧辩篆勉翦卷显践饯腼喘软蹇演岘栈扁阐娈跣腆鲜戬吮辨件琏蠕单殄腼蚬缅沔键搴冼燹癣狷钱趁匾宴

【十七筱】筱小表鸟了晓少扰绕娆绍秒沼眇矫蓼皎杳窈袅窕挑掉渺缈藐淼娇标悄缭僚昭夭燎赵兆

【十八巧】巧饱卯狡爪鲍挠搅绞拗姣炒

【十九皓】皓宝藻早枣老好道稻造脑恼岛倒祷抱讨考燥嫂槁潦保葆堡褓草昊浩颢镐皂袄缫蚤澡灏媪杲缟涝

【二十哿】哿火舸柁沱我娜荷可坷轲左果裹朵锁琐堕垛惰妥坐裸跛簸颇叵祸卵娑爹揣隋

【二十一马】马下者野雅瓦寡社写泻夏冶也把贾假舍赭厦惹若踝姐哆哑且瘕洒

【二十二养】养痒鞅快泱像象橡仰朗奖浆敞氅枉沆荡惘放仿两傥杖响掌党想爽广

享丈仗幌晃莽襁纺蒋攘盎脏苍长上网荡壤赏往罔蟒魍抢慌厂慷向

【二十三梗】梗影景井岭领境警请屏饼永骋逞颍颖顷整静省幸颈郢猛炳杏丙打哽秉耿憬冷靖睛

【二十四迥】迥炯茗挺艇町醒溟酊到等鼎顶胫肯拯酩

【二十五有】有酒首手口母后柳友妇斗狗久负厚走守绶右否受牖偶耦阜九后咎吼帚垢亩舅藕朽臼肘韭剖诱牡缶酉扣欧黝蹂取钮莠丑苟糗某玖拇纣纠枸忸浏赳蚪培擞趣陡寿殴

【二十六寝】寝饮锦品枕审甚衽任稔禀沈凛荏恁婶

【二十七感】感览榄胆澹啖坎惨敢颔撼毯喊橄嵌

【二十八琰】琰焰敛俭险检脸染掩点贬冉陕谄奄渐玷忝闪歉广俨

【二十九豏】豏槛范减舰犯湛斩黯掺阚喊滥歉

去声

【一送】送梦凤洞众弄贡冻痛栋仲中讽恸空控赣砻哄衷

【二宋】宋重用颂诵统纵讼种综俸共供从缝雍封恐

【三绛】绛降巷撞虹洚淙

【四置】置事地意志治思泪吏赐字义利器位戏至次累伪寺瑞智记异致肆翠骑使试类弃饵媚鼻易辔坠醉议翅避粹侍谊帅厕寄睡忌萃穗臂嗣吹遂恣四骥季刺驷识痣志寐魅

【四置】邃燧隧谥植织饲食积被芰懿悸觊冀暨匮馈篑比庇畀痹毖泌鸷贽挚渍迟祟豉珥示伺嗜自詈痢莉譬肄惴劓啻企腻施遗值柴出萎司诿陂二近始术瑟德

【五未】未味气贵费沸尉畏慰蔚魏胃渭谓讳卉毅溉既衣忾诽痱蜚翡

【六御】御处去虑誉署据驭曙助絮著豫翥恕与遽疏庶诅预茹语踞狙沮除如女讵欤楚嘘

【七遇】遇路赂露鹭树度渡赋布步固素具数怒务雾骛鹜附兔故顾雇句墓暮慕募注驻祚裕误悟寤住戍库护诉蠹妒惧趣娶铸傅付谕妪捕哺忤措错醋赴恶互孺怖煦寓酤瓠输吐屡塑捂瞿驱讣属作酗雨获镀圃驸足播苦铺姹

【八霁】霁制计势世丽岁卫济第艺惠慧币桂滞际厉涕契毙帝蔽敝锐戾裔袂系祭隶闭逝缀替细税例誓蕙偈诣砺励噬继谛系剂曳睇憩彗逮芮掣蓟妻挤弟题鳜蹶齐棣说毙离荔泥蜕赘揭唳泄娣薛呓濞捩羿谜缔切医

【九泰】泰会带外盖大濑赖蔡害最贝霭沛艾兑奈绘桧脍太汰癞粝蜕酹狈

【十卦】卦挂懈隘卖画派债怪坏诫戒界介芥械拜快迈话败稗噫疥瀣湃聩惫杀喝解祭蒯喟呗寨

【十一队】队内塞爱辈佩代退载碎背秽菜对废诲晦昧戴贷配妹溃黛赉吠逮岱肺溉耒慨块赛刈耐悖淬敦铠焙在再孛柿眯裁采回粹栽北劾悔

【十二震】震信印进润阵镇填刃顺慎鬓晋骏闰峻衅振舜吝烬讯胤殡迅瞬谆馑蔺徇赈觐摈仅认衬瑾趁轫汛磷躏浚缙娠引诊蜃亲

【十三问】问闻运晕韵训粪奋忿郡分紊汶愠靳近斤郓员奴垽缊拚隐

【十四愿】愿论怨恨万饭献健寸困顿建宪劝蔓券钝闷逊嫩贩溷远曼喷艮敦郾裉堰圈

【十五翰】翰岸汉难断乱叹干观散奈旦算玩烂贯半案按炭汗赞漫冠灌窜幔灿璨换焕唤悍弹惮段看判叛腕涣绊惋钻缦锻瀚胖谰蒜泮谩摊侃馆滩盥

【十六谏】谏雁患涧闲宦晏慢盼豢栈惯串苋绽幻讪绾谩汕疝瓣篡铲栅扮

【十七霰】霰殿面县变箭战扇煽膳传见砚选院练燕宴贱电荐绢彦甸便眷线倦羡堰奠遍恋眩钏倩卞汴弁拚咽片禅谴谚缘颤擅援媛瑗佃钿淀狷煎悬袖穿茜溅拣缠牵先炫善缱遣研衍辗转饯

【十八啸】啸笑照庙窍妙诏召邵要曜耀调钓吊叫燎峤少眺诮料肖尿剽掉鹞枭轿烧疗漂醮骠绕娆摇哨约嘹裱

【十九效】效教貌校孝闹淖豹爆罩拗窖酵稍乐较钞敲觉

【二十号】号帽报导盗操噪灶奥告诰暴好到蹈劳傲躁涝漕造冒悼倒骜缟懊澳膏犒部瀑旄靠糙

【二十一箇】箇个贺佐作逻坷轲大饿奈那些过和挫课唾簸磨座坐破卧货左惰

【二十二禡】禡驾夜下谢榭罢夏暇霸灞嫁赦借藉炙蔗假化舍价射骂稼架诈亚罅跨麝咤怕讶诧迓胯柘卸泻靶乍桦杷

【二十三漾】漾上望相将状帐浪唱让旷壮放向仗畅量葬匠障谤尚涨饷样藏舫访

养酱嶂抗当酿亢况脏瘴王谅亮妄丧怅两圹宕忘傍砀恙吭炀张行广汤炕长创诳掠妨旺荡防怏偿荡盎仰挡傥

【二十四敬】敬命正令政性镜盛行圣咏姓庆映病柄郑劲竞净竟孟聘诤泳请倩硬檠晟更横榜迎娉轻评证侦并盟

【二十五径】径定听胜磬应乘媵赠佞称罄邓胫莹证孕兴经醒廷锭庭钉暝剩凭凝橙凳蹬

【二十六宥】宥候就授售寿秀绣宿奏富兽斗漏陋守狩昼寇茂懋旧胄宙袖岫柚覆复救臭幼佑右侑囿豆窦逗溜瘤留构遘媾购透瘦漱镂鹫走副诟究凑谬缪疚灸畜柩骤首皱绉戊句鼬蹂沤又逅蔻伏收犹油后厚扣吼读

【二十七沁】沁饮禁任荫谶浸鸩枕衽赁临渗妊吟深甚沈

【二十八勘】勘暗滥担憾缆瞰三暂参澹淡憨淦

【二十九艳】艳剑念验赡店占敛厌滟垫欠僭砭餍殓苫盐沾兼念埝俺潜忝

【三十陷】陷鉴监汛梵帆忏赚蘸谗剑欠淹站

入声

【一屋】屋木竹目服福禄熟谷肉咒鹿腹菊陆轴逐牧伏宿读犊渎牍椟黩毂粥肃育六缩哭幅斛戮仆畜蓄叔淑菽独卡馥沐速祝麓镞蹙筑穆睦啄覆鹜秃扑鬻辐瀑竺簇暴掬濮郁矗复塾朴蹴煜谡碌毓舳柚蝠辘夙蝮匐觫囿苜茯髑副孰

【二沃】沃俗玉足曲粟烛属录辱狱绿毒局欲束鹄蜀促触续督赎浴酷瞩躅褥旭欲渌逯告仆

【三觉】觉角桷较岳乐捉朔数卓汲琢剥趵爆驳邈雹璞朴确浊擢镯濯幄喔药握搦学

【四质】质日笔出室实疾术一乙壹吉秩密率律逸佚失漆栗毕恤蜜橘溢瑟膝匹黜弼七叱卒虱悉谧轶诘戌佶栉昵窒必侄蛭泌秫蟀嫉唧怵帅聿郅桎茁汨尼蒺

【五物】物佛拂屈郁乞掘讫吃绂弗诎崛勿熨厥迄不屹芴倔尉蔚

【六月】月骨发阙越谒没伐罚卒竭窟笏钺歇突忽勃蹶筏厥蕨掘阀讷殁粤悖兀碣猝樾羯汨咄渤凸滑孛纥核饽垡阏堀曰讦

【七曷】曷达末阔活钵脱夺褐割沫拔葛渴拨豁括聒抹秣遏挞萨掇喝跋獭撮剌泼斡捋袜适咄妲

【八黠】黠札拔猾八察杀刹轧刖戛秸嘎瞎刮刷滑

【九屑】屑节雪绝列烈结穴说血舌洁别裂热决铁灭折拙切悦辙诀泄咽噎杰彻哲设劣碣掣谲窃缀阅抉挈捩楔蹩亵蔑捏竭契疖涅颉撷撒跌蔑浙澈蛭揭啜辍迭呐侄冽掇批橇

【十药】药薄恶略作乐落阁鹤爵若约脚雀幕洛壑索郭博错跃若缚酌托削铎灼凿却络鹊度诺橐漠钥著虐掠获泊搏勺酪谑廓绰霍烁莫铄缴谔鄂亳恪箔攫涸疟郝骆膜粕礴拓蠖鳄格昨柝摸貉愕柞寞膊魄烙焯厝噩泽矍各猎昔芍踱迮

【十一陌】陌石客白泽伯迹宅席策碧籍格役帛戟壁驿麦额柏魄积脉夕液册尺隙逆画百辟赤易革脊获翮屐适剧碛隔益栅窄核掷责惜僻癖掖腋释舶拍择摘射斥弈奕迫疫译昔瘠赫炙谪虢腊硕螫藉翟亦鬲骼鲫借啧蜴帼席貊汐摭咋吓刺莫蝈绎霸霹

【十二锡】锡壁历枥击绩笛敌滴镝檄激寂翟逖籴析晰溺觅摘狄荻戚涤的吃霹沥惕踢剔砾栎适嫡阋觋淅晰吊霓倜

【十三职】职国德食蚀色力翼墨极息直得北黑侧饰贼刻则塞式轼域殖植敕饬棘惑默织匿亿忆特勒劾仄稷识逼克蜮唧即拭弋陟测冒抑恻肋亟殛忒嶷熄穑啬匐鲫或愎翌

【十四缉】缉辑立集邑急入泣湿习给十拾什袭及级涩粒揖汁蛰笠执隰汲吸熠岌歙熠挹

【十五合】合塔答纳榻杂腊蜡匝阖蛤衲沓鸽踏飒拉盍搭溘嗑

【十六叶】叶帖贴牒接猎妾蝶箧涉捷颊楫摄蹑谍协侠荚睫慑蹀挟喋燮褶靥烨摺辄捻婕聂霎

【十七洽】洽狭峡法甲业邺匣压鸭乏怯劫胁插押狎掐夹恰眨呷喋札钾

词韵常用字表

根据龙榆生词韵简编辑录

第一部

平声：一东二冬通用

【一东】东同童僮铜桐峒筒瞳中［中间］衷忠盅虫冲终忡崇嵩［崧］菘戎绒弓躬宫穹融雄熊穷冯风枫疯丰充隆窿空公功工攻蒙濛朦瞢笼胧栊咙聋珑砻泷蓬篷洪荭红虹鸿丛翁嗡匆葱聪骢通棕烘崆

【二冬】冬咚彤农侬宗淙钟钟龙茏舂松淞冲容榕蓉溶庸佣慵封胸凶匈汹雍邕痈浓脓重［重复］从［服从］逢缝峰锋丰蜂烽葑纵［纵横］踪茸蛩邛筇跫供［供给］蚣喁

仄声：上声一董二肿

去声一送二宋通用

【一董】董懂动孔总笼［东韵同］拢桶捅蓊蠓汞

【二肿】肿种［种子］踵宠垅［陇］拥冗重［轻重］冢捧勇甬踊涌俑蛹恐拱竦悚耸巩怂奉

【一送】送梦凤洞众瓮贡弄冻痛栋恸仲中［击中］粽讽空［空缺］控哄赣

【二宋】宋用颂诵统纵［放纵］讼种［种植］综俸供［供设，名词］从［仆从］缝［隙也］重［再也］共

第二部

平声：三江七阳通用

【三江】江缸窗邦降［降伏］双泷庞撞豇扛杠腔梆桩幢蛩［冬韵同］

【七阳】阳扬杨洋羊徉佯芳妨方坊防肪房亡忘望［漾韵同］忙茫芒妆庄装奘香乡湘厢箱镶芗相［相互］襄骧光昌堂唐糖棠塘章张王常长［长短］裳凉粮量［衡量］梁粱良霜藏［收藏］肠场尝偿床央鸯秧殃郎廊狼榔踉浪［沧浪］浆将［持也送也］疆僵姜缰觞娘黄皇遑惶徨煌仓苍舱沧伤

殇商帮汤创［创伤］疮强［刚强］墙樯嫱蔷康慷［养韵同］囊狂糠冈刚钢纲匡筐荒慌行［行列］杭航桁翔详祥庠桑彰璋漳獐猖倡凰邙臧赃昂丧［丧葬］阊羌枪锵抢［突也］蜣跄篁篑璜潢攘瓤亢吭［漾养韵并同］旁傍［侧也］孀骦当［应当］裆珰铛泱炀蝗隍怏肓汪鞅滂螂怆［漾韵同］缃琅颃怅螳

仄声：上声三讲二十二养

去声三绛二十三漾通用

【三讲】讲港项棒蚌耩

【二十二养】养痒象像橡仰朗桨奖蒋敞氅厂枉往颡强［勉强］惘两曩丈杖仗［漾韵同］响掌党想鲞榜爽广享向飨幌莽纺长［长幼］网荡上［上升］壤赏仿罔谠倘魍魉谎蟒漭嗓盎恍脏〈肮脏〉吭沆慷襁镪抢肮犷

【三绛】绛降［升降］巷撞［江韵同］戆

【二十三漾】漾上［上下］望［阳韵同］相［卿相］将［将帅］状帐唱让浪［波浪］酿旷壮放向忘仗［养韵同］畅量［数量］葬匠障瘴谤尚涨饷样藏［库藏］舫访贶嶂当［适当］抗桁妄怆宕怅创酱况亮傍［依傍］丧［丧失］恙谅胀鬯脏〈内脏〉吭砀伉圹纩桄挡旺炕亢［高亢］阆防

第三部

平声：四支五微八齐十灰［半］通用

【四支】支枝肢移簃为［施为］垂吹陂碑奇宜仪皮儿离施知驰池规危夷师姿迟龟眉悲之芝时诗棋旗辞词期祠基疑姬丝司葵医帷思滋持随痴维卮麾墀弥慈遗肌脂雌披嬉尸狸炊湄篱兹差［参差］疲茨卑亏蕤骑［跨马］歧岐谁斯澌私窥熙欺疵赀羁彝髭颐资縻饥衰锥姨夔祇涯［佳、麻韵同］伊追缁其箕治［治国］尼而推［灰韵同］匙陲魑锤缡璃骊羸帔罴縻蘼脾芪畸牺羲曦攲漪猗崎崖萎筛狮蛳鸱绥虽粢瓷榷饴嫠痍惟唯机耆逵岿丕毗枇貔楣霉辎蚩嗤媸飔坩莳鲥兹笞漓怡贻禧噫其琪祺麒嶷螭栀鹂累踟琵嵋

【五微】微薇晖辉徽挥韦围帏违闱霏菲［芳菲］妃飞非扉肥威祈畿机几［微也、如见几］讥玑稀希衣［衣服］依归饥［支韵同］矶欷诽绯晞葳巍沂圻颀

【八齐】齐黎犁梨妻［夫妻］萋凄堤低题提蹄啼鸡稽兮倪霓西栖犀嘶撕梯鼙继迷泥溪蹊圭闺携畦嵇跻奚脐醍黧蠡醍鹈奎批砒睽荑篦齑藜猊鲵羝

【十灰［半］】灰恢魁隈回徊槐［佳韵同］梅枚玫媒煤雷颓崔催摧堆陪杯醅嵬推［支韵同］诙裴培盔偎煨瑰茴追胚徘坯桅傀儡［贿韵同］莓

仄声：上声四纸五尾八荠十贿［半］

去声四寘五未八霁九泰［半］十一队［半］通用

【四纸】纸只咫是靡彼毁委诡髓累技绮觜此泚蕊徙尔弭婢侈弛豕紫旨指视美否［否泰］痞兕几姊比水轨止徵市喜已纪跪妓蚁鄙晷子仔梓矢雉死履垒癸趾址以已似耜祀史驶耳使［使令］里理李起杞圯跂士仕俟始齿矣耻麂枳峙鲤迩氏玺巳［辰巳］滓苡倚匕迤逦旖旎舣玼秕芷拟你企诔捶屣棰揣豸祉恃

【五尾】尾苇鬼岂卉几［几多］伟斐菲［菲薄］匪篚娓悱榧韪炜虺玮虮

【八荠】荠礼体米启陛洗邸底抵弟坻柢涕悌济［水名］澧醴诋眯娣棨递昵睨蠡

【十贿［半］】贿悔罪馁每块汇〈汇合〉猥璀磊蕾傀儡腿

【四寘】寘置事地意志思［名词］泪吏赐自字义利器位戏至次累［连累］伪寺瑞智记异致备肆翠骑［车骑，名词］使［使者］试类弃饵媚鼻易［容易］辔坠醉议翅避笥帜炽粹莳谊帅厕寄睡忌贰萃穗二臂嗣吹［鼓吹，名词］遂恣四骥季刺驷寐魅积［积蓄］被懿觊冀愧匮恚馈蒉箦柜暨庇豉莉腻秘比［近也］鸷毖啻示嗜饲伺遗［馈遗］薏祟值惴屣眦詈企渍譬跛挚燧隧悴尿稚雉莅悸肄泌识［记也］侍踬为［因为］

【五未】未味气贵费沸尉畏慰蔚魏纬胃汇〈字汇〉谓渭卉［尾韵同］讳毅既衣［着衣，动词］蜚溉［队韵同］翡诽

【八霁】霁制计势世丽岁济［渡也］第艺惠慧币弟滞际涕［荠韵同］厉契［契约］敝弊毙帝蔽髻锐戾裔袂系祭卫隶闭逝缀翳替细桂税婿例誓筮蕙诣砺励瘗噬继脆睿毳曳蒂睇妻［以女妻人］递逮蓟蚋薜荔唳捩粝泥［拘泥］媲嬖彗睥睨剂嚏谛缔剃屉悌俪锲贳掣羿棣蟪薙娣说［游说］赘憩鳜彘呓谜挤

【九泰［半］】会旆最贝沛霈绘脍荟狈侩桧蜕酹外兑

【十一队［半］】队内辈佩退碎背秽对废悔诲晦昧配妹喙溃吠肺耒块碓刈悖焙淬敦［盘敦］

第四部

平声：六鱼七虞通用

【六鱼】鱼渔初书舒居裾琚车［麻韵同］渠蕖余予［我也］誉［动词］舆胥狙锄疏蔬梳虚嘘墟徐猪闾庐驴诸储除滁蜍如畬淤妤苴菹沮徂龉茹榈于袪蘧疽蛆醵纾樗躇［药韵同］欤据［拮据］

【七虞】虞愚娱隅无芜巫于衢惧瞿氍儒襦濡须需朱珠株诛［石朱］铢蛛殊俞瑜榆愉逾渝窬谀腴区躯驱岖趋扶符凫芙雏敷麸夫肤纡输枢厨俱驹模谟摹蒲逋胡湖瑚乎壶狐弧孤辜姑觚菰徒途涂荼图屠奴吾梧吴租卢鲈炉芦颅垆蚨孥帑苏酥乌污［污秽］枯粗都茱侏姝禺拘嵎踽桴俘臾萸吁滹瓠糊醐呼沽酤泸舻轳鸬驽匍葡铺［铺盖］菟诬呜迂盂竽趺毋繻酴鸪骷刳蛄晡莆葫呱蝴劬殂猢郛孚

仄声：上声六语七麌

去声六御七遇通用

【六语】语［语言］圉圄吕侣旅杼伫与［给予］予［赐予］渚煮暑鼠汝茹［食也］黍杵处［居住、处理］贮女许拒炬距所楚础阻俎沮叙绪序屿墅巨去［除也］苣举讵溆浒巨醑咀诅苎抒楮

【七麌】麌雨宇舞府鼓虎古股贾［商贾］估土吐圃庾户树［种植，动词］煦诩努辅组乳弩补鲁橹睹腐数［动词］簿竖普侮斧聚午伍釜缕部柱矩武五苦取抚浦主杜坞祖愈堵扈父甫禹羽怒［遇韵同］腑拊俯罟赌卤姥鹉拄莽［养韵同］栩窭脯妩庑否［是否］麈褛篓偻酤牡谱怙肚踽虏孥诂瞽牯羖祜沪雇仵缶母某亩蛊琥

【六御】御处［处所］去虑誉［名词］署据驭曙助絮着［显著］箸豫恕与［参与］遽疏［书疏］庶预语［告也］踞倨薯淤锯觑狙［鱼韵同］翥著

【七遇】遇路辂赂露鹭树［树木］度［制度］渡赋布步固素具务雾骛数［数量］怒［麌韵同］附兔故顾句墓慕暮募注住注驻炷祚裕误悟寤戍库护屦诉

妒惧趣娶铸裤傅付谕喻妪芋捕哺互孺寓赴沍吐［麌韵同］污［动词］恶［憎恶］晤煦酤讣仆［偃仆］赙驸婺锢蛀飓怖铺［店铺］塑愫蠹溯镀璐雇瓠迕妇负阜副富［宥韵同］醋措

第五部

平声：九佳［半］十灰［半］通用

【九佳［半］】佳街鞋牌柴钗差［差使］崖涯［支麻韵同］偕阶皆谐骸排乖怀淮豺侪埋霾斋槐［灰韵同］睚崽楷秸揩挨俳

【十灰［半］】开哀埃台苔抬该才材财裁栽哉来莱灾猜孩徕骀胎唉垓挨皑呆腮

仄声：上声九蟹十贿［半］

去声九泰［半］十卦［半］十一队［半］通用

【九蟹】蟹解洒楷［佳韵同］拐矮摆买骇

【十贿［半］】海改采彩在宰醢铠恺待殆怠乃载［岁也］凯闿倍蓓迨亥

【九泰［半］】泰太带外盖大［个韵同］濑赖籁蔡害蔼艾丐奈柰汰癞霭

【十卦［半］】懈廨邂隘卖派债怪坏诫戒界介芥械薤拜快迈败稗晒瀣湃寨疥届蒯箦蒉喟聩块惫

【十一队［半］】塞［边塞］爱代载［载运］态菜碍戴贷黛概岱溉慨耐在［所在］鼐玳再袋逮埭赉赛忾嗳咳嗳睐

第六部

平声：十一真十二文十三元［半］通用

【十一真】真因茵辛新薪晨辰臣人仁神亲申身宾滨槟缤邻鳞麟珍瞋尘陈春津秦频蘋颦濒银垠筠巾困民岷泯［轸韵同］鋃贫莼淳醇纯唇伦轮沦抡匀旬巡驯钧均榛遵循甄宸纶椿鹑嶙辚磷呻伸绅寅姻荀询峋氤恂嫔彬皴娠闽纫湮肫逡菌臻豳

【十二文】文闻纹蚊云分［分离］氛纷芬焚坟群裙君军勤斤筋勋熏曛醺芸耘芹欣氲荤汶汾殷雯贲纭昕熏

【十三元［半］】魂浑温孙门尊［樽］存敦墩炖暾蹲豚村屯囤［囤积］盆奔论［动

词］昏痕根恩吞荪扪裈昆鲲坤仑婚阍髡馄喷猕饨臀跟瘟飧

仄声：上声十一轸十二吻十三阮［半］

去声十二震十三问十四愿［半］通用

【十一轸】轸敏允引尹尽忍准隼笋盾［阮韵同］闵悯菌［真韵同］蚓牝殒紧蠢陨哂诊疹赈肾蜃膑黾泯窘吮缜

【十二吻】吻粉蕴愤隐谨近忿抆刎揾槿瑾恽韫

【十三阮［半］】混棍阃悃捆衮滚鲧稳本畚笨损忖囤遁很沌恳垦龈

【十二震】震信印进润阵镇刃顺慎鬓晋骏闰峻衅振俊舜赆吝烬讯仞迅汛趁衬仅觐蔺浚赈［轸韵同］龀认殡摈缙躏廑谆瞬轫浚殉馑

【十三问】问闻［名誉］运晕韵训粪忿［吻韵同］酝郡分［名分］紊愠近［动词］抆拚奋郓捃靳

【十四愿［半］】论［名词］恨寸困顿遁［阮韵同］钝闷逊嫩溷诨巽褪喷［元韵同］艮揾

第七部

平声：十三元［半］十四寒十五删一先通用

【十三元［半］】元原源沅鼋园袁猿垣烦蕃樊喧萱暄冤言轩藩媛援辕番繁翻幡璠鸳鹓蜿湲爰掀燔圈谖

【十四寒】寒韩翰［翰韵同］丹单安鞍难［艰难］餐檀坛滩弹残干肝竿阑栏澜兰看［翰韵同］刊丸完桓纨端湍酸团攒官观［观看］鸾銮峦冠［衣冠］欢宽盘蟠漫［大水貌］叹［翰韵同］邯郸摊玕拦珊狻鼾杆蹒姗殚箪瘅谰獾倌棺剜潘拚［问韵同］槃般蹒瘢盘瞒谩馒鳗钻抟邗汗［可汗］

【十五删】删潸关弯湾还环鬟寰班斑蛮颜奸攀顽山闲艰间［中间］悭患［谏韵同］孱潺擐圜菅般［寒韵同］颁鬘疝讪斓娴鹇鳏殷［赤黑色］纶［纶巾］

【一先】先前千阡笺天坚肩贤弦烟燕［地名］莲怜连田填巅鬈宣年颠牵妍研［研究］眠渊涓捐娟边编悬泉迁仙鲜［新鲜］钱煎然延筵毡旃蝉缠廛联篇偏绵全镌穿川缘鸢旋船涎鞭专圆员干［乾坤］虔愆权拳椽传焉嫣鞯褰搴铅舷跹鹃筌痊诠悛邅禅婵躔颛燃涟琏便［安也］翩骈癫阗钿［霰韵

同］沿蜒胭芊鳊胼滇佃畋咽湮狷蠲蔫骞膻扇棉拴荃籼砖挛儇欢璇卷［曲也］扁［扁舟］单［单于］溅［溅溅］犍

仄声：上声十三阮［半］十四旱十五潸十六铣

去声十四愿［半］十五翰十六谏十七霰通用

【十三阮［半］】阮远［远近］晚苑返反饭［动词］偃蹇琬沅宛婉畹菀蜿绻巘挽堰

【十四旱】旱暖管琯满短馆［翰韵同］缓盥［翰韵同］碗懒伞伴卵散［散布］伴诞罕瀚［浣］断［断绝］侃算［动词］款但坦袒纂缎拌澣谰莞

【十五潸】潸眼简版板阪盏产限绾柬拣撰馔赧皖汕铲羼楝栈

【十六铣】铣善［善恶］遣［遣送］浅典转［霰韵同］衍犬选冕辇免展茧辨篆勉剪卷显饯［霰韵同］践喘藓软蹇［阮韵同］演兖件腆跣缅缱鲜［少也］殄扁匾蚬岘畎獮隽键变泫癣阐颤膳鳝舛娩辗邅［先韵同］脔辫捻

【十四愿［半］】愿怨万饭［名词］献健建宪劝蔓券远［动词］侃键贩畈曼挽〈挽联〉瑗媛圈［猪圈］

【十五翰】翰［寒韵同］瀚岸汉难［灾难］断［决断］乱叹［寒韵同］观［楼观］干〈树干，干练〉散［解散］旦算［名词］玩烂贯半案按炭汗赞漫［寒韵同。又副词，独用］冠［冠军］灌爨窜幔粲灿璨换焕唤涣悍弹［名词］惮段看［寒韵同］判叛绊鹳伴畔锻腕惋馆旰捍疸但罐盥婉缎缦侃蒜钻谰

【十六谏】谏雁患涧间［间隔］宦晏慢盼篆栈［潸韵同］惯串绽幻瓣苋办谩讪［删韵同］铲绾孪篡裥扮

【十七霰】霰殿面县变箭战扇煽膳传［传记］见砚院练链燕宴贱馔荐绢彦掾便［便利］眷倦羡奠遍恋啭眩钏倩卞汴片禅［封禅］谴溅饯善［动词］转［以力转动］卷［书卷］甸电咽茜单念〈念书〉眄淀靛佃钿［先韵同］旋漩拣缮现狷炫绚绽线煎选旋颤擅缘［衣饰］撰唁谚媛忭弁援研［磨研］

第八部

平声：二萧三肴四豪通用

【二萧】萧箫挑貂刁凋雕迢条髫调［调和］蜩枭浇聊辽寥撩寮僚尧宵消霄绡销

超朝潮嚣骄娇蕉焦椒饶硝烧［焚烧］遥徭摇谣瑶韶昭招镳瓢苗猫腰桥乔娆妖飘逍潇鸮骁祧鴞鹩缭獠嘹夭［夭夭］么邀要［要求］姚樵谯憔标飙嫖漂［漂浮］剽佻龆苕岧噍哓跷侥了〈明了〉魈峣描钊轺梼铫鹞翘枵侨窑礁

【三肴】肴巢交郊茅嘲钞包胶苞梢姣庖匏坳敲胞抛蛟崤鸡鞘抄蝥咆哮凹淆教［使也］跑艄捎爻咬铙茭炮［炮制］泡鲛刨抓

【四豪】豪劳毫操［操持］髦绦刀萄猱褒桃糟旄袍挠［巧韵同］蒿涛皋号［号呼］陶鳌曹遭羔糕高搔毛艘滔骚韬缫膏牢醪逃濠壕饕洮淘叨啕篙熬遨翱嗷臊嗥尻鏖螯獒敖牦漕嘈槽掏唠涝捞痨芼

仄声：上声十七筱十八巧十九皓

去声十八啸十九效二十号通用

【十七筱】筱小表鸟了〈未了，了得〉晓少［多少］扰绕绍杪沼眇矫皎杳窈窕袅挑［挑拨］掉［啸韵同］肇缥缈渺淼茑赵兆缴缭［萧韵同］夭［夭折］悄舀侥蓼娆硗剿晁藐秒殍了〈了望〉

【十八巧】巧饱卯狡爪鲍挠［豪韵同］搅绞拗咬炒吵佼姣［肴韵同］昴茆獠［萧韵同］

【十九皓】皓宝藻早枣老好［好丑］道稻造［造作］脑恼岛倒［跌到］祷［号韵同］捣抱讨考燥扫［号韵同］嫂保鸨稿草昊浩镐杲缟槁堡皂瑙媪燠袄懊葆褓芼澡套涝蚤拷栲

【十八啸】啸笑照庙窍妙诏召邵要［重要］曜耀调［音调］钓吊叫眺少［老少］诮料疗潦掉［筱韵同］峤徼跳嘹漂镣廖尿肖鞘悄［筱韵同］峭哨俏醮燎［筱韵同］鹩鹞轿骠票铫［萧韵同］

【十九效】效教［教训］貌校孝闹豹罩棹觉［寤也］较窖爆炮［枪炮］泡［肴韵同］刨［肴韵同］稍钞［肴韵同］拗敲［肴韵同］淖

【二十号】号［号令］帽报导操［操行］盗噪灶奥告［告诉］诰到蹈傲暴［强暴］好［爱好］劳［慰劳］躁造［造就］冒悼倒［颠倒］燥犒靠懊瑁燠［皓韵同］耄糙套［皓韵同］纛［沃韵同］潦耗

第九部

平声：五歌 [独用]

【五歌】歌多罗河戈阿和［和平］波科柯陀娥蛾鹅萝荷［荷花］何过［经过］磨［琢磨］螺禾珂蓑婆坡呵哥轲沱鼍拖驼跎佗［他］颇［偏颇］峨俄摩么娑莎迦痾苛蹉嵯驮箩逻锣哪挪锅诃窠蝌髁倭涡窝讹陂鄱皤魔梭唆骡挼靴瘸搓哦痤酡

仄声：上声二十哿

去声二十一个通用

【二十哿】哿火舸弹舵我拖娜荷［负荷］可左果裹朵锁琐堕惰妥坐［坐立］裸跛颇［稍也］伙颗祸棰婀逻卵那坷爹［麻韵同］簸叵垛哆硪么［歌韵同］峨［歌韵同］

【二十一个】个贺佐大［泰韵同］饿过［歌韵同。又过失，独用］座和［唱和］挫课唾播破卧货簸轲［轗轲］驮髁［歌韵同］磋作做剁磨［磨盘］懦糯缚锉挼些［楚些］

第十部

平声：九佳 [半] 六麻通用

【九佳［半］】佳涯［支麻韵同］娲蜗蛙娃哇

【六麻】麻花霞家茶华沙车［鱼韵同］牙蛇瓜斜邪芽嘉瑕纱鸦遮叉奢涯［支佳韵同］巴耶嗟遐加笳赊槎差［差错］蟆骅虾葭袈裟砂衙呀琶耙芭杷笆疤爬葩些［少也］畲鲨查楂渣爹挝咤拿椰珈跏枷迦痂茄桠丫哑划哗夸胯抓洼呱

仄声：上声二十一马

去声十卦 [半] 二十二祃通用

【二十一马】马下［上下］者野雅瓦寡社写泻夏［华夏］也把厦惹冶贾［姓贾］假［真假］且玛姐舍喏赭洒蝦剐打耍那

【十卦［半］】卦挂画［图画］

【二十二祃】祃驾夜下［降也］谢榭罢夏［春夏］霸暇灞嫁赦籍［凭籍］假［休假］蔗化舍［庐舍］价射骂稼架诈亚麝怕借卸帕坝靶鹧贳炙嗄乍咤诧

侘鏵吓娅哑讶迓华［姓华］桦话胯［遇韵同］跨衩柘

第十一部

平声：八庚九青十蒸通用

【八庚】庚更［更改］羹盲横［纵横］觥彭亨英烹平枰京惊荆明盟鸣荣莹兵兄卿生甥笙牲擎鲸迎行［行走］衡耕萌甍宏闳茎罂莺樱泓橙争筝清情晴精晴菁晶旌盈楹瀛嬴赢营婴缨贞成盛［盛受］城诚呈程酲声征正［正月］轻名令［使令］并［并州］倾萦琼峥嵘撑粳坑铿撄鹦黥蘅澎膨棚滨坪苹钲伧檠嘤轰铮狰宁狞瞪绷怦璎砰泯鲭侦柽蛏茔赪茕赓黉瞠

【九青】青经泾形陉亭庭廷霆蜓停丁仃馨星腥醒［醉醒］惺俜灵龄玲铃伶零听［径韵同］冥溟铭瓶屏萍荧萤荣扃坰蜻硎苓聆瓴翎娉婷宁暝瞑螟猩钉疔叮厅町泠棂囹羚蛉哼型邢

【十蒸】蒸烝承丞惩澄陵凌绫菱冰膺鹰应［应当］蝇绳升缯凭乘［驾乘，动词］胜［胜任］兴［兴起］仍兢矜征［征求］称［称赞］登灯僧憎增曾罾层能朋鹏肱薨腾藤恒罾崩滕誊崚嶒姮塍冯症簦瞢凝［径韵同］棱楞

仄声：上声二十三梗二十四迥

去声二十四敬二十五径通用

【二十三梗】梗影景井岭领境警请饼永骋逞颖颖顷整静省幸颈郢猛丙炳杏秉耿矿冷靖哽绠荇艋蜢皿儆悻婧阱狰［庚韵同］靓惺打瘿并〈合并〉犷眚憬鲠

【二十四迥】迥炯茗挺艇梃醒［青韵同］酩酊并〈并行，并且〉等鼎顶肯拯謦到溟

【二十四敬】敬命正［正直］令［命令］证性政镜盛［茂盛］行［学行］圣咏姓庆映病柄劲竞靓净竟孟诤更［更加］并〈梗韵同〉聘硬炳泳迸横［蛮横］摒阱檠迎郑獍

【二十五径】径定听胜［胜败］罄磬应［答应］赠乘［名词］佞邓证秤称［相称］莹［庚韵同］孕兴［兴趣］剩凭［蒸韵同］径甑宁胫暝［夜也］钉［动词］订饤锭謦汀瞪蹭蹬亘［亘古］镫［鞍镫］滢凳磴泾

第十二部

平声：十一尤［独用］

【十一尤】尤邮优尤流旒留骝榴刘由油游猷悠攸牛修羞秋周州洲舟酬雠柔俦畴筹稠丘邱抽瘳遒收鸠搜驺愁休囚求裘仇浮谋牟眸侔矛侯喉猴讴鸥楼陬偷头投钩沟幽纠啾楸蚯踌绸惆勾娄琉疣犹邹兜呦咻貅球蜉蝣犄帱阄瘤硫浏庥湫泅酋瓯啁飕鍪篌抠篝诌骰偻沤［水泡，名词］蝼髅搂欧彪掊虬揉蹂抔不［与有韵“否”通］瓿缪［绸缪］

仄声：上声二十五有

去声二十六宥通用

【二十五有】有酒首口母［麌韵同］妇［麌韵同］后柳友斗狗久负［麌韵同］厚手叟守否［麌韵同］右受牖偶走阜［麌韵同］九后咎薮吼帚垢舅纽藕朽臼肘韭亩［麌韵同］剖诱牡［麌韵同］缶酉苟丑糗扣叩某莠寿绶玖授蹂［尤韵同］揉［尤韵同］溲纣钮扭呕殴纠耦掊瓿拇姆擞绺抖陡蚪篓黝赳取［麌韵同］

【二十六宥】宥候就售［尤韵同］寿［有韵同］秀绣宿［星宿］奏兽漏富［遇韵同］陋狩昼寇茂旧胄宙袖岫柚覆复［又也］救厩臭佑右囿豆饾窦瘦漱咒究疚谬皱逅嗅遘溜镂逗透骤又侑幼读［句读］堠仆副［遇韵同］锈鹫绉咮灸籀酎诟蔻僦构扣购彀戊懋贸袤嗽凑鼬甃沤［动词］

第十三部

平声：十二侵［独用］

【十二侵】侵寻浔临林霖针箴斟沈心琴禽擒衾钦吟今襟［衿］金音阴岑簪［覃韵同］壬任［负荷］歆森禁［力所胜任］祲喑琛涔骎参［参差］忱淋妊掺参〈人参〉椹郴芩檎琳蟫愔暗黔嵚

仄声：上声二十六寝

去声二十七沁通用

【二十六寝】寝饮［饮食］锦品枕［枕衾］审甚［沁韵同］廪衽稔凛懔沈［姓氏］朕荏婶沈〈沈阳〉葚禀噤谂怎恁饪覃

【二十七沁】沁饮［使饮］禁［禁令］任［信任］荫浸谮谶枕［动词］噤甚［寝韵同］鸩赁喑渗窨妊

第十四部

平声：十三覃十四盐十五咸通用

【十三覃】覃潭参［参考］骖南楠男谙庵含涵函［包函］岚蚕探贪耽眈龛堪谈甘三酣柑惭蓝担簪［侵韵同］谭昙坛婪戡颔痰篮褴蚶憨泔聃邯蟫［侵韵同］

【十四盐】盐檐廉帘嫌严占［占卜］髯谦奁纤签瞻蟾炎添兼缣沾尖潜阎镰黏淹钳甜恬拈砭詹蒹歼黔钤佥觇崦渐鹣腌襜阉

【十五咸】咸函［书函］缄岩谗衔帆衫杉监［监察］凡馋芟搀喃嵌掺巉

仄声：上声二十七感二十八俭二十九豏

去声二十八勘二十九艳三十陷通用

【二十七感】感览揽胆澹［淡，勘韵同］啖坎惨敢颔［覃韵同］撼毯糁湛菡萏罱椠喊嵌［咸韵同］橄榄

【二十八俭】俭焰敛［艳韵同］险检脸染掩点簟贬冉苒陕谄俨闪剡忝［艳韵同］琰奄歉芡崭堑渐［盐韵同］罨捡弇崦玷

【二十九豏】豏槛范减舰犯湛巉［咸韵同］斩黯范

【二十八勘】勘暗滥啖担憾暂三［再三］绀憨澹［咸韵同］瞰淡缆

【二十九艳】艳剑念验堑赡店占［占据］敛［聚敛］厌焰［俭韵同］垫欠僭酽潋滟俺砭坫

【三十陷】陷鉴泛梵忏赚蘸嵌站馅

第十五部

入声：一屋二沃通用

【一屋】屋木竹目服福禄谷熟肉族鹿漉腹菊陆轴逐苜蓿宿［住宿］牧伏夙读［读书］犊渎牍椟黩毂复［恢复］粥肃碌（马肃）鬻育六缩哭幅斛戮仆畜蓄叔淑倏独卜馥沐速祝麓辘镞蹙筑穆睦秃縠覆辐瀑郁〈忧郁，郁郁葱

葱〉舳掬踘蹴跔茯袱鹏鸹髑槲扑匐簇蔟煜复〈复杂〉蝠菔孰塾矗竺曝鞠嗾谡簏国［职韵同］副

【二沃】沃俗玉足曲粟烛属录辱狱绿毒局欲束鹄蜀促触续浴酷躅褥旭欲笃督赎渌纛碡北［职韵同］瞩嘱勖溽缛梏

第十六部

入声：三觉十药通用

【三觉】觉［知觉］角桷榷岳乐［音乐］捉朔数［频数］卓啄琢剥驳雹璞朴壳确浊擢濯渥幄握学龌龊槊搦镯喔邈荦

【十药】药薄恶［善恶］作乐［哀乐］落阁鹤爵弱约脚雀幕洛壑索郭错跃若酌托削铎凿箔鹊诺萼度［测度］橐钥龠瀹着着虐掠获〈收获〉泊搏藿嚼勺谑廓绰霍镬莫箨缚貉各略骆寞膜鄂博昨柝格拓铄铄烁灼疟蒻箬芍蹻却噱矍攫醵踱魄酪络烙珞膊粕簿柞漠摸酢怍涸郝垩谔鳄噩锷颚缴扩椁陌［陌韵同］

第十七部

入声：四质十一陌十二锡十三职十四缉通用

【四质】质日笔出室实疾术一乙壹吉秩率律逸佚失漆栗毕恤密蜜桔溢瑟膝匹述黜弼跸七叱卒［终也］虱悉戌嫉帅［动词］蒺侄踬怵蟋筚篥必泌荜秫栉唧帙溧谧昵轶聿诘耋垤捽茁鹬鹬窒苾

【十一陌】陌石客白泽伯迹宅席策册碧籍［典籍］格役帛戟璧驿麦额柏魄积［积聚］脉夕液尺隙逆画［动词］百辟赤易［变易］革脊翮屐获〈猎获〉适索厄隔益窄核舄掷责坼惜癖僻掖腋释译峄择摘弈奕迫疫昔赫瘠谪亦硕貊跖鹡碛蹐只炙［动词］踯斥穸鬲骼舶珀吓磔拆喀蚱舴剧檗擘栅啧帻箦扼划蜴辟帼蝈刺脊汐藉螯蓦摭襞虢哑［笑声］绎射［音亦］

【十二锡】锡壁历枥击绩勣笛敌滴镝檄激寂觌溺觅狄荻幂戚鹢涤的吃沥雳霹惕剔砾翟籴倜析晰淅蜥劈甓嫡铄栎阒菂踢迪皙裼逖蜺阒汨［汨罗江］

【十三职】职国德食［饮食］蚀色力翼墨极殛息熄直值得北黑侧贼饰刻则塞［闭

塞］式轼域蜮殖植敕亟棘惑忒默织匿慝亿忆臆薏特勒肋幅仄昃稷识［知识］逼克即唧［质韵同］弋拭陟恻测翊洫啬穑鲫抑或匐［屋韵同］

【十四缉】缉辑戢立集邑急入泣湿习给十拾袭及级涩楫［叶韵同］粒汁蛰执笠隰汲吸絷挹浥悒岌熠葺什芨廿揖熤［屋韵同］歙笈［叶韵同］圾褶翕

第十八部

入声：五物六月七曷八黠九屑十六叶通用

【五物】物佛拂屈郁〈馥郁，郁郁乎文哉〉乞掘［月韵同］吃［口吃］讫绂弗勿迄不怫绋沸茀厥倔黻崛尉蔚契屹熨［未韵同］绂

【六月】月骨发阙越谒没伐罚卒［士卒］竭窟笏钺歇突忽袜曰阀筏鹘［黠韵同］厥［物韵同］蹶蕨殁橛掘［物韵同］核蝎勃渤悖［队韵同］孛揭［屑韵同］碣粤樾鳜脖饽鹁捽［质韵同］猝惚兀讷［呐］羯凸咄［曷韵同］矻

【七曷】曷达末阔钵脱夺褐割沫拔［挺拔］葛闼渴拨豁括抹遏挞跋撮泼秣掇［屑韵同］聒獭［黠韵同］剌喝磕薛瘌袜活鸹斡怛钹捋

【八黠】黠拔［拔擢］八察杀刹轧戛瞎刮刷滑辖铩猾捌叭札扎帕茁鹘揠萨捺

【九屑】屑节雪绝列烈结穴说血舌洁别缺裂热决铁灭折拙切悦辙诀泄锲咽［呜咽］轶噎彻澈哲鳖设啮劣玦截窃孽浙孑桔颉拮撷揭褐［曷韵同］缬碣［月韵同］挈抉亵薛拽［曳］爇冽瞥迭跌阅饕耋垤捏页阕觖谲駃撇蹩篾楔愒辍啜缀撤绁杰桀涅霓蜺［齐、锡韵同］批［齐韵同］

【十六叶】叶帖贴牒接猎妾蝶迭箧惬涉鬣捷颊楫［缉韵同］聂摄慑镊蹑协侠荚挟铗浃睫仄靥蹀躞燮折辄婕谍堞霎嗫喋碟鲽捻晔躐笈［缉韵同］

第十九部

入声：十五合十七洽通用

【十五合】合塔答纳榻阁杂腊匝阖蛤衲沓鸽踏拓拉盍塌咂盒卅搭褡飒磕榼遢蹋蜡溘邋趿

【十七洽】洽狭峡法甲业邺匣压鸭乏怯劫胁插锸押狎夹恰蛱硖掐劄袷眨胛呷歃闸霎［叶韵同］

后记

日前出版社送来校样，其中一件封面设计稿上有段恭楷小字，源自我收藏的清许梿写刻本陆龟蒙《笠泽丛书》后的原始墨迹，系近代著名学者、藏书家叶德辉的手跋。由此，我想自己对古诗词从喜欢到研创也许是由钟情古籍开始的。记得用母亲给我的零用钱买的属于自己的第一部线装书是朱熹的《楚辞集注》，扫叶山房石印本，去币八角。那是1961年，当时我读高二，捧着蓝青布套的一函四册，回家后即开始了近乎欣喜的阅读。为了对得起那八角钱，我几乎用尽所有的“知识积累”读完了《楚辞》和朱熹的注，一年后并以无知者无畏的傻劲完成了其中《九歌》与《九章》的今译。尽管那些幼稚文字不久就被我扔掉，但由此生发的对中国传统文化的爱和礼拜却渐铭我心。这种萌于少年的文化冲动，直到1964年在一位父执府上遇到陈子展和范祥雍两位先生才转向正途。是他们引领我开始理性地学习古典文学和版本文献知识。没忘记，陈先生嘱我在读《唐诗纪事》前一定要先期阅读《明诗纪事》；范先生则要求我通读《四库全书总目提要》和细读《四库全书简明目录标注》。前辈的悉心指导让我在以后长期的读书生涯中渐渐养成文史互证以及古诗词诠释必须坚守文献支持的习惯。这使我受益一生。

以上叙述也可视为我在《增补》中加入一些古籍书影的缘由。

本书是在原上海人民美术出版社出版的《诗词读写笔记》的基础上增删而成的。原书三大部分的第二章节因循唐诗宋词的提法完全没有涉及宋诗，这个缺失构成原书的一大遗憾。宋诗是中国诗史的一个重要组成部分，后人对其的评论切入点与对唐及唐前有明显的不同。如涉宋初西昆体的看法长期局限于它的社会性，进而将其艺术性也一并否定了，这不禁令人想起近几十年对李商隐的社会垂爱。就史而言，西昆因义山而发，没有义山何来西昆？之后，欧阳修以全新风格引领诗坛，却没忘了对西昆代表人物杨亿作出“真一代之文豪也”（《归田录》）的公允评价。这既是对前辈的礼敬，也是对作品社会性与艺术差异的适度肯定。《增补》选讲杨亿诸家用了些笔墨也算是稍承欧阳公之余绪吧。除此，这次整理对宋诗诸家也提供了一些纯属个人的看法，语涉肤浅，敬请批评。

最末部分仍承原书选讲了一些身边朋友的新作。旧的存在催生了新的萌发，真心希望传统诗词能在民族精神的不朽统领下走向“不薄古人爱今人”的康庄之路。

最后，深切感谢责编张翠女士对本书的专业、细致的付出。

谨以此书献给天上的亲爱的母亲和父亲。

是为记。

2023 年 6 月

王铁麟于上海

图书在版编目（CIP）数据

增补诗词读写笔记 / 王铁麟著 . -- 上海 : 同济大学出版社 , 2023.8

ISBN 978-7-5765-0903-8

Ⅰ . ①增… Ⅱ . ①王… Ⅲ . ①诗歌评论－中国－当代－文集 Ⅳ . ① I207.22-53

中国国家版本馆 CIP 数据核字 (2023) 第 151910 号

增补诗词读写笔记

王铁麟　著

出 品 人　金英伟
责任编辑　张　翠
责任校对　徐春莲
装帧设计　张　微

出版发行　同济大学出版社 www.tongjipress.com.cn
（地址：上海市四平路 1239 号　邮编：200092　电话：021–65985622）
经　　销　全国各地新华书店
印　　刷　上海安枫印务有限公司
开　　本　710mm×1000mm　1/16
印　　张　26.75
字　　数　530 000
版　　次　2023 年 8 月第 1 版
印　　次　2023 年 8 月第 1 次印刷
书　　号　ISBN 978-7-5765-0903-8
定　　价　138.00 元